平成怪奇小説傑作集 1

ホラー・ジャパネスクと怪談実話の興隆で幕を開けた平成の怪奇小説シーンは、やがて多くの人気作家や異色作家を巻きこみながら、幻想と怪奇と恐怖の絢爛《けんらん》たる坩堝《るつぼ》を形成してゆく……。平成の三十余年間に生み出された名作佳品を、全三巻に精選収録する最新のアンソロジーが実現。最高の作家たちによる、至高の怪奇小説傑作選。第一巻は 1989 年（平成元年）に発表された吉本ばなな「ある体験」から 1998 年（平成 10 年）に発表された宮部みゆき「布団部屋」までの全十五作を収録。平成という時代を彩った怪奇小説の粋を、どうぞお楽しみください。

平成怪奇小説傑作集 1

東　雅　夫　編

創元推理文庫

GREAT WEIRD TALES OF THE HEISEI ERA, VOL. 1

edited by

Masao Higashi

目次

平成怪奇小説傑作集1

ある体験

吉本ばなな

夜中の庭では、木々が光って見える。

ライトの光に照らされた、そのてかてかあおい葉の色や幹の濃い茶がくっきりと見える。

最近、酒量が増えてから初めてそのことに気づいた。酔った目でその光景を見る度に、そのあまりの清潔さに胸を打たれてしまい、もうどうでもいいような、なにもかもを失ってかまわないような気がする。

それは思い切りでも、やけくそでもない、もっと自然にうなずいてしまう、静かで清冽《せいれつ》な感動が呼ぶ気持ちなのだ。

このところ毎晩、そんなことばかり考えて眠りにつく。

さすがに飲みすぎだからひかえようと思うのだが、そして昼間のうちは今夜飲む分をとても少な目に胸に決めているのだが、こうして夜が来ると、ビール一杯を皮切りにしてすぐに加速がついてくる。もう少し飲むと気持ち良く眠れるなあ、と思ってジン・トニックをもう一杯作ってしまう。夜中になるにつれて、ジンの分量が増えて濃い酒になる。昭和の生んだ最高の名菓、バターしょう油味のポップコーンをぽりぽり食べながら、私は思う。ああ、またこの段取りで今夜も飲んでしまったと。罪悪感を持つほどの量ではないが、気づくとなにかしらのビンが一本は空いているのには少し、ドキッとすることがあった。

そしてぐでんぐでんのくるくるになってベッドに倒れ込む時、私は初めてその気持ちの良い歌声を聴くことができる。

はじめは、枕《まくら》が歌っているのかと思った。私のほほをどんな時にも優しく抱きとる枕にならこんな澄んだ声が出せそうだ、と思えたからだ。目を閉じている時以外は、その声は聴こえなかったので、私はそれを単に心地のいい夢だと思っていた。そういう時はいつも、深く考えることができるほど正気ではなかった。

その声は低く甘く、心のいちばん固くなったところをマッサージしてほぐしてくれるような、うねる響きを持っていた。波音にも似ていたし、私が今まであらゆる場所で出会い、仲良くなり、別れてきた人たちの笑い声や、その人たちからかけてもらった温かい言葉や、失った猫の鳴き声や、どこか遠くてもうない、懐《なつ》かしい場所の物音、いつか旅行した時、どこかでかいだ瑞々《みずみず》しい緑の匂《にお》いと一緒に耳元を駆け抜けていった、ざわめく木々の音……なんかをみんな合わせたような声だった。

それは今夜も聴こえてきた。

天使よりももっと官能的で、もっと本物の、かすかな歌。わたしはそのメロディをとらえようとして、わずかに残った意識で必死に耳を傾ける。眠りがとろとろと私を包み、その幸福なメロディも夢に溶けていってしまう。

昔、変な男を好きになって奇妙な三角関係を演じたことがあった。その男は今の恋人の友人で、一過性の爆発的な恋を女にもたらすような感じの人だった。今思えば、少し変わった元気のいい兄ちゃんにすぎないのだが、当時は私も若かったので、やっぱり恋をしてしまった。今や、その男のことはあまり印象に残ってはいない。何回も、何回も寝たのに、あんまりゆっくりと顔を見ながらデートしたことがなかったので、顔もろくに思い出せない。

思い出すのはなぜか、春という名のひどい女のことばかりだ。

私と春は同時期に彼に恋をしたらしく、彼の家ではち合わせをくり返しているうちに、だんだん顔見知りになって、おしまいのほうではまるで三人で住んでいるみたいな形になってしまった。春は私より三つ歳上《としうえ》のアルバイターで、私は大学生だった。

もちろん私たちは憎み合い、ののしり合い、時には手を出してとっくみあいのけんかをした。あれほど他人と生々しく近づいたことも、あれほど人をうとましいと思ったこともなかった。春だけがじゃまだった。死ねばいいと何度も本気で思ったかもしれない。もちろん向こうもそう思っていただろう。

結局、その生活に疲れた男がある日遠くへ逃げてしまったきりになってその恋は終わり、私と春もそれきりになってしまった。私はそのままこの町にとどまったが、春はパリだかどこだかへ行ってしまったと人づてに聞いた。

それが私の知っている、春の最後の消息だった。

なんで突然、春が懐かしくなったのか私にもわからなかった。別に会いたくもなかったし、どうしているのかに興味なんてなかった。その期間は激情に満ちていたので、かえって今や空白の思い出となり、大して印象深い期間ではなかった。

きっとあの女は、パリでアーティストにたかるなんとかゴロみたいになっているか、運が良ければ年寄りのパトロンでも見つけて、いい暮らしをしているだろう。そういう女だ。ガラみたいに細くて、しゃべり方がギスギスしていて、声が低くて、黒い服ばかり着ていた。唇が薄く、いつも眉間《みけん》にシワが寄っていて文句ばかり言っていたが、笑うと少し幼くなった。

その笑顔を思い出すと、なんとなく胸が痛むのだ。

ところでそれだけ飲んで眠るとやはり、朝、目覚めるのは最悪だった。

酒に打ちのめされたような、体中を内も外も熱燗の酒風呂にひたしたような感じだった。口がからからに渇いていて、しばらくは寝返りをうつこともできなかった。

起きて歯をみがくのも、シャワーを浴びるのも、とてもとても考えられない。そんなことをかつて自分が気楽にやっていたことがあるとは信じられない。

射《さ》すような陽の光が、頭にくい込んでくる。

私は症状を列挙することにも耐えられなくなり、あんまりのことにとにかくもう泣き出してしまいたくなった。どうやったら自分が救われるのかわからなかった。

ここのところ毎朝のことなのだ。

わたしはあきらめてずるりとベッドから抜け出して、放っておいても左右に揺れてしまう痛い頭を押さえながら、紅茶を淹《い》れて飲んだ。

なぜなんだろう、夜はゴムのように永く伸びて果てがなく甘い。そして朝は情け容赦なく鋭い。その光はなにかをつきつけるようだ。固くて、透明で、押しが強い。嫌いだ。

なにを考えても不幸になるのに追いうちをかけるように電話が鳴った。ひどい音だ。耳にジリジリうるさいのがくやしかったので、

「はい。」

とわざと元気よく取った。

「元気そうだな。」

快活な声で水男が言った。彼は私の恋人で、例の男とも、春とも知り合いだった。二人が退場して、彼と私だけが残ったのだ。

「そんなことないの。二日酔いで頭が痛い。」

「またかよ。」

「今日は休みね。遊びに来る？」

「うん、じき寄るよ。」

水男は言い、電話を切った。

彼は雑貨屋のオーナーをしているので、平日が定休日だ。私は少し前まで水男のと同じよう

な店で働いていたが、そこがつぶれてしまった。今は彼がとなり町に出す支店に拾われることが決まり、オープン待ちをしている。それは半年後のことだ。

彼は時々、モノを見る目で私を見ている。〝この花柄はないほうがいいな、ここさえ欠けていなければ値がついたかもしれない、このラインは安っぽいが人の心をとらえる〟というように。

それはびっくりするほど冷徹なまなざしで、それに気づいてごくりと息をのむ私の心の変化までをひとつの文様として見ているように思える。

午後、彼は花を持ってきた。

サンドウィッチとサラダを食べて、私たちは和やかだった。私はまだ寝たきり状態で、キスをする度、

「すごい酒臭さ。二日酔いも粘膜からうつりそうだな。」

と彼は笑った。それは花、特に白いユリみたいな香りがしそうな笑顔なのだ。

冬も終わろうとしていた。こんなに幸福な室内にいるのに、窓の外は恐ろしく乾いているような気がした。渡る風は空をきしませているように思えた。

きっと室内が甘く、温かすぎるからだろうと私は思った。

「あ、そういえば。」私は言った。甘く温かいからの連想だった。「最近、いつも寝しなに同じ夢みたいなのを見るんだけど、幻聴のはじまりなのかと心配なのよ。幻聴ってあんなに気持ち

いいものなのかしら。アル中って、このくらいでそんなになっちゃうのかしら。」

「まさか。」彼は言った。「少し依存の傾向が出ているにしたって、そりゃあ、今、君がひまだから、つい飲みすぎてしまうからだろ。また仕事がはじまりゃ元に戻るし、今くらいのんびりとそういう生活してたっていいに決まってるのさ。ところでそれ、どういう夢なの？」

「夢っていうかね。」やっと痛みと気持ち悪さのやわらいできた気分で、私は必死であの幸福感をたぐり寄せようとした。「うーん……酔ってベッドに倒れ込むでしょう。そうすると吸い込まれそうになって、自分がすごく懐かしい所を目をつぶって歩いているような気分になるの。いい匂いがして、安心で、そしていつも同じ歌がかすかに聴こえてくるの。涙が出ちゃうような甘い声、それは歌ではないのかもしれない。でも、メロディのようなものなの、かすかで、遠くて、至福を歌ったもの。うん、いつも同じメロディなの。」

「そりゃ、あぶないわ。アル中だ。」

「えっ。」

眉《まゆ》をひそめて私が驚くと、水男は笑って言った。

「うそだよ。実は俺、そういう話聞いたことあんの。よく似た話。それは、誰かが君になにかを言いたくなっているんだって、いうよ。」

「誰かって、誰よう。」

「誰か、死んだ人だよ。そういう人いない？　知り合いで。」

しばらくよく考えてみたが、とりあえずはいなかった。私は首を振った。

「死んだ奴《やつ》が、生前親しかった奴になにかを言いたい時に、そういうふうに伝えるんだってよ、ほら、酔ってる時や、寝しなって、シンクロしやすいから、そういう形で。そういう話どっかで聞いた。」

急にぞうっとしてきて、私は肩までふとんをかけた。

「ねえ、それって必ず知人なんでしょう?」

私はたずねた。知らない死者が耳元で歌っていたら、どんなに幸福感があったっていやだと思ったからだ。

「そうだってよ……なあ、もしかして春じゃないか?」

水男は言った。

水男はカンがいい。私は確かにドキッとして、ああそうかもしれないとすぐに思った。それは確信に近い手ごたえだった。消息のない春、最近、なにかと浮かんでくる春の思い出。

「調べてみなよ。」

「そうね……友達に聞くとかしてみるわ。」

私は言った。彼はうなずいた。

水男はなにを聞いても決して頭ごなしに否定したりしない。ご両親の教育が良かったのだろう。なんといっても、彼の名の「水男」、こんな名前や、その由来はなかなか思いつけない。なんと、彼のお母さんは若い頃一度、やむなく子供を堕《おろ》したことがあるので、「水子の分まで幸福に」という願いを込めてつけたというのだ。

普通、つけるか？　そんな名前。

部屋の中は彼の持ってきた白ばらの甘い香りで満ちてきた。私は、今夜はこの香りがあれば、あんまり飲まずに眠れるかもしれないと思った。私たちはまたキスを交わし、抱き合った。


「春なら死んだよ。」

あっさりと、やはりそう言われてしまって、びっくりした。

男と私と春の共通の知人が現在は真夜中のコーヒー屋でバイトしていると水男から聞いていたので、なにか聞けるかとわざわざタクシーを飛ばして行ったのに、あんまりだった。これなら電話で済む。私は彼の目をじっと見つめて、それが冗談ではないことを知った。ウエイター姿の彼は、混み合った店のカウンターの向こうで皿をふきながら暗い目をしていた。

「外国で？　なにが原因？　エイズ？」

私はたずねた。

「酒だよ、酒。」

彼は小さな声で言い、私は二回分、ぞうっとした。一瞬、この体にも呪《のろ》いがかかっているように思えてしまったのだ。

「酒びたりになって、パトロンの部屋でさ。アル中専門の病院を出たり入ったり、最後はもうめちゃくちゃだったらしいよ。パリから帰ってきた俺の友達が、親しい奴に話聞いたってさ。」

「……そう。」

私はコーヒーをぐいっと飲み、その味を確かめるように、小さくうなずいた。

「君たち、ぐちゃぐちゃに仲悪かったじゃん。なんでまた、今さら。」

「そで触れ合うも他生の……じゃないけど、あれっきり消息がわからなかったから、どうしてるか知りたくなってね。私は今、水男といて幸せだから。」

「そういうのってあるよな。」

春と男とまるで三人で暮らしていたような頃、彼はバーテンをしていて、よく私は彼のいる店にくだを巻きに行ったものだった。彼は昔からいつでも他人のことはどうでもいい人だったので、なんでも話しやすかった。彼の姿が暗い店明かりに浮き上がっているのをじんと見ていたら、あの頃の日常の空気をまるごと思い出した。けだるくて、明日がなくて、燃えていた。よみがえったその感触は、決してもう一度そこに身をひたしたいというものでもなかったが、奇妙な感傷を呼んだ。

「そうか、春はもうこの世にいないのか。」

私が言うと、カウンターの向こうで古い友人はうなずいた。


部屋に戻り、ひとりで、春の追憶のための酒を飲んだ。今夜はたくさん飲んでもいい気がしたので、思い切り気持ちよく飲むことができた。いつもなんとなく春のことを思う度にぼんやり見えていたTV画像のようなエッフェル塔も今夜は見えなくなっていた。代わりに、ありあまるエネルギーの使い道を失ったので、いつしかお酒にのめり込んでいく春の心象世界が見えた。男が去って以来、自分を立て直せなくなった春のことがよくわかった。そのくらい、自分の持てるものをすべて出しつくす恋だったからだ。男もひどく魅力的だったけれども、私には春が、春には私がいたからあれだけがんばれたのだ。男はそれを面白がったのか、息苦しく思ったのか、よくどちらかを家に呼んでおいて、もうひとりと逢《あ》ったりした。おしまいのほうでは、私と春を二人家に置いて、ひと晩中帰らないなんてしょっちゅうだった。

私は生来不器用で、料理も、ちょっとしたつくろいものも、小包のひもをしばるのも、段ボール箱を作るのも、やっとの思いなのに比べて、春はそういうのが得意で、そういう場面になる度に「不器用ねえ。」とか「親の顔が見たいわ。」とか言って遠慮なく私をののしった。その代わり私も春の胸のないのや、服のセンスのひどいのを平気で指摘した。男は、良いものはほめ、悪いものは正直に悪いと言うような奴だったので、女たちのコンプレックスにも拍車がかかったのだろう。

「あんたって本当に料理が下手クソね。冗談じゃないわよ。ママレンジじゃないんだからさあ、うわー、まずそう！」

ある夜、私が八宝菜を作っていたら春は言った。男が昼間、私にかくれて春に逢ったので、私は不機嫌だった。

「あんたみたいな変な服着た女にそんなこと言われる筋合いはないわ。黒のニットは胸がもう少しある人に着てほしいわね。」

いため物をしている私の背中を、春がひじで強くこづき、私はもう少しで手をなべの中につくところだった。

「なにすんのよ！」

私は大声で言った。いため物の激しい音と熱気にまみれて悲痛な声となった。

「よけいなお世話よ。」

春は言った。

「それもそうね。」

私は言って、火を止めた。部屋が静かになったので、二人の沈黙が急に浮いた。その時はもう、二人共、ひとりの少しエキセントリックな男、世の中のことをなめてかかっていて独自の生き方をしているように見えるひどい男の同じ体を、二人が共有していることがまともなのか、日常なのか、異常なのかわからなくなっていた。いろとも言われていないのに、男の部屋にいりびたっていることも、それが二人であることも。ただ私は春の陰気な発声と、ヒステリックにやせた体にイライラしていた。目の前をうろつくだけで、鳥みたいにしめてやりたいと思った。

「どうして、こんなふうにしているのかしら。」春はその時、妙にぼんやりと言った。

「他にも彼のことを気に入ってる女の子はいるのに、あんたと私だけで、彼もいない場所で。」

「なりゆきよ。」

「気が狂いそうなのよ、イライラするの。」

「こっちの言いたいセリフよ。こうなっちゃったんだから仕方ないじゃない。」

私は春の俗っぽい考え方や、明るくないものの見方がたまらなく気持ち悪くて嫌いだった。

「あんた、なにを考えてるの？　本当にあの人がほしいの？」

春は私をしかるように言った。

「ほしい。」

と私は言った。

「だから、あんたなんかとここにいるのよ、あんたみたいなばか……」

ひと言多かったらしく、私がそれを言い終わりもしないうちに、春が私のほほを、
ばちん
と鋭い音を立てて平手で打った。私は瞬間、わけがわからずぼうっとしたが、みるみるうちに右ほほが熱くなるのがわかったので、

「気分を害したから帰る。あんた彼と寝たら？　もし帰ってくればの話だけどね。」

と言って立ち上がった。

バッグを持って玄関を出る時、春は私をじっと見つめていた。その目があんまり大きくてまじめに光っていたので、私は春が、

「待ってよ。」

と言うかと本気で思った。そういう目をしていた。ごめんね、ではなく、むしろ行かないで、

のまなざし。でもそんなことは言ってもおかしなことなので、春は黙っていた、のだと思う。長い髪がその俗っぽい化粧をした白く小さい顔を半分かくしていた。こうやって遠くから見ると、はかなげできれいな子だと思いながら無言でドアを閉めた。

私は、私の知っている他の女たちが彼と寝ることを考えると胸やけがしたり、怒りを感じたが、春に関してだけは、すでにさほどでもなかった。実際、三人でざこ寝している時に二人がはじめてしまったこともあったが、大してなんとも思わなかった。他の女だったらその場で殺したかもしれない。

一緒にいるうちに春に関してだけは、なんとなく男の気持ちが理解できるようになってきたからだ。

中身のことではない。

もしかしたら中身は、ただの神経質で変ないやな女だったかもしれないが、春の外見にはなにか特別なものがあったのだ。まるで女そのものに対する淡いイメージ……下着に映る柔かい影、長い髪の影に見えかくれする細い肩、鎖骨の不思議なくぼみ、胸元の決して触れられない遠い曲線、そういうイメージの固まりが不安定に生きて動いている感じ。春には、それが確かにあった。

今夜も窓の外には、庭木の光るざわめきが見えていた。美しいその光景は、やはりおかしな角度にとがって見えた。容赦のないとがり方ではなくて、光の当たり方で優しく見えるような感じに見えた。

酔っているからだろう。

電気を消すと、明かりがついている時よりも部屋の中のものがくっきり見えた。

自分の息の音や、胸の音もよく聞こえた。

そしてかけぶとんをかけて、枕《まくら》にしっかりと頭を沈めた時、やはり聴こえてきた。天使のように清らかな声の響き、淡い感傷、メロディは切なく胸を躍らせた。波のように遠く近く、ノスタルジックに流れてゆく……春、なにか言いたいの？

と私は閉じてもぐるぐる回っているような心の耳を澄ませようとした。でも、春の気配はなくて、ただその美しい旋律が胸を刺すだけだった。もしかしたらこの美しい音色の向こうに、春のあの笑顔があるのかもしれない。いや、憎しみに満ちたののしり声で私の幸福が春の死と紙一重であることを叫んでいるのか。どちらでもいい、ひどく聞きたかった。

春の伝えたいことを知りたかった。眉間《みけん》が痛くなるほど私は集中して、やがて疲れがその音の向こうから眠りの波と共にやってきた。私はあきらめの言葉を胸につぶやいた。まるで、祈りの言葉のように。

悪いねえ、春。聞きとれないや。ごめんね、おやすみ。

「やっぱり、春、死んでた。」

私は言った。水男は少し目を丸くしただけで、

「そう、やっぱりそうだったのか。」

と言い、窓の外に目を向けた。

夜景がすごかった。

十四階とはいえ、相当なものだ。たまには高い場所でごはんを食べよう、と私が言うと、高いって金？　それとも地表からの高さ？　と水男がたずねた。私は笑いながら、どっちも、と言い、ここまで来たのだ。

窓の外中が光る夜の粒々で、圧倒された。車の列は夜をふちどるネックレスだった。

「水男はなんで、春だと思うの？」

私はたずねた。

「君たち、仲良かったから。」

水男は普通に言い、肉を切って口に運んだ。私の手はその時少し止まった。泣きそうになったからだ。

「春が、私になにか言いたいの？」

「俺にはわからないな。」

「そうね。」

私も食事に目を戻した。大したことではないのかもしれない。酒にまみれた私の日常が次の

ステップに向かって見せているいろんな「心残り」のイメージが春のかたちをしているのかもしれない。今夜もすでにワインを二本空けてしまって（水男と一緒にだが）、視界がぼんやりしてきた。

　また朝になってゼロになるまで、無限に映るこの夜景のにじむ感じがこんなにも美しいのを楽しんでいることができるなら、人の胸に必ずあるどうしようもない心残りはその彩《いろど》りにすぎなくても、全然かまわない気がした。

「今から、春に会ってみないか。」

　水男がふいにそう言った。

「なに言ってんの？」

　私は少しおかしな発声でそう言った。店中の人がちらっと私を見るくらいに、そのくらいびっくりしたのだ。

「知り合いに、そういうことができる男がいるんだ。」

　水男が笑って言った。

「うさんくさーい。」

　私も笑って言った。

「いや、結構面白いよ。そいつってコビトでね、昔、俺がもっとやばい商売をしている時に知り合ったんだけど、死んだ奴《やつ》と話をさせてくれんの。催眠術みたいなんだけど、それが実にリアルなんだよ。」

水男が言った。

「やったことあるの？　そんなこと。」

私はたずねた。

「うん、俺、手違いで人を殺したことがあるんだ。」

水男はさらりと言ったので、その後悔のものすごい深さがわかった。

「けんかかなにか？」

「いや、こわれた車を貸しちゃってね。」

そして彼はそれ以上言いたくなさそうに話題を変えた。

「後味が悪くてさ、頼んだんだ。……それで、会って話をしたら、うそでもすっきりしたね、やっぱり。それに、俺、君と春って仲良かったって、やっぱり思うよ。間に男が入ってなかったら、きっと君と春はうんと仲良くなれたよ。あの男も今はつまんない奴になって、くだらない生活してるらしいけど、あの頃はぱっとしてただろ。二人共、その輝きに同じように反応してるからきっと似てるんだろうな、とは思っていたんだ。」

水男の冷たさは、その名のとおり冷水のようだと私はあらためて思っていた。風が強いのだろう、窓の下の静止したはずの美しい画像のあちこちで、木やなにかが揺れているのがわかった。車のライトは道路をゆるやかに埋めつくして流れていた。

「俺は君のほうがずっと、好きなタイプだったけど。鼻の低さとか、不器用さとか。」

欠けた花びんに慰めがある、というのと同じような口調だったので、そして私はそういう言い方が好きだったので、やはりこの人を好きだと思った。

「じゃ、行ってみようかな。」

私は言った。

「面白そうだし。」

「そうだよ。」

ワインを飲みながら水男が言った。

「すっきりしたり、楽しいことなら、うそでもなんでもやってみたらいいんだ。気が済みゃ、なんだっていいんだ。」


水男に連れられて行ったそこは、どこにでもあるようなカウンターだけの地下のスナックだった。店番をしているのは、確かにコビトだった。その全身のバランスの悪さを除けば、なんの違和感もない人物だった。彼はしっかりした瞳《ひとみ》で私を見つめた。

「君の恋人かい?」

コビトは突然水男にたずねた。

「うん、文《ふみ》ちゃんって言うんだ。」

私は軽く頭を下げて、初めましてと言った。

「こちらは僕の友人で、コビトの田中くんだ。」

水男が言うと、彼は笑って、

「まあつまり、外人で言えば、スミスというようなものだよ。」

と言った。最高にうさんくさかったが、そこにある知性が信頼を感じさせた。彼はカウンターから小さなドアをひょいと開けて出てくると、入口に歩いて行って重いドアのカギをかけた。

「死んだ人に会いに来たんだろ?」

田中くんは言った。

「そう。たまには商売しろよ。」

水男が笑って言った。

「最近、やってないんだよ、これ。体力いるんだよ。高くつくよ。」

田中くんが言い、私を見た。

「いつ頃の人?」

「少し前、二年くらい前から会ってない女の子。同じ男の人を取り合ってたの。」

私はどきどきしながら、言った。

「なにか、飲み物いただけます?」

「うん、俺もほしいな、ボトルを入れるよ。」

「じゃあ、今夜は貸し切りだ。」

田中くんは言って、はしごに登って高い棚からボトルを取ってきた。そして器用な手つきで水割りを作りはじめた。

「この人、最近飲みすぎだからさ。」

水男が笑って言った。

「うんと濃く作ってやって。」

「おお、わかった。」

田中くんが笑い、私も笑った。いつも思う。水男は私を信じていて、きちんと大人扱いする。そのことが、とほうもない安心を呼ぶのだ。きっといくつになっても、人は扱われ方によって色を変えるところがあるように思える。水男はいつも人を使うのが上手だった。私たちは乾杯をした。

「しかし、男を取り合った女に、どうして会いたいのかね。」

田中くんがそう言って首をかしげた。濃い水割りの味で口がしびれるようだった私は、

「本当はお互いを好きだったからみたい。」

と正直に言った。

「少しレズっけのある二人だったみたい。」

田中くんは、ははは、と大笑いして、いい子だね、君は、と言った。私はその小さな靴や、小さい手の形をぼんやり見ながら、もし春に会えたらなにを話そうかと考えていた。しかし、なにも思いつかなかった。

「さて、はじめようか。」

一杯飲んだところで田中くんが言った。水男は口数が少なかった。きっと前、自分がここに来た時のことを思い出しているのだろう。

「はじめるって?」

私はたずねた。

「簡単だよ。薬もいらないし、数をカウントすることもない。目を閉じて黙っていれば、ある部屋へ君は行く。そこが面会室だ。ところで注意しておくけど、もし、相手に誘われても決してドアの外に出てはいけないよ。耳なし芳一《ほういち》の例もあるだろ。よくいるんだよ、出てしまって戻ってこられなくなる人が。永久に戻らなかった人もいたよ。だから、気をつけて。」

こわくなって私が黙っていたら、

「大丈夫だよ、君はしっかりしてるから。」

と水男が笑った。私はうなずいて、目を閉じた。田中くんがカウンターを再び越えてきた気配を感じた時、すぐに体中がすうっと冷えたのがわかった。

そして気づくと、私はもうその部屋にいた。

そこは妙にせまく、すりガラスの小さな窓のある変な部屋だった。私は古びた赤いソファーにすわっていて、テーブルもない真向かいにも、同じ形の小さなソファーがあった。昔、遊園地にあった「ビックリハウス」によく似ていた。自分が回らなくても壁がぐるぐる回って、家が回っていると錯覚してしまうやつだ。照明も薄暗く、なんだか滅入《めい》った気持ちになった。そして、木のドアがあった。

私は、触れるだけならと思い、そこについているノブに手を伸ばした。鈍い金色で、ひんやりしている細いノブだった。手のひらにそれがおさまったとたんに、なにかの振動がじんじんと伝わってきた。言ってみればそれは、外にものすごいエネルギーが渦巻く中の静かな場所、台風の目や、結界のように、なにかを押しとどめるような感触だった。体中がざわざわとして、自分がドアの外の世界を本能的に恐れているのがわかった。

そして、人によってはここでこのドアを開けたくなってしまうことも、よくわかった。水男もきっとそうだったろうということが。何人もの人が出て行ってしまい、きっとそれっきりになっているのだろうことも。

……なるほど。

と私はドアを離れて、ソファーにすわり直した。頭がしっかりしてきた。木の床をとんとん鳴らしたり、ざらざらしたベージュの壁を触ってみたりした。とてもリアルだった。田舎の無人駅の待合室のように不自然で、圧迫感のある部屋だった。

その時だった。ドアが急にばたん、と開いて、身をひるがえすようにするりと、春が入ってきたのだった。

びっくりしすぎて、声も出なかった。

春の肩ごしに一瞬、外がいちめんに重い灰色をしていて、なにか嵐《あらし》のような音がごうごう鳴っているのがちらっと見えた。そのことが、春がやっぱりここに来たことより何倍もこわかった。

「久しぶり。」

春はそう言うと、唇をとがらせて少し笑った。

その笑顔も、この部屋、この部屋の外の恐ろしい灰色にあっという間に吸い込まれてしまうように心細く感じた。

「あなたに会えてよかったわ。」

私は言った。言葉はすらすらと出てきた。

「会いたかったことがわかってよかった。私は本当は、あなたのことをとても好きだったし、あの日々は独特の緊張感があって、楽しかった。それは相手が春だったから。私にとってあなたは意味のある子だった。いろんなことを、あなたといていつの間にか知ったわ。もっと話したいことがいくらでもあったのに、あまり話せなくて残念だったみたい。」

必ずしもすべて本心とは言えなかった。懺悔《ざんげ》のようなものだ。遠ざかる船に向けて叫ぶ愛のようなものだった。

でも、春はうなずき、相変らずの細い首と黒い服で、

「あたしも。」

と言った。

「ほらほらねぇ、ちょっと見て。」

春は立ち上がった。長い髪がちょっとだけ、さらっと私の手に触れた。本当にさらっとくすぐったかった。

そんなことを確かめていたら、春はふいにがちゃっとドアを開けた。

私は身がまえた。

〝もし誘われても、出てはいけない〟

春はくすっと笑って、私の心の汚なさを軽く受け流した。

「ばかね、見せるだけ。ほら、あたしが頭を出してみせるよ、ね。」

春は首をひょい、とその灰色の世界へ出した。とたん、髪が、音もないのにものすごい勢いでなびき、乱れはじめた。春は上を見上げたまま言った。

「いつか、こんな嵐の日に部屋にあんたと二人でいたわねえ。ちょうどこんな感じ。あたし今ねえ、こんな嵐の中を目をつぶってやってきたのよ。あんたにひと目会うために。たとえばあの男のためには来ないわよ、大変なんだから、ここまで来んのって。」

「私も。」

私は言った。

「会うべきっていう気がしてた。」

「あたしが呼んでたからよ。ここしばらく、うろうろしてたからね、あんたのそばを。」

春は言った。

春は私の知っている春よりも、ずっと大人びていた。

「どうして?」

私はたずねた。

「わかんない。あんたといた時、淋《さび》しくなかったから。他のいつも淋しくなかったけど、あんたのこと考えると、あんたのいた時がいちばん淋しくなかったみたい。あの時、あの嵐の時も、あたしあんたにキスしたかったみたい。」

春は無表情にそう言った。

「嬉《うれ》しいわ。」

私は言った。たまらなく悲しかった。外の灰色があまりに重かったので、春の髪があまりひどく乱れて風に舞うのを見ていたら、過去がいかに遠いのかをふいに悟ったのだ。死よりも、人と人の埋められない距離よりも。

「春。」

私は名を呼んだ。

春は少し笑って、髪を直して、自然な動作でドアに手をかけると、じゃあ、と言って私の手に触れて、ドアの外に消えた。そして私は思っていた。そう、そういえばこんなふうに二人で話をしたことは、あの時一度しかなかったような気がすると。

ばたん、と閉まったドアの音と、手の冷たさがしんと残った。

「おかえり。」

と田中くんが大きい声で言った。

私はきょろきょろして、店の中に戻った自分を知った。

「うわあ、すごかった。いったいどういうトリックだったの？」

私は言った。照れかくしもあったし、素直な感嘆もあった。

「失礼な、本当のことだよ。」

と少しムッとして田中くんは言った。

「まあ、こいつは悪い夢を食べるバクだよ、そういうことだ。」

水男が言った。

「そうそう、それでいいんだ。」

田中くんが言った。

「うん、そうみたい。会えて嬉しかったみたい。なんか今、胸の中から毒が抜けてしまったようよ。」

私は言い、少しずつ現実に戻ってゆく自分の心と体を確かめていた。まるで霧が晴れてゆくように、視界や、呼吸が澄んでいた。

「たくさん運動した後のような気分だろう。」

田中くんが氷水をことん、と私の前のカウンターに出して言った。

「君は今、とても遠くへ行ってきたんだから。」

そう、あの日の嵐。

初秋で、台風が来ていた。

私と春はその頃ぼろぼろに険悪になっていてその一週間はけんかばかりしていた。もう恋が終わりかけていて、なすすべのない時期だったので、いつもイライラして不安だった。男も、もうほとんど家に寄りつかず、そのこともどうでもいい気がしていた。

「外はすごい雷よ。」

私は言った。帰るに帰れず、春に話しかけるより他なかったので、思わず話しかけてしまったのだ。しかし春は意外に普通に答えを返した。

「やあねえ、雷嫌いよ。」

春は眉《まゆ》をひそめた。春の、その表情はとてもエロティックで情けなく、いつも一瞬、みとれるような感じになった。

「文ちゃん、助けてえ。」

ぴかっと、稲光が光り、すぐに叩《たた》きつけるような激しい音がした。春が私にそんなことを言ったのは初めてだったので、ぎょっとして見ると、春は私に向かって童女のように微笑《ほほえ》んでいた。私は悟った。春もわかっているのだ。もう恋は終盤を迎え、私と春は会うこともなくなる。そのことを、知っているのだと。

「近いわよ。」

私が言うと、春はもう一度、

「いやだあ。」

と言って窓から離れ、私の背中にまわってかくれるふりをした。

それはきっと、嵐が来て心細かったせいもあるだろう。

「うそおっしゃい、こわくなんかないくせに。」

あきれた声で私が振り向くと、

「実はほんとに少しこわいの。」

と春が笑った。つられて私も微笑んだ。すると春が驚いたような顔をして言った。

「ねえねえ今、あたしたち、ちょっとだけ心が通じちゃわなかった?」

「うん、通じたかも。」

私はうなずいた。

部屋は外界から閉ざされ、雷は音を立てて遠くからくり返しやってきた。室内の空気は濃く固まり、ひそめた息さえも、その小さな完璧《かんぺき》さをさまたげるように思えた。ある種の貴重さだけがそこにしんと光っていた。もうすぐ終わる。枯れ果てて消える。みんな離ればなれになる。その確信だけがくり返しやってきた。

「あの人、大丈夫かしらねえ。」

閃光《せんこう》が照らす春の横顔は小さくて美しかった。

「ほんとねえ。」

だから、今はそっとしておきたかった。二人で静かに、そっと。

「かさ持ってるかしら。」

「こんな中、持ってても無駄よ。雷が落っこっちゃうわよ。」

「あの人に合うわ、その死に方。」

「早く、帰ってこないかな。」

「うん。」

並んで壁に寄りかかり、ひざを抱えて話した。春とそんなふうに話をしたのは、後にも先にもその時きりだった。雨の音がざあざあと、絶え間なく思考をじゃましていた。ただ、ずっとこうして仲良くこの部屋にいたような気ばかりした。仲の悪いふりばかりしていたような。

「夕立みたいな音ね。」

「うん、こんなすごい雨、久しぶりね。」

「どこにいるのかしら。」

「なんでもいいから、無事でいてほしいわ。」

「大丈夫よ。」

「うん、大丈夫。」

春はその細いあごを抱えたひざにのせたまま、優雅に、そして強くうなずいた。


水男と二人、田中くんの店を出たのは夜明け近かった。歩きながら、私はたずねた。

「ねえ、実は私、どのくらい意識を失っていたの?」

「二時間近かったな。飲んで待ってたら、すっかり酔っちまったよ。」

人っ子ひとりいない路地裏には、水男の声が高らかに響いた。

「そう、そんなに。」

春といたのはほんの短い間だったので、私は少し驚いた。それにしてもさっぱりした気分だった。月や星の光が、何年かぶりにと思えるくらいにくっきりと、洗われたように明るく見えた。歩くことすら嬉しくて、自然と速足になった。春、天使の歌、コビトの霊媒、春……。

「いいんだよ、気分が晴れれば。」

ふいに水男がそう言って、私の肩を抱いた。

「今は考えるな。」

私は黙ってうなずいた。

毎晩、飲みすぎていたのは偶然だったのだろうか。

その時春はいつも近くにいたのだろうか。

あの美しい歌は、春の呼びかけだったのだろうか。

さっき私はどこへ行ったのだろう?

コビトは何者なのだろうか。どうしてあんなことができるのだろうか。

あれは本当に死んだ春だったのだろうか。

それとも、私の心のひとり芝居か?

そうして春は去り、私はここに残る。

あらゆる謎《なぞ》を超えて、気持ちのいい夜風が今の心をさらっていった。

「なんだか、明日から酒量が減るような気がする。わざとらしいかしら。」

私は言った。

「でも、どう考えてもそう思う。」

「きっと、そういう時期にさしかかったんだよ。」

水男は笑った。

水男の中ではすべてが「時期」なのだろうか。私のことも、私といることも。優しすぎるということは、きっと、冷たすぎるからなのだろうか。

先のことなんかさっぱりわからず、しかも、これ以上愛したら私は透きとおってしまうのではないだろうか。

新しくはじまる生活の中で、二人はどうなってゆくのだろうか？

しかし、
水男の笑顔はやはり、じかに心に届くような、この寒くて美しい夜にそっくりな気がした。この夜を共に過ごしていることや、すべてのことが過ぎ去るものならそれは、それでいいということが、貴重に手の内で光っているように思えた。あの頃、春といた時のように。

そして、どっちにしてもきっとあの、ぞっとするほどきれいな歌声も、もう聴けないのだろう、と私は悟った。そればかりはとてもつまらないことだった。

あの安心、あの甘さ、あの切なさ、あの優しさ。よかったなあ、と私はライトに照らされた庭木の緑を見るごとに、あの柔らかな旋律のしっぽをかすかにきらりと思い出し、よい香りのようにくんくんと追い求めるだろう。

そして少しも思い出せなくなり、やがて忘れてゆくのだ。
水男に肩を抱かれたまま歩きながら、私はそんなことを知った。

墓碑銘〈新宿〉

菊地秀行

はじめて、新宿の高層ビル街を見せに連れ出したとき、祥子は例によって嫌がった。

「面倒くさいんだもの。それに、ビルを見たって、面白くもなんともないわ。ただ、高いだけなんでしょ?」

「高いだけじゃない。高いだけなのがたくさんあるんだ。日本とは思えない眺めだよ」

「どこでもいいのよ、私。アメリカだって、南極だって同じなの」

またか、と思った。腹は立たなかった。祥子が今より十歳年を取り、ウエストが二〇センチも太い赤ら顔の女なら、投げやりな言葉は、それが似合わぬことにも気づかない無雑な神経の表現となる。だが、繊細なガラス細工を思わせる血の薄い貌と、哀しいくらい細っこい手足には、よく似合った。

祥子が外へ出たがらないのは、風にとばされ、何かにぶつかって砕け散るのが嫌だからだ。

——一時期の私は本気でそう考えていた。

投げやりといったが、それには、こちらの思い通りにならないから、どうでもいい、というような功利的な趣きはなかった。

祥子はいつも、私たちとは別のところにいたのだ。

ある秋の深夜、虫のすだきを快く耳に止《とど》めながら帰宅した私は、明りだけが出迎えるキッチンで背広を脱ぎ、奥座敷の襖を引いた。祥子は眠っているはずだった。

ひっそりと横たわる細い身体だけが眼に灼きついた。電灯はついている。祥子の姿ばかりが何故印象的なのか、私は襖の端に手を乗せたまま考えた。

音はない。虫の声も絶えていた。細い糸のような音を聴いた。祥子の寝息だった。

生きているんだね、おまえは。——痛切にそう思った。

いつの間にか、私は涙を流していた。世界のすべてと、祥子だけが違っている。私にはどうすることもできず、何とかしてやれるのは私しかいない。そんな哀しさだった。

今になって考えてみると、祥子は何処にもいなかったらしい。

朝食を摂っていると、

「ごめんなさい」

と、席に着く。

「遅れたな」

と笑いながら見ると、口元へ持ち上げたトーストの端は、少しかじってあったりする。

はじめて、私は、彼女がいつからそこにいたのか気づく。

「朝刊取ってくるのを忘れたわ」

という声が甦ってくる。

自信がなさそうな、立ち上がるときの仕草も憶い出される。一度、祥子がそこにいないかのごとく――本当にわからなかったのだが――ふるまい、気づいてすぐ、

「済まん」

と詫びたことがあった。

祥子は、ちらりとこちらを見て、黙々とサラダを口に運んだ。妻のいないことに気づかぬ夫が世界中にいると納得している風でもあり、そう気づかせぬ妻が普通なのだと告げている風でもあった。

出勤する途中、近所の主婦と一緒になったとき、

「××さんが、びっくりしてらしたわよ。越して来て一年になるけど、お宅に奥さまがいるのに、はじめて気がついたって。ご主人は独り暮しだと思われてたらしいわね。亭主の留守を見計らって、掃除か洗濯に行ってあげようと企んでいたんですって。あたしたちみんな笑ったわ。奥さんは何回となく××さんと買物ご一緒してるのよね。そう言うと、何処よ、何処にいるのよって、青くなってるの。そのままいくと、奥さんのこと幽霊か何かと間違えかねないから、二人以上で行くと、みんなそうなのよ、と安心させといた。もうひとり相手がいると、みんな、奥さんのこと忘れてしまうのよ。――ごめんなさい、影が薄いってわけじゃないの。でも、そうなのかなあ。奥さん、遠くの街の出なんですって? なんか、透きとおってて、東京じゃあ長保ちしそうにない、壊れやすい人形みたいな気がする」

幾日かたって、この話を憶い出した。

「人形なんかじゃないわよ」

と祥子は否定した。珍しいことだった。

「似てるけど、違うわ。――あなただって、わかってるくせに」

「わからないよ、何だい？」

祥子は私を見つめた。眼が、嘘つき、と言っている。何であれ、意識されるというのは人間にとって生き甲斐みたいなものだ。

「みんなと買物へなんか行くから、そうみられるのね。本当は、私、外へなんか出たくない。出るのなら、ひとりで行きたい。みんなとは違うのよ」

「おれとも、かい？」

「そうよ、あなたは生きてるもの」

その言葉を、私は前に一度だけ耳にしたことがあった。

記憶を辿っていると、

「結婚を申し込んだときよ」

と言われた。

山形の青い森陰に眠るような街に、会社の支社と祥子の家はあった。転勤を命じられた私が、到着してはじめて口にした麦茶を運んできたのが祥子だった。

半年後、私は祥子を一軒きりの喫茶店に誘った。窓の外は白く染まっていた。冬だった。

予想していた通り、祥子はすぐには首肯しなかった。いれたてのコーヒー・カップを口元に運びながら、私を見つめた。笑っているようだった。陽気のせいだろうと私は思った。

少し間を置いて、祥子は私でよかったら、と言った。

「きっと、平凡な、普通の奥さんになれるでしょう。万がいち、そうならなくても勘弁して下さいますか?」

出来れば、外へは出ずに家にいて欲しいと直截に告げると、

「そういう意味ではありません。すぐにわかりますが、私は他の人とはちがうんです。誤解しないで下さい。本当はそんな気がするだけなのですけど、私はここにいてはいけないような気がするんです。つまり、あなた方は生きていて、私はそうじゃない、と」

祥子は、高層ビル街を見たことがなかったのかもしれない。西口の改札を抜け、小田急デパートのエスカレーターで地上へ出ると、その場で動かなくなった。

驚いたのだろうと、私は単純に考えた。

「凄い眺めだね、後でゆっくり歩こう。その前に、商談をすませてくる。君はその辺を——」

祥子が首を横にふる前に、私は間違いに気づいた。

「いやよ。こんな人の多いところはたくさん。あなたが見えるところで、終わるのを待ってい

るわ」

「それでは、連れ出した甲斐がないよ。たまには大都会の雰囲気を味わうのも、気分が変わっていいかと思ったんだ。君が外出嫌いなのはわかってるが、少しは殻を打ち破ってみるべきじゃないか。いつまでも、銀座や六本木は知りません、新宿なんか行ったこともありませんじゃ、笑われるだけだよ」

「笑われたって平気よ。あの人たちに」

祥子の主張に込められた願いを、私は理解できなかった。意地の張り合いだと思った。通行人の顔が、幾つもこちらを向いた。うす笑いを浮かべた若い男の顔が眼に入った。

「とにかく、商談中にそばにいられちゃ気が散って敵わない。あそこが気に入ったようじゃないか。一時間ぐらい散歩しておいで。待ち合わせはここにしよう」

「いいの、行っても？」

祥子は訊いた。今までとは、うって変わって静かな声だった。決定的なものを私は感じた。

「行きたいけれど、行ってはならないような気がするの。私はあなたといたいのよ」

滅多にないことを祥子はした。腕に巻かれた白いブラウスを、私は一瞬見つめ、わかったよ、と言おうとした。それが正しい判断なのだろう。

私はそっと、祥子の手を外し、

「とにかく、仕事の邪魔をするな」

と言った。

祥子は微笑した。雑踏の中で、それはひどく痛切に私の胸を打った。

「新都心の方へ行くのなら、向うに横断歩道がある」

私は左手——京王デパートの方を指さした。そちらの方角へ、祥子は後じさりはじめていた。長いこと一緒にいた恋人に、運命的な別れを告げた後のように。

「行って——来ます」

白い背中がこちらを向き、色とりどりの雑踏に混じった。それが京王の角を曲がって消えるまで、私は見送った。

眼に染みるブラウスの色は、泥川の流れに浮かぶ花のように、いつまでも網膜に残っていた。流れはひどく早かった。


喫茶店で一時間粘り、電柱のところへ戻ると、すぐに門が開いて祥子が現われた。

時間通りだった。これまでに三度、確かめてあった。頼りなげな澄んだ印象は、薄い化粧をし、鮮やかなブルーのスカーフを巻いても変わらなかった。

九月はじめの午後四時。街に溢れる白い光を、うっとうしく思うものもいるだろう。

見失わぬぎりぎりの距離をおいて、私は妻の後を尾けはじめた。

駅まで十五分。バスはない。これまでの経験で、最も気づかれ易いのは、駅のホームと電車の内部《なか》だったが、私は心配をとうに捨てていた。

祥子は一度たりとも後ろをふり向かなかった。愚かな亭主を馬鹿にしきっているのでも、自分の行動に自信を持っているのでもない。これから行うことの意味など、意識してもいまい。祥子の関心は、彼方に待つものにしかないのだろう。

急行電車が到着すると、私は隣りの車輛に乗りこんで、祥子の様子を窺った。進行方向右側の列である。祥子は吊革につかまり、私は座席にかけていた。

新宿まで十五分足らずの時間を、恐らく祥子は、電車の震動以外、身じろぎもせずに過したであろう。

一度だけ、下北沢から乗りこんだ女性客が、隣りの吊革につかまったところでよろめき、祥子にぶつかった。

驚きの表情が、こんな場合に私の笑いを誘った。ぶつかるまで気づかない隣人を、他人《ひと》はどう思うだろう。新宿のホームに滑りこむまで、女性客は繰り返し祥子の方を眺めていた。

乗降客の数と混雑は、私の視界から祥子を奪い去るのに夢中だったが、あわてる必要はなかった。

距離をとるのは、尾行につきまとう習慣と後ろめたさのせいだ。横に並んでも、祥子は私に気づかなかったにちがいない。

地上へはすぐに出ず、祥子は地下のコンコースを抜けて、いつもの階段を上がった。

私の謎はここからはじまる。

空は濃さを増していた。見廻せば、長いこと当っていると一生をうたた寝して過しそうな光が、長大なビルの壁面を長々と照らしている。

新宿新都心――超高層ビル街の東の端であった。

五時には少し間があるせいか、どのビルの出入口も、飽食した人間を吐き出してはいない。

祥子は「三井ビル」の方角へと進んだ。影が落ちている。私も自分の影を踏むようにして歩いた。

センタービルの影に祥子の影が溶けたとき、私は足を止めた。

ビルの壁面から剥がれたように、ひとりの若者が祥子の前へやって来て立ち止まった。

グレーの背広と地味なネクタイの下に、純白のワイシャツ。右手には黒革かビニール製のブリーフ・ケースを下げている。

何も言わずに若者は祥子の右隣りに並んだ。

向きを変えるとき、私と眼が合った。五メートルと離れていない。

肩を寄せ合うようにして歩き出した二人を、私は悄然と追いはじめた。

虚ろな気分だったのは確かだ。好奇心と疑惑がそれを埋めていた。

そのひとつ。――私はそれまでに三度、祥子の後を尾け、三度、若者と眼が合った。私なら、一回目で二度と祥子に会わないか、ほとぼりが醒めるまで待つか、別の場所を指定するだろう。

ビルの端で二人は立ち止まった。

唇が動いた。何も聴こえない。私は二人の横へ廻った。割って入る気にはなれなかった。まだ、確かめたいことがある。

祥子の横顔は笑いに彩られていた。筋肉が形成するのではない、もっと深いところから湧き上がる喜びの表現だった。

唇が動いてるように見えたのは、私の勘違いだ。こんなときの二人に言葉はいらないのだ。

二人は少し離れて立っていた。手も握らず、キスひとつしようとしなかった。純粋な歓喜がそちらの昂ぶりを押さえているのだろう。

立ち尽くすこと。喜ぶこと。——それだけが、二人のしたことだった。

祥子はそこにいた。

世界の中に違和感もなく溶け込んだひとりの女として。

祥子がひとりぼっちでないことを知ったのは、これで四度目だった。

五分ほどそこにいて、二人は西の方へ移動しはじめた。

住友ビルの前へ。

第一生命ビルと、ホテル・センチュリー・ハイアットの前へ。

工事中の新都庁舎の前へ。

ＫＤＤビルの前へ。

京王プラザ・ホテルの前へ。

そして、夕闇が迫っていた。

蒼い光の中に佇む二人へ、私は足音をたてないように近づき、そして声をかけた。瀟洒なガラス細工に戻った祥子をこわさないように。

「私とお茶を一緒にしてくれないか。君たちの仲間になれないだろうが、話くらいはできるだろう」

祥子が、あなた、と言った。

若者は中野に住むセールスマンだった。最悪の売り上げがつづき、憂さを晴らしに新都心を散歩中、祥子と出会ったのだ。いつかは、言うまでもあるまい。

京王プラザ・ホテルの喫茶室で、

「変わった不倫だな」

と私は言った。怒りは湧いてこなかった。疲れてさえいない。もう、わかっていた。

「ごめんなさい、あなた」

と、祥子は頭を下げた。

「でも、信じて下さい。私たちは、ただ」

私はうなずいた。二人はホテルの前まで行き、ホテルの前で別れるのだった。

「で、どうする気だ?」

私は口調を改めて訊いた。祥子にではなく、若者に。

ベッドを伴にしたわけでもない二人へ。

「別れていただけませんか?」

若者はひっそりと私を見つめた。

祥子と同じ眼差しで。

「その方が、奥さんは幸せになれると思います」

私は祥子を見た。

「君もそう思うか?」

「はい」

青い闇が外を覆っていた。

「実は、おれもそうだ」

私は祥子の顔から眼を離して言った。どんな表情をつくるのか知りたくなかった。

「あなた……」

「だが、別れる気はない。祥子はともかく、おれには、そうする理由が見当らないのでね」

「それはわかります」

と若者は応じた。

「ですが、僕は――」

私は片手を上げて制した。

「とにかく、今は断わる。君の気持ちはわかった。後は私たち二人で話し合ってみよう。別れる前にひとつ。――君の脈をとらせてくれないか?」

唐突な申し出に、若者はとまどった風もなく、右手を差し出した。

私は左手の指を二本、手首の親指寄りに乗せた。

血の流れが指先に感じられた。

指を離すと、若者が、

「気が済みましたか？」

と訊いた。

「ああ」

答えながら、感じられなかったらどんなに楽だろう、と私は思った。

私はそれから一時間ほど時間をつぶし、祥子が落ち着いた頃を見計らって帰宅した。家に戻ったときにはもう、祥子も私も落ち着き払っていた。取り乱したことがあったかどうかも疑わしい。

私が部屋着に着替えている間に、祥子は夕食の仕度にとりかかった。

二十分程して、キッチンへ招《よ》ばれた。

いつもと変わらない夕食がはじまった。

「怒ってらっしゃる？」

「いいや」

「気にならないのね？」

「自分でも不思議だがね。多分、このまま、いつも通りの生活がつづいていくんだろう」

「そうかもしれないわ」

「それでいいのか？」

「不倫は終わった。――それでいかが？　私は平気よ」

「ひとつ教えてくれないか？」

と私は訊いた。

「何かしら？」

「おれは君たちのデート現場を四度も目撃した。あんなに生き生きした君を見たのははじめてだ。理由を教えてくれ。彼がいたからだけじゃないだろう」

「言っても、わかって貰えないわ」

「言ってみなくちゃ、なお、わからないよ」

祥子は首をふった。

「私には、行くところがないのよ。あの人にも」

「そんなことはないさ」

自分の声に、私は耳をふさぎたくなった。

「嘘つき」

祥子は正しかった。

二人を容れる場所など、この世界にありはしないのだ。

祥子を尾けた私は、二人が別れた後で若者も尾行した。

途中で立ち寄ったレストランでは、いくら声をかけても注文を取りに来ず、アパートの玄関で井戸端会議中の夫人たちに挨拶しても、返事ひとつ貰えない若者を。

「嘘なんかついていない。彼はともかく、君にはおれがいるさ」

「そばについているだけでは駄目なのよ」

祥子は切なげな吐息とともに言葉を吐き出した。

「死んだ人のそばに医者がついていても、何にもならないわ。死人と語りあかせるのは、同じ死人だけ」

「君は呼吸してる。脈も正常だ。食事もよく消化する。一日八時間は眠る。——どうして、これが死人だ？」

「生き死にって、そういうことじゃないのよ」

「彼のところへ行きたいのか？」

「ええ」

「傷つくようなことを平気で言うね」

「四ヶ月まえ、私を喫茶店へ連れて行ってくれればよかったのよ」

「今、君は行くところがないと言ったね。二人になれば、見つかるのか？」

「いいえ。でも、探し出すことはできるわ」

「どうやって？」

「わからないわ」

「高層ビルのデート地点はどうだ？」

「そうね」

曖昧に言って、祥子は本格的に食事にとりかかった。

その晩、私は夢を見た。

霧深い夜なのに星がまたたいていた。

蜿々と墓石が立ちならぶ中を、二つの人影がやってきた。

祥子と若者だった。どちらの顔もかがやいている。何か話しているようだが、私の耳には届かなかった。

墓石のひとつに近づき、若者がそれをのけた。

後にはぽっかりと、二人が楽に収まるくらいの穴が口を開け、まず、祥子が横たわった。底が深いのか浅いのかよくわからなかった。生まれていたときから死んでいた女には、それもお似合いだろう。

若者がつづき、のけてあった墓石を元に戻した。

霧が新しい墓を覆い、夜空には星がまたたいていた。

私はそっと墓に近づき、表面を調べた。

滑らかな石の肌には、二人の名も刻まれていなかった。

涙がこぼれた。

そこで眼を醒ました。

私は頰に手を当てた。涙が流れていた。

片手で拭い、私はもう一度、眠りに落ちた。

落ちながら気がついた。隣りに寝ている祥子に気がつかなかったことを。

翌朝、私は「好きにしろ」と告げた。


それから長い間、私たちは前と変わらぬ生活をつづけた。

祥子はあまり外へ出ず、時折買物に出ては、近所の主婦達を驚かしているようだった。

ある日、私は社用で新宿へ出掛け、その折に、新都心を訪れた。夕暮れどきのせいもあった。

京王プラザの前を通る九号街路から、三井ビル前の広場を見下ろすことは容易だ。

点々と歩く人の中から、見知った顔を探すのも容易だった。

ビルの落とす影の中で、祥子と若者は動くことをやめていた。

私は煙草を取り出して火を点け、なるべくゆっくりと喫った。

フィルターぎりぎりまで喫い終えて見下ろすと、二人の姿はもう見えなかった。

あれからどれくらいの逢瀬をつづけているのかはわからない。その日が、たまたまだったかもしれないし、殊によったら毎日のうちの一回だったかもしれない。訊く気にはなれなかった。

先に帰宅すると、祥子は一時間ほど遅れて、何事もなかったように戻ってきた。

「今日は何処へ行ってきた?」

「新宿よ」

「ひとりか?」

「いいえ、彼と一緒」

私は二の句がつげなかった。その晩も、祥子は申し分なく家事をこなした。

だが、その日は来た。

冬もじきに終わるという晩、ついに、私を出迎える者も、留守にする旨の手紙も現われなかった。

すぐに、中野のアパートへ急行したが、若者も昨夜、部屋を引き払っていた。

それきり、二人の行方は杳として知れない。

一応、警察に届ける以外のことを、私はしなかった。無駄だ。あの二人が満足すべき場所など、この星の上にありはしない。

私もそれなりに祥子の失踪を悔んだが、涙は出てこなかった。

代わりに、近所の夫人達に出会うたび、祥子の失踪を口にした。

みなが祥子のことを覚えているのは不思議なことだった。

心配げな表情の底に、私への同情がゆれていた。帰ってこない、とみなが知っているのだった。

だが、素朴な疑問がひとつだけ残る。

この世に生きる場所のない二人が、どこでどうやって生きていくのだろう。

長い間、それは私の頭を悩ましつづけた疑問だった。

解答は昨日出た。

二人の歩いた場所を辿ろうと、ふと、思い立ち、新都心を訪れた私は、三井ビルの影が地を這う路上の一角に、奇妙な品を見つけたのだ。

整然とはめ込まれた敷石が、そこだけ、縦横四メートル、二メートルほどに渡って、コンクリートの地肌を剝き出しにしていた。

ちょうど、荒っぽい機械の手でえぐり抜かれ、コンクリを流し込まれでもしたかのように。

深さは、それほどいらないはずだ。

闇で機械と人間を雇うぐらい、祥子のもち出した貯金でまかなえるはずだ。

しかし、と私は思い直した。

穴を開けるのはオーケイしても、男女の上に溶けたコンクリートを流し込む作業を引き受ける人間がいるだろうか。それくらい、自分たちにもできるのか。――何故か、私はいまだに答えを得ていない。

別の場所へ移動しようとして、私は三井ビルを見上げた。

天空を圧してそびえる姿に、ある記憶が重なった。夕暮れの蒼茫ではなく、星空だったなら、結論は一層早かったろう。

墓石《ぼせき》だ。

この街に存在する唯一のこころ安らぐ場所――巨大な墓石の落とす暗い静かな影の中に二人はいたのだった。

はじめて、ビル街と出会ったときの、祥子の姿。

今なら、私にもわかる。
若者と二人で声もなく佇みながら、二人はやはり、会話していたにちがいない。
お互いへの想いを。
夢の墓石に墓碑銘はなかった。
語る言葉がそれになる。
この世に生きる場所を見出せなかった二人の喜びの声が。
青く染まった街路を、私は二人の「家」とビル街に背を向けて歩き出した。
死を生きるということを、咎められるものはいない。
耳に届かなかった二人の言葉を聴いてみたい。——それだけが心残りだった。

光《ひかり》堂《どう》

赤江瀑

1

広辞苑で『妖怪』という言葉の定義を知ろうとすると、

——人知で不思議と考えられるような現象または異様な物体。ばけもの。へんげ。

と出ている。

五藤涼介がこの言葉を、文字どおり不意に眼の前に出現したもののけに出くわしでもしたように、息をのみ、立ちどまって、唐突に想い出したのは、正月の松もとれて四、五日した頃の新宿の街のなかであった。

久しぶりに歩く新宿は、昔の街すじを想い起しながら歩ける通りと、まるで見当のつきかねる姿に変ってしまった知らない街へ迷いこんでいるような不案内さとが、こもごもに交錯して、懐かしさに浸るよりも、落着かない感じの方が数等強かった。

それでも二時間ばかりはとにかく夢中で歩きまわり、足の向くまま、路地から路地へ、通りから通りへと渡り歩いている間中、涼介はわれを忘れているようなところがあった。

二十数年ぶりに見る街であった。

歳月が逆流してあざやかに立ち戻ってくる無数の昔日の断片と、どんなに思い返してみても埋まらない記憶のなかでは空白の領域とが、歩くごとに数を増し、めまぐるしく入りまじり合い、彼は確かに夢うつつな状態のなかにいた。

どこか茫然《ぼうぜん》として、むやみやたらに歩きまわる自分の足にただぼんやりと身をまかせているようなところもあり、どこか昂奮しつづけて、歩かずにはおれない衝動に駆られているようでもあった。

昼さがりの街は賑《にぎ》やかだった。

涼介がそのビルの前で歩をゆるめたのは、舗道に十人ばかり若い学生風な男女が横一列に並び、彼等は思い思いに立ったり腰をおろしたり或いは本を読んでいたりしていたが、なにかの行列のような気がして、なにがなしに眼がそちらへ向いたのである。

先頭の若者は、そのビルの地下へおりる階段口にいた。

涼介は、ゆっくりとその傍を通り抜けながら、人の列はさらに階段口からその下へとつづいているのを見た。

見ながら、その眼が階段口の上に掲げられているネイム・プレイトを読んだのである。

『シネマ・DEN・新宿』

と小さい文字が横書きに並んでいた。

(ああ、映画館なのか)

と、涼介は納得した。

しかし、映画の看板などはその舗道に立って見る限り、どこにも見当らなかった。

丈高な街路樹の植わった瀟洒《しょうしゃ》な並木の舗道を両側に持つその通りも、涼介の知っている頃の新宿にはなかった通りである。

ちょうど階段口にいた若者と眼が合ったものだから、つい涼介はたずねてみたのであった。

「なにやってるんですか?」

「サンセット大通り」

と、若者は答えた。

「ああ、グロリア・スワンソンの」

「そう。それとね、ヒサメ」

「ヒサメ?」

「そう」

若者は、そう言いながら、着ぶくれたブルゾンのポケットに手をつっこんで、なかから皺《しわ》くちゃになった紙片を一枚とり出して、涼介の方へ差し出した。

ガリ版刷りで、日付や曜日、時間割を書きこんだ縦横罫《けい》の表ができていて、その箱枠のなかに映画の題名が記入されていた。どうやら一箇月間に上映する映画の一覧表のようであった。ほとんどが二日か三日の短期間上映で、一日限りの作品もかなりあった。

「ここです」

と、若者が示してくれた箱枠の内には、彼が言ったように二つの題名が並んでいた。

——『サンセット大通り』

――『火雨』

とあった。

涼介は、瞬間息をとめ、眼もその文字の上に釘づけになっていた。

「火雨《ひさめ》……」

「これ……日本映画……ですか？」

「そう。今月は、洋画と邦画のペアが多いんだよな」

若者は、半分独り言のように言った。

「あの……もしかして、三千社文彦《みちゃしろふみひこ》監督の……？」

若者は、ちょっとけげんそうに涼介を見たが、すぐに、

「ああ、そうなんですか。あれ、ミチヤシロと読むんですか。おれ、三千社《さんぜんしゃ》だと思ってた。仲間もそう呼んでたから」

と言って、

「そうですよ」と頷《うなず》いた。「三千社文彦の『火雨』です。二、三年前、六本木のミニ・シアターで、一度やったらしいんだけどね、おれ、見損ねちゃったから。こういうのって、フィルム・ライブラリーかどっかへ行かなきゃ、観れないでしょう。これも、保存が悪かったりして、かなり傷んでいるとか聞いたけど、題名だけはちょくちょく昔から耳にしてたしね。それに、六本木で観たシネ・サークルの連中が、あんまり絶賛するんでねえ……」

往年の大女優グロリア・スワンソンや、三千社文彦の名を口にしたりしたものだから、その

若者は涼介を映画好きと踏んだのか、気安く立ち話の相手にしてくれた。

「おれ、ここのアンケートには、ずっとリクエストしつづけてきたんだけど、フィルムが傷んでるって言うしねえ、フィートもかなりカットやなんかで短めでさァ、劇場公開に耐える限度ぎりぎりだなんて話も聞くとさ、もう観れないかなァって、諦めてたんですよ。それが今年、年明けにひょこっと出たでしょう。ほんとならスキーに行ってるんだけど……押《お》っ取《と》り刀《がたな》ですよ。それも一ン日限りときたから、相当混むなと思ったんだが……案外でしたねえ」

若者は後ろの列を振り返りながら、言った。

「そろそろ一回目が終る時間なのに、この程度だもんね。六本木じゃあ、『火雨』一本で三日間、どの日も長蛇の列だったって言うからね。まあ、あのときは、二十何年ぶりかで初再映という事情もあったんだろうけど……でも、あれでしょ、一部のマニアや玄人筋の間じゃあ、幻の傑作みたいな風に言われてきた作品でしょう?」

涼介は、若者が同意をもとめるように向けた顔にうながされて、

「え?」

と聞き返した。

そして、急に夢から醒《さ》めでもしたようにわれに返った眼になった。

若者の話の半ばは上《うわ》の空《そら》で、耳に入ってはいなかった。

若者はしかし、べつに気にした様子もなく、

「けどまあ、客席二百たらずの小ホールだもんね。押し合いへし合いするよりも、ゆっくりりく

つろいで観れる方が、われわれにはありがたいけどね。ここの劇場、入口にたどり着くまでが、ちょっとくねくね曲ってて、まさに地下のDEN《デン》てな感じがしなくもないから……」

「あの……デンてのは、どういう意味なんですか？」

「さあ、持ち主に聞いてみたわけじゃないから、責任は持てないけど……言葉の意味は、巣窟とか、ほら穴ってことじゃないの？　なかは、わりかしこざっぱりしたミニ・シアターなんだけどね」

そう言っている間にも、二人、三人と、列の後に並ぶ連中が眼についた。

「いや、どうもありがとう」

涼介は、若者に一覧表を返しながら、礼を言うと、その列の後尾へ並ぶために、踵《きびす》を返した。

（なんということだろう……）

と、そして思った。

二十数年ぶりにやってきた東京。

なにをおいてもまずそこへと、ごく自然に足が向いた新宿。

おり立つと、その瞬間から、心が波打ち、にわかにおそいかかってきた遠い昔の日日の想い出。記憶のはざまによみがえるこまごまとした無数の情景、脈絡もなくそれらのものがひしめきながら頭のなかをよぎりはじめ、心は一時に浮き足立って、涼介はその上気した五体のふしぎな昂奮に引きずられでもするように歩きまわった。

青春と呼べるものが、自分にもあるとしたら、それはこの大都会ですごした学生時代であったと言うべきであろうし、その学生時代の大半を、いま思えば彩ってくれている街が新宿だった。

たわいもない青春だったと、振り返って思いはするけれども、ここで遊び、ここで泣き、ここで知った人や世間や……そのおびただしい想い出の数数が、ときには苦や飢えや絶望や死の影にさえ彩られてよみがえってくるというのに、すぎてしまえば、青あおと、みな初初《ういうい》しく輝きさえして、この街のいたるところにいまでも眠っているような気が、涼介にはするのだった。

そんな街との邂逅《かいこう》感にわれを忘れて歩きまわっていたさなかに、出くわした映画であった。

――『火雨』

涼介には、そのミニ・シアターにかかっていた映画との出会いが、とても偶然のことには思えなかった。

――人知で不思議と考えられるような現象または異様な物体。

昔、何度も引いて、くり返し読んだ広辞苑のページにある文句が、いきなり思い浮かんだのである。

それも、遠い記憶のかなたからこの日眠りを破って眼醒めでもするようによみがえってきた他の無数の想い出と同じように、遠くに忘れてもう消えていたもののなかから、するすると歳月の霞《かすみ》をおしわけて泳ぎ寄ってきたものであったという気がした。

人知で不思議と考えられるような現象。

まさに、それが現われたのだと、このとき、涼介は思った。

正月の新宿、すこし曇りかげんではあったが、薄陽は絶えずこぼれ落ちてくる白昼の街角でのことであった。

2

三千社文彦との出会いは、涼介が大学の二年の頃だったか。

前後の記憶が曖昧《あいまい》だが、新宿の駅前の交差点だった。涼介は大勢の信号待ちの人間たちのなかに立って、彼等と同様、信号が変るのを待っていた。

その涼介の眼の前を白い紙片が二、三枚、風に吹かれて流れていった。べつに気にもとめなかったが、じきに肩先へまた一枚、足もとへも二、三枚と、同じような紙片がばらばら飛んでくるので、あたりを見まわしたのだった。

三、四メートル離れた歩道脇に男が一人しゃがみこむような恰好で、周囲に散らばった紙片を掻《か》き集めていた。

彼は同じ紙の束をもう一方の手に何十枚か摑《つか》んでいて、片手で道路に散った紙を拾い集めているのだった。

涼介は、自分の周囲の二、三枚を拾いあげてみてそれが原稿用紙であることを知った。どの紙も万年筆の文字がマス目を埋めていた。

とっさに眼につく限りの紙を涼介も拾い集め、男の傍へ小走りに駈け寄った。

「これ……」

と、集めた紙を渡しながら、涼介は言った。

「どうしました？　手伝いましょうか」

男はしゃがみこんだまま、ちょっと立ち上がりづらそうに、その膝をついたからだった。

「ありがとう」

「拾います」

「ありがとう」

風の強い日であった。

紙はかなり散乱し、言葉を交している間にも風に運ばれて飛んでいた。

夕暮れ前の街頭は人であふれていたが、ほかに手を貸してくれる者もなく、二、三十分は涼介一人が駈けまわって拾い集めた。

厄介なのは車道に飛ばされた紙だった。飛んでいるのが眼に見えながら追いかけられず、車道を車道をと逃げていく紙もあれば、通りを越えて向こうの歩道へ渡る紙もあった。

集めては戻ってきて、もとの歩道に腰をおろしている男に渡す。

「まだ足りません？」

「うん」

と、すまなさそうに男は頷く。

また走り出して行く。

紙は四方八方へ、そして意外な遠くにまで運ばれていて、「あと二枚だなあ……」

と言ったか、一枚だったか、その記憶もいまでは不確かだが、とにかく残る一、二枚が遂に探し出せずに、一時間はたっぷり紙探しに費したのだった。

後で事情を聞けば、車道脇をすれすれに走ってきた自転車に彼ははじきとばされたらしいのである。

「いや、僕も不注意だったんだ。原稿を読み読み歩いていたからね。こっちも、歩道の縁に出てるの、まるで気がつかなかったんだ。でなきゃ、たかが自転車に当てられたくらいで、躱《かわ》せないほどやわじゃないよ。体が元手の商売だからね。足腰、しっかり鍛えてるつもりだったんだがなあ」

涼介は、結局その日、左足首を捻挫《ねんざ》した男に肩を貸して、家まで彼を送り届けた。

それが三千社文彦とのつき合いのはじまりだった。

彼を送る道道の話のなかで、彼が涼介と同じW大の出身であることがわかり、急に先輩後輩のうちとけ合った話題がはずみ、中野のアパートに着いてからも、ぜひ上って行けと言う彼のすすめに、東京に知り合いのない涼介は、ほっと人心地つくような親身な知己を得た感じがして、胸が熱くなったのだった。

「じゃ、ちょっとだけ、お邪魔します」

「なに言ってるんだ。いま約束したばかりじゃないか。困ったことがあったら、なんでも相談にのる。先輩なんて思わんでいい。兄貴がわりにつかってくれりゃいいんだ。これからは、ここが、君のよろず相談駈け込み所になるんだからな。と言っても、六畳二間の色気なしの部屋じゃあるけどもな」

「ありがとうございます」

「また、それを言う。礼を言わなきゃなンないのは、僕のほうだろうが。ここまで帰ってくるくらいは、僕一人ででも、なんとでもできる。這ってでも、車に乗ってでも。だが、あの街なかで、あの原稿紙は、僕がどう這いずりまわったって、拾い集めはできなかった。僕はね、諦めたんだよ。あのとき。これも、なにかの思し召し。天啓なんだと。僕には、縁のない原稿だったんだと」

彼は、

「まあ、すわりなさいよ」

と言って、座布団を出してくれ、

「飲めるかい?」

と言いながら、次の間のキャビネットの方へ這って行った。

「あ、僕がやります」

「そう。じゃ、頼むか」

「でも、いいんですか、足」

「平気平気。さっきの医者も、言ったじゃないか、軽い捻挫だって」

途中で病院にも寄り、湿布薬は貼ってもらっていた。

書き損じの原稿紙や書籍類にとりかこまれた坐卓に三千社は背をもたせかけ、彼の指示に従ってウィスキーやグラスや氷をのせた盆を、涼介はその前に整えた。

「じゃ、とにかく、ひとまず乾杯をしよう」

「でも、全部、探し出せなくて……」

「いいんだいいんだ。充分だ。一枚や二枚の穴埋めくらいは、どうにでもなる。ありがとう。君のおかげで、一度は諦めたものが、また戻ってきた」

「いいえ……」

涼介もグラスを手にとった。

「大事な原稿だったんでしょうね」

「僕の、独立第一作……と言うか、監督としてのデビュー作になる筈だったシナリオなんだ」

「ええ？」

と、涼介は眼をみはり、飲みかけたグラスを口からはなした。

「そうだったんですか……」

三千社文彦という名前を彼が名乗ったとき、涼介にはその名に覚えがなかった。だが自分の知らない映画監督はたくさんいる。彼の映画を自分が観てないだけなのだと思ったから、その作品歴などがすぐに聞きたかったのだけれど、つい聞きそびれていたのだった。

「僕も三十七だからね。ひとの作品の手伝いだけですぎて行く時間だけに、安住もしておれないよ。映画をつくる技術は技術。ひとの作の縁の下で、しっかり身につくものもあるし、勉強させてももらえるんだ。でも、感性というやつ。これは怖いからね。若さと同時に、足並みそろえて、これはどんどん消えて行く。あると思っても、消えて行く。決して消したりはしないと思っていても、なくなってるんだ。縁の下の暗がりが、厭《いや》なわけじゃない。愛想をつかしたわけでもない。その暗がりがなけりゃあ、上の光の世界も輝かないんだ。暗がりでしっかり生きる。これは必要なことなんだ。人間の土台なんだ。そこがしっかりしてるから、上に、どんな建築物でも自由自在に築けるんだ。そして、築いた物も、また、キラキラ光るんだ」

　彼は気持よさそうに、そしてじつにうまそうに、一息にグラスを飲み干した。

「よく、潮時って言うだろ？　あれ、あるんだよなあ。人それぞれに、その人間に見合った、似合った潮時ってのが。僕なんかよりずっと早く一本立ちして、世に出たやつも、たくさんいる。いや、まあ、そうたくさんもいないけどね。出ただけで、ぽしゃったやつも多いからね。光らなくて、消えてくやつも、そりゃあいるさ。しかし、しようがないんだな。さしてきたと思った潮に、みんな乗って出てくんだから。そして、めったに、その潮は、さしてきたりはしてくれない潮なんだから。誰かれかまわずさすという潮じゃないところが、また厄介」

　三千社は、帰ってきたとき肩からはずして投げ出したズック布地の丈夫そうな提げ鞄に手を置いて、上からぽんと軽く叩いた。

　そのなかに街で拾い集めた原稿用紙は入っていた。

「どうやらそいつが、僕にもさしてきてくれそうだ。資金ぐりのめどもついた。残るはこの脚本《ほん》の上り待ち。それも、八、九分どおりは、まあいけそうかなという線までは漕ぎつけてる。けど、あと一歩。どこかが、釈然としない。スカッと日本晴れって具合に、どんと突き抜けていない。晴れあがってくれないんだ。今日も、スタッフ仲間に、一応上りの本見《ほんみ》せだけはしてきた帰りだったんだけどね……」

　彼は、ウィスキーを注ぎ足した。

「みんなのGO《ゴー》サインはもらった。だが、僕が、GOとは言わない。僕自身に、それが出せない」

　ちょっと彼は、鞄の上へ眼を投げた。

「さっき、あの二幸の前の人混みのド真中でさ、地べたに尻もちついちゃって、『ああ、やっぱり、そうか』って、僕は思った。わらわら飛んで逃げて行くこいつらを、眺めててね。乗る潮だけは、まちがえたくない。そう思ったんだ」

「戻ってきたじゃありませんか」

　涼介は、なにかやみくもな衝動に駆られて、口ごもりながら、言った。

「ああ」

　と、穏やかな顔で三千社は頷いて、応えた。

「君が、一生懸命、探し歩いて、掻き集めてくれたからね。戻ってこなかったのは、一、二枚。これも、象徴的だと、僕はいま、思ってるんだよ」

「すみません。そんな大事な原稿だと知ってたら、どんなことしたって探し出したのに。いや、これからだって、遅くはないかもしれない。ちょっと僕、引っ返して、もういっぺん探してみます」

「なにを言うか」

と、三千社は、真顔になって涼介を見た。その眼が、みるまに潤みたった。

「そんなことだけは、しないでくれ。あれだけで、もう充分だ。充分すぎることを、君はしてくれたんだ。行きずりの、見ず知らずの人間に、とてもできないことを、君は僕にしてくれた。僕が天啓だと思うと言ったのはね、象徴的だと思うと言ったのはね、こういうことなんだよ。君のような人間が……そう、もう、この東京じゃあ、めったに行き逢うことのできない、君みたいな人がだね、近くにいてくれた場所で、あの原稿が散乱した。そのことが、僕には、とても啓示的なんだ。もう駄目だと、あのとき、思った。思っても不思議はない原稿なんだ。しっくり僕の身に寄り添わない。どこか身につかない原稿だったんだから。見えない力が、それを僕からとりあげて、『これは駄目だ』と、僕に教えてくれたんだと、僕は思った。ところが、君が、そのほとんどをとり戻してくれた。これも、神のお告げみたいなものなんだと、僕には思えるんだよ。あらかたは、戻ってきた。しかし、戻らない部分がある。いいかい？　帰ってこなかった現実の一、二枚が、問題じゃないんだ。わずかばかり、なにかが、欠けてるんだ。僕を、どうにもしっくりさせない、重要なそれはなにかだ。そうあの原稿が、僕に言ってるんだと、いう気がするんだよ。それが、象徴的だと言うんだ。じっさい、あれは、一、二分《ぶ》がとこ、重要ななにかが、出来上っちゃいないんだから。それは確かなことなんだから」

三千社は、

「いいね？」

と、言った。

真面目に念を押すような声だった。

「君だったら、するかもしれないと思うから、念を押すんだ。もう探してもらう必要はないんだ。あれは、捨てなきゃならないものなんだから」

「はい」

と、涼介も、熱っぽい声で応えた。

「わかりました、よく。そうします」

「僕はね、今夜、ほんとに嬉しいんだ。君が考えている以上に、嬉しがって、感動してるんだよ。ありがたかったんだ」

そう言って、あらためて彼はしげしげと涼介を見直したのだった。

「きっと、立派な親御さんなんだ」

「はあ？」

あんまりいきなりだったんで、涼介はまごついた。

「いいや。これも、あの歩道に尻っぺた落して、君が持って帰ってくれる紙を、三枚四枚と受けとってるときにね、ふっと思ったことなんだ。いいご両親に育てられた子なんだなあって」

「いえ、そんな……」

涼介は、すこし慌てて、よけいしどろもどろになった。

「父は、いません」

「ん？」

「小学生時分に、亡くなりました」

三千社は、黙って涼介を見、

「そう……」

と、言った。

「じゃ、お母さんが」

「はい。市場のなかで、海産物の店をやっています」

「そうか。君の在所は、漁港の町なんだ」

「はい」

「そう。女手一つでねえ……」

三千社は、頷いた。

「長男って、言ったよね？」

「はい。弟が一人おりましたが、これも死にました」

「そうなの」

また彼は、ちょっと涼介を見た。

「じゃ、たいへんだ」

と、そして言った。

涼介には、その言葉の意味がよく呑みこめなかったが、

「はあ?」

「いや、いいんだ」

と、三千社は言った。

「僕の悪い癖でね。ついよけいなこと、先走って、考えちゃうんだ」

「どういうことでしょうか」

「いや。君のような人がね、お母さん一人を置いて、東京へ出る。これは、たいへんなことなんじゃないだろうかと、ちょっと思ったんだよ」

「ああ……そういうことですか。はい。それだったら、もう、しっかりと、たいへんです。母がたいへんなことは、僕なりに、よくわかっているつもりです」

「いやいや、僕が言うのはね……」

と、三千社は訂正しかけて、「うん」「うん」と、また頷いた。

「そりゃあそうだ。お母さんがたいへんなのは、もちろんだ。それもそうだろうけどね……僕は、そんなお母さんを、一人残して、東京へ出てきてる君の方のたいへんさを、言ってるんだよ」

「と、言いますと?」

涼介には、なお、彼の言わんとするところが呑みこめなかった。

そんな涼介を、和んだ眼で、三千社は眺めていた。

「君が、よく辛抱してると言ってるんだ。よく大学にやってきたと言ってるんだ。君のような人には、それがどんなに辛《つら》かろうかと、ちょっと思ったんだよ。今日僕に、君がしてくれたこと。それだけでも、わかるんだよ。君が、東京へ出る。それが、君にとって、どんなに耐えがたいことだったか。したくないことだったか」

涼介の眼はとまっていた。

そして、驚いていた。

「大学なんか、君には、まるで無用の長物。進むつもりは、毛ほどもなかった」

「どうして……そんなことが……わかるんですか?」

「そうかね、やっぱり」

「はい……」

「そうだろうね。お母さんを、一人にしておけやしないよな、君なら。とても、そんなことは、できない、君なら」

「はい」

涼介は、泣くまいとした。

胸が暴《あば》れ立ってきて、鎮めようがなくなった。

「追い出されたんです、母に」

と、涼介は、言った。

「行く行かないは、おまえの勝手だ。好きにすればいい。だが、行かないのなら、もうここへは帰ってくるな。帰ってきても、決して家には入れないから。あの母なら、ほんとうにそうすると、僕は思いました」

「うん」

「W大の合格通知をもらったとき、母は、一日中泣いてました。父や弟の葬式を出した日以来、母が泣くのを僕は見たことがありませんでしたから……これでよかったのだと、思うことにしました」

そのかわりにと、母は言ったのだった。

「合格通知を前に置いて、母は言いました。おまえも、行くつもりのない大学に、こうして黙って入ってくれたんだから、わたしも、おまえのすることに、おまえの言うことに、もうなんにも逆らいはしない。黙ってしたがう。したいようにおし。勉強しようと、遊び呆《ほう》けようと、好きなようにしたらいい。おまえが、いいと思ってすることなら、なんにも言うことはない。なに一つ、母さんに、文句はない。金がいるなら、いるとお言い。どんなにいったって、出してあげる。送ってあげる。黙って、いくらだって送ってあげる。どんなことをしたって、送ってあげるから、自由に、仕たい放題におし。この家のものは、みんな、おまえのものなんだから、おまえと母さんのものなんだから、二人が納得ずくでつかうお金に、なんの遠慮もいらないんだよ。誰に気兼ねもいらないんだ。四年間、せいいっぱい、大学生の生活を、楽しんでお

いで。満喫しておいで。それが、母さん、嬉しいんだよ。おまえに、そうしてほしいんだよ

……」

涼介は、

「すみません」

と、言った。

涙がとめどなくこぼれるのが、恥ずかしくてならなかった。

三千社文彦は、黙って聞いていた。ときどき、「うん」「うん」と頷きながら。

涼介は、この日、三千社に、この大学進学の一件をずばりと言い当てられたことに、舌を巻いたのであった。

彼の人を見抜く眼に、驚かされ、また、その眼で見抜かれたことが、ふしぎに心地よくもあった。

人前で見せたことのないめめしい自分をついさらけ出したのも、彼に身近な親しみを強くおぼえたからだった。

その夜、三千社は、なにか困ったことはないかと、何度もたずねてくれた。

ないと、そのたびに、涼介も答えた。

したたかに酔って、やがて酔いつぶれたのを、おぼえている。

三千社から涼介の下宿に電話が掛かってきたのは、日ならずしてのことであった。

「おい。すぐに、荷物をまとめろ」

と、彼は言った。

「ええ?」

「いいね。三時間後に、オート三輪をそっちへまわす。荷物は積んでくれるから、君も一緒にそいつに乗ってきなさい」

涼介には、わけがわからなかった。

「ちょっと待って下さいよ。いったい、なにごとなんですか」

「おいおい。なに言ってるの。そこの下宿が、二人部屋で、なにかと不便で、落ち着かないって、君、言っただろうが」

「ええ?」

涼介には寝耳に水であった。

「そんなこと、言いましたか?」

「いい、いい。君は酔っぱらって、おぼえてないかもしれないけど、僕が聞いたんだ。まかせときゃいい」

と、涼介は慌てていた。

「ちょっと……そんな……」

「心配するな。そこと同じ部屋代で、一人部屋だ。敷金、礼金なんかいらん。通学距離もずっと近い。条件、すべて、そこよりいい。僕が保証するんだから、安心して、まかせなさい。じや、いいね」

電話は、そう言って切れた。

涼介が、三千社文彦の評判作『火雨』に、ある関わりを持つことになったのは、この引越し話に乗ったためである。

いや、かりに、引越しはしなかったとしても、三千社とのつき合いがつづいていれば、『火雨』はやはりなんらかの形で、涼介を巻きこまずにはおかない映画であったかもしれない。

いずれにせよ、その映画『火雨』は、涼介が三千社文彦の独立第一回作品に予定されていたシナリオの原稿を新宿の街頭で拾い集めた日から、ほぼ二年後に、世に出ることになったのである。

3

映画『火雨』は、終戦間際の空襲で家も両親も祖父母や妹も、家族すべてを失った二人の兄弟、少し頭の弱い七歳になる弟と、七つ年上の兄が、肩を寄せ合って生きる放浪の物語である。

この映画の眼目は、脳の病いを患った頭の弱い少年が、無類の妖怪好きであるというところに据えられている。

少年は、妖怪の話にだけ特別な興味や関心を持ち、いきいきと反応する。少年らしいみずみ

ずしい理解力を示し、興がり、精気づく。なにをするにも、妖怪ずくめで、

「妖怪」

「妖怪」

と、せがみ、その話に聞き惚れているときの少年は、この上もなく少年らしく、一心で、好奇心に充ち、活潑《かっぱつ》なせんさく欲を見せ、物事の判断にもしっかりとした意見を持ち、そしてなによりもこの上なく充ち足りて、しあわせそうであった。

その無心な魂を遊ばせている様子が、少年を演じた子供の絶妙なキャラクターと相まって、この作品の重要なモチーフを支えるのである。

明けても暮れても、妖怪と暮し、妖怪がなければ生きられない少年と、そんな弟をかかえて、兄弟二人、どうやって生きれば、生きて行けるのか、生きて行ける道が見つかるのか、二人が生きて行ける場所、それはどこにあるのかと、道をもとめ、場所を探して、途方に暮れながらも懸命に生きる兄の物語である。

たくさんの妖怪が登場する。

むろん、ちゃちな妖怪映画などではない。

その幻想性の質の高さと、兄弟二人が直面する辛酸な現実描写の新しい映像性が、評判を呼んだ作品だった。

涼介の頭のなかを、一台のオート三輪車が走っている。

さして嵩《かさ》ばりもせぬ引越し荷物に荷縄を掛け、運転席の隣には若い学生服姿の涼介が乗って

いる。

車は東京の街なかを走っているのに、深い森の奥の径《みち》を、奥へ奥へと分け入って行く車に見えた。

異様な蔦《つた》や葛《かずら》におおわれ、奇怪な巨木や蔓草《つるくさ》がしげり立つ径であった。

(そう。あのオート三輪車が、僕を妖怪の棲む森へ運んで行った)

と、涼介は思った。

『シネマ・DEN・新宿』の前の舗道には、またすこし行列が長さをのばしていた。


涼介を乗せたオート三輪車が到着した先は、周囲にちょっとした木立ちなんかもある住宅区域のなかの古風なアパートの前だった。

「アレレ……アレレ……」

と、あたりを見まわしながら、涼介はバラスを撒《ま》いたそのアパートの玄関前におり立った。開けっ放しの入口の奥に幅広のどっしりとした階段が見える。そのかなり踏みへらした木造の部厚い段板をぱたぱた鳴らしながらサンダル穿《ば》きのGパン姿の若者がおりてきた。

「五藤さん?」

と、あまり抑揚のない声で、彼は涼介にたずね、涼介が返事をする前に、もう荷物をおろしはじめていた。

涼介とほぼ年頃も背丈も似通った、色白の彫りの深い顔立ちの男だった。

運転手と三人掛かりで運ぶには物足りないほどの量だったから、荷物はあっと言う間に、二階のいちばんとっつきの部屋へ運びこまれた。

一段落して、涼介が改めて名乗ると、

「黒木です」

と、彼も応じた。

やはり抑揚のない声だった。

「この、いちばん奥の部屋に住んでます」

「ああ、そうなんですか。手伝ってもらってすみません」

「なに、おやすいこと。三千社さんから頼まれてるから、わからないことがあったら聞いて下さい。と言ったって、ここ、むつかしいアパートじゃないから、住むには気楽。じゃ、ちょっと行きましょうか」

「え？」

「大家《おおや》さん」

「ああ……」

それが、黒木武彦に会った最初の日であった。

玄関前の空地へ出ると、再び涼介は周囲を見まわした。

「ねえ……」

と、前を行く黒木にそして声をかけた。

「ここ……もしかしたら、三千社さんのアパートの、近くじゃないんですか?」

「もしかしなくても、そうですよ」

ごく無造作に、黒木は答えた。

「ほら、そこの木立ちの向こう側の建物。あれがそうだもの」

「ええ? あ、やっぱり……」

その建物は、バラスの空地をなかに挟んで、つい眼と鼻の先にあった。

「これから、そこへ行くんですよ」

「ええ?」

涼介は、また立ちどまった。

そんな涼介を振り返って、黒木は待つようにして立ち、

「そうだと思った」

と、言った。

「え?」

「なんにも話しちゃいないんでしょう、三千社さん」

「なんにも……って?」

「ここの、持ち主のこと」

「ええ……」

「そういう人だよ」

独り言のように言って、黒木は歩きはじめた。

見おぼえのあるアパートの部屋のドアをノックすると、

「オウ、入れ入れ……」

と、なかで聞きおぼえのある声がした。

「あれが、われわれの大家さん」

黒木は、うしろに立っている涼介に、そう言った。

「この建物も、向うのアパートも、なかの空地も、彼が持ち主。どう？　うんと気楽になっただろ？」


三千社文彦の部屋に、二度目に、黒木と一緒に呼ばれて上ったのは、それから半年ばかり後のことだった。

三千社は、留守のことが多く、涼介が引越してからも、彼と話したり、彼の姿を見かけたりする機会は、数えるほどしかなかった。

「いつものことだよ。仕事に入ったら、ほとんどいない」

と、黒木は言った。

「ひょこっと帰ってきたかと思うと、もう次の日には裳《も》抜けのから。けど、この一年ばっかりは、珍しく、巣籠《すごも》ってたからねえ」

「今度のシナリオ？」

「だろうね。相当難航してるみたいだったからね」

「じゃ、動き出したのかなあ」

「そうかもしンないね」

「君には、そういうこと、話さないの？」

「そういうことって？」

「いや、つまりさ、幾日までは留守をするとか、仕事先はどこだとか、どういう仕事に入ってるとか……」

「ぜんぜん」

「へえ……それで、困ったりはしないの？」

「困るって？」

「だって、留守の間の大家代りは、みんな君がしてるんだろ？」

「単なる管理人ですよ。それもこの、二棟のアパートだけのね、どうってこともありゃあしないよ」

「でも、よくするよ。美大の授業にも出なきゃならないんだろ」

「そんなに勤勉に、見えますか？」

そう言えば、黒木武彦の学校への行き帰りであるらしいと思われる姿に、まだ涼介は一度も出合ったことはないのだった。

「絵描きは、絵を描いてればいいんですよ。部屋代ロハで置いてもらってるんだから、留守の代理くらいはつとめますよ」

「へえ。ロハですか」

黒木は、ちょっと声をひそめ、

「これは聞かないことにしてくれる?」

と、言った。

「君の、敷金、礼金なしってのも、ほかの人には言わない方がいいよ。たぶん彼の、お礼のつもりなんだろうから」

涼介は、そうだったのかと、このとき思った。

「でも、彼には、知らん顔しててよ。君がなにか言ったりすると、僕が喋ったのばれちゃうからね。彼は、そういう人。黙って、好意は受けてればいいの。いいね?」

黒木は、そう言って、念を押した。

涼介は、このとき奇妙な感じがした。

黒木の部屋代がロハであることも、涼介の敷金と礼金がロハであったことも、聞かされなければ知らずにすんだことを、わざわざ黒木の方から口にした。その感じが、なにか気になった。

涼介へのロハが、三千社の礼や感謝のあらわれだとしたら、黒木へのロハも、なにかいわくがあるということにはなりはしまいか。

「彼は、そういう人。黙って、好意は受けてればいいの」

と言った黒木の言葉が、どこか秘密めいて聞こえた。

君にいわくがあるように、僕にもいわくはあるんだよと、この日、彼がそれとなく涼介に言ったような気がしたのだった。アパート二棟の管理役を、美大の学生である黒木に委《ゆだ》ねているということも、特別なことのように思えた。

しかし、三千社と黒木の間にどんな事情があったところで、そんなせんさくは涼介にはまるで興味のないことだった。

涼介が気になったのは、なぜ黒木が人に言わでものことを、わざわざ口にしたのかというその一事であった。

そのことに、涼介は首をかしげはしたけれど、だが深くこだわったわけでもない。

とにかく、そんな立ち話を黒木武彦と交して、日ならずしてのことであった。

「今夜、飲みにこいって、言ってるけど、都合はどう?」

と黒木が、朝、学校へ出がけの涼介を階段脇で待っていて、告げたのである。

「誰が?」

「大家さん」

「へえ。帰ってるの?」

「うん。夕めしは、ウチで食えって」

涼介がE独立プロダクションが製作した映画『火雨』のシナリオを眼にしたのは、その夜のことである。

シナリオは無論製本されていて、映画はすでに撮影にも入って動き出している時期だった。

「あのときの原稿ですか?」

涼介は、昂奮ぎみな声で、手渡されたシナリオの表紙に眼を落した。

「根本《ねもと》は、そうだけどね。大幅に書き直した。あの原稿は、一度、新宿の風に奪われて持って行かれてしまった。君がいなかったら、僕の手許には戻ってこなかったものだ。あのときに踏ん切りがついたというか、世界がひらけたと言うか。僕のなかで、完成しないでもやもやしていたものが、ふしぎに整然と形を調《ととの》えて動き出した。一度、うむを言わせずに奪い去られて、捨てたという気持になった、あの諦めた感じが、よかったんだろうな。白紙に戻して、決着がついたと言うのかなあ。奇妙なもんだねえ、あれからばたばた軌道に乗りはじめたんだ」

と、三千社は言った。

「そうですか」

涼介は、嬉しそうな顔をした。

「救いの神だよ、君は」

「そんな……」

「いや、そういうわけでね、今日は、君たちにも、ちょっと力を借りようと思ってね……」

と言って、三千社は、黒木武彦にも一冊シナリオを手渡した。

「あとで、部屋に帰ったら読んでみてくれないか。むろん、気が向いたらの上での話だがね。興味がなきゃあ、ほっといてくれたらいいんだ。手を借りたいと思っているのはだね、このシナリオの最終部分だ。そこのところの映像に、なにか参考になるアイデアを出してもらえりゃしないかと思ってね……」

「へえ、凄い。どこ、どこ……それは、どこ？……」

と、黒木は早速にページをぱらぱらとめくりたて、終末部分を出した。

「ここだ」

と三千社が指し示したのは、シナリオの文字どおり終末部、最後の二、三行にあたる箇所だった。

「ここ？　ラスト・シーンじゃない、ここは……」

「そうだ」

「ええ？」

と、涼介が、今度はつられて驚きの声をあげた。

「ラスト・シーンに？」

と、黒木が、重ねてたずね返した。

「まあゆっくり読んでくれてからで、いいんだ」

と三千社は言ったけれど、黒木も涼介も、その夜、三千社の部屋にいる間中、シナリオを手からは放さなかった。

食事をし、酒も飲み、喋り合いもしたが、どこか心は上の空で、シナリオから離れなかった。

「おいおい……いいかげんにしないか。今すぐどうこうって話じゃないんだ。しょうがねえなあ」

三千社も、途中からは諦めたように苦笑して、二人が読み終えるまで独りでウィスキーをやりながら、匙《さじ》を投げた顔になった。

『火雨』は、少し頭の弱い少年とその兄の物語であるが、なんとも悲しい残酷な結末で終わる映画だった。

幻想の産物である「妖怪」とだけ親密な交流を持ち、兄が話してくれる妖怪話のなかの「妖怪」たちと一緒に暮らすことが生きることでもある少年にとって、兄はこの世でたった一人の理解者であり、庇護者であり、命の綱であった。

孤立無援の兄弟二人となった空襲直後の焼跡暮らしから、遠い地方の親戚をたずねる旅へと発ち、その親戚からさらに遠い類縁へ、さらに他人の手へと、長く居着ける場所のない家なき兄弟の旅路はつづき、異土から異土へ渡り歩く放浪暮らしに活路を見つけ出せない兄は、二人の生地である元の焼跡の街へ再び帰る決心をするのである。

その帰途についた矢先のある日、暴風雨の山中で道に迷った二人は、荒れ果てた小さな無住の阿弥陀《あみだ》堂を見つけて風雨をしのぐことになる。

——腹、へったか。

兄は、弟にきく。

少年は首を振る。

——もういいんだ。ひもじかったら、ひもじいと言え。誰も聞いてるものは、おらん。

この山を越えたら、どこかに畑がきっとある。なにか食う物は見つけてやるからと、兄は言う。

少年は、いい、と首を振る。

映画になったときにも、ここは、ひもじさは我慢するからという少年の意志表示が映像から滲《にじ》み出てくる名シーンであった。

そのかわりに少年は、あれがほしいとお堂の外を指さすのである。

そこは鬱蒼《うっそう》たる老木が生い茂っていて、その高みの幹から枝へ、ノウゼンカズラの赤みをおびた橙《だいだい》色の花が咲き乱れていた。

――ケンムンの火。

と、少年は、その花の群れを指さして言った。

ケンムンというのは、奄美《あまみ》諸島の島々に出没した代表的な妖怪の名前である。沖縄に伝承されるキジムナーという妖怪などとよく似ていて、古木の精だと考えられている。

小さい子供のような体をしていて、猿に似た赤ら顔、髪も赤いちぢれ毛でおかっぱ頭、全身毛におおわれて、脛《すね》が長く、両膝を立てて坐る癖があるが、頭より膝の方が高いという姿を持っている。山の古木や老木にたむろして棲み、ときには海や川にも棲むという。

悪性の妖怪ではなく、人に危害を加えるようなことはあまりないが、山道で食物や魚なんかを持っているとこの妖怪に後をつけられ、道に迷わされたりするから、先に投げ与えておいてやればよいというし、海や川でこのケンムンと仲良くすると大漁に恵まれるとか、しかしその漁魚はすべて片目を抜かれているとか、タコが大嫌いだとか、相撲好きで、人間をみるとしばしば相撲を挑むとか言われている。

また山中で、とつぜん大木を伐り倒したり、大石を転がしたり、投げ飛ばしたりするような音がするのも、この妖怪のしわざというが、西洋の妖怪、例の牧羊神のパンとも、この点ではよく似ている。

真昼の人けない静寂な森で、人を驚かす声を発するというパンの習癖から、パニック、恐怖、恐慌という言葉は生まれたのだという。

ケンムンには、もう一つ、こうした怪音のほかに、特徴的な習性があった。この妖怪が山中を移動したり、山から海へ降りたりするとき、尾根伝いに群がり動く提灯《ちょうちん》行列のような火が見えるという。その火は、ケンムンのよだれやつばが光るのだともいうし、彼等が爪にともす火だとも、頭の皿で燃やす火だともいわれていた。

少年には、数ある妖怪のなかでも、とりわけこの童形の妖怪は、気に入っているものの一つだった。

破れ堂の床にうずくまり、天暗み風雨暴《あば》れる山林の巨樹の茂みを軒端越しに見あげている少年の眼には、高い枝葉の暗がりに群れ咲いているノウゼンカズラの花たちが、ケンムンの火に見えたのだった。

ケンムンたちが、あの梢にやってきている。少年の暮らしのなかでは、いつも遊び友だちであったケンムン。あのケンムンが、仲間を連れてやってきてくれたのだ。

——入っておいでよ。

と、少年はいっしんに、呼びかける。

僕を見送りにやってきてくれたのだと、少年は思う。

——一緒にきてくれなきゃ、いやだよ。

と、心に念じる。

稲妻が走り、激しい風雨に翻弄《ほんろう》されて群れ騒ぐ墨絵のような葉叢《はむら》にしがみついているノウゼンカズラの花たちは、もの凄《すさ》まじい頭上の暗がりにかすみ落ちて、ほんとうになにかの無数の炎のように見えた。

その炎は揉《も》みしだかれ、揺れどよもして、雨にも風にも打擲《ちょうちゃく》されつづけていた。

——お兄ちゃん。

と、少年は、せっぱつまった声をあげる。

あの火が消える……どうしてここへ入ってこないの……ここなら濡れずにすむのに……と、必死で心に思うのである。

(あの火をここへ入れてやって)

(一つでもいいから、あの火を、ここに)

(ほかのものはほしがらないから、あの火を、ここに)

と、少年の眼は、兄に訴える。

なにを話さなくても、兄には、少年の心のなかが手にとるようにわかるのである。

——よし。待っとれ。

と、兄は、風雨の屋外へ走り出て行く。

そして巨木の幹にへばりつき、滑り滑りしながらその木を攀《よ》じ登りはじめるのである。

ノウゼンカズラは、ずっと高みの枝や幹に巻きついている。

いっしん不乱に見つめている少年の眼。

けんめいに、登りながら、雨中の花へ手をさしのばす兄。

その手が、最初の花をもぎとる。

つづけて、もう二つ三つ手折ろうとする。

兄の体は、その一瞬に均衡を崩し、落下して行くのである。

地上に落ちた兄は、しかし一度は起きあがり、堂のなかまで戻ってくる。

その手に一花を摑んだまま、彼は這いつくばり、身をのばし、動かなくなる。

弟へ、なにかを言いかけて、首をまわしかけた姿のまま、息絶える。

この映画のラスト・シーンは、途方に暮れて泣き叫ぶ少年の姿をとりあげるのでもなく、茫然となすすべもなく呆《ほう》けきった少年の姿を追うわけでもない。

むろん、少年は、兄の死体にとりすがって泣く。

——起きてよ。起きてよ。

と、揺さぶりたてて泣きじゃくる。

動転の涙には暮れるのであるが、その眼がふと静かになり、大きく見ひらかれるのだ。

兄の遺体の上に、そのとき、幻のように立ちあがるものを、彼は見るのである。

ゆっくりと、それは、兄の遺体の上に身を起こす。

それを見つめる少年のいきいきとしてくる眼ざし。

その眼が、次第に驚きと歓喜に輝きはじめる。

――妖怪！

と、少年は、思わず感嘆の声を洩《も》らす。

――お兄ちゃん。

夢中で、叫ぶ。

お兄ちゃんが妖怪になったと、無心に浮かれ立つ晴々とした眼を少年は見せ、明るい声で、はしゃぎながら、言うのである。

堂の外を、指さして。

――お兄ちゃん。見て！ 雨が、火花散らしてる。火が降ってる。そうだよね？ ケンムンの火だよね。

映画『火雨』のシナリオは、この台詞《せりふ》で終っていた。

三千社文彦が涼介と黒木を前にして言った言葉は、二人には、すぐには信じがたいものだった。

「ええ？ この妖怪を？」

と、黒木が鸚鵡《おうむ》返しに、聞き返した。

「そうだ。その少年が、兄の死体の上に立ちあがるのを見た妖怪。ここは、映像の上でも、立ちあがる妖怪を、見せなきゃならない。少年は、どういう妖怪を見たのか。その幻影の姿を、考えてもらいたいんだ。幻影の実像とでも言うかなあ」

「冗談でしょう?」

「いや。できれば、本気で考えてみてくれないかなあ。君たちの方が、僕よりずっと若い。妖怪についての考え方も、僕とはずいぶん違うだろう。その若い連中のアイデアが、欲しいんだ。君たち以外の連中にも、むろん専門家もいるがね、二、三、頼んである。具体的なデザイン画でもよし、言葉で表現してくれてもよし、何点だっていい。アイデアは、あればあるだけいい。ただ、当然のことだが、あくまでも、この作品のなかの弟、この少年が見たであろうと思われるものでなけりゃならない。だから、シナリオをよく読んでくれ。そして、少年の心境に、可能な限り近づいて、入り込んでくれなきゃ出来ない仕事だ。頼めるかな?」

と、三千社は言った。

「黒木は絵が特技だし、涼介君は、このシナリオには、妙な縁で関わりを持ってくれた人間だからな。君たちにも、ちょっと声をかけてみたというわけだ」

その夜の酒は、飲むほどに体にまわり、気分はむやみに上気したが、酔わなかった。

黒木はしきりに喋りはじめたが、涼介が三千社にたずねたのは、『火雨』というタイトルに関しての質問だけだった。

「この『火花散らしてる』『火が降ってる』というところの少年の台詞ですがね……これも、

ある種の幻影なんですね？　象徴的な台詞なんでしょ？」

「いや、そうじゃないんだ。ヒサメは、氷雨、雹《ひょう》やあられまじりのあの雨、そうとってもらってもいいんだがね、火の雨というのは、ほんとに、ときどき降るんだよ」

「へえ？」

「古文にも出てくるし、古今要覧なんて物の本なんかにもある。『疾風迅雨のなかに、金石にて打つ如き火ひらひら見えて、地までは落ちず。そのいろ白みがちなりといへり』なんてね」

「へえ……」

「つまり、もの凄い風と雨、こいつがぶつかり合うときに、ときどき起こるらしいんだよな。風のきしる勢いで、火花を発すると言うんだね。だから『火雨』は、厳密には『氷雨』とは違ったものなんだ」

「そうなんですか……」

「うん。ここは、『火の雨』なんだ、やっぱり。単なる冷たい雨なんかじゃなくてね」

三千社文彦は、そう言った。

完成した映画の画面にも、雨は特殊技術を駆使した映像処理で、固唾《かたず》を呑むほどの見事な火花を散らしていたのである。

4

涼介が、広辞苑によらず片っ端から辞書を繙《ひもと》き「妖怪」の字義を確認しはじめたのは、この夜を境にして、ほぼ半年間にわたっての時期でのことである。

むろんそれは確認するまでもなく、わかりきった意味の言葉ではあったが、「妖怪」「妖怪」と日がな頭のなかで考え暮らし、思いあぐねてすごす時間が、重なれば重なるほど、「妖怪」はとりとめもなく、遠く非現実のかなたへ逃げのびて、思念の内に鮮明な像を結んではくれなかった。

そんなときつい、手は辞書へのびている。何度引いても同じ文字がそこには並んでいるだけなのに、引かずにはおれないのである。

『火雨』のシナリオ中に出てくる数多くの妖怪たちも、いちいち文献に当って調べ直し確認した。

たとえば、水中に棲む妖怪、カワコ、カワランベ、ガメ、エンコウ……などと呼ばれる河童にしたって、今ではもうその妖怪性など雲散霧消しているが、映画のなかの少年にはなまなましい現実感をともなって日常に共存する生き物なのである。もともと水神の化身、あるいは使者としての信仰が生んだ、人為のおよばぬ聖域の力を使う象徴物であったろうものが、信仰心の衰えと共に、衆知の如き姿の妖怪に零落し、もはや笑い話のなかでしか生きられなくなってている。しかしこの少年には、水を大事にする心や、水をふしぎと感ずる心や、水を畏《おそ》れる心や、水に親しむ心を、兄は兄に可能な限りの、それはたどたどしい教え方であっても、妖怪話を借りて、教え込むのである。

妖怪話だと、筋道をわけて頭に入れてくれる弟に、世の中や、人間や、人生のことなどを教える手だてはほかにはないと、兄は兄で思うからである。

この少年の妖怪好きは、空襲で父母と共に死んだ祖母が、少年のなかに植えつけた習性だった。少年が、たった一つ、心を凝らし、集中して、熱心に耳傾けるもの。それが、妖怪話だった。

祖母が残して行ってくれた、この少年の風変りな習癖。ここにしか、この子が、この先、成長して行く道の入口はないと、兄は思ったのだった。

それは、祖母も考えたことなのだと、兄弟二人になってみて、兄ははじめて思い当ったことだった。

この種《たね》に水をやり、葉を茂らせるのが、自分の役目だと、兄は思った。なにが、どれだけやれるかはわからなくても、それは自分がしてやらなければならないことなのだと、胆に銘じて自覚した兄であった。

そんな兄弟の、けなげで、悲しい、しかし力強くて逞《たくま》しくもある交流のさまが、しっかりと描きあげられているシナリオだった。

妖怪話、化物怪異譚《たん》などというと、現実ばなれのした絵空事、噴飯物と歯牙《しが》にもかけられない現代であるが、妖怪物語や、化物譚の裏側には、自然を畏怖《いふ》し、自然を大自然としてあならない人間たちの、素朴な、率直な原初の心や思いが秘められている。脈打っている。自然の計り知れない厳しさや、恐ろしさ、人為の外の強大さ、底知れなさ、それでいて、限りなく人間をその懐に包み込む大いなるもの、妖怪譚は、そんな大自然への人間の原始の畏怖が生み出したものである。

人間が、この自然への畏れの心を持ち合わせなくなったとき、妖怪は、迫真力を失い、たちまち色あせ、空疎な絵空事と化すのである。

だが、ほんとうに妖怪は、迫真力を失ったと言えるのだろうか。色あせて、噴飯物のおとぎ話の世界へ飛び去ったと言えるのだろうか。そんなことを、この映画は、ふと考えさせ、淡淡と、しかし切実に、人間に語りかけてくる鮮烈なテーマを持っていた。

この世でたった一人の味方、後にも先にもかけがえのない命の綱の兄を失い、路頭に迷う筈の少年の眼を、あんなにいきいきと輝き立たせ、明るく晴れあがらせた妖怪。

死んだ兄の上に、少年が見た妖怪。

いったい、それはどんな妖怪だったのだろうか。

おそらく、今までに少年が聞いたことも見たこともない、はじめて眼にする、少年の心を虜《とりこ》にする、頼もしい妖怪だったにちがいない。

三千社は、それを具体化しろと言う。

涼介には、三千社が、美大の学生である黒木に声をかけたのは、納得できた。

しかしなぜ、涼介にまでそのお鉢をまわしたのか。それがしばらくわからなかった。

だが、わからぬままに、シナリオを何度も読み返している内に、急に三千社の思惑が推し量れそうな事柄に気がついたのだった。


兄の死体の上に立ちあがる妖怪。

それを少年の眼が見たことは確かであっても、果してそれはどちらなのだろう。

少年の心の思いが、兄の死体の上に立ちあがらせた妖怪なのか。

死んだ兄の心の思いが、形となって少年にその姿を見せたのか。

どちらなのだろうかと、その疑問に気がついたとき、不意に涼介は理解したのだった。

三千社が、新宿の雑踏で彼の原稿を拾い集めた涼介に、必要以上に、人間の優しさを、あるいは優しい人間性を、読みとっているということ。そのことに思い至ったのだ。

たぶん、と涼介は考えた。三千社は、優しい人間、兄の立場に立って、兄が、後に残して行くこの弟への、死んでも死にきれない思い、それが妖怪の姿となって少年にその存在を示した――この解釈の妖怪を、涼介に求めたのだと。

そう思うと、一層、手も足も出ないのだった。想像力や、空想力や、独創力が、いかに貧しい人間であるかということを、涼介は思い知らざるを得なかった。

しかし、いずれにしても、妙ないきさつからはじまった黒木武彦との〈妖怪争い〉は、こうして今想い出してみると、涼介の学生時代を彩ってくれているふしぎな一ページだったという感慨が、深い。

　妖怪争い。

　そう表現してみると、その回想は、どこか棘《おどろ》な感じのする色合いをおびるけれど、涼介の方には争うつもりはまるでなくても、黒木が見せたあの半年間の変り様を思うと、やはり彼は争ったのだと思わざるを得なかった。

　眼に見えて黒木は口数が少くなり、外で会っても殆《ほとん》ど口をきかなかった。その内、顔を合わすことを極端に避けるようになり、遂に一切その姿を見せなくなった。

　かわりに黒木の姉という人物が姿を見せるようになり、いつ行っても彼の部屋のドアの外へ顔を出すのはその姉だった。三十半ばはすぎた顔色の冴《さ》えない女だった。部屋の内はいつも静かで、黒木がいる気配さえしなかった。彼のことをたずねても、「夜、仕事をしてますから、昼間はたいてい寝ています」と答えるだけで、そのとりつく島のない感じが、涼介にそれ以上のせんさくを踏みとどまらせる原因になっていた。

　管理人の仕事も、すべて姉が代行した。

　三千社も仕事に忙殺されてめったに会う機会がなかったが、一度聞いてみることだけは聞いてみた。

「おう。いるよ。七転八倒、やってるみたいだがね。もう何点か、アイデア、届けてもきてるよ。君はどうしたの。考えちゃくれないのかね？」

　と、こともなげに三千社は、言ったのだった。

しかしさらに二、三箇月がたった頃だった。

涼介は三千社の部屋に電灯がともっているのを見て、急に腰をあげた。僕には、どんな妖怪も考えつけないから、この難題からはおろしてくれと伝えたかったのである。

木立ちに面した側の窓が少し開いていたので、そこから声をかけようと思って近づいたのだが、不意にその足をとめた。女の声を聞いたと思ったからだ。それも、低いすすり泣きであったような気がした。しばらくして、その声が話すのが聞こえた。

「……あなたを責めてなんかいるんじゃないんですよ。あのくらいの仕事に耐えられないような神経じゃあ、この先、なにをやったって、まともな仕事につけやしないもの。あなたは、試練の場を与えて下さったんだとわたしは思ってます」

「もう、すっかりよくなったと思ったんだがなあ……」

「やっぱり、どこかに脆弱《ぜいじゃく》な体質があるんですわ。父も、祖父も、ちょうどあんな風でしたもの。なんとか人並みに暮らせてると思ってると、ひょこっと、虚《うつろ》な人になって……」と女は、声をつまらせた。「これがね、ほかの病気だったら、まだ、どんなによかったろうかと……」

「それは言わない約束だろ。君は、ちゃんとしてるじゃないか。正常な人間じゃあないか」

「それも、今までのところは……ということだけにすぎないものなのかもしれないし……」

「なにを言うんだ。おれは、今だって諦めたわけじゃないぞ。いつきてくれたっていいんだ。体一つで君がここへ転がり込んでくるのを……」

「いいえ。それだけはできません。しません、決して。武彦がお世話になっていることだけで病院の人となっていたのだった。
すでにそのとき、黒木はもうアパートにはいなかったのである。彼は、誰にも知られずに、
涼介は、そんな会話を立ち聞きしただけでその場を離れた。
も、心苦しいのに……あなたのご好意に、わたしたち、甘えすぎています」

涼介は、薄陽のさすビルの上の空を仰いだ。

結局、三千社文彦は映画のラスト・シーンのなかで死体の上に身を起す妖怪に、どのような具体的な姿も与えなかった。しかし、ちょうど煙か光で造形しでもしたような不可思議な生き物の気配が、あやしい姿を顕わしはじめ、その輪郭を今まさに結ぶかに見える刹那《せつな》の揺曳《ようえい》感に妖怪は確実に出現し、山中の荒れ堂内は、この兄の妖怪の出現と共に光りはじめ、見るまにその燦光《さんこう》に充たされる。兄と弟、二人の姿がその光のなかに灼《や》きさらされるようにして溶解して行くラスト・シーンは、今でも眼の底に残っていた。

どうして、この映画がこの日、二十数年ぶりにおり立った新宿で、僕を待っていたのだろうかと、涼介は、また思った。

卒業と同時に母が脳卒中で倒れ、故郷へ帰って以来一度も出ることのなかった東京だった。母を看取り、旅立たせ、妻を娶《めと》り、その妻も、ついこの間他界した。四十九日の法要を済ませたばかりの、子なく、家族なく迎えたはじめての正月だった。

目的のない旅へふらりと出たその足が、最初に自分を運んできたのが、新宿だった。

（この新宿で……）
と、涼介は、思った。
そう。この新宿には、もっとほかに、山ほどの想い出があった。
三千社文彦は、黒木武彦は、その姉は、その後どうしているのだろうか……。
舗道に人が溢れはじめた。どうやら第一回の上映が終ったようだった。
一瞬、音もなく視界が暗み、煌煌《こうこう》たる光の気配がその闇の奥にあった。
涼介は瞳を凝らし、こうべをもたげて、その気配の方角を見まもった。

角の家

日影丈吉

駅前の街から私の家の方角へ、街道から外れて入って来る狭い通りの角に、三角形の小さな空地があった。前から建っている家と通りのあいだが、少しあいていたので、そこも私有地のうちだろうが、何の役にも立たないから、そのままにしてあるのかと思っていたら、ある日そこへ材木や瓦が運ばれて来て、資材の山ができたのだ。家を建てるだけの面積はないと見ていた私には、かなり意外だった。

私有地というのは、いまどきのことだから、そんな狭い土地でも持ち主がいるだろうと思ったのだが、近所の家が改築の材料を、その持ち主にたのんで、そこへ置かしてもらったのかと、はじめは考えた。だが、実際はその持ち主か、持ち主からその狭い土地を譲りうけた人が、そこに家を建てはじめたのである。

はじめはどうなることかと思った。はたして一軒前の家が建つのだろうかと心配もした。だが、ある夕暮その前を通ると、いつの間にかもう骨組みができあがって、一人前に梵天もあがり、うす暗い中に数人の大工らしい人達がうずくまって小酒盛りがはじまろうとしていた。私が中を覗くよりも、中の人達が通行人の私を珍しそうに見送るようすで、暗い中に幾つかの眼が光っているのが見えた。

　家が建つほどの広さではないと思っていたのに、出来あがったのは二階建ての、青い瓦を載せた家で、かなり大きく見えた。その家の前のところにも、やはり三角形の土地があって、以前にはうしろにかなり大きな樹が並び、その下に小さな、犬か猫のもののように小さな墓が、いくつも立っていた。その前を通るとき私はいつも、どこかの村境いででも見られそうな風景だと思った。

　聞くところによると、その土地の持ち主は、どこかここからかなり遠いところに住んでいる人だそうだったが、ある日——前側に家が建つ前に——そこの古い樹を全部切って小墓を取りはらい、あとに大きな墓を二つ立て、小石を敷きつめ、まわりを石垣で囲んだ。前には陰気に見えたその環境が、それからはさっぱりして明るくなった。

　しかし、その家はやはり、どこか無理をしているようなところがあった。地所いっぱいに建っているので、肱を張って膨れかえっているように見える。玄関は、そこから直角に曲る道に面しており、曲らずに行く道の側は、垣根で囲われていた。その垣根の前にも、まだその家の土地が、三〇センチ幅ぐらいあるのかも、それともないのかも知れないが、その家の人は、よほど草花が好きなのか、垣の外にまで植物を植え、種を撒いた形跡もあるのは、秋に生長力のさかんなコスモスが、そこに猛烈に茂って、家をなかば匿してしまったことでもわかる。

　だが、私はその家を見張っていたわけではなかったから、そこに持ち主が越して来たときも、見逃してしまった。引越のときはガラス戸を開け放して、家具の据えつけなどするものだから、外から見れば家族のはたらいている姿がわかるものだが、私はその機会を逸してしまったことになる。だが、そこにどんな人達が越して来たか、ということには私は非常な興味を感じていたのだ。

狭い土地に多少の無理をして家を建てる、ということは、いまのように異常な地価暴騰の時代には、おかしなことでも何でもない。その家に来て住んだ人達に、私が特別の関心を持った方が、おかしいといえばおかしい。私はときどき、つまらないことに熱中する癖があるが、その新築の家の住人はどんな人か、やたらに知りたかった。

とはいっても、理由もなく人を監視したり、他人の家をのぞいたりするのは、良識ある人間のすることでないということは、よく知っているから、積極的には何もできない。覗き見は卑劣な行為だし、かといって他人の家へ、用もないのに訪ねて行くわけにもいかない。だから、できることといえば、その家の前を通りかかって、何気なく中を覗き、偶然なかの人が見えれば僥倖、という程度のことで、私も散歩の途中でそれをやってみたが、いつもうまく行かなかった。

その家は、まだ建って間もないせいか、どこもかも綺麗だった。その前の道のもっと先の方から、道を通して見ると、家の建っている角度がよく、二階にも適当なところに窓があって、この家ができたために、この道が絵になる、といってもいい程だった。

だが、その二階の窓があいたのを、見たことはなかった。二階の窓ばかりでなく階下の、敷地の中だか外だかわからない、草花の密生地に面した掃きだし口も、いつも閉まったままだった。その家から出て来た人に、会ったこともなかった。その家には、はたして人が住んでいるのか、それとも誰もいないのかと、疑いたくなるのである。折角建てた新築の家に、誰も住む者がいないとは、おかしな話だが、その家の前を通るとき、いつも感じるのは、明るい昼間でも森と静まり返った、人気のない空虚だった。

住むためでなく、人に借すために建てたので、借す人がまだ決まらないのか、とも思ったが、いかにもその家の主婦らしい人が、玄関から出て来るのを一度、見たことがある。和服で頭を束髪という古風な型にし、浅黄の布を襟にかけ、背を曲げて、地面からほとんど眼をはなさずに歩いている、中年の女だった。この人の存在は、この家に人が住んでいる何よりの証拠だと思えた。

とにかく人がいるはずなのに、この新築の家はひどくひっそりしていた。この家には子供がいないのかも知れない。子供のいない郊外の住宅などというのは、みんな多少こんな風に静まり返っているものだろう。そうも思ったが、私はこの家の主人がどんな人物かということに一層、好奇心をそそられた。私は自分がそれほどお世話焼きだとは思わないが、こういう好奇心というものは、手がつけられないくらい執拗に強烈なのである。

女は男と違って割に近所のことに詳しいものだから、私はまず家内に聞いてみた。班が違うので、つきあいはないらしいが、家内はその家の人を一度見たことがあるという。見たのはその家の近くの路上で、後ろ姿だけだが、その家の主人に違いないと家内は主張するのだ。がっしりした小柄な老人で、ジーンズにウールのジャンパーを着ていたという。

本来なら、その家内の報告だけで、私は満足すべきだった。家内はその小さな老人に、異常なものは何も感じなかったのだから。ところが私の場合、自分の眼で確かめたいという意欲は消滅しなかった。それは驚くほど執っこい要求だったのだ。そして私にも一度だけ、その機会があった。ある日、その新築の家の前を通りかかったとき、道に面した掃き出しの硝子戸が一枚、偶然あいていたのである。

私ははっとして眼を凝らした。部屋の中は薄暗いし、通路との境いにやたらに茂っている草花——紫式部なども生えていた——のせいで、中はよく見えない。だが、人が動いているのは、わかった。なるほど小柄な人である。小柄といっても飛びきりの小柄で、子供の背丈しかない。もっとも私に見えたのは、うしろから見た頭だけで、その人物がウールのジャンパーを着ていたか、どうかなどということは、まるでわからなかった。

私はできるだけ垣根にちかづいて、伸びすぎた草花のあいだから、中をのぞいてみた。眼の高さのせいか、ややよく見えるのは、やはりその男の頭の辺だったが、私はぎょっとして見つめた。人間のようには見えなかったからだ。人間の顔は髪の毛と髪の生えない部分の境いが、はっきりしている。だが、この顔は違う。短い毛が頭を蔽い、顔の周囲に迫って、その中に白っぽい人間の顔でなく、肉が厚く襞の深い、赤い顔がある。

その顔には、人間のものとは思えない激しく動く眼と、野性的な苛酷さがあり、それはどちらも人間が遠い昔に機能を失ってしまったものだった。私は呆然と呟いていた。

「狒狒だ！」

この発見は私を前よりも落ちつかなくした。これをどのように扱うべきか、私にはわからなかった。最初に考えたのは、平凡だが、家内に相談することだった。だが、家内は真っ向から否定するだろう。例の家の主人は彼女の見た、おとなしい小柄な老人としか認めていないのだから。狒狒だなどといったら、笑いだすか怒りだすか、女が怒ったら、これも留めどがない。容易なことでは抑制できない。またもし反対に、彼女が狒狒ということを信じたとしたら、この場合も大騒ぎになる可能性がある。おそらく抑制できない騒ぎになり、その処理に私自身、負いきれぬ責任を負わされるにきまっていた。だから私は、家内に話すことは止めにした。

それに第一――と、私はすぐに思考の方向を変えた――ご近所の人、または町会の人達は、この新しい転入者を見たことがないのだろうか。もし誰かが見ているとすれば、もう問題になっているかも知れない。人々はこの原始的な侵入者を、どう扱うつもりなのか。どうやって、この異質の者から、居住者の安全と秩序をまもることができるのか……

だが、その存在が犯罪にも関係がなく、何の侵害にもならないとすれば、警察の介入できる問題ではない。かといって可及的早期退去の強制執行をかける権利が、地方行政などにあるとも思えない。狒狒氏が正当な手段で家を建て、入居したとすれば、それを追い出す権限はどこにあるか。どこにもないだろう。そんな権限を捜すくらいなら、狒狒の入居に法律的な手落ちがなかったかを、しらべる方が話が早い。だが元来、はじめは家が一軒建つとは思えなかった小さな土地の、入手、利用という単純なケースだから、法律的な手落ちなど、そもそも考えられる余地はないのである。

そんな難点を考えて町内会なども、手も足も出なくなり、どうするか途方に暮れているのではなかろうか。いたずらに権利を行使しようとしても、理由が成り立たず、狒狒は人間の中には住めない、といえば、その動物名を動物的差別の侮蔑語として使ったと、反撃を食うことになりかねない。

私はその家の前を離れ、習慣的に我が家にむかっていたが、家に入ると、町会の回覧板が来ていたのを、不意に思いだし、おいおいと家内を呼んだ。回覧板はもう数軒先に渡っているはずだという。

「回覧板には何が書いてあったんだ」

「何も書いてありませんよ」と、家内がこたえた。

「この次の土曜日に、会館で集会があるってことだけ……」

「ほんとうに、それだけか」

「緊急事項があるから、なるべく出席するようにって、書いてあったわね」

それだ！　と、私は思った。あれは大問題だ。そのためには町会長も副会長も、徹底的に頭を悩ましているだろう。私は集会は好きではなかったが、次の土曜だけは必ず出席しようと思った。

次はいうまでもなく、町内会館での集会の場面だが、会館の建物など、どこでもおなじようなものだから、描写を省略してもさしつかえあるまい。そこに集るのも、どこも似たり寄ったりの人達で、幹部は土地に古い、たぶん有力者というものだろうが、どこの町会の幹部も不思議によく似た人が並んでいる。大同小異だから点出の手間を省きたい。町会長の服部さんは世話好きの老人で、私のような物を書く人間などには多少の敬意を持ってくれるようだが、それも私が事件のひとつも起こせば、手の平を返すように横をむいてしまうかも知れない。

すこし早目に行ったので、参会者はまだまばら。前に見たことのある顔が五つ六つ並んでいるだけだったが、克明な服部さんはもう来ていて、上座に肩を張って坐っていた。私はそばへ行って挨拶してから早速、私がわざわざ出席した目的にとりかかろうとした。

「あの、最近お宅を新築なさった方ですがね、今夜はお見えになりますか」と、きいてみたのだ。

「ああ、あの方、さあ、どうでしょう。奥さまが代理でお見えになるかも知れませんね」

ということは、あの家にも回覧板をまわしたことになる。とすれば、この晩の集りは、あの人物というか動物というかを、拒否するための会合ではあり得ないわけだ。私は当てがはずれた。

「服部さんは、あそこのご主人を、ご存じですか」と、またきいてみた。

「土地の人でないので、よく存じませんが、越していらしってから一度、お目にかかりました」

「どんな方ですか」

「温厚な方ですよ。町会にも、いろいろご協力ねがいたいと思っていますが、前にはどこの市でしたか、長いこと助役をなさっていたということで……」

私は当然びっくりした。彿彿が長いこと市の助役とは！　服部さんの記憶違いではないのかと思ったが、一応私の勘違いということも考慮しなければならない。私はまた、きいた。

「あの家では何か動物を飼ってましたかね」

「さあ、犬でも飼ってますか……」

「何か、もっと珍しい動物は……」

服部さんは眉をひそめた。

「許可の要るような動物は、いないはずですがね」

だとすれば、どういうことになるのか。やはり、私が見たのはあの家の主人だったのだ。会のなかばで私は立ちあがり、挨拶もそこそこに会館から出て来てしまったが、それまでは薄べったい座蒲団の上に坐って、誰の話も耳に入らず、聞いたとすれば生返辞をしながら、自分の疑問に解答を与えようと身を削っていたのである。そして仮定にしても、ひとつの結論に到達した。

私が見たのは、疑いなくあの家の主人である。だが服部さんは彼に温厚な人物を見出している。その上、彼にはこの土地に来る前の前歴があり、ある市の助役を長年に渡って勤めて来たという。とすれば彼、狒狒は、彼自身を蔽いかくすための影武者を使っていたのに違いない。

市の助役だった頃の彼は、独りでいるとき以外、すべて影武者がやっていたのだ。その影武者は、いまだに彼の身替りを勤めているのに違いない。たぶん、あの新築の家にいっしょに住んで……それはいったい何者か。人間には違いなかろう。人間でなければ代役は勤まらないから……だが、狒狒に雇われて狒狒のために人間の役をやっているとは、いったいどんな人間なのか。狒狒が人間であるために、人間が人間としての彼の代役を勤める。頭が痛くなるほど、こんがらがった異様な状況なのだ。私はすっかり考えこんで家に帰った。

　家内は私の緊張したようすを不思議そうに見て、何かあったのかと聞いた。私はうっかり、狒狒は集会に来なかった、といおうとしたが、狒狒か否かの件はまだ家内とは折合いがついていず、既定の事実にはなっていなかったから、あわてて口を噤んだ。

「いや、別になんてことも……普通の総会だったね。ああ、そうだ、うちの前の通りにもマンホールが入るってことだった」

　マンホールというだけで、何かあったかという質問のこたえには、じゅうぶんなると私は信じた。家内は案外、頑固者だから、狒狒のことは絶対に信じないはずだった。だから家内の前では当分その話はもう持ち出さず、私一人だけの思考の対象にしておくつもりだった。だが、あれはどういうケースなのだろう、と私はまた考えに耽りだした。

　あの家の主人の狒狒は、前には人間だったはずである。そして、その当時あの、いまいっしょにいる奥さんと結婚した。狒狒に変身したのは、その後だと考える方が理屈に合っているような気がする。だが何故、狒狒に変身したのか。アンリ・ルッソォが描いた密林の住者のような狒狒と、新築の家の主人の前身との関係を、想像できる手がかりは、とても見つかるまい。

　だが何故、狒狒になったかは、わからないけれども、理由は何かあるのかも知れない。六道輪廻のような古い思想によれば、人間と動物の関係は、底知れない深さで絡みあっている。ある日、突然、巨大な虫になってしまった人間の話を、書いた人がいるが、メテンプシコシスを信じれば、私は前生に於いて、鬼やんまの幼虫である、疳の薬になる孫太郎虫ででもあったか、または後生に於いて、いかなる両棲類、爬虫類、昆虫、節足動物の何に生れ変るかもわからないのだ。おなじ霊長類の彿彿になるくらいは、たいした変りようとは、いえないのではないか。不思議といえば長いこと、彿彿になった人間の、人間としての身替りをつとめて来た、人物の存在も不思議である。それはいったい、どんな人間で何故、長いあいだ彼の奇妙な立場を堪え忍んで来られたのか。私はその男にも会ってみたいと思った。ほかの人達は、その家の主人として、または市役所の助役として、その男に会って来ただろうが、偶然ほんものの彿彿の方を見た私は、まだ替え玉にはお目にかかっていなかったのだから。

実のところ私はその後、何度かその家の前を通りかかって、その道で人に会うことは、ほとんどないものだから、気兼ねなしに立ちどまって、中を覗くようなことをよくやった。だが、前のときのように、掃き出しの硝子戸があいていることは、二度となく、硝子戸の内側にはレースのカーテンも閉まり、そのむこうで誰が動いているかなど、確かめようもなかった。

主人の身替りをしているのは、どんな男か。小男ということは想像できるが、その男は恐らく、その男本来の顔をし、誰にも変相はしていないだろう。長年、主人のかわりをつとめて来たのだから、その顔が主人として通用しているはずだった。もう一度、彿彿を見て確かめたいと思うと同時に、身替りの男も見てみたいというのが、当時の私の焼けるような願望だったのだが、たとえばその男を見るにしても、彼が家から出て来たところを、見るほかはないのである。

かといって私にしても、その家にかまけてばかりもいられなかった。二十四時間その家を監視していることなど、できるわけがない。かれらの外出を見つける、という偶然の機会を利用するためには、絶対的な耐久力を必要とする。だが、状況から見て、それは不可能だった。

がっかりしながらも私は、あることに気がついて唖然とした。主人が狒狒になったことと、おくさんが狒狒を飼っていることと、どこが違うかということである。おくさんは主人が狒狒になった穴埋めに、身替り人を必要とした。身替り人はいま主人として、世間に通用している。おくさんは当然、世間的にはその人の妻である。つまり夫婦がいて狒狒がいる。おくさんが狒狒を飼っている、と考えて、どう違うのか。違うのは発想の出発点だけなのである。

要するに私は、その発想の出発点に引っかかって悩んでいる、唯一の人間なのだ。服部さんも、その他の人も、その点について何の疑いも持っていない。私の家内にしてもそうなのだ。その家のことについて、真相を知っていると信じている者は、その家が出来る前から気にして、注意していた私だけなのである。気にしなければ、すべて異常はないのかも知れない。

異常といえば、人間が狒狒になったことだが、人間が狒狒になったから不幸だといえば、はじめから狒狒だった狒狒は面白くないだろう。近頃は差別語とか軽蔑語とかいうものが、やかましく問題になり、これもそういう問題を起しそうで、警戒に価いする。

だが、意味のない警戒はやめた方がいい。私が問題にしなければ、問題は起らないのである。夫婦がいて、狒狒を飼っている。狒狒を飼っていることに気がついた人も、気がつかない人もいる。それでいい。もし野生動物を飼うことに法律があって、まだ届け出をしてなかったとすれば、これから届ければいい。狒狒になった者が、ほんとうに狒狒になっていれば、それで何の問題もないのだから。

そして私は、そう思うことに自分を馴らそうとした。すべて気にしなければ問題は起らない、と思うようにした。そういう考えは、ある場合ほんとうだった。が、狒狒を見たときの危機感みたいなものは、簡単に消えさらなかった。

ある日、私はその家のおくさんが、小さな男と連れ立って家から出て行くのを、見たことがあった。見たのは二人とも後ろ姿だったが、その男が人間だということは、うしろから頭を見ただけでわかった。それは頭から首すじにかけて、全面的に毛に蔽われている、猿の頭ではない。生え際のはっきりした人間の頭だった。それが人間だとすれば、身替りの男に違いなかった。

私はかれらの前に駈けぬけて、正面からその男を確かめてみたいと思った。だが、それはあまりにも端ない行為であるし、かれらはしかも、むこうから来る人に頭を下げて、おだやかにお辞儀を交わしている。いかにも慎しい平素の夫婦という感じだから、私はそれだけを見て満足すべきだと思った。余計なことを考えなければ、何も問題は起らない。私も服部さん以下の人達と、おなじようにしていればいいのだと思った。

そのとき私が忘れていたのは、狒狒になった主人が何を考えているか、ということである。完全に狒狒になってしまい、人間のときの思考力が喪失しているとすれば、それでよい。だが、もしまだ人間のように頭がはたらくとすれば、狒狒の心境は複雑なものになるだろう。その狒狒が何を考えていたか、狒狒の思想の片鱗といったものが、私にもやがてわかるようになったのである。

ある晩、私は家の裏の原っぱを抜けて、角の家のある道に出た。この頃の東京では星空など見たことがない、というのが常識みたいになっている。月夜にも出会ったことがない。だが、その晩は不思議に降るような星空だったのに気がついた。私は両手で肩を抱き、顔をあおのかせ、懐しくなって、空を見あげた。空のまんなかには昴の六連星《むつらぼし》が、はずした首飾りをかためて手のひらに乗せたように、キラキラしていた。

だが、私はそこにある車置場の柵の前に、子供のように小さな人間の黒い影が立っているのを見て、ぎょっとした。星の光でも、その男の鼻の長い、青光りのする顔が、人間のものでないことはわかった。私が思わず後退りすると、あいては恐怖を与えないように、やさしい声で今晩はといった。それは角の家の主人の狒狒だった。

「あなたは言葉が話せるんですか」と、私は驚いてきいた。

「そうです。私は腹の中はまだ人間なんですよ」と、狒狒はこたえた。

「長いあいだ人間だったものですから、姿が変っても、容易に人間は脱けないのです。あなたが私のことを、いろいろご心配くださっていることも、存じあげていますよ」

暗い中で丁寧な言葉使いをしているあいてを、私も狒狒とは思えなくなり、思わず人間にむかっていうようなことを、いっていた。

「それで如何ですか。狒狒になって、ご不自由なことはありませんか」

「そうですな。私は人間のときも、もう年をとって隠居のような身分でしたから、私から世間にむかって話しかけるような立ち場は、もうなくなっていて、私個人の小さな生活の中に閉じこもって、日日平穏であれば、それでよかったのです。狒狒になってもおなじことで、日常の暮らしに原則的な変化はございません。狒狒が檻にいるように、私は自分の家で暮らしております」

「だが、あなたが内面はまだ人間だとすれば、やはり何かと不都合なことが、おありじゃないのですか」

「不都合とは、世間との接触の面でしょうか。私はもとから人づきあいの嫌いな方で、私から他人に交際を求めたことは、ほとんどなかったはずです。ですから、年をとるに従って、そのまま孤独に馴れてしまったんですな。私には、はじめから狒狒になるような素質があったのかも知れませんね。いまでは、ご近所のおつきあいも、すっかり家内にまかせきり、私はほとんど家にこもりきりです。残念なのは、あの家に庭がないことぐらいですか。庭といえば人間にも、世間のことは細君にまかせて、自分は顔を出さず、庭仕事に専念している人がかなりいるでしょう。そのせいか私も、誰にも不思議がられず、安穏にしていられるわけですよ」

本来なら多少の笑いを交えて話すようなことだが、狒狒には笑えない。暗い中でその不自然さが見えないのはいいが、そのかわり青い炎のような光を帯びて、キラキラする彼の眼は、やはり無気味だった。

「ところが私の人間らしさは、だんだん稀薄になって行くのが、わかります。私が狒狒になったのも、昨今のことではありませんから、今頃になると、人間色の褪めて行くのが、はっきりして来るんですね。いいことといえば、近頃は理屈で物を考えなくなりました。そういう能力が衰えたというか、何かといえば理屈を先に立てる人間の癖が薄れて行ったようです。棘にさわれば痛い。固い物を飲みこむと、喉を傷つけることがある。そういう理屈だけ知っていれば、ほかの理屈は必要がなく、理屈を楯にとると、よけいな面倒の種になる。この頃はそんなことを考えるようになりましたが、これは人間の行きかたではなくて、狒狒の思想かも知れませんね」

彼のいっていることは、いちいちもっともで、反論のしようがない。無理にすれば、それは世俗的な反論になってしまう。だが、私はやはり人間の側に立っていたから、敢えてきいてみた。

「だが、おくさんは、その状態に満足しておいでなんですか」

「家内はかなり辛抱したかも知れないが、馴れてくれたんですよ。自分が置かれた環境に馴れるのは、人間の特性のひとつです。それが異常な場合であっても、異常が異常にうつるのは、人間が自由な眼を持てるときだけで、異常に直面したものには、異常は常態に変化してしまいます。家内にとっては人間の家内であることも、狒狒の家内であることも、家内であることにすこしも変りはないのですからね」

私は彼と話すのに、すこし疲れて来た。彼は私の家の近くに住んでいるが、隣人と呼べるかどうかも疑問である。それに二度と彼に会って、こんな風に語り合えるかもわからない。彼の人間性は次第に稀薄になっているということだが、話が通じなくなるのも、そう遠いことではないかも知れないのだ。私は彼に聞いておきたい重要なことが、ひとつあるのに気がついた。

「あなたは身替りの人を、ひとり雇っておいでですでしょうね」

狒狒が長い鼻を振ってうなずくのが、夜目にもわかった。

「そうです。私にはまだ人間の意識が残っているので、世間のことが気になるんでしょうね。体面というより義務感というべきでしょう。こないだも衆議員選挙があったとき、うっかり投票券をにぎって出かけるところでした。お察しのように私には、まだ選挙権があるんです」

「身替りの人はお宅に、ごいっしょにお住まいですか」

「そうです。家内の兄がひとり者でしてね。あの家を建ててから、来てもらったのです。以前は定時制の高校の教師をしていた、おとなしい人物でして、身替りといっても、別に私の真似をしなけりゃならないわけでもない。地のままに振舞ってればいいわけで、むずかしいことは何もない。誰にでも出来ることなんです。ただし、あまり乱暴な人や品の悪い人は困る。私の替りをやってもらうんですから……」

狒狒は星空を仰いで、いった。

「身替りを持ってる人はかなり多いですよ。政治家などは、ご本人に会っていても、影武者じゃないかと一瞬、疑うことがあるでしょう。形だけの身替りなら、奥方も秘書も、みんなその可能性があります。いや、広い意味でいえば、すべての人が身替りを立てていると、いえるでしょうね」

私は意外に思って暗い中で、よく見えないあいての顔を見つめた。狒狒になっても自己弁護にパラドクスを用いるのか、と思って。狒狒が人間と違う息のつき方で、かすかに肩を揺すっているのが、闇の中でもわかった。

「あなたにも覚えはありませんか」と、口のきける狒狒はいった。

「人間は自分の責任を逃れるために、いつも妻とか父母とか兄弟とかの所為にしているものなんです。他人に責任を転嫁する場合も多いでしょう。たいして実害がなければ始終、平気でそれをやっています。そういう何人か手持ちの、あいてには気づかれない身替り人がいなければ、やって行けないというようにです。あなたも私のように、気のおけない身替りを抱えていれば、楽になるでしょうな」

お供え

吉田知子

今日もあるだろう。あるに違いない。ないわけはない。それでも、もしかしたらないかも知れない。

私は玄関の戸をあけて庭を眺めた。三十坪の庭に雑然と木が茂っている。山の木が多い。楠、ナラ、ブナ、山法師、ソヨゴ、エゴの木、モチ、山桃。西南の角には柿の木が二本。ここからでは道は見えない。柿の木と生垣の向う側、道に面したところ。今朝もそこにそれがおかれているはずだった。玄関からでは木々の繁みにさえぎられて柿さえよく見えないのに、私はその方向を睨んだ。見たくない。今日はありませんように。

玄関を出ると正面に隣家のブロック塀が見える。そこから西へ曲って生垣沿いに歩いて行くと自動車道へ出る。家の西側が道なのだから、わざわざ敷地の東と南の二辺をぐるぐる廻って道路に出ることになる。この生垣や私道がなければ道からすぐに出入りできるし、庭もずっと広くなるだろう。こういう設計をしたのは夫だった。「カドへ立ったとき、家の中がすべて見えてしまうのはよくない家だ」「出入りする場所は必ず南からでなければならない」という信条があって、それは彼にとって絶対最優先の条件なのだった。カドというのは敷地の入口のことで、うちの場合、隣家のブロック塀とうちの生垣との間の二メートル幅のところである。

見まいとしても、そこに目がいく。槇《まき》の生垣の裾のあたり、ブロックの角のあたり。ある。ないはずがない。生垣の下の方、枝のすいているところにアマドコロと山吹。ブロック塀のほうにはイチハツ。いずれもジュースの空缶にさしてある。昨日はツツジと名前を知らぬ紫の小さな花だった。どう見ても遺族が交通事故の現場に捧げた花に見える。しかし、最近うちの前で人が死ぬような大事件はおこっていない。最近どころか、ここへ住んでからの二十年間一度もない。この近辺でも事故がおこったことはない。家の前の細い道は曲りくねっていて、五十メートル南で交通量の多い大通りへ出る。軽い接触事故くらいはあっても、こんな道でスピードを出す人はいないのだ。大体、こういう花というものは道の片隅の邪魔にならぬところに、ひっそりと慎ましやかにおくものではなかろうか。それは、まるで門松のようにうちのカドの両側においてある。真ん中に二つ並べておいてある日もあった。誰がそんなことをするのだろう。

最初に見たときは不快になってすぐ捨てた。二日目も三日目も、捨てて忘れてしまおうとした。花は生ゴミのバケツにいれ、空缶は不燃物の袋へいれて、それでおしまいなのだ。一度そのことを口に出したら本物になってしまいそうないやな予感がした。

だから、安西さんにも、そのことは言わなかった。安西さんは月に三回くらい内職の材料を持ってきて、その代りに完成品を持っていく。二十日も来なかったりすることもあるし、用事だけすませてそそくさと帰る日もあったが、大抵は坐りこんで小一時間話していく。三十を少し過ぎただけの安西さんが私と話して面白いはずがないので、それは義兄のさしがねかも知れない。私は夫の死後、数年、夫の兄の会社で使ってもらい、いまは家で内職をさせてもらっている。貸してある土地からの収入もあるし、内職などしなくても困りはしないが、義兄に頼まれてやっている。安西さんは背が低い。色が黒く、丸顔で物の言いかたや動作が男らしく精悍だった。そのくせ細かいところにもよく気がつく。彼に何か心配ごとがあるのではないかと聞かれたときは、つい花のことを言いそうになった。

花をおくのは朝だということには間違いない。それも早朝。早起きして七時に見に行ったら、もうおいてあったから。朝の忙しい時間にそんなことをするということは、ただのいたずらとは思われない。

もうこうなったら見張っていて犯人を捕えるしかないと思った。昨日の朝、私は目覚まし時計を六時にかけておき、目がさめるとすぐに服を着て外へ出た。六時なのに冬のように暗くて電灯をつけなければならなかった。外へ出ると雨が降っていた。雨の日にも花がおいてあっただろうか。花がおいてあったのはいつからだったろう。その間ずっと晴れだったかどうか。とにかく、そのつもりで起きたのだから見張ることにした。外へ出たら小寒かったので、また家の中に戻って長袖のシャツを出した。ついでに思いついて木の丸椅子を持ってきた。カドには、まだ花はおいてなかった。傘をさし、椅子に腰かけて待った。初めのうちは、ときたま自動車が通るだけだった。七時近くなってぼつぼつ通勤者の姿が増えてきた。足早に前だけ見て通り過ぎる人もいれば、不審そうにじっくりと私を眺めていく中年女もいる。誰も花なんか持っていない。

七時半。バイクが目の前で止ったので傘をあげると安西さんだった。そんな所で何をしているんですか、と聞かれたので、しかたなく花のことを話した。

「そんなの、子供のいたずらに決まってるじゃないですか。それとも、おばさんのファンかな。花をもらって怒るなんて、おかしいよ」

安西さんの話し方は丁寧になったり、急にぞんざいになったりする。

「でも、私はいやなのよ。止めてほしいの、もう、こんなこと」

「そんなにキリキリすることないと思うけどなあ。別に実害があるわけじゃないんだし。第一、なんて言うつもりなんです、そいつをみつけたら。毎日お花有難うしかないでしょうが。それに、そんなとこにずっといたら風邪引くよ」

わかったわ、もう家に入るわ、そんなことよりあなたこそ早く行かないと会社に遅刻するわよ、と私は彼をせかした。彼にそこへ立っていられると迷惑だった。この間にも犯人が逃げてしまうかも知れないではないか。

安西さんがうちの前を通って通勤しているとは知らなかった。引越したのだろうか。方角違いのはずだが。子供のいたずらだなんて。私もそうかと思ったこともあったが、子供は朝は忙しいのだ。そんなことをするわけがない。私は彼の言葉を一々思い出して腹を立てた。花をもらうといっても、通りすがりのよその庭のをむしってきたような花なのだ。そんなものをもらって嬉しい人がいるだろうか。安西さんは、とうに行ってしまったのに私はまだ口の中でぶつぶつ言いながら怒った。雨は小降りになり、空が明るくなってきた。私は尿意をこらえながら、なお坐り続けていた。バス通学の高校生たちが傘のかげからちらちらと私を見て行く。朝から賑やかな小学生たち。

本当にどうするのだろう、犯人をみつけたら。安西さんがあんなことを言わなければ私は怒鳴りつけただろう。どうしてそんなことをするんですか、私に何か恨みでもあるんですか、警察へ訴えてやるから、とまくしたてただろう。考えてみれば他人の家の門口へ花をおくのは別に犯罪ではないのだ。たしかに彼の言うように実害はないのだし。

「そりゃあ、ベランダをつければ雨漏りするに決まってるわさ」

大声が道の角を曲ってくる。彼らは大通りから逆にこの細い道へ入ってきた。

「だめだめ、簡易ベランダでも漏る。はなっから設計してつけたものでも漏る。あんなもの、いいわけがあらすかね」

老婆ばかりの四人連れは湖の傍の老人保養センターへ行くのだろう。

わしもそう言っただけどねえ、と背の低い一人が口ごもりながら私を見る。残りの三人もいっせいに私をみつめた。ほとんど立ち止っている。

「ベランダでビール飲むとか言ったって、たまに蒲団干しに行くくらいでさ、ビール飲んだことなんかないだに」

私のまん前に立って顔を見ながら言ったので、まるで私に話しかけているようだった。私は自分の顔が赤くなるのを感じた。

「ベランダをつけたり外したり、何十万だわ」

「なに言ってるだよ、何十万なんてもんじゃない、百万の余だわさ」

私を見ながら口々にそんなことを言い、それから何事もなかったように向きを変えて再びゆっくり歩き始める。

私は吐息をつき、頬を撫でた。もう雨は落ちていない。老婆たちは傘をさしていなかった。私だけ傘をさし、道より十センチ高い門口に丸椅子をおいて腰かけていたのだ。いったいどう思ったろう。花をおくのは子供ではなくて年寄りかも知れない。急にばかばかしくなった。安西さんの言う通りだ、花なんかどうでもいいではないか。

昼過ぎにスーパーへ行くときも花はなかった。夕方また見に行ったが、そのときも花はおいてなかった。私が見張っていたから花をおかなかったのだ。私の意志がわかったのだから中止してくれるだろう。いや、しつっこくまた持ってくるだろうか。今朝、起きてそれをたしかめるのがおそろしかった。しかし、見ないわけにはいかない。

イチハツは萎れかけ、山吹にはボケた白花が二つまじっている、紫と白と黄。汚かった。こんな汚いものに触りたくなかった。私は、いやいや錆びた缶を指先でつまみあげた。ふと、もしそのままにしておいたらどうだろうと考えた。明日から毎日小さな花が増えていって、カドから玄関までずらっと並ぶことになるのだろうか。まるで超小型の葬式の花輪のように。

次の日、ためしに花をそのままにしておいた。幸い、その日の花はピラカンサスで、あまり目立たない。それでも、花をそのまま自分の家のカドにおいておくということは私にとっては大変な苦痛だった。近隣の家と比較してうちだけ異常に見えるだろう。花と花の間に見えない線が張られていて、私がそこを出入りする度に両側の湿った小さな花から変な呪縛を受けているような気がする。うちの中にいても花が見えた。見えない塊が家のあちこちに澱んでいる。建ててからまだ三十年しかたっていないのに、この家は三百年もたっているように古びて暗い。いつもは、あまりに大げさなので一人でくすくす笑いながら見るテレビの怪奇映画も黙って見ている。血みどろのゾンビーが墓場から次々に立ち上るシーン。どうしてここで笑ったのだろう。何もおかしくなかった。こわくもないが面白くもない。夜中、強い風の音にめざめ、夢うつつのうちに、あの花をさした缶が倒れているのを見た。

花は増えはしなかった。そのままだった。缶も倒れてはいなかった。新しい花が増えないのは私が片付けないせいかどうかよくわからない。ピラカンサスの枝には直径五ミリほどの白い玉が無数についていて、私はそれを花だと思っていたが、よく見るとそれはつぼみで、それから五弁の花が咲いた。この木は五百メートル離れたところにある大きなマンションの周囲に垣根代りにたくさん植えられている。手入れする人がないのか、たわんで倒れかけている木も何本かあった。やがてそれに黄色味を帯びた赤い実がぎっしりとみのる。トゲのある枝も、だらしない樹形も私は嫌いだった。鳥が持ってくるのか、うちの庭にも時々ピラカンサスがはえる。庭の隅で知らない間に思いがけず大きく生長しているこの木を抜くのはほねだった。トゲに刺されないように用心していても何度もとびあがらねばならない。しかし、槇の生垣の下枝のかげでかすんだ白い塊のように見える花は、そう悪くもなかった。

夕方、庭の草取りをしていた。庭の木はどの木も毎年花を咲かせ、一面に種をふりまくが、芽が出るのは年によって違うらしかった。数年前、雪柳の芽がいっせいに出たことがある。初めは草かと思っていた。毎週のように草をとっているのに、どうしてそんなにはえるのかわけがわからなかった。よくよく眺めて、ようやく雪柳だと知ったのだった。今年は楓の当り年のようで奥のほうに何十本もはえている。百本以上かも知れない。楓なら盆栽にもなるし貰い手もあるだろうと抜かないでおいた。うちの楓を買うときは苦労したのだ。こういう普通の山紅葉は庭屋は扱わないそうで、血染め楓やら糸紅葉やら変ったのばかりをすすめられるのを夫が頑張り通したのだった。それにしても庭の奥がすべて楓になってしまうのもどうかと思い、半分抜くつもりだった。やり始めてみると楓の芽ばかりではなく、半分雑草がまじっていた。楓の親木は縁先にあるが、その下にははえず、大きなハトモチの木の下のほうに群生している。暗く湿った槇の生垣の周辺にも多い。ついでに水仙の球根を掘りあげて干したり、スグリの親枝を刈ったり、枯れて落ちた枝を片付けたり、庭にはすることがいくらでもある。生垣の向う側の道を時々人が通る。小学生の一団が通ったときは耳がおかしくなるほどのやかましさだった。口々に叫んでいるので遠くからでも彼らが近づいてくるのがわかる。生垣の木のすいているところから覗いてみると、生徒とたいして背丈のかわらない小さな男の先生が折り畳み傘をふりかざして前を走っている男の子の頭を叩くのが見えた。

子供たちが通り過ぎてしばらくしてから、私は何か気配を感じた。そのときは道に背を向けていたし、茂みの深いところなので見えるはずもないのに、背後の道を何かがふわふわと宙に浮いて通って行くのを感じた。私はふり返った。いる。たしかにその「何か」が私の家のカドで立ち止り、そこへかがんで何かしている。とっさにそう感じたので私は立ち上って走り出した。生垣をぐるぐる廻ってカドへ出て、カドの生垣の左右を見た。そこには白い小さな旗が立っていた。道へ出ると若い女の後姿が見えたので急いで追い掛けた。

「ちょっと待って。あなただったのね。とうとうつかまえたわ」

ふりむいた女は若くはなかった。痩せていてブラウスにスカートという服装だったので若く見えたのだろう。なんですか、と晒したように白い顔で言った。眉も薄く、顔の真ん中に目鼻が小さくまとまっている。

「いま、うちのカドに旗立てたの、あなたでしょ。毎朝花を持ってくるのもあなたね。ちゃんと知ってるんだから。どういう気なんですか、いったい」

「わたし、何もしませんけど」

五十少し前かと思われる女は、私の権幕にたじろいでいるようすはなかった。怒るのでも咎めるのでもなく、ただ真面目に私の次の言葉を待っている。

「本当にあなたじゃないというの」

女が頷くのを見ると私は自信がなくなった。私が生垣のまわりを廻って走っている間に犯人は逃げ去って、そのあとへこの人が通りかかったのかも知れない。私が、ごめんなさい、間違えました、と謝ると、女は全然表情を変えずに軽く頭をさげて立ち去った。その女の顔に見覚えがあった。二丁目と共同で公園の草取りをしたとき、彼女も来ていた。一本ずつ丁寧に抜いているのを見て隣りの奥さんが「あれじゃあ一年かかっても終らんね」と悪口を言った。女は何も聞き返さずに、道の向う側のバス停へ歩いて行った。その漂うような歩き方は、たしかにあの「気配」に似ていた。

今度は旗か。うんざりして私は旗を眺めた。割り箸に白い紙を貼りつけただけかと思っていたが、割り箸よりはだいぶ長い。旗も紙ではなく布で、小さいながら乳《ち》までついた本格的なものだった。もちろんカドの両側に二本立っている。しかも意外に深くしっかりと地面に刺しこんであった。指先で軽く引っ張っただけでは抜けない。そうするとやはり彼女の仕業ではなかったのか。昼過ぎの二時という時間も半端だった。朝からあったのに気がつかなかったのかも知れない。今朝はカドへ見に行ってなかったから。花も、もう捨てよう。一旦花をつかんだ手を私は放した。たしかに前はジュースの空缶だったのに瓶に変っている。花も違う。同じピラカンサスだが、前に見たときは、もうあらかた開花して葉も乾ききっていたのに、今さしてあるのはつぼみばかりになっている。毎朝入れ替えていたのだ。確実に何かが進んでいく。

腹が立った。ここへ頑丈な鉄の扉をつけようか。電気鉄条網を張ってやる。ガラスのカケラを撒いて近づけないようにしようか。

だが、それらは泥棒や侵入者を防ぐ役にはたっても、この犯人には関係ないだろう。うちのカドがあるかぎり、犯人はそこへ花をおき、旗を立てるだろう。

再び毎朝花を捨てるのが私の日課になった。それを忘れた日や、泊りがけで実家の法事に出席した日は旗も倍になった。花は、もうそのへんから摘んできた花ではなかった。胡蝶蘭、ケシ、トルコキキョウ、薔薇といった高級な花である。花瓶も竹筒や陶壺に変った。日によっては花束だけのこともあった。相手は花屋なのかも知れない。それにしては旗が解せないが。

隣りの奥さんが回覧板を持って来たときや、安西さんが来たときは、その花を持って行ってもらった。誰も来ないと捨てた。飾っておく気にはなれない。花をもらうと皆喜んで同じことを言う。

まあ、いいわね、一ヵ月以上もですって。きっと奥さんに恋している男がいるのよ、そう思っていれば楽しいじゃないの。旗だってファンレターのつもりなんですよ。そんな深刻なことではないでしょう。いつか飽きるでしょうしね、向うさんも。

朝、張りこんだことも何回かあるが、その日は花を持って来ない。どこかで私がカドにいるのを見ているのだ。うちの前の道は曲っているので見通しがきかない。まっすぐな道なら花を持って歩いていれば遠くからでもわかるのに。

法事で実家へ帰った折り、母にその話をしたら、一度おはらいしてもらったらどうかと言った。母の口からそんな言葉が出たので私は驚いた。母は無信心で方位とか日のことなど全然考えたこともない人だと思っていたのだ。

「おはらいってのは、悪いことが続いたりするとしてもらうものじゃないの。私はそうじゃないんだから。第一、お母さんがそんなこと言うなんて変よ、変だわ」

私の声が高かったので母はちょっと顔をしかめた。

「でも、それはそういう類のことなんだと思うよ。あんたに問題があるのよ」

結局、全部そういうことになる。旅行中に肺炎になっても、夫婦喧嘩して実家へ戻っても、建ててすぐの家が雨漏りしても、母はそう言った。

「見張ってると来ないんだから、たちが悪いの。もうノイローゼになりそう」

おはらいしてもらいなさい、と母はくり返した。それで悪い花がいい花になる。あんた、そういえばこの前会ったときよりずいぶん痩せて顔色悪いよ。そんなことにこだわっているからだよ。

考えてみると、花のことを冗談にせずに私の不快をまともに受けとってくれたのは母だけなのだった。

「ねえ、おはらいって誰にしてもらうのよ。神主さんかしら」

「そういうもんは駄目だわ、神主じゃあ」

それまで何も言わなかった志村のばあさまが急に口を挟んだ。

「そういうのは、それ専門の人がいるだてね。たしか倉見新田の方にいたったよ。わしが聞いといてやらすかのう」

母は自分からおはらいと言ったくせに、それについて何の経験も知識もなかったので、私はとりあえず志村のばあさまに頼んでおいた。しかし、それきり忘れたのか志村のばあさまからは何も言ってこない。私のほうも催促するほどの気もなかった。

花をおいて行く時間は決っていなかった。早朝には違いないにしても、朝起きてすぐ見に行くと、ない日とある日とある。七時になってもないので今日は休みかと思うと、二度目に行くとある。次第に新聞や郵便物を取りこむのと同じになった。もっとも、それらは玄関の郵便受けまで持ってきてくれるのに花はカドまで行かなければならないから多少面倒くさい。

一日中誰も来ない日もあった。たて続けに電話や客のある日もあった。保険や物売り、葬式の月掛けの勧誘。隣り町に教会のある大日キリスト教は月に二回は廻ってくる。

知らない男が玄関に立っていたときは、それに違いないと思った。

こちらに神様がいらっしゃるでしょう、と言う。

大日の人は若い人が多いのに、その男は六十前後だった。古びて色あせた背広を着ている。大日の人は大抵「今日はよいお話をします」とか「奉仕にうかがいました」「あなたは満足していますか」などと言う。玄関払いを受けないように佐藤とか山本とか普通の訪問客をよそおっている。いきなり「神様」ということはまずない。しかし、大日ではないにしてもなにかの宗教であることはたしかだから私は警戒して黙っていた。

「いらっしゃるんでしょう。隠さないでください。わかっているんです」

いると言っても、いないと言っても、彼はたちまちその言葉にくらいついてくるに違いなかった。

疑い深そうな奥目、頑固にしまった口。口は唇というものがなくて、ただ一本の横線だった。損得のことしか考えたことのない人種に見える。

「どうしてそんなことを考えるんです。誰かがあなたにそう言うんですか」

男はそれには答えずに自分は横田から出てきたのだと言った。横田といえば、山のほうの半分ダムの底に沈んだ村だ。そこからここまではバスを乗り継いでも小半日かかるだろう。

「若い頃はこっちで商売していたから大体の地理はわかっているで。ここいらかいなあと思って聞いてみたら道を教えてくれてね」

「教えるって、誰が」

「だから、そのへんの人ですんね。何回も聞いたで。わしはカンのいいほうじゃないから。カンがよけりゃあ商売だって止めずにすんだですよ」

男は今朝暗いうちに起きて自分で打ったという蕎麦を風呂敷から取り出し、噂は本当だとわかったから、この次はみんなも連れてくる、と言った。

その日は、もう一人男の訪問客があった。その男は三ヵ月前にも一度来たことがある。小柄な角ばった顔の四十五くらいの男で銀縁眼鏡をかけている。

市役所の牧ですが、と言ったので、そうだったと思いだした。何かよくわからない課の課長で私のことを根掘り葉掘り聞いた。一人暮らしの人を全員そうやって調査しているという。係累は、子供は、仕事、収入、財産、いつからここに住んでいるか、その前は、土地や家は自分の名義なのか、死後は誰のものになるか、親類づきあい、親しい友人は誰か、よく旅行するか、派手好きか、出かけることは多いか、何かの会に入っているか、趣味、一日の生活のしかた、健康状態、持病はないか、亡夫の菩提寺はどこか、そこへおまいりする頻度、気は強いほうか、死にたいと思ったことはないか、宗教は何か、信心しているか、すすめられたらどこかの宗教に入る気があるか、生活費以外にはどんなことにお金を使っているか、困ったときはどうするか。手あたり次第、思いつくままに質問してくる。別に隠すこともないので答えると、時々手帳に何か書きこんでいる。

「こんなことを聞いてどうするんですか」

いざという時のためです、と牧は言った。一人暮らしの人の事故率は極めて高い、独居老人ばかりでなく、女子大生が殺されたり、犯罪者が隠れ住んでいたりする。こういう調査は事故や犯罪を未然に阻止する手段として極めて有意義なのであります。

「わかりました。あなたのような方は、一見おだやかで平凡そうに見えるが実は稀に見るほど強い人なのですよ。家族も仕事も友達も趣味もなく、外出も旅行も嫌い。それにもかかわらず毎日少しも退屈せずに満足して暮らしておられる。理想的一人暮らしといえますな」

別に満足しているわけではないけど、と私は言った。といって不満ということもない。他の暮らしはしたくなかった。こういう暮らししかできない、ということかも知れない。

「今日もまた調査ですか」

私がそう言うと牧は顔をあおむけてアハハと笑った。

「調査だけが能というわけでもありませんので。先日は何かあればすぐにそれに対応できるようにいろいろうかがったわけでして。しかし、問題はないようですな。お元気そうで何よりです」

私は彼を客間へ通した。この前の時は二時間も玄関先で話したのだ。牧にカドの花のことを言おうかどうしようかと私は迷っていた。それは「問題」というようなものだろうか。大したことではないのですが、と私は言った。牧は眼鏡の奥の目を輝かせて、ホウ、と身を乗りだした。私が花や旗のことを話すと一々頷いて聞いてくれた。

「困ったことですね。そういうのは軽犯罪にも家宅侵入にもならんでしょうし。どうしたものですかなあ」

そんなに気にしているわけではない、と私は言った。牧の話しかたは静かで正確だった。決して無作法な慣れ慣れしい言葉遣いはしないし、早口になったり大声を出すこともない。声もうるおいのあるいい声だった。いかにも頼りがいのある有能な官吏らしい彼と話していると自分がつまらぬ相談をしているのがわかった。私は彼にその話をしたのを少し後悔した。

「郵便受けに百万入っていたというようなことなら警察へ届けることもできるが、花では取り合ってくれないでしょうなあ」

「もういいんですよ。本当に大したことじゃないんですから。そのうち終るでしょうし」

そうです。牧は教師が小学生に言うように言った。

「気にしないことが一番です。また何かあったら私の名刺の電話番号に電話すること。いいですね。名刺はこの前さしあげたでしょう。持ってますね」

蕗の葉の上に行儀よくお団子がのっている。誰かの忘れもののように。そのままにしておいたら夕方はお団子がなくなって、ちぎれた葉だけが散らばっていた。蕗の葉がおいてあるのは毎日ではない。キーウイ、焼魚、まんじゅう、お煮しめと、のっている物も変る。この道は犬を連れて散歩する人が何人も通るし、野良猫も多い。道ばたにじかにおかれた食べものは、たちまち犬や猫が食い散らかし、私はいつもそのあと片付けをしなければならなかった。やっぱりカドの方位が悪いのかも知れない。おはらいのことを思い出して志村のばあさまのところへ電話したが電話には誰も出ない。母に電話してたしかめたら、ばあさまは脳の血管が切れてずっと入院しているそうだと教えてくれた。電話の母の声はなんだかよそよそしかった。私が変なおじいさんのことや蕗の葉団子のことを訴えても、まるでとりあってくれない。有難いことだねえ、と同じ言葉ばかりくり返している。

蕗の葉の上に石ころがのっているのを見たときは猛烈に腹がたった。食べものより石のほうが始末がいいはずなのに。いいように馬鹿にされている。私は思いきり力をいれて石を向い側のどぶへ蹴とばした。

朝から東側の空地で鋭い金属音がひっきりなしに甲高い音をたてている。そこは、二百坪ほどの空地だった。うちの敷地より二メートル以上低くなっている。何年か前、セイタカアワダチソウの最盛期のときには二メートルの段差をものともせず黄色い花穂がうちの庭の端にずらりと並んだものだった。その後も葛やらススキやら茂りほうだいで足を踏みいれることもできぬ深いくさむらになっている。この金属音は、おおかた草刈り機の音だろうと見当をつけた。

ここの地主はこの近辺の農家だと聞いているが滅多に姿を現わさない。草を刈るのは二年に一回くらいのものだから、それでは到底役にはたたず、いつ見てもぎっしりと草がはえている。このへん一帯は二十数年前までは急斜面の痩せた山林だったという。区画整理して宅地にしても、持ち主の多くは近くの農家の人であるから売らずにそのままにしてある。

私たちが家を建てるとき、西は道で、南と北には既に家が建っていた。あいているのは東側だけで、しかもそちらはここより低く、見晴らしもよかったから、そちら側を主体に考えて家を設計した。東端の居間と台所に大きな窓と広縁をつけた。地境は四つ目垣にし、三メートル弱の細長い東庭に、紫陽花、南天、ツツジなど、あまり背の高くならない灌木を植えた。そして夫の生きている頃から私は一日の大半を明るい居間か台所のどちらかで過してきた。建てたばかりのときは、そこから下を眺めるのが楽しみだった。はるか下に神社の森や川岸の竹が見え、春の朝は小綬鶏《こじゅけい》が鳴き、昼は田圃の蛙がやかましく、夜になると牛蛙がボウボウと吠えた。そのうち、それはパチンコ屋のネオンや病院の看板に隠され、赤や白やグリーンのマンションがいくつも建てられた。眺めは悪くなったが、それでもすぐ下に空地があるから、別にうっとうしいということはなかった。その空地にもマンションが建てられるという話が伝わって緊張したのは何年前だったろうか。それもいつの間にか立ち消えになったらしい。マンションを建てる気なら草刈りなんかせずにいきなりショベルカーで整地するだろうから、私は安心してその大きな音を聞いていた。

髪を梳かしながら久しぶりにデパートへ行こうかと思った。ホウロクが欠けたので新しく買わなければならない。今年は、まだ一回もお墓へ行ってないことも思い出した。お彼岸にも行かなかった。去年までは正月にもお彼岸にもおまいりに行っていたのに。お彼岸はたしか風邪を引いていたのだ。治ったらすぐ行こうと思っていたのに今まで忘れていた。十三回忌がすむと急に夫と距離ができてしまったような気がする。向うも、もう私のことを思い出すことはないのだろう。夢も見ない。夫婦の間はそんなものかもしれない。母も自分の父親の墓へは年に数回行くのに夫のほうは寺が遠いこともあって数年に一度行くかどうかだった。そうだ、今日は天気もいいからデパートへ行ったら柏餅を買って母のほうへ回ろう。墓まいりはもう少しあとでもいい。お寺の坊さんに挨拶するのが苦手で億劫だった。そういうとき持っていくものは、お金なのか物なのか、物なら何がいいのかよくわからないし、なんと言ったらいいのかもわからない。顎が細くて強い近眼の坊さんも、あまり社交的な人ではなくて具合悪そうに視線をそらして他を見ているので尚更話しにくかった。

蕪の浅漬と夕べの残りのキンピラで朝食をすませてから門口の掃除をした。もう慣れたので機械的にさっさと処理する。その頃からなんだか騒がしくなってきた。大勢の人の声のようだった。大声というわけではないが、ざわざわと厚みのある騒音だ。

台所の窓から見ると南天の葉越しに人がたくさんいるのが見えた。草を刈ったあとの掃除をしている。皆でゴミを拾っている。空缶、ビニール袋、布きれ、ダンボール箱、電気釜、こわれた自転車まで捨てられている。草が茂っていたのでここへ捨てて行く人が多かったのだろう。二十人くらいの人がせっせとそれを拾い集め、一方では、まだ草刈り機が轟音をたてている。

おはようございます、と言って空地に入ってくる人も何人かいた。今日はこの町の草取りの日ではないし、第一、この空地は個人のものなのに、どういう人たちなのだろう。私は庭下駄をはき、紫陽花のかげに身を屈めて空地を覗いてみた。台所の窓からでは見えなかったが、うちに接した崖の下に竹をたてシメ縄を張って祭壇の用意ができていた。地鎮祭らしい。やはりここに何かを建てる気なのだ。それにしては人間が多すぎる。見ているうちにもどんどん人の数が増える。私の家のほうを見上げたり指さしたりして話し合っている人たちもいる。サラリーマン風、主婦、職人みたいな恰好の人、いま着いたバンから降りてきた七、八人の老人たち。いったい何を建てるというのだろう。何かの集会だろうか。うちの地鎮祭のときは私たち夫婦と神主さん、工務店から二人の総勢五人だった。寒い日だった。

私は家の中へ戻った。下であんなことをやっていては出かけるわけにもいかない。南側の客間へお茶の道具を持って行って飲んだ。人々のざわめきはそこまで聞こえてきた。

「なにしてるんです」

安西さんが庭からまわってきた。

「いくら呼んでも返事がないから、どうかしたのかと思いました」

このやかましさで安西さんのバイクの音も声もなにも聞こえなかったのだ。安西さんが来るのは二十日ぶりくらいになるだろう。彼の来る頻度は義兄の会社の景気と正比例しているから、会社は、あまり好調ではないのだろう。なんにしても、こんな日に安西さんが来てくれたのは嬉しかった。私は安西さんにお茶をすすめながら言った。

「すごい騒ぎでしょ。何が建つのかしらね」

「それですがね、あまり人が多いので私もいま下へ見に行ってみたんですよ」

安西さんは曖昧な顔をした。

「変な話でしょう。あそこへ来ている人がわからないって言うんだから。それじゃあ何をしに来ているんだか、いい加減暇な人が多いよ」

あの土地とうちは背中合わせで接しているが、町も道も違うから何が建ってもつきあうことはない。

「ああ、それとも宗教かもしれません。神様の家と言っている人がいたからね」

いやな感じがした。神様などという言葉は聞きたくもない。

「うちの社長も変なものに凝っちゃってさ。蘭だかなんだか。新種作るんだって。自動車の部品の下請けよりよほどましだ、創造的だし金も入るって言ってるんですよ。もう二時か三時には、さっさと会社をぬけてってしまう。農場へ直行するんです。車で一時間のところに土地借りて温室作って。それで専務も怒って辞めちゃうし、もううちの会社潰れるんじゃないかなあ」

安西さんの話は何も頭に入らなかった。他に考えなければならぬことがある。他に。といって、なにをどう考えたらいいのかわからない。

安西さんは仕上げた物を受け取っただけで代りのものはよこさなかった。黒い管をあちこちへはめるという単純な仕事は全然面白くなかったし、工賃もお話にならぬ安さで一ヵ月寝る間も惜しんでやっても五万にもならないから、私のほうも催促しなかった。

私がはかばかしい返事をしなかったためか、安西さんは早々に帰って行った。彼のバイクの音が聞こえなくなってから、私は安西さんの娘にあげるつもりで取っておいた天道虫の貯金箱を思い出した。以前、銀行で景品にくれたもので、あまり可愛らしいので取っておいたのだ。安西さんの娘は、三つか四つになるはずだった。彼がいる間は、なにかしっかり考えなければならぬことがあるという気がしていて、彼の黒い丸い顔が邪魔だったのに、帰ってしまうと、もうそれは漠然と拡散し、消えてしまっていた。

気がつくと静かになっている。地鎮祭が終ったらしい。私は茶碗を洗い、外出の支度をした。銀行へも寄らなくては。郵便局で通信販売のお金を振り込まなくてはならない。そうだ、それで買った絹のブルゾン風のブラウスを着て行こう。春先の旅行にちょうどいいと思って取り寄せたのだが、考えてみれば旅行することなど滅多になかった。自分で行くほど好きではないから誰かが誘ってくれない限り出ない。誘うのは母か義姉だった。これまで年に二回か三回は二泊程度の旅をしていたのに、最近はどこへも行ったことがなかった。母も義姉ももうとしだから、それも当然かもしれない。婦人会の旅行もいつも断っていたら声がかからなくなった。あんたは人づきあいが悪いと母が言うとおりだった。うちへ来てくれる人にはできる限りのもてなしをするけれども積極的に他人とつきあうという気にはなれない。

突然、中空から音が舞い降りてきた。続いて賑やかに鈴や笛の音が降ってくる。どうやら下の空地らしいと気がついて慌てて庭下駄をひっかけ、紫陽花のかげから覗いた。青竹のまわりを舞っている人がある。祝詞をあげている男。笛、鐘、太鼓。地鎮祭の行事に似ているが、神主や巫女の恰好をしている人はない。舞っている人も若い女ではなく普通の服を着た男女だった。空地一面にペタッと敷物を敷いたように見えたのは人々の背中だった。百人はいそうだ。全員地面にひれ伏して頭も手足も見えないので色とりどりのパッチワークの敷物に見える。祝詞は何を言っているのかわからないが、ひどく熱心だった。何度もふし拝み、興奮して体中震えている。一段落すると人々は頭を上げた。皆こちらへ顔を向けているので妙な感じだった。それで終りかと思うと今度は皆が勝手に口々に何か唱えながら、またばらばらと頭を上げたり下げたりする。こんなところでなにかの宗教の集会をしているのだ、と思った。まさか毎日やる気ではないだろうが。

なかなか寝つかれなかったせいか、翌日は七時半まで目がさめなかった。さめてからも寝床でぐずぐずしていた。頭のシンが微かに痛い。寝ているうちからハタリ、ハタリという音が間欠的に聞こえていた。なんの音かわからないが音は東から聞こえてくる。雨とも違うし、雨戸の揺れる音でもない。遠くで餅つきをしているような。カタ。これは雨戸に何かの当った音だ。鶫《つぐみ》がガラス戸にぶつかったときは、もっと大きな音がした。風が強いのだろうか。そのうち音がしなくなったのでまた少しまどろみ、八時過ぎに起きた。まず雨戸をあけて庭を見たが別に変ったことはない。風もほとんどなかった。少し曇った日だった。顔を洗い、塩昆布でお茶漬けを半杯食べると、もうすることは何もなかった。どうしてだろう。寝床であの小さな軽い音を聞いていたとき、急に、「もうすることは何もない」とわかったのだった。いままでそんなふうに考えたことはなかったので、それはふしぎな感覚だった。いいことなのかどうかということもわからない。昨日まで私は七時前には起きなければならなかったし、直ちに花や旗を片付けなければならなかったし、家の中にも外にもしなければならないことが山ほどあったのだ。今日は何もない。これからはずっと何もないのだ。空が乳色に光っていた。満ち足りているわけではないが、不満でもなかった。自分が静かに溶けていくような気がした。

私は額紫陽花の繁りすぎている東庭を他人の庭のようにぼんやりと眺めた。紫陽花はつぼみばかりだと思っていたが、もう満開だった。一晩でそうなるはずはないから気がつかなかったのだろう。小さな点のかたまりの周囲を四弁の白い花がぎっしりと取りまいている。紫陽花のかげに白南天が自生しているのも知らなかった。紫陽花の半分ほどもない威勢の悪い白ツツジ。その葉の向う側で何か動いているものがある。下の空地に人がいた。測量か縄はりでもしているのか。見ている目の前にばらばらと石が降ってきた。下の空地からうちの庭へ石を投げいれている。どうしてそんなことをするのだろう。私は居間の縁側から庭へ出た。また小さな石がとんでくる。石ではなかった。百円玉だった。庭のあちこちに百円、五百円、十円の硬貨が落ちている。ようやく朝がたの音がこれだったのだとわかった。この音。硬貨が庭へ落ちる音だったのだ。なぜ。紫陽花のかげから覗くと、すぐ下に七、八人の中年女のグループがいて手を合わせていた。一人が財布から金を出し、せいいっぱい手を伸ばしてこちらへ投げ上げる。他の女たちは既に投げ終ったらしい。作業員風の男は帰るところだった。空地は道より高くなっているので入口が少し坂になっている。おじいさんに手を引かれてよちよちと石段を登ってくるおばあさんがいる。いつの間にか石段までできている。ここで人々の集会があったのはいつのことだったろうか。

硬貨は石垣の下や庭石の横にも落ちていた。よく見ると紙幣に硬貨を包んだものもまじっている。おさつはくしゃっと丸められているので千円札か一万円札かわからない。

何もすることはない。

私は再びそう思い、ゆっくりと家の中へ入って、機械的にお茶をいれ直し、湯飲みを南側の客間のほうへ運んで行って飲んだ。なんの味もしない。柔らかなハタリハタリという音は時々とぎれながら、思い出したようにまた続く。

電話のベルが鳴ったとき、何の音なのかわからなかった。けたたましくまがまがしい音に聞こえた。ようやく電話だとわかって受話器を取ると牧の声が聞こえてきた。

「どうしてますか」

何もしていません、と私は答えた。

「何か変ったことはありませんか」

何日か前に下の空地で何か集会があって人が何十人も集まりました。大変騒がしかった。拝んだりしていました。それから誰かがうちの庭へ金を投げこむのです。

「それで、どうするんです」

どうもしない、と私は言った。私、何もすることがなくなったんです。

駄目ですよ、と急に牧は大声を出した。

「いいですか。まずお風呂へ入るのです」

こんな朝からですか。お風呂はそう好きではありませんけど。

「私の言う通りにしてください。お風呂へ入って体の隅々までよく洗う。髪も洗うこと。出たら新しい下着と新しい服を着て、ちゃんとお化粧しなさい。口紅くらい持っているでしょう。あれば、香水もつける。そして、外へ出なさい。わかりましたか」

外って、行くところなんかないけど。

「そんなことはあんたは心配しなくてもいい。自然になるようになる。さあ、すぐ立ち上ってお湯をわかしなさい」

彼の有無を言わせぬ口調が快かった。私はハイと言って受話器をおいた。

お湯を出していると、その激しい水音にまじって東からも西からも大勢の人の声が聞こえてきた。口々に何か叫んでいるようだった。他にすることがなかったので、私は風呂場の中でお湯のたまっていくのを見ていた。

体の隅々まで洗って、髪も洗って、新しい下着と新しい服を着てお化粧する。忘れないように牧の言ったことを口に出して復唱する。

白っぽい昼間の光りの中でお風呂へ入るのは変な感じだった。天井のシミまではっきり見える。昔、一度だけ朝風呂へ入ったのを思い出した。今日と似ている。やはり念いりに時間をかけて体を洗い清めてから新しい下着を着た。あれは結婚式の日だった。

風呂から出ると押し入れから新しい下着を出した。この日のために前から上等の真新しい下着を一包みにして用意してある。新しい服というのはなかったが、一度着ただけの藤紫の服を着た。白粉を塗り、口紅をつける。鏡も見ずに、手当り次第に鏡台の上の物を顔へつけた。私はせっせと働いた。牧の言った通りに。髪がまだ濡れているので一度もかぶったことのない貰い物の帽子をかぶる。早くしなければ。よそ行きの白い靴は下駄箱の奥の方に入っていたので出すのに手間取った。まだですか、と誰かが何回も言うので、その度に、いますぐ、と返事をしながら靴を捜す。

玄関前に二、三人いた。カドは花や旗や一升瓶や箱類で通り道もなくなっている。人間もたくさんいる。彼らは私が通りいいように物をよけてくれた。

私が道へ出ると人々がざわめいた。知っている人も知らない人もいる。私は彼らにちょっと頭をさげてから歩き出した。人々は自然に私の進路を空けてくれる。肩を軽く触られた。いや、投げられた硬貨が私の体に当ったのだった。前からも後からもお金がとんでくる。私は歩き続けた。次第に人が多くなり、硬貨の数も増す。近くの人は柔らかく投げあげるが、遠い人は力をこめてぶつける。頭にゴツンと強い衝撃があった。硬貨ではない。顎に当った石が足もとに落ちる。

毎日お花をあげるのに、毎日誰かが全部捨ててしまって、と言う声がする。

背中に大きな石が当って私は前のめりに転びかけた。

小さな子供が走ってきて私のまんまえで私の顔めがけて石を投げる。ふりむくと私の後にも横にも人間の壁ができていた。私の周囲だけが丸くあいている。手を合わせている人、石を投

げる人、私に触ろうとする人。皆、口々に何か言っている。ようやく「お供え」と言っている
のだとわかった。

命日

小池真理子

ちょうど今から一週間前の朝だった。

あら、と居間のソファーで朝刊を読んでいた母が言った。何か興味をひかれる記事を見つけたらしかった。

私はわざと黙っていた。午前八時。夫と子供が食べちらかした皿を洗ってしまったら、急いで母と私の朝食を作らねばならない。食べ終えたらすぐに、母を車に乗せて隣町にある総合病院まで連れて行く。膝にたまった水を抜いてもらうのに、待ち時間も含めて三時間。その間に、こちらは買物をすませてしまうつもりなのだが、家の中に何が不足しているのか、何を買えばいいのか、いったい、今夜の献立は何にすればいいのか、いろいろなことがぼんやりしていて、頭がまとまらない。

ついでに銀行と郵便局にも行かなくちゃ。この間、誕生会に招いてくれた娘の同級生のお母さんに、何か気のきいたお返しを探さなくちゃ。あそこのお母さんは、そういうことにうるさいから。

あれやこれやの雑用が思い出されてきて、わあっ、と声をあげたくなってくる。

母親の病院通いに運転手の役をやることが気にいらないと思っているわけではない。母はこのところ、めっきり身体が弱くなった。あそこが変だ、ここがおかしい、と様々な症状を訴えて、あげくの果てに、右膝が痛いと言って足をひきずるようにしてやって来る。気の毒だと思ってはいるのだが、私には私の仕事があった。翻訳業を始めて十年。原稿の締切に追われている身に、週に二度とはいえ、この日課は少々きつい。

いっそのこと、膝が治るまでの間、ずっとうちで暮らせばいいのに、と言ってみたのだが、そういうことに関してだけ、母はひどく頑固だった。あたしのうちはここじゃなくて、あっちなんだから、というのが母の口癖で、病院に行く日の前の晩に、近所の親しい人の車に乗せてもらって私のところに来ては、泊まって行くのだが、翌日、診療をすませると、素っ気ないほどすぐに家に帰りたがる。

家ではしなければならないことが山積みになっているそうで、習い始めた真太呂《またろ》人形を完成してしまいたい、だの、火曜日は家で俳句の会の例会がある、だの、木曜日はご近所の奥さんがお茶を飲みに来ることになっている、だの言われると、ああ、そうなの、とうなずかざるを得ない。だから私は、診療を終えた母を乗せて、車で小一時間かかる母の家まで送って行く羽目になる。母の家に着いたら着いたで、遅いお昼を一緒に食べたり、簡単な家事を手伝ったり。家に帰れるのは夕方になってからだ。

娘と夫が一日中家にいる日曜日は、仕事にならない。土曜日は娘が午後、塾に通っているので、その送り迎えが必要になる。昼間、たっぷり仕事の時間がとれるのは月曜から金曜までの五日間しかなく、母の右膝のおかげで、五日のうち、さらに二日間も棒にふっていると思うと、時々、わけもなく苛立《いらだ》たしくなってくる。

「ねえ、由紀子。ちょっと」母が言った。「これ、あそこのことかしらね」

シンクの脇にぶら下がっているタオルで手を拭きながら、私はキッチンカウンター越しに母のほうを振り向いた。母は老眼鏡に指をかけたまま、熱心に新聞を見下ろしていた。

「あそこ、って?」

「あそこよ。仙台の……R町」

「仙台の」という言葉と「R町」という言葉との間に、わずかだが、目に見えない空気の亀裂のような間があくのがわかった。母が新聞から顔を上げた。何年ぶりかで感じる、あのいやな感覚が背中を走り抜けていった。

私たち一家が仙台のR町で暮らしていた時、四つ年上だった姉の美那子が死んだ。二十二の若さだった。あれから二十数年。最近では、墓参の時以外、母との間で姉の話はめったに出なくなった。むろん、R町の家の話も。会話の内容が、あの家で起こったことにつながりそうになると、私も母も口を閉ざした。そうするのが長年の習慣になっていた。

母が指さした紙面には、「杜《もり》の都の暴走族、深夜、住宅街を大暴れ。コンビニ帰りの学生がはねられて重傷」という見出しがあった。

「R一丁目って書いてあるけど、それ、R町のことだよね」

多分ね、と私は記事を斜め読みしながら言った。十代の若者を中心とする暴走族グループが、改造車十数台を乗り回し、深夜、仙台市郊外のR一丁目付近を暴走して、コンビニから出てきた大学二年生の若者をはね飛ばした、学生はただちに病院に運ばれたが、腰の骨を折って二ケ月の重傷……そんな内容の記事だった。

「住居表示が変わったのよ、きっと」私は言った。「R町なんていう言い方、しなくなったんだわ。一丁目、二丁目……そう呼ぶようになったのよ」

「近くなのかしらね」

「何の」私はわざと意地悪く聞き返した。

母は老眼鏡をはずし、私に向かって目を剝《む》いて「決まってるじゃないの」と言った。「あたしたちが住んでたうちのことよ」

そんな怒ったみたいな言い方しなくてもいいじゃないの、いったいどうしたのよ、と言い返し、気づかないふりをして笑ってやりたかったのだが、できなかった。私は黙ったまま新聞を閉じた。

それほど乱暴に閉じたわけではなかったのに、風がおき、テーブルの上の灰皿の灰がふわりと舞い上がった。母はさもいやそうに、手をひらひらさせた。

急いでよ、と私は言った。「時間、ないのよ。御飯作ってる間に、顔くらい洗ってきてよ」

母はしばらくの間、何かを思い返すように宙の一点を見つめ、目を瞬いていたが、やがてうっそりと立ち上がり、いたた、と言って右膝を押さえた。

キッチンに戻る途中、私はリモコンでTVのスイッチを入れた。マンションの狭いリビングルームに、陽気なCM音楽が流れ出した。窓の外のベランダに、雀がとまっているのが見える。ガス台であたため直していた味噌汁が、ぐつぐつ音をたて始めた。洗面所に入った母が、水を使っている。開け放した窓から入って来る五月の朝の空気は、乾いていてやわらかい。

どういうわけか、そのシーンが私にR町の家の朝を鮮明に思い出させた。目覚し時計に助けられて、やっとの思いで起きると、母が台所で鼻唄まじりに朝食の支度をしている。広々とした居間にはTVがつけっ放しになっていて、部屋中に味噌汁や納豆や海苔《のり》の匂いが漂っている。おはよう、と私が眠い目をこすりながら言うと、母が振り返り、おはよう、と笑顔で応えてくれる。居間の大きな窓の外には、緑色に染まった庭が拡がっている。ダイニングテーブルの上には、ふたり分の食器が並べられている。

出勤時間の遅い父はその時間、いつもまだ寝ていたし、姉は姉で、部屋にひきこもったまま、めったに出て来なかった。だから朝食はいつも、母とふたりだった。

TVを見ながら、女どうし、友達のようにTVに出てくる芸能人の噂話をし、ぎりぎりまでぐずぐずお茶など飲んでいるものだから、学校にはいつも遅れそうになる。ほら、あんた、バスの時間がきちゃうわよ、と母が言い、私は慌てて、制服のジャケットのボタンをかけ、玄関に飛び出して行く。母が後から追いかけてきて、弁当の包みを手渡しながら、私に向かって「あーん」と言う。思わず大きく開いた私の口に、母が肝油《かんゆ》を二粒、投げいれる。

いやだ、これ、嫌いだって言ったのに。何言ってるの、これ飲んでると、目が悪くならないし、脚気《かっけ》にもならないのよ。あたしは元気だから平気よ。いいから飲みなさい、もっと元気になるから。

そんなやりとりをしていると、玄関脇の姉の部屋で、うーん、と寝返りでもうった時のようなかすかな溜め息が聞こえてくる。その気配が、朝の慌ただしい時間の流れを束の間、とめてしまう。

お姉ちゃん、行ってくるよ、と私は大声で言い、部屋のドアを軽くノックする。起きてるの？　帰りにまた、こだまのどら焼き、買って来てあげようか。

買って来て、と姉は言う。ひどく嗄《しわが》れた声だ。母は「ごはん、できてるのよ」と陽気に声をかける。「いつでもいいから、起きてらっしゃい。今日もいいお天気よ」

ごはんはここに運んで来て、ここで食べるから……姉がそう言うと、母は「また、そんなわがまま言って」と苦笑する。「部屋にこもってばっかりいたら、身体に悪いでしょ。なんでもいいから、早く起きて、顔を洗ってしゃきっとしなさい」

私は腕にはめた時計を覗《のぞ》き、おっといけない、急がなくちゃ、と言う。慌ただしく飛び出した私の後ろで、母が「行ってらっしゃい」と手を振る。「わすれもの、ないわね」

庭の草いきれが懐かしい。R町の家は美しかった。明るかった。そして、その明るさを提供していたのは、私と母だった。

私と母は、あのころから漠然と何かを恐れ、恐れるあまり、互いにそのことについて何も言い出せず、家の中で密《ひそ》かな共闘を組んでいたのだ。

東京に本社のある新聞社に勤めていた父に、仙台支局長の辞令が出たのは、私が十七、姉の美那子が二十一になった年の夏だった。

あのころ、深夜になって、両親がひそひそと、茶の間で単身赴任の相談をしていたことはよく覚えている。

姉にとって、環境が変わるのは好ましくないのではないか、と案じていたのは母ではなく、父のほうだった。父は姉の担当医に何度も電話をかけ、時には直接、出向いて行って、どうすべきか相談した。

美那子さんは快方に向かっている、そんな時、周囲が大袈裟《おおげさ》に容態を気にかけるのは、かえってよくない、というのが担当医の意見だった。父は、だったら、どうすればいいんだ、あのヘボ医者め、はっきり言わないで、責任逃れをしようとしている、と蔭《かげ》で医者に対する聞くに耐えない悪口を言い続けた。

私は姉の担当医とは会ったことがない。父はしきりと、精神科の医者というものは、皆、どこか患者と共通する精神の歪《ゆが》みをもっている、差しで話をしてうまく通じたためしがないのも、そのせいだ、といきまいていたものだが、私も母も、決してそうは思っていなかった。その医者は明らかに、姉に接する際の父の態度を非難していたのである。

母が強引に「美那子も由紀子もみんな一緒に仙台に行きましょうよ」と言い出して、姉本人もそれに同意した時、担当医はそっと母だけを病院に呼んで、姉の病状が好転していること、そんな矢先に、家族が腫物《はれもの》にでも触るようにして扱うことは避けてほしい、というようなことを申し渡した。

母は勝ち誇ったように私に向かって「だから言わないこっちゃない」と言った。「お父さんが大袈裟にするからいけないのよ。何かというと騒ぎたてるものだから、治るものも治らなくなっちゃう。不治の病じゃあるまいし。心の風邪だと思えばいい、ってお医者にも言われてるんだから」

姉の病名は鬱《うつ》病だった。比較的、軽度なものであり、的確な治療を施せば、それほど時間をかけなくても元通りになる、と言われていた。そのせいもあって、母は父ほどには姉の病気を気に病んでいなかったように思う。

聞かれるままに正直に、近所の主婦や親戚に姉の容態を喋《しゃべ》りまくるものだから、父が逆上し、つまらんことを触れ歩くな、どんな噂がたつか知れたものではない、と怒鳴りちらしたこともあった。だが、母は笑顔で「別に隠すような話じゃないでしょ」と言い、一切、動じた素振りは見せなかった。

母は日常生活において、父をたてることを忘れず、決して出過ぎたまねはしない利口な女だったが、その分、柳に風、といったしたたかさを兼ね備えていた。背が低く、痩せており、大柄な父と並ぶと少女のように小さく縮んで見えたのに、その実、本当に逞《たくま》しかったのは母のほうだったと思う。母には現実を受け入れる強さがあった。

そっくりとは言わないまでも、私は多分、母親に似ている。母ほど逞しくはなく、呑気《のんき》でもないが、少なくとも私には父や姉がもっていたような度を越した過敏さはない。

姉は子供のころから、何かというと、世界を勝手に灰色に塗り変えて、ありもしない悩み事を作り出してしまうようなところがあった。自意識が過剰で、常に人の目を意識し、神経がぴりぴりするまで意識し続け、あげくの果てに、疲れきってうずくまる。一旦、うずくまってしまうと、なかなか起き上がることができない。それは明らかに母ではなく、父から受け継いだ血のせいだった。

父と姉は外見もよく似ていた。すらりと背が高く、父ゆずりのやわらかな栗色のくせ毛といい、くっきりとした二重の目といい、母親似の私は何度、羨《うらや》んだかわからない。家族四人で撮った写真を見せると、誰もが微笑ましそうに、父と姉がよく似ている、と指摘した。憂いのこもった目つきまでそっくりね、なんてきれいなの、映画に出てくる親子みたい、とまで言った人もいる。

何かというとすぐに怒ったり不機嫌になったり塞《ふさ》ぎこんだりする父を、姉は幼いころから恐れ、警戒していたが、その実、父親っ子でもあった。父も私より、明らかに姉のほうをかわいがっていた。姉と父には、近寄りがたいような親密さが感じられることがあり、母は無邪気に「そうやって並んでると、若い愛人とデートしてる中年男に見えるわよ」などと笑っていたが、私にはそうは見えなかった。

父と姉の間には、もっと違う親密さが流れていた。ものごとに過敏に反応してしまう神経の脆弱《ぜいじゃく》さを、おそらく父と姉は、無言のまま、見つめあい、温めあっていたに違いない。そう考えると、別段、気味の悪いことでもないはずなのに、未だに私はぞくりと背筋が寒くなるのを覚える。

　姉の病気の引金になったのは、当時、姉がつきあっていた邦彦さんという青年の急死だった。同じ大学の一年先輩にあたる邦彦さんと姉とは、卒業したら結婚する、という口約束を交わしており、そのいきさつは私も母もしょっちゅう、聞かされていた。

　姉妹に囲まれた一人息子だったせいか、がっしりした身体つきには似合わぬ、繊細な面差しをもつ青年で、笑う時も女の子のように口をすぼめて笑う。もしも義兄にするのなら、もっと豪快な男くさい人のほうがいい、と私は思っていたものだが、姉の好みはむしろ、邦彦さんのようなタイプの男だったのだろう。ともかく夢中で、他の男性が目に入らぬふうだった。

　邦彦さんのことは母も気にいっており、父が留守の日の晩など、夕食に招待したり、母の日にカーネーションをプレゼントされて、悦にいったりしていたから、姉としてはとてもやりやすかったと思う。邦彦さんとのデートで遅くなっても、母にだけは本当のことを打ち明け、母は母で、父をかやの外に置いたまま、娘と共闘を組むことを面白がっていた様子だった。

　邦彦さんが事故にあった、という連絡が入ったのは、姉の大学が夏休みに入ったばかりの、七月の暑い日のことである。昼日中、何をそんなにぼんやりしていたのか、見通しのきく交差点を信号が赤にもかかわらず渡り始め、右折してきた大型トラックにはねられたのだという。姉が病院に駆けつけた時、邦彦さんはすでに亡くなっていた。

　おかしな話なのだが、姉は家に戻って来た時、病院で初めて会った邦彦さんの母親が、ひどく冷たい目をして自分を見たと言い、泣きじゃくった。そんなこと、関係ないじゃないの、どうしてこんな時に、邦彦さんのお母さんの目なんか、気にするのよ、邦彦さん、亡くなったのよ、邦彦さんのお母さんのことなんか、どうでもいいじゃないの……母がそう言いきかせたのだが、姉はどんな言葉も耳に入らないようだった。

邦彦さんの通夜、葬儀の間中、姉は邦彦さんの死そのものよりも、邦彦さんの母親や姉妹から受けた視線のことを気にし続けた。姉は自分が恋人の死を乗り越えられるほど強靭《きょうじん》な人間ではないと思いこんでおり、そのために別の不安、別のショック、別の悩み事を勝手に作り出して、殻の中にとじこもってしまったようだった。

姉は大学にも行かず、友人からかかってきた電話にも出ず、一日中、ベッドでしくしく泣き続けたり、かと思うと、父や母を相手に、生きてるのがいやになった、何の希望もない、生まれてきたこと自体、間違っているように思う、などともらしたりし始めた。そんな姉に尋常ならざるものをみとめ、姉が不眠を訴えるのを利用して、とりあえず医者に相談してみよう、といち早く精神科に連れて行った母の機敏さが、功を奏した。

薬を服用してさえいれば、睡眠障害も消え、ある程度の食欲も戻ってくるようになった。担当医が言うように、もともと、さほど重い状態ではなかったらしい。塞ぎがちなところはあったが、まもなく姉の様子に変わった点はほとんど見られなくなった。

そんな具合だったから、父の転勤に伴って、姉が家族と一緒に仙台に行くことには、確かに初めから何の問題もなかった。姉はその時点で、すでに大学に休学届を出していた。復学するまでのわずかな期間、環境を変えてやり直してみたい、と強く思っていたのは、他の誰でもない、姉自身だったのだ。

結局、父も姉の意志を尊重し、仙台に家族で移ることを承諾した。父は姉を案じるあまり、見当はずれなことを言っていたように見えるが、実は、父は正しかったのだ、と今になって私は思う。父は家族を東京に残し、単身赴任で仙台に行くべきだった。少なくとも姉だけは、仙台に、あのR町の家に、転居すべきではなかったのである。


父の勤めていた新聞社の仙台支局には、当時、独身寮はあっても、家族もちのための社宅制度は導入されていなかった。そのため、転勤で引っ越してくる社員は、会社が紹介する不動産業者を頼って、借家を探さねばならなかった。

父が探してきたのは、郊外のR町のはずれに建つ貸家だった。バスで市の中心部に出るには、途中で一度、乗り換えねばならず、周囲には空き地や畑が目立っていて、辺鄙《へんぴ》なところだった。とはいえ、東京では考えられないほど敷地が広く、大家の所有地ながら、家の裏側に竹林まで望める贅沢《ぜいたく》さだ、というので、父は初めから乗り気だった。

若いころから転勤の多かった父に連れ添ってきたせいか、母は住処《すみか》に関してはほとんど条件をつけずにいられる人間だった。父がいいと言うのなら、ということで、すぐに話がまとまり、私が仙台の県立高校の編入試験に合格したのをきっかけに、私たち一家はまもなくR町のその家に引っ越すことになった。

あの日のことはよく覚えている。東京からの荷物をトラックに積みこんだ後、夜は家族で都内のホテルに一泊し、翌朝、上野から特急列車で仙台まで行った。八月中旬の暑い日だった。

R町までタクシーで行くと、日ざかりの中、新居となる家の門の手前に、佐久間さんという大家の奥さんがパラソルをさして迎えに来てくれていた。佐久間さんは母と同年代の太った健康そうな女性で、にこやかに私たちに挨拶をし、母にパラソルをさしかけながら、庭の草むしりまで手が回らなかったんです、ごめんなさいね、と言ってあやまった。

なるほど庭にはぼうぼうと草が生えそろい、伸びきった木々の枝がドームのように庭全体を被《おお》っていた。そのせいで、建物が古びた廃屋のように見え、なんだか陰気な佇《たたず》まいに感じられたのだが、佐久間さんが母にパラソルをさしかけたまま、いいおうちですよ、日あたりはいいし、真夏でも夜は涼しいし、緑がこんなにいっぱいだし、借り手がつかなくなったら、うちが住みつこう、って主人と話してるんですよ、などと陽気に喋り出した途端、そんな印象は吹き飛んだ。

それまで私たち一家が住んでいた小金井《こがねい》の家は、部屋数はまともだったが、庭が狭く、土いじりの好きな母が植えた、ちまちまとした花や木で足の踏み場もないほどだった。これほど広い庭だったら、木の枝に渡したハンモックで昼寝もできるかもしれない、と思うと私はわくわくしてきた。

それに、よく見ると、木造二階建てのその家は、新しい住人を迎えるために、きれいに化粧し直されており、濃いクリーム色のモルタル壁には染みもひび割れもなかった。一階中央部分から庭に向かって、白いペンキが塗られた小さなテラスがせり出しており、家はどことなく森の中の大きなコテージを連想させた。

テラスの床に、無数の木もれ日が落ち、くるくる回っているのを見つけた姉が、私の腕を取り、耳打ちした。「ね、由紀ちゃん。あそこのテラスで食事したら、おいしいでしょうね」私が何か応えるよりも早く、父が姉を見つめて微笑ましそうに目を細めた。姉は元気だった。旅行疲れも見せていなかった。あの家がかもし出していた雰囲気は、初めから強く姉を魅了していたのだと思う。

さあ、どうぞ、どうぞ、と佐久間さんは言い、玄関の鍵を開けて私たちを招き入れた。私たちは佐久間さんが用意してくれたスリッパにはきかえ、荷物が到着するまでの時間、つぶさに家の中を見て回った。

変わった間取りの家ね……そうつぶやいたのは母だったか。それとも、私自身が、胸の内でつぶやいた言葉に過ぎなかったのか。

確かに風変わりな間取りの家だった。独立した部屋は一階に二間、二階に二間、合計四部屋あったのだが、部屋はそれぞれ、とても小さかった。四畳半程度だったのではないか。

その代わり、風呂場とトイレ、そして台所に続く居間が異様に広かった。風呂場はちょっとした旅館の家族風呂ほどの大きさだったし、西日のあたる白タイル敷きのトイレは、歯科医院の殺風景な治療室を連想させた。

中でも居間の広さには目を見張った。六人掛け用のダイニングテーブルを置き、革張りのいかめしい応接セットを並べても、まだ充分、余裕があるだろうことは一目見て、すぐにわかった。

一階の二間のうち、台所脇の廊下を隔てたところにある部屋は和室だった。北向きのせいで、やや薄暗く、しめっぽかったが、窓を開けると大家の佐久間さんの家の竹林の庭が見渡せた。私はすぐにそこが気にいり、自分の部屋に使いたい、と申し出た。聞こえたのか聞こえなかったのか、父は反応しなかった。

一階のもう一つの部屋は、玄関を入ってすぐ右脇にある板敷きの部屋だった。そこには、作りつけの二段ベッドがそのまま、残されていた。

「前に住んでらした方には、小さなお子さんがいたのね」と母が言うと、佐久間さんは、女のお子さんがふたりね、と言って薄く笑った。

あの時、それ以上の何の説明もなかったからといって、私は佐久間さんを責めようとは思わない。佐久間さんにしてみれば、あたりさわりなくそう答えておくのが精一杯だったろう。いくら大家とはいえ、前の住人について、新しく来たばかりの店子《たなこ》にあれやこれやの情報を与える義務はない。

姉はその二段ベッドの部屋が気にいったらしく、「私の部屋はここにしたいな」と言い出した。どう見ても、玄関脇に納戸として作られたとしか思えない部屋で、窓がついているとはいえ、天井が低く、薄暗い。それに二段ベッドがあるせいで、ひどく狭苦しく感じられる。

狭くない？　と母が聞いた。「荷物を置いたら、座る場所もなくなるわよ」

「由紀子の部屋をここにすればいいと思ってたんだよ。さっき見た、台所脇の部屋を美那子の部屋、おとうさんとおかあさんの部屋を二階……そうするつもりでいたんだけどね」

父がそう言ったので、私は脹《ふく》れっ面《つら》をしてみせた。私はそんな納戸のような部屋は真っ平だった。それに、前の住人が使っていたベッドを使うのは気持ちのいいことではない。

「由紀子はどうせ」と父は言い、佐久間さんを意識してか、生真面目な笑顔を作った。「夜中にごそごそ起き出して、冷蔵庫をあさったり、ラジオを聴いたりするんだろう。こっちはいちいち起こされることになって、かなわないよ。ここなら、ラジオの音も二階まで届かないだろうし、ちょうどいい」

佐久間さんの手前、露骨に部屋の悪口を言うわけにもいかず、私が困惑して黙っていると、姉が、いいじゃないの、おとうさん、と言った。「私がここを使うわ。いいでしょ」

佐久間さんが「でもねえ」と、何故かしら言いにくそうに口をはさんだ。「このお部屋は、やっぱり、お納戸に利用するのが一番かもしれませんよ」

「あら、でも、前に住んでらした方のお子さんが、ここを子供部屋に使ってたんでしょう?」

母が言った。

そうですけど、と佐久間さんは慌てたように言い、一呼吸おいた。「それも初めのうちだけでね。子供部屋としては狭すぎるからって、結局は、物置みたいになってたようですよ」

姉は二段ベッドの下の段に腰をおろし、マットレスも何もない、堅い板敷きのベッドの底を白い手で撫でまわした。「ベッドがついてるなんて、ちょうどいいじゃないの。今日から私、ここで寝るわ」

「美那子、足がつっかえちゃうんじゃないの？」母が笑った。「それ、子供用のベッドなのよ。いくらなんでも小さすぎやしない？」

平気よ、と姉は言い、みんなの見ている前でベッドに横たわった。初めから大人用のサイズに作られていたベッドなのか、姉の細い身体は、すっぽりと中におさまった。

姉が無邪気に「ほらね」と言い、母は「ああら、ちょうどいい」と声をあげた。姉が喜ぶことなら、何だってしてやるつもりでいた父は、そこを私に使わせようと計画していたことなど忘れてしまったように、「だったら、早速マットレスを買わなくちゃいかんな」と言い出した。

佐久間さんが、市内にある有名寝具用品店の名をいくつか挙げた。母が、デパートで他に入り用なものと一緒に買って、届けてもらえばいいわ、と言った。

大人たちがマットレスの話をしている間中、姉は二段ベッドの下の段に仰向けに寝ていた。いつになく顔色がよく、そうやって寝ている姉はとても美しく見えた。窓の外の木でひぐらしが鳴き始め、それを合図にしたかのように、遠くにトラックが停まる音がした。

母がそそくさと玄関の外に走り出し、戻って来るなり、息をはずませて言った。「荷物、着いたみたいよ」

予定通りだったな、と父が腕時計を覗きこみながらうなずいた。

父と母、それに佐久間さんが外に出て行った後も、姉は居心地よさそうに、じっとベッドに寝ていた。疲れたの？　と私は聞いたが、姉は目を閉じたまま、ううん、と首を横に振っただけだった。

あの時の姉の、何やら満足げな微笑みが忘れられない。

新しい環境になじむには時間がかかる。私は転入生として、しばらくの間、緊張した高校生活を送り、父は父で、まもなく仕事に忙殺されるようになって、深夜過ぎないと家に戻らなくなった。

あのころ、姉の変化に気づくのにもっとも近しい存在であったはずの母も、新しく知り合った近所の主婦たちや父の部下の家族との交流、広すぎる庭の手入れなどに追われていたようで、正直なところ、姉の状態について家族の誰もが以前のような関心を払わずにいたのではないか、と思う。

ひとつには、姉自身、R町の家に移ってからというもの、懐かしい古巣にでも帰ったかのようにくつろぎ、不眠も食欲不振も訴えることなく、穏やかに暮らしていたせいもあるかもしれない。

例の玄関脇の部屋を自室として使い始めた姉は、二段ベッドの下の段を寝場所にし、床にカーペットを敷いて、隅に小さな文机《ふづくえ》を置いた。その文机の上には、姉専用のTVが載せられ、室内を占領する大きな炬燵《こたつ》が置かれることになるのだが、それはもっと後の話になる。

窓に、デージーの模様がついた明るいオレンジ色のカーテンを下げ、カーテンを閉じると、部屋が小さなお城のような感じになって、とっても安心する、と言って姉は喜んでいた。邦彦さんの話題は出ることがなくなった。そういえば、文机の上にも、邦彦さんの顔写真が入った写真立ては置いていなかったと思う。邦彦さんと撮った写真がつまっているアルバムも、いつのまにか、姉の部屋から消えていた。

姉は私が買って来る雑誌や本を読み、それも、読みふけるといったような熱心さはなく、すぐに疲れて、ぼんやりベッドに寝ころんでしまうのだが、たまにははしゃぎながらファッションページを眺め、着るものについて私や母と話したがることもあった。体調を整えながら、自分をいたわり、静かに暮らしている様子だったから、父はよほど安心したのだろう。姉のことを母に任せ、東京にいた時のように姉の状態を神経質に観察することはなくなった。

母が庭いじりをしていて、庭の一角に妙な石が埋められていることに気づいたのは、引っ越し騒ぎが一段落し、秋も深まった十月半ばのことである。

日曜日だった。父は支局の人たちとゴルフに出かけて留守だった。

きれいに咲きそろったコスモスを、もっと日当たりのいい場所に植え替えようと張り切っていた母が、スコップを片手にテラスに立ち、私を呼んだ。

「ちょっと、由紀子。あの石、何だと思う?」

「何の石?」居間でTVを見ていた私は生返事をした。

「庭の隅っこのほうに大きな石があるの。三つも」

「それがどうかした?」

「きちんと並んでるのよ。何なんだろう」

私は食べかけの煎餅《せんべい》を器に戻し、テラスから外に出た。風は冷たいが、よく晴れた気持ちのいい日だった。庭のあちこちで、虫が鳴き、母が育てた草花に混じって、すすきの穂が午後の日差しを受けて揺れていたのを思い出す。

「ほら、あそこ」母が土のついたスコップで庭の南西の角を指さした。私はサンダルをつっかけて庭に降り、母のあとに従った。

塀の真下にあたる、よく茂った南天《なんてん》の木蔭の下生えの厚い一角に、丸みを帯びた楕円形《だえんけい》の大きな石が並んでいるのが見えた。全部で三つ。漬物石を一まわり小さくしたほどの大きさで、なめらかな表面には苔《こけ》がこびりついている。三つの石がそれぞれ、きちんと間隔をあけて、意味ありげに人が埋めたかのように地面にめりこんでいるのが妙だった。

「草むしりしてて見つけたの。何なんだろうね」

「花壇か何かに使った石じゃないの？」

「それにしちゃ、大きすぎるわよ」

「まあね」

「きちんと並んでるのも、なんか変だわ。お墓みたい」

「人の骨でも埋まってる、って言うの？　まさか」私は笑いながら南天の木に近づき、しゃがみこんで石を見下ろした。

文字も何も彫られていない。壊された石灯籠《いしどうろう》の一部とも思えず、かといって、もともとこの庭に転がっていた石のようにも見えなかった。

何となく、石を掘り返してみる気になれなかった。わかんない、と私は言って、立ち上がった。隣に住む大家の佐久間さんが、門扉《もんぴ》越しに、こんにちは、と声をかけてきたのはその時だ。

佐久間さんは、ちらし寿司を作ってみたから、と言い、布巾をかけた陶器の器を手にそそくさと庭に入って来た。「由紀ちゃんとふたり、お庭の手入れ？　いいわねえ、お嬢さんがいて。うちなんか、ドラ息子がふたりだから、食べるばっかりで何の役にも立ちゃしない」

母は礼を言ってちらし寿司を受け取り、器の布巾をとって、まあ、おいしそう、と声を張りあげた。

「美那子ちゃんにも言っておいてね。たんと召し上がれ、って。あたしの作るちらし寿司は評判がいいんだから。こういうのを食べてれば、美那子ちゃんもすぐに元気になるわよ」

佐久間さんはとても気さくな人だった。引っ越してわずかしかたっていなかったというのに、母は佐久間さんとすっかり親しくなり、そのころ、すでに、姉の病気についても打ち明けていたはずである。

おしゃべりというのではないが、母はもともと、そういう人間だった。相手を信用するのに理屈はいらない、というのが母のやり方であり、その点、父よりもはるかに動物的直感がすぐれていた。母は早くから、佐久間さんの人柄を見抜いていたのだと思う。

「ねえ、この石、何なんでしょうね」母はちらし寿司の器を私に手渡すと、佐久間さんに向かって聞いた。「お墓みたいに見えるんだけど」

一緒になって首をひねるものとばかり思っていたのだが、佐久間さんは石を一目見るなり、「ああ」と言って顔をほころばせた。「そう、お墓よ。といっても、動物のお墓だけどね」

「動物？」私と母は同時に聞き返した。

佐久間さんは、つとしゃがみこんで、石にこびりついた苔や土を指先でいとおしげにそっと払った。「前にここに住んでいたお嬢さんがね、動物好きの優しい子で、ハムスターだの猫だの、いろんな動物を飼ってたのよ」

佐久間さんは思い出すようにして、右端の石から順番に「これはハムスター、これは十姉妹《じゅうしまつ》だかカナリアだかの小鳥、こっちがヒヨコだったかな」と、歌うように言いながら微笑んだ。「おんなじ所に埋めてやるんだ、って言うものだから、お母さんがこういうお墓を作ってあげてたみたいでね。カコちゃん……ああ、そのお嬢ちゃんの名前は和子ちゃんっていって、みんな、カコちゃんって呼んでたんだけども、カコちゃんがここに花を飾ったり、お供えものをしてやったりして。でも、それもずいぶん昔の話。だから、ほら、こんなに苔むしちゃってる」

そうだったの、と母は言い、一緒になって微笑んだ。「幾つくらいのお子さんだったの？」

佐久間さんはスカートの裾についた土埃《つちぼこり》を手で払いながら、立ち上がった。「ええっと、どうだったかな。ここに引っ越して来た時、上の洋子ちゃんが八つ、カコちゃんが五つだったかしら。お姉ちゃんのほうは、風邪ひとつひかない元気な子だったけど、カコちゃんはちょっと、身体が悪かったしね。学校にもろくに行けなかったから、動物を飼うことだけが楽しみだったのよ」

「病気？」母が聞いた。

佐久間さんはちらりと母を見上げ、言おうか、言うまいか、迷ったような様子を見せたが、やがてこくりと小さくうなずいた。

「何の？」

「何の、って……聞かないほうがいいと思うわ。あんまりいい話じゃないから」

「いやだわ、佐久間さんたら。隠すとかえって知りたくなるじゃないの」

　そうね、と佐久間さんはつぶやき、母の顔と私の顔とを等分に見つめながら、声を落とし、「カリエスよ」と言った。「脊椎《せきつい》カリエス」

　母はちらりと私のほうを見たが、私には何も言わなかった。「じゃあ、寝たきり？」

「ううん。そうでもないの。一度、入院して戻って来てからは元気だったのよ。でもその後で、急に悪くなって……」

「ひょっとして亡くなったの？　ここで？」母が声をひそめた。

　別に死ぬような病気じゃなかったんだけどね、と佐久間さんはわざとらしく落ち着いた言い方で言った。「衰弱しきってたのね、きっと。抵抗力がなくなって、いろんな病気が出てきて。でも、言っておくけど、ここで亡くなったんじゃないのよ。ここから石巻《いしのまき》にあるご主人の実家に引っ越して、あっちのお宅で亡くなったそうなの。去年の夏だったかしら。まだ十歳にもなってなかったのよ。ご両親が気の毒でね」

　佐久間さんは洟《はな》をすすりあげた。わずかに目がうるんだが、それだけだった。話題を変えようと思ったのか、佐久間さんは笑顔を作って、私のほうを振り向いた。「由紀ちゃん、学校のほうはどう？　クラブはどこに入ったの？」

軟式テニスです、と私が答えると、佐久間さんはひとしきり、うちの息子も中学時代はテニス部に入っていた、という話を始めた。風が吹いてきて、佐久間さんの家の庭の竹林がさわさわと葉ずれの音をたてた。

庭を見渡せる居間の窓辺に、姉が立っているのが見えた。私は佐久間さんからもらった、ちらし寿司の器を大きく掲げて、「いただいたのよ」と声をあげた。姉は表情ひとつ変えずに、奥にひっこんでしまった。

しゃべりすぎた、とでも思ったのだろう。佐久間さんは母の腕をとり、「ごめんなさいね」と囁《ささや》いた。「あたしったら、調子に乗って、変な話、聞かせちゃったみたい」

母は珍しく、黙っていた。佐久間さんに向かって、ぎこちなく笑いかけただけだった。

佐久間さんが帰って行ってから、母はエプロンをはずし、「いやね」とつぶやいて、汚れた手を拭《ぬぐ》った。「聞かなきゃよかった」

「どうして？　その子、この家で亡くなったわけじゃないんでしょ」

そうだけど、と母は言った。「なんだかいやな話じゃないの」

ものごとを合理的に解釈してみせることにより、大人であることを証明しようとしたがる年頃だった私は、ふふん、と鼻先で笑ってみせた。「別にいいじゃない。前に住んでた人がどんな人でも」

母は大きく息を吸い、私に調子を合わせようとしてか、笑ってみせた。「そりゃそうね。ま、いいわ。お茶でもいれようか。喉かわいちゃった」

母は、姉がその時使っていたベッドの話は口に出さなかった。私もまた、同じだった。あのベッドで、病気の子供が長い間、寝ていたという事実は、気持ちのいい話ではなかった。あえて口にした途端、本当に気味が悪くなってしまいそうでいやだった。

母はテラスから居間に入って行った。庭に取り残された私は、ちらし寿司の器を手にしたまま、長い間、三つの楕円の石を見下ろしていた。

そこに動物の骨が埋まっている、という事実よりも、むしろ、その墓に向かって小さな手を合わせていた少女が、すでにこの世のものではない、ということのほうが私にはそら恐ろしく感じられた。

佐久間さんの庭の竹がさわさわと鳴り続けていた。昼日中だというのに、一人で庭に佇んでいるのが淋《さび》しくなり、私は急いで家に戻った。

その年の十一月末だったか。朝から風邪気味で喉が痛く、微熱が出ていた私は、クラブ活動を休み、早めに家に帰った。

曇り空の、今にも雪がちらつきそうな寒い日だった。母は買物に出かけており、薄暗くなった居間のソファーには姉がぽつねんと座っていた。

いやあだ、お姉ちゃん、電気もつけないで、と私は言い、壁のスイッチを入れた。姉は皓々《こうこう》と明るい蛍光灯の光に目を瞬かせ、意味もなさそうに宙の一点を見据えたまま微笑んだ。目が笑っておらず、全体として表情と呼べるものが失われているにもかかわらず、微笑みの形をしたものだけが口もとにはりついている。そんな姉を見たのは初めてではない。むしろ、姉のそうした顔つきは見慣れていたはずなのに、その時の私は、どういうわけか、見てはならないものを見てしまったような、いやな気持ちにかられた。

いやんなっちゃう、風邪ひいたみたい、と私は言い、姉の足もとで黄色い炎を投げかけているストーブにしがみついた。姉は、母が編んだ毛糸の黄色い膝かけを膝からはずすと、「使う?」と聞いた。ううん、いい、と私は言った。姉は相変わらず、うっすらと微笑んでいた。どうしたのよ、と私はわざとぶっきらぼうに聞いた。「にやついちゃって」

姉は膝かけで自分の足をくるみ、ぽつりと言った。「来たのよ、ゆうべ」

「誰が」

「足の悪い子」

人の不意をつくような、何の脈絡もない話だったはずなのに、私は姉にそう言われた途端、すぐに前の住人のことを思い出した。腰から背中にかけて、虫が這《は》いずりまわるような悪寒が走った。

私はさりげなさを装って、「何よ、それ」と聞き返した。「誰のことよ」

「誰なのかはわからないわ。夜中の二時ごろだったかな。眠れなくて、カーテンをめくってみたら、女の子が外に立っているのが見えたの。かわいい子だった」

「変な夢ね」

姉は、あたかも私を軽蔑するかのように「夢なんかじゃないわ」と言った。「ほんとに立ったのよ」

「夜中の二時に？　子供が？　嘘ばっかり」

「ほんとよ。嘘なんかついてないわ。十歳くらいの子。三つ編みのお下げ髪をして……」

「どうして」と私は聞いた。声がうわずっているのがわかった。「どうして足が悪いってわかったのよ」

あら、だって、と姉は瞳を輝かせた。「松葉杖《づえ》をついてたもの。よいしょ、よいしょ、って小さな痩せた手で杖を支えて、右、左、右、左、って、少しずつ歩くのよ。窓に少しでも近づこうとして頑張ってるの。よいしょ、よいしょ、って。小っちゃなかわいい声だった。よいしょ、よいしょ……こんなふうに」

姉は座ったまま、昨晩見たという子供の仕草をまねてみせた。本当に松葉杖をついているような動きだった。私は気分が悪くなった。

夢よ、と私は言った。そう言うしかなかった。

姉は不服げな表情で私を一瞥《いちべつ》したが、それ以上、何も言わなかった。だから私は、その後どうなったのか、姉が何をしたのか、聞きそびれた。

その日、母が買物から帰って来て、姉が自室に引き取った時、私は母にその話をした。

笑い飛ばしてくれるか、さもなかったら、悪い兆候だと決めつけて、美那子をお医者にみせなくちゃ、と言い出すか、どちらかだと思ったのだが、母は笑いもせず、姉を案じることもなく、ただじっと、私を見ていただけだった。

「どうしたのよ、お母さん」私はうろたえて聞いた。「そんな真面目な顔、しないでよ。まさか、死んだ子供の幽霊が来た、だなんて、本気で思ってるわけじゃないでしょうね」

私はわざと笑ってみせた。笑顔を作りながら、両腕があわ立つのを覚えた。

そんなこと思ってもいないわよ、と母は言い、怒ったように顔をそむけた。「ばかばかしい。美那子はきっと、あの話を佐久間さんから聞いてたのよ。さもなかったら、ご近所の誰かが喋ってることを小耳にはさんだのね。だからそんなくだらない夢を見たのよ。お父さんには言っちゃだめよ。また、心配して大騒ぎするから」

わかった、と私は言った。

夕食の後、熱が上がったようだったので、私は早めに床についた。木枯らしが吹き荒れる夜だった。時折、唸《うな》り声をあげて風が竹林を吹き過ぎた。そのたびに、部屋の雨戸が、かたかたと鳴った。

うとうとすると、夢ともうつつともつかない中で、幻を見た。三つ編みのお下げ髪をした痩せた女の子が、松葉杖を手に、ぼんやりと私の部屋の片隅に立っていた。頭から水をかぶったような恐怖を覚えるのだが、おかしなことに叫び声が出てこない。

そのうち、よいしょ、よいしょ、という舌ったらずな甘えるような掛け声と共に、女の子が歩き出した。右、左、右、左……と不器用に肩を揺らしながら、私のほうに近づいて来る。合間に苦しげな吐息が混ざった。よいしょ、よいしょ……松葉杖が乾いた畳の上をこする音がした。

あ、これは幻じゃない、現実なんだ……そう思った途端、一切が暗転した。砂の中にめりこんでいくような不快感があった。気がつくと、私は闇の中で目を開き、汗びっしょりになりながら震えていた。

慌てて枕元のスタンドの電気をつけ、自分の部屋を見回した。変わったものは何ひとつなかった。相変わらず風が強く、佐久間さんのところの竹林が鳴り続けていた。降ったりやんだりを繰り返す、夏の烈《はげ》しい夕立のような音だった。

二階の両親の部屋はもちろんのこと、姉の部屋からも物音ひとつ聞こえなかった。置き時計を見ると、午前二時だった。姉が前の晩、松葉杖の子供を見たという時間と一致していることを思い出し、私は身動きができなくなった。


姉が、自室にTVと炬燵を置きたい、と言い出したのは、それからまもなくのことである。TVなら居間にあるじゃないの、と母が言ったのだが、姉は夜中に眠れなくなった時など、いちいち居間に行ってTVをつけるのは面倒だから、と言い張った。

あんた、最近、また眠れなくなったの？　と母は心配そうに聞いた。時々ね、と姉は答えた。

「でも、お父さんには言わないで。毎晩、ってわけじゃないんだから」

仙台に越してから、姉は一度も病院には行かなかった。行く必要がなかったからだ。とはいえ、姉のような性格の人間に、再発が決してないとは言いきれない。

まして、姉は大学を休学し、友達もおらず、日がな一日、家族だけを相手に暮らしていた。

自分をいたわり、無理せず、穏やかに生きていたことは確かだが、刺激のなさすぎる生活が姉を内向させる可能性は充分あった。

母は内心、気がかりで仕方がない様子だったが、父に相談しようとはしなかった。ちょっとした不眠なら、誰にでもある、食欲は衰えていないようだし、他にこれといって変わった点は見られない、そんな時に、大袈裟に騒ぎたてたら、かえって悪化させることになりかねない……そう判断し、しばらく様子を見るつもりでいたようだった。

美那子が部屋に自分専用のTVと炬燵がほしいんですって、と母が父に言うと、父は即座に「買ってやりなさい」と言った。あのころの父は、姉がダイヤモンドのネックレスがほしい、と言えば、すぐに銀行口座から金を引き出し、買い与えていただろう。

もともと、姉は私と違い、物欲の強い人間ではなかった。あれが欲しい、これが欲しい、買って、買って、とデパートのおもちゃ売場で地団駄を踏み、親を手こずらせたことなど、一度もない。

そのせいか、父は姉がわずかでも物を欲しがると喜んだ。喜ぶあまり、姉が欲しがるものなら何でも買い与えた。風邪をひいて寝込み、どうしてもソフトクリームが食べたい、と言い出した姉のために、わざわざ都心のデパートまで出かけて行って、山ほどドライアイスが詰められた箱入りソフトクリームを買って来る……それが父だった。

父がそうやって下僕のように姉に仕えれば仕えるほど、姉は申し訳ながって物をねだらなくなった。父の姉に対する情愛の示し方は、決して実ることのない恋にも似ていた。

父が追えば追うほど、姉は殻にこもった。殻にこもった姉を父は案じ、蔭で何くれとなく世話を焼いた。姉はそのことにいち早く勘づき、情愛に応えなければ、と努力を重ねた。姉は疲れ果て、父は見返りのない愛、手応えの感じられない愛に絶望する……その繰り返しだった。

そんなわけで、その年の年末、姉の部屋には小型ながら立派なTVが置かれ、大きな炬燵が置かれた。炬燵には母の手作りの炬燵カバーがかけられた。寄りかかれるように、と父がふかふかの布張りの座椅子もプレゼントしてやった。

炬燵と座椅子が大きすぎたせいで、姉の部屋は足の踏み場がなくなった。姉は朝、ベッドで目覚めると、そのまま炬燵にもぐりこみ、朝食もそこそこに、日がな一日、TVを眺めて過ごすようになった。

寒いかもしれないけど、少しは外に出たほうがいい、散歩をして、たまには買物に出かけて、由紀子と一緒に映画でも見てくればどう……ことあるごとに母はそう言ったのだが、姉は「そうねえ」と言うばかりで動こうとしなかった。

何が面白いのか、TVの前から離れようとしない。放送されているものの内容に興味を持っていたのか、それとも、画面そのものをぼんやり見ているだけだったのか、しきりとチャンネルを回すこともあれば、朝から晩まで、同じ局の放送をたて続けに眺めていることもあった。

たまには部屋の掃除をしなさい、と母が口やかましく言うのだが、それすらもしようとしない。次第に姉の部屋には埃が積もり、みかんの皮や菓子の屑《くず》、りんごのヘタなどが散乱するようになった。

入浴回数も減っていった。面倒くさいから、というのが理由だった。美容院に行くどころか、洗髪もろくにしなくなり、無造作に束ねただけの髪の毛にフケが目立つようになった。下着を替えていたのか、いないのか、時々、身内でも口にしにくいような悪臭がぷんと鼻をつくこともあった。

それでもそんな姉を再び医者に見せようと、誰も言い出さなかった。姉はごく一般的な意味で言えば、元気だった。よく食べたし、よく笑ったし、よく喋った。言動に奇妙な点は何ひとつ、見いだせなかった。

四六時中、TVを見ていたせいか、世の中のことにも精通していた。芸能界のスキャンダル、人気歌手の新曲、当時、世相を賑《にぎ》わせていた大学紛争のニュース、流行のファッションに至るまで、話題は豊富だった。

何かが変だ、何かがおかしい……あのころ、父も母も私も、そう感じていたはずだ。年若い女が、これほど誰ともつきあわず、盛り場にも行こうとせず、髪も洗わなければ、新しい服を身につけようともしないで、炬燵に入ったまま、一日中、TVを見ているのは正常ではない、とわかっていたはずだ。

なのに、私たち家族はそのことを言い出せなかった。見ようによっては、姉は単に病後の自分を甘やかして過ごしているだけに過ぎないように思われた。そんな時期が長く続くとは、どうしても思えなかったのだ。

いずれまた、恋をすることもあるだろう。友達を大勢作って、どこかにキャンプに行ったり、旅行したりするだろう。邦彦さんのことも、自分が心の病を背負っていたことすら忘れ去り、生きていることを謳歌《おうか》するようになるのだろう……父も母も私も、どこかでそう信じていたと思う。怠惰を絵に描いたような生活は、ほんの一時期の休息期間に過ぎない、日常生活に戻るために疲れた羽を休めているだけなのだ……私たちは皆、そう思っていたのである。

姉は松葉杖の女の子の話はしなくなった。それでも私は気になって、一度だけ聞いてみたことがある。また、来た？　と。

姉は猜疑心《さいぎしん》たっぷりな目で私を見つめ、「本気でそう聞いてるの？」と聞き返してきた。「どうせ、信じてないんでしょう。夢だと思ってるんでしょう」

「そんなことない。信じてるわよ」

だが、姉は軽くかわした。「顔に書いてあるわ、信じてなんかいない、って」

「だって、不思議な話なんだもの。夢みたいな話だと思っただけよ。ねえ、その子、どこの子なの？　どこから来るの？」

「秘密」と姉は言い、唇の端をひょいと上げ、意味ありげに微笑んだ。

「じゃあ、あれからまた来たのね」

ほほ、と姉は笑い出した。まるで馬鹿なことを言っているのが私のほうで、自分こそまともな世界で生きている、と信じているような笑い方だった。

からかってるんだ、と私は思った。姉があんなものを見た、などと言ったのは、以前、住んでいた住人の娘が亡くなったことを耳にしたからであり、退屈しのぎにそんな作り話を持ち出して、私を驚かせているだけなのだ、と。

初めて松葉杖の女の子の話を聞いた夜、私自身が奇妙な夢を見たのも、姉の話にショックを受けたせいに過ぎない。風邪をひいて熱を出していた時だったから、余計に怖くなり、おかしな夢を見ただけなのだろう。すべてはそんなふうに、解釈することもできた。

何かが起こりそうでいて起きないような、気味が悪いほど凪《な》いでいる静かな沼のような、そんな日々が続いた。姉は部屋にとじこもり、TVを見続けた。時々、一晩中、眠れなかったのか、目のまわりに黒々とした隈《くま》を作っていることもあったが、概《おおむ》ね体調は悪くなさそうだった。

父は相変わらず仕事に忙しく、留守がちだった。母は主婦の鑑《かがみ》とも呼ぶべき完璧さで、てきぱきと家事をこなし、時々、佐久間さんの家に招かれて茶菓子をごちそうになったり、市内のデパートに買物に出たり、親しくなった近所の主婦と、何かの展覧会を見に行ったりしていた。

だが、R町のあの家に、客は来なかった。父の仕事関係者、私の学校の友人たちを含めて、大家の佐久間さんですら、あの家には足を踏み入れなかった。と言うよりも、私たち家族が来客を嫌っていたのだ。

私は学校の友達と会う時は、外でしか会わなかった。彼女たちが私の家に遊びに来たい、と言っても、適当な言い訳を作って遠慮してもらった。「姉がちょっと、病気がちなものだから」と教えると、誰もが納得した。

だが、具体的な話は誰にもしなかった。したくなかった。そればかりか、姉を誰かに見られるのはいやだった。姉の暮らしぶりについて、誰かに説明するのもいやだった。あれほど姉を愛し、可愛がっていた父ですら、同じ気持ちだったのだろうと思う。

あの家には常に、私と父と母と姉しかいなかった。どれほど大声をあげて笑っても、どれほどＴＶの音を大きくしても、あの家には妙に白々とした寂寥《せきりょう》感が漂っていた。活き活きとした生身の人間の息吹《いぶき》が足りない家だった。不足した分を私と母が必死になって補っていたのだが、それもまた、ひどく不自然なことだったに違いない。

年が明け、新学期を迎えて、私は高校三年になった。

ゴールデンウィークが終わってすぐの、雨の晩、おそくなって姉が居間に飛びこんで来た。私と母は風呂あがりに、一緒に冷たいカルピスを飲んでいたところだった。珍しく早めに帰宅した父は入浴中だった。

「猫よ。猫がいるわ」

姉は興奮していた。そんなに興奮している姉を見たのは久しぶりだった。私と母は思わず顔を見合わせた。

「庭から鳴き声がしたの。かわいそうに。きっとびしょ濡れなんだわ。連れて来なくちゃ」

姉は傘もささずにテラスから庭に降りて行った。開け放されたままの窓から、濡れたような生暖かい風が入って来た。私はなんだか胸騒ぎのようなものを覚えた。

「風邪ひくわよ、美那子。傘くらいさしたらどう」母が立ち上がり、庭に向かって声をかけた。風が室内を吹き過ぎていき、母がつけている乳液の匂いが漂った。

風呂から上がったばかりの父が、パジャマ姿で居間に入って来た。「なんだ。何の騒ぎだ」

「美那子よ。庭に猫がいるからって、もう、大騒ぎ」

父の表情に一瞬、険しいものが走った。父は猫が嫌いだった。猫ばかりか、動物が苦手だった。

「だめだよ」と父はこともなげに言った。「猫を家の中に入れようだなんて、とんでもない」

姉が戻って来た。腕に白黒ブチの汚れた大きな猫を抱えていた。それは本当に、おそろしく大きな年老いた猫で、私は生まれてこのかた、あれほど大きな猫は見たことがない。

太っていたのではなかった。その猫はただ、骨格がふつうの猫の一まわり以上、大きいのだった。大きな頭、太い首、丸太ほどもある胴体。顔の半分が黒く、背中にブチが並んでいる。目は金色。だらりと下がる太くて黒い尾は、固まってしまったロープのように動かなかった。

犬ではなく、豚や虎でもないのだから、猫であることは間違いないのだが、そうやって姉の細い腕に抱かれていると、何か得体の知れない生き物のように見えて不気味だった。

「捨てなさい」父は言った。命じたと言ったほうがいい。

だが、姉は聞かなかった。「かわいそうよ、こんなに濡れて。お腹も減ってるみたいだし」

険悪な雰囲気があたりを包んだ。何を思ったか、母がキッチンから乾いたタオルを持って来た。「これで拭いてやって、何か食べ物をやって、放してやりなさい。どうせ野良猫なんでしょう。放っておいても元気に生きていけるわよ」

「あたしの部屋で飼うわ。この猫、あたしのところに来たんだもの」

「くだらないことを言うんじゃないよ、美那子」父が低い声で叱《しか》った。「猫が飼いたいんだったら、もっときれいな若い猫をどこかから手に入れてきてやる。だから、さっさとそいつを放すんだ。そんな汚い猫、病気でもうつされたらどうする」

姉の腕の中で、大きな猫が不機嫌そうに「にゃおん」と鳴いた。雨が間断なく、庭の草木を叩いている。姉は「よしよし」と呼びかけながら、猫の頭を撫でている。

その時、私の中にぞっとする考えがひらめいた。私は聞いた。聞かずにはいられなかったのだ。

「その猫、どこにいたの」

姉は猫の顔を見つめたまま、無邪気に言った。「庭よ。庭のはじっこ」

「はじっこ、ってどこよ」

「お墓のあたりよ」

その時、父が「墓?」と聞き返さなかったら、私は恐ろしさのあまり、叫び出していたかもしれない。父は「何の話だ」と姉に詰め寄った。

母が溜め息まじりに「お墓があるのよ」と言った。「言うのを忘れてたわ。動物のお墓。前に住んでた人のお子さんが動物好きで、飼ってた動物が死ぬと、お墓を作ってやってたんですって」

三つ並んだ楕円形の石の下に、何が埋められていたのか、佐久間さんから聞いた話を私は必死になって思い出そうとした。ヒヨコ、カナリア、ハムスター……確かそうだった。猫ではない。だが、カコちゃんというその子は、猫を飼っていたのではなかったか。

その猫はどうしたのだろう。カコちゃんがここから引っ越し、石巻にある父親の実家で息をひきとった時、猫も一緒だったのだろうか。それとも、引っ越すことが決まって、手放してしまったのだろうか。すでにカコちゃんという子が亡くなって二年近くが過ぎていた。手放したのだとしても、こんな老いぼれた猫が、二年もの間、巷《ちまた》をさまよい、生き延びていたとはとても思えない。

「ともかく」と父は言った。「うちに猫を入れることは許さないよ。いいね」

「あたしの部屋にも入れちゃだめなの?」

「そうだ」

「部屋から一歩も外に出さなくても?」

「決まってるだろう、美那子。これ以上、お父さんを怒らせないでくれ」

父の神経が苛立ち始めたのがわかると、たいてい姉はあっさりと引き下がる。子供のころから、その方法が身についていた姉は、めったに父を本気で怒らせるようなまねはしなかった。

その時もそうだった。姉は「わかりました」と素直に言い、猫を抱いたまま、テラスに戻って行った。姉がタオルで猫の身体を拭き、煮干しやミルクを与えてやると、猫は喉をごろごろ鳴らしながら喜んで食べた。

姉が登校前の私をつかまえて、自分の部屋にひきずりこみ、「誰にも内緒よ」と念をおすように言ったのは翌朝である。

「わかったのよ。あの猫ちゃんの名前が」

昨夜から一睡もせずに、自室の窓から猫の動きを見守っていたという姉は、憔悴《しょうすい》した青い顔に、目だけぎらつかせながらそう言った。

「どこかの飼い猫だったわけ？」私は不快なものを覚えながら聞いた。

そうなのよ、と姉は言った。その後に姉が口走った一言が、今も耳について離れない。

カコちゃんよ、と姉は嬉しそうに言った。

「カコちゃんが飼ってた猫だったのよ。ちっとも知らなかった」

どうしてそれを、と聞こうとして、私は言葉を失った。雨あがりの朝だった。姉の部屋の窓からは朝日が差しこんでいた。布団を取り外した炬燵テーブルの上には、煮干しの袋やコンデンスミルクの缶、丸めたちり紙、抜け毛がこびりついたヘアブラシ、菓子パンの屑などが散乱していた。

「ノラっていう名前なんですって」姉はそう言って、くすっと笑った。「ノラにとってはこの家が自分の家なのよ。やっと昨日になって、帰って来たのよね。本当によかった。お父さんはあんなふうに言ってるけど、どうせほとんど家にいないんだし、ノラのことは思う存分、可愛がってあげられるわ」

「佐久間さんから聞いたのね」私は後じさりしながら言った。狭い姉の部屋では、少し後じさりしただけで、背中が壁にくっついてしまう。「そうなんでしょ。猫の名前も、あの子のことも、佐久間さんからこっそり聞き出したんでしょ」

姉が私ににじり寄った。「何言ってるの、由紀ちゃん。何の話かわからないわ」

「わかってるくせに。最初から知ってたくせに、わざとそんな話して、あたしを驚かそうとしてるんでしょ」

姉の顔が目と鼻の先にあった。逃げ場がなくなった。私は母を呼ぼうと思った。

「由紀ちゃんたら」と姉は薄く笑った。「あんたこのごろ、変よ」

姉の手が伸びてきて、私の額に触れようとした。私は小さく叫んで、姉を突き飛ばし、部屋から飛び出した。炬燵台がひっくり返る音がした。姉の叫び声が響きわたった。母が台所から走って来た。

私は何も言わずに学生鞄《かばん》をつかむと、つんのめるようにして外に出た。昨夜の猫が玄関ポーチの真ん中で丸くなっていた。明るい光の中で見ると、生きているのが不思議なほど毛艶のない、ボロ布《きれ》のような猫だった。猫は私を見ると、さっと身を翻して庭の茂みの奥に逃げて行った。

母が門の外まで私を追いかけて来た。「いったいどうしたっていうの。喧嘩《けんか》したの?」

なんでもない、と私は言った。誰にも言いたくなかった。母にすら。あの家に、松葉杖をついたカコちゃんという死んだ子がやって来ること、そのカコちゃんが可愛がっていた猫が、庭にある動物の墓からふらりと舞い戻って来たこと……そんな話は、口にするのも恐ろしかった。

「引っ越せないの?」門の外に出てから、私は母に聞いた。

母は目を丸くして私を見た。「どうして」

「わかるでしょ」と私はうわずった声で言った。「お母さんはわかってるのよ。そうなんでしよ」

母の顔から、ふいに輪郭が失われたような感じがした。目が、ただの穴のようになった。

「引っ越したい」と私は繰り返した。涙が出てくる気配があったが、実際にはまぶたが震えているだけで、目はうるみもしなかった。

「ええ、そうね」母は低い声で言った。夜中にうなされている人の声を聞いているようで、気味が悪かった。とても母の声とは思えなかった。

私は「いやよ」と言った。「お母さんまで」

何が、と母は言った。背中に砂粒を浴びたような感じがした。私は、ううん、と首を横に振った。

母はぎこちなく私に向かって笑いかけた。

「大丈夫。心配しないで。お父さんにはうまく話すから」

声は母の声に戻っていた。


母は父に黙って、姉を市内の病院の精神科に連れて行った。姉はいやがって最後まで烈しく抵抗したが、不眠症の薬をもらうだけだから、と母に言われ、しぶしぶ従った。

姉の診察をした担当医が、結局、どんな結論を出したのか、私にはよくわからない。私にとって重要だったのは、松葉杖の女の子が姉の妄想なのか、それとも事実だったのか、ということだけだったのだが、精神病理学的に言えば、姉はごく正常な状態にあったようだった。

例の大きな猫は、相変わらず家のまわりをうろついていた。時々、姉は家族に黙って猫を部屋に入れ、添い寝までしていたようだ。姉の部屋に掃除に行き、ベッドに猫の毛を見つけた、と言って母が渋面を作っているのを私は何度も見た。

だが、母は姉には何も言わなかった。第一、ノラは、ほとんど日中、姿を現さず、夜のとばりが下りたころにどこからともなく戻って来て、姉の部屋の窓の外で、にゃあ、と鳴くだけの目立たない存在だったからだ。

道でばったり佐久間さんに会った時、私は猫の話をした。最近、姉が迷い猫を拾って来て、飼い始めたんです……そう言うと、佐久間さんは「へえ」と顔を輝かせた。

「どんな猫？　うちにはちっとも来ないけど。鳴き声も聞こえないし。よっぽどおとなしい猫なのね」

「白と黒のブチ猫です」そう言いながら、私は名前を聞かれたらどうしよう、と怖くなった。もしも「ノラ」と答え、佐久間さんの顔色が変わったら、いたたまれなくなるのはわかりきっていた。

だが、佐久間さんは「あら、白黒のブチ？」と聞き返し、少しの間、困惑を隠すような表情を見せただけで、名前については聞いてこなかった。

六月末、ひどい吹き降りの夜、ノラがいなくなった。いなくなった、と言い出したのは姉で、むろん、私や母にとって、ノラなどいつもいないようなものだったから、気にもとめていなかったのだが、姉は「ゆうべも帰って来なかったのよ。丸一日、帰って来ないのは初めてなのよ」と言いながら、慌ただしく外に飛び出して行った。

ざあざあと屋根をたたく雨の音で、TVの音も聞こえなくなるほどだったのに、姉は傘を手に出て行ったまま、長い間、戻って来なかった。心配した母と私が姉を探しに行った。外に立っているだけで、アスファルトの路面を打ちつける雨のしぶきが、腰の高さまではね上がった。傘は役に立たなかった。傘を打つ雨の音が耳にうるさく、姉の名を呼ぶ自分の声がこもって聞こえた。

近くの公園、脇道、空き家の縁の下……姉がノラを探して迷いこみそうな場所をすべて探し、それでも姉が見つからなかったので、母は佐久間さんに応援を頼みに行こうとした。ひょっこり姉が家に戻って来たのはそんな矢先だった。

姉は蒼白《そうはく》な顔をして震えていた。ノラ、ノラ、というつぶやきにも似た声が口からもれ、時折そこに、カコちゃん、という呼びかけのような言葉が混じっているように聞こえた。私は聞こえなかったふりをした。気丈にふるまっていなければ、気を失ってしまいそうだった。

母は私に風呂をわかすように命じ、姉を裸にして濡れた身体をタオルでこすった。風呂がわくと、ただちに姉を湯船に入れ、顔に赤みが戻るまで、傍につき添った。

翌朝、姉は高熱を発した。解熱剤や風邪薬を飲ませても、熱は下がらず、かえって上がるばかりだった。町医者にみせたところ、肺炎を起こしている、と言われた。市内の総合病院に緊急入院の手続きが取られた。

容態が悪化したのは六月二十八日。半狂乱になった父が姉の名を連呼する中、翌二十九日未明、姉は病院のベッドで、眠るように息を引き取った。臨終の顔は、あのR町の家に引っ越した日、二段ベッドの下の段に横たわり、安心したように目をつぶっていた姉の顔とそっくり同じ顔だった。

R町のあの家の、やたらと広い居間で通夜が行われた。しのつくような雨が降っていた。参列客は少なかった。そのほとんどが父の仕事関係の人間だった。

佐久間さんがやって来て、遺影に向かって泣きくずれた。通夜の間中、庭の茂みのあたりで、ノラの鳴き声が続いていた。ぎゃおん、ぎゃおん、という悲愴《ひそう》な恐ろしい声だった。

佐久間さんは、庭先でノラの姿を見かけるなり、あ、と短く叫んで絶句した。

私にも母にも、その意味がわかっていた。まさか、と佐久間さんは息を吸いこみながらつぶやいた。次の瞬間、猫の姿はそぼ降る雨の彼方に消えて行き、以後、二度と、私たち一家の前に現れなかった。

佐久間さんから、カコちゃんの命日が姉と同じ六月二十九日だったと聞かされたのは、初七日が過ぎてからである。その気味の悪い符合は私や母を心底、震え上がらせた。私たちはただちに、市内に別の貸家を借り、R町の家から引っ越した。

引っ越しの当日、荷物を積んだトラックの荷台に乗せてもらった私は、路上で手を振り続けてくれた佐久間さんの背後に、松葉杖をついた小さな女の子を見たように思った。だが、それは錯覚で、よく見ると、佐久間さんの後ろでは、青々と生い茂った夏の木々が影を落としているばかりだった。

もし、奇妙な符合が一度ですんでいたのなら、私はこれほど動じなかったかもしれない。世の中には不思議な偶然が起こる。カコちゃんという気の毒な女の子が死んだのと同じ日に、姉が急死したというのも、ごく稀《ま》れに起こり得る偶然に過ぎなかった……そう考えることもできたかもしれない。

だが、偶然は一度では終わらなかった。姉が死んでから十六年後、父が東京の病院で亡くなった。肝臓癌《がん》だった。

私は当時、すでに結婚して、東京に住んでいた。翻訳の仕事に手をつけ始め、忙しくなっていたころでもあった。

自分の家庭を持ってからは、私はほとんど姉のことは思い出さなくなっていた。時折、疲れている時などに、ふとR町の家で起こったことが白昼夢のように脳裏をよぎったが、それに悩まされることはほとんどなかった。

あれは不思議な因縁話だ、と私は思っていた。長い人生の途上で、誰でも一つや二つは経験する、説明のつかない奇妙な因縁話。あえて他人に語って聞かせる種類のものではないが、たとえ誰かに話したとしても、そのことによって再び恐怖にさいなまれることもない。その程度のことだったのだ、と確信してもいた。

亡くなる数日前、私が父を見舞った時のことだ。父は枯れ木のように痩せ細り、二まわりほど小さくなって、ベッドに横たわっていた。私たち以外、病室に人はいなかった。

「もうすぐ美那子のところに行くよ」父はふいにそう言った。

「やめてちょうだいよ」と私は笑った。「お姉ちゃんだって、こんなに早く、お父さんに来てもらったら困るんじゃない？　寿命を全うしてから来てほしい、と思ってるわ、きっと」

父には病名は伏せてあった。あれほど痩せおとろえた人間を相手に、本当の病名を伏せるということ自体、馬鹿げた小細工だったと思われるのだが、それでも私や母は、もともと強靭とは言えなかった父の神経を案じ、告知していなかった。

「美那子が夢にしょっちゅう、出てくるんだよ」父は目を閉じ、色のない唇に笑みを浮かべた。「あのころのまんまだ。仙台にいたころの美那子だよ。あのころは仕事が忙しくて、かまってやれなかったからね。美那子はそのことを残念に思っているらしい。かわいそうなことをした。もっと話をして、いろいろなところに連れて行ってやればよかった。楽しい人生を送らせてやればよかった」

「いまさら、そんなことを悔やんでも仕方ないわよ」私は励ますように言った。

手元に見舞い用に持って来たプリンがあった。父はほとんど食べ物を受けつけなくなっていたが、冷やしたプリンだけは一匙《さじ》二匙、口をつけた。私はプリンにスプーンをさしこみ、小さくすくって父の口に運んだ。父は、いやいや、をする子供のように、それを拒み、天井をぼんやり見上げた。

「それにしても、あれは誰なんだろう」

「え？」

「夢に出てくる美那子のそばにね、小さな痩せた女の子が立ってるんだ。美那子としっかり手をつないで、私を見てにやにや笑ってばかりいる。髪の毛を三つ編みにした、痩せっぽちの女の子だ。いつも一緒なんだよ。美那子が出てくる時は、いつもその子がそばにいる」

手にしたスプーンが宙で止まった。遠近感がなくなり、目の前にいる父が、手を伸ばしても届かないほど遠くにいるような感じがした。

その子、と私は身動きひとつせずに聞いた。「足が悪い？」

自分でも聞き取れないほど小さな声だったのだが、父には聞こえていたらしかった。父は目を閉じ「ああ」と言ってうなずいた。喉のあたりで乾いたシーツがこすれる音がした。「かわいそうに。松葉杖をついてるんだ」

その時、私の耳元で、舌ったらずの甘えたような女の子の声がした。よいしょ、よいしょ……合間にくすくす笑いが混じった。よいしょ、よいしょ……。

頭の毛穴がいっぺんに開いたような感覚にとらわれた。「だめよ！」と私は大声をあげ、立ち上がった。手にしていたプリンとスプーンが床に転がった。耳元の声がふっつりと消えた。

「だめ！　そんなもの、見ちゃだめ！」

父の身体を揺すったのだが、父は目を開けなかった。ふうっ、という溜め息とも寝息ともつかない声が、父の口からもれただけだった。

父が息をひきとったのは、それから四日後、六月二十九日の午後だった。死に顔は穏やかで、母は、美那子が自分の命日にお父さんを連れて行った、と言いながら泣きくずれた。

風が強く、ぽつぽつと大粒の雨が病室の窓をたたいていた日だった。室内の蛍光灯の明りが妙に眩《まぶ》しく、亡くなったばかりの父の遺体のまわりに、なぞるようにして黒い影ができていたことを思い出す。

仙台R町のことを新聞で見かけた日から一週間たった。

私は今日も、母を病院に連れて行き、治療を終えた母を車に乗せて、実家までやって来た。ついさっき、遅い昼食に蕎麦《そば》をゆで、ふたりで向かい合わせになって食べ終えたばかりである。汗ばむほど日差しの強い日で、母は今、広い縁側に足を投げ出したまま座り、切り餅《もち》を干している。スーパーで真空パックになって売られている切り餅だ。一人では食べきれないし、かといって近所に配るようなものでもないから、日に干して乾かし、細かく砕いてから油で揚げて、かき餅にする、と母は言う。

古新聞紙の上に、四角い小さな切り餅が並べられていく。並べながら、母は鼻唄を歌っている。何の歌なのか、見当もつかない。でたらめの歌のような気もするし、昔はやった、思い出の曲のような気もする。

私は台所で後かたづけをし、腕時計を覗きこんだ。午後二時過ぎ。急いで帰って、仕事をしなければならない。娘も夕方になったら帰ってくる。仕事に没頭できる時間を少しでも多く作ろうとするのなら、少しでも早く母の家を出なければならない。

私は縁側に続く茶の間に戻り、卓袱台《ちゃぶだい》の上を濡れ布巾で拭きながら、縁側に目をやった。母の家の小ぢんまりとした庭は、ツツジ、キンモクセイ、サルスベリなど、様々な木々で囲まれている。父の亡くなったころから人工的な手入れを一切せず、放ったらかしにしてあるせいで、かえって何やら懐かしい趣をたたえている。

そろそろ帰るわ……私はそう言おうとした。ほんのわずかな間だが、緑の谷間のような庭が白くかすんで見えた。

見事な花を咲かせたツツジの群落の手前あたりに、小さな人影が立っていた。女の子だった。喉が塞がる思いがした。腰のあたりが、冷たい水に浮かんでいる時のようにひんやりと軽くなり、そのまま宙に浮いていきそうな感覚にとらわれた。

女の子は二本の松葉杖で小さな身体を支えながら、母のほうを見てにっこりと微笑んだ。母は相変わらず鼻唄を歌っている。古新聞紙の上の切り餅をトランプでもしている時のように、並べ替えている。逆光の中で、母の白くなった髪の毛が逆立っているように見える。

私の身体は動かない。血の気がひいて、倒れてしまいそうなのに、それでも私は卓袱台に手をついたまま、中腰になっている。

仙台のR町の家で、私が見た幻のあの子供は、あの時とそっくり同じ三つ編みを両肩に垂らし、痩せ細った身体を不器用に動かして、よいしょ、と言った。その声がはっきり、私の耳に届いた。縁側の外、庭の奥のほうから聞こえた声とは思えない。まるで、あの子がすぐ傍にいるかのようだ。

松葉杖が動く。右へ、左へ。そしてまた、右へ、左へ。そのたびに、よいしょ、とその子は言う。庭がますます明るくなる。木立の影がそれに伴って、墨を流したように黒くなる。花も何も見えなくなった。私の目には、黒々とした影と、白い光を背負ったように動いている女の子しか映っていない。

よいしょ、よいしょ……女の子が母に向かって歩き続けている。少しでも母に近づこうとしている。

母はまもなく死ぬのだ、と私は思う。六月二十九日に。姉や父が死んだのと同じ日に。あの不吉な子供に招かれて、死んでいくのだ。

涙が出てくる。鼻唄を歌っていた母が振りかえる。「どうかした?」

なんでもない、と私は言う。変な子ねえ、と母は笑う。人をじっと見たりして。

その笑い声に、よいしょ、よいしょ、という声がかぶさってくる。母には何も見えていない。何も聞こえていない。

涙が止まらなくなった。私は唇を嚙みしめて嗚咽《おえつ》をこらえた。

よいしょ、よいしょ……。カコちゃんはもう、母のすぐ傍まで来ている。歩き方がうまくなった。昔、私が幻の中で見た時のように、つらそうな感じはしない。

六月二十九日まで、あと一ケ月半ある。その間に何をしよう、と私は考える。母と過ごす時間を増やし、母のこの家に頻繁に通って来て、一緒に庭いじりをしたり、近所の噂話を聞いたりしながら過ごせばいいのか。

ついにカコちゃんが縁側にたどり着いた。面白そうに、母が並べる切り餅を眺めている。

どうして、と私は声にならない声をあげる。どうしてこんなふうに私たち家族を苦しめるの。

カコちゃんがふと、目を上げて私のほうを見た。その目には瞳と呼べるものがなく、ただ白い空洞が拡がっているばかりで、その空洞の向こう側には、咲きほこるツツジの花が鮮やかに透けて見えた。

正月女

坂東眞砂子

車は、霊柩車《れいきゅうしゃ》のようにしずしずと枯れた田圃道《たんぼみち》を走っていく。私はバックシートに深く躰《からだ》を埋めて、懐かしい光景を見つめている。夕暮れ時の弱い光を浴びて、うっすらと雪をかぶった山稜《さんりょう》。黒い影を足許《あしもと》に落としてすっくと立つ杉の木々。山の斜面は、小さな盆地に作られた切り株だらけの田圃になだれこむ。鎮守の森と、侘《わび》しい集落がぽつんぽつんと点在する小さな村。私の故郷だ。

村に帰るのは、十か月ぶりだった。お碗《わん》を伏せた形の飯盛山《いいもりやま》、盆地の中央を流れる高見川、竹林に隠れた白蔵《しらくら》神社。病室の窓の向こうに広がる灰色のビル群を見慣れた私の目には、その風景のひとつひとつが最高の御馳走《ごちそう》だ。草木も色を失った冬の光景であっても、気にならない。私は窓の外を食いいるように眺めている。これが私の見る最後の故郷になるかもしれないから。

「もうじきやきねゃ」

運転席の夫がバックミラー越しに私を見ていう。保《たもつ》の大きな瞳《ひとみ》が後部座席の私の姿を捉《とら》えたとたん、慌てて逃げ去る。私も急いでバックミラーから目を逸《そ》らす。最近、私は人と視線を合わせるのを避けている。相手の瞳に映るものが怖いのだ。

夫や医師が、どんなに希望のあるようなことをいっても、その底に泥のように沈んでいる絶望が私にはわかる。

「家に戻れて、嬉《うれ》しいわ」

そう呟《つぶや》くと、隣の姑《しゅうとめ》が私の肩に手を回して、優しくいった。

「家にもんたら、すぐ横になるとええ。南の寝間にお蒲団《ふとん》を敷いちょうきね」

南の寝間とは、来客用の寝室だ。庭に面していて、日当たりもいい。

「すみません、気を遣っていただいて……」

「いやでぇ、登見子《とみこ》さん。そんな他人行儀なこと、いわんとてや」

高田《たかだ》の家に嫁いで五年。ずっと私に他人行儀に接してきた姑だった。皮肉な思いで、私は年老いた鶏のような隣の女を眺めた。今年で六十一歳の姑の滝枝《たきえ》は、まだまだ足腰も頭もしっかりしている。農作業の場でも、ともすると私よりも頑張りがきく。姑の前では、自分がいつも半人前のような気持ちにさせられたものだった。

――登見子さん、鍬《くわ》、ちゃんと洗うてなかったやろ。泥がいっぱいついちょったで。農具の始末くらい、一人前にしとうぜ――そんなに悠長にご飯の支度してどうするがぞね。保がひもじがりゆうやいか――いやちや、いくら忙しいゆうたち、保にボタンの取れたシャツを着せてからに、みっともない。

同居するようになって以来、姑が私に投げつけてきた小言が頭の隅を駆け巡った。

病気になってよかったことがあるとしたら、これかもしれない。姑が、私に対して思い遣《や》り深くなったこと。

以前の姑には考えられなかったことだ。姑自身、かつては村で一、二を競う大地主だった高田家に嫁いだことを自慢の種としていた。高田家の嫁の名に恥じないように気を張って生きてきた。だから一人息子の嫁となった私にも、同じものを求めたのだ。

無理なのに。

私は、姑のように強い人間ではない。姑のように高田家を誇りに思って嫁いだわけではない。保と一緒になりたかっただけだ。高校生の時から密《ひそ》かに憧《あこが》れていた保の妻になれる。それだけで幸せいっぱいで嫁いできた。

だが、その幸せがこんなに短いものだとは、想像もしなかった。

車は田圃の中の道を突っきって、集落の中に入っていた。ここまで来ると、家はもう近い。姑が少し躰を起こして、フロントガラスの向こうを見た。

「ありゃ、岡田さんくのお婆ちゃん」

正面の四つ辻《つじ》のところに、一人の老女が佇《たたず》んでいた。もんぺ姿で、路傍に立つ大きな石の塚を拝んでいる。隣には赤いコートを着た四歳ほどの女の子が並び、やはり小さな手を合わせていた。微笑《ほほえ》ましい光景だった。

「岡田さんくに、あんなこまい子がおったかや」

保が車の速度を落としながら聞いた。

「大晦日《おおみそか》には、大阪から二番目の息子さんの一家がもんて来るいいよったき。そこのお孫さんやないかえ」

姑が答えていると、老女が車の音に気がついたらしく、こちらを向いた。保が挨拶《あいさつ》代わりのクラクションを軽く鳴らした。老女は、女の子の手を取ると、道脇《みちわき》に避《よ》けた。

車は、ゆっくりと辻を左折した。手をつないだ老女と女の子の姿が、ぐるりと車の窓の向こうを巡る。私たちは硝子《ガラス》窓越しに老女に会釈した。久々に帰郷した私を認めて、老女が驚いた顔をしたのがわかった。私は、もう一度、頭を下げた。

「辻の神様にお供えでもしよったみたいやね」

辻が背後に小さくなっていくと、姑はどさりと座席に身を沈めて呟いた。

「大晦日の日に、のんびりお孫さんの相手ができるんは羨《うらや》ましいこと」

心臓に爪《つめ》を立てられた気がした。

子供を生みもせずに、病気にまでなった。役に立たない嫁だと非難されていると思った。夫も義父母も、実家の両親も、皆が孫を待ち望んでいた。なのに、私にはもうその望みを叶《かな》えてあげることはできない。

心臓がとくとくと速く打ちはじめた。私は慌てて目を閉じた。いけない。興奮してはいけない。

私は躰の力を抜いて、深呼吸をした。

——心静かに。安静に。それがこの病気の一番の薬なんですよ。

医師の言葉が頭に響く。

拡張型心筋症。それが、この十か月、異常に長引いた検査の挙げ句に告げられた病名だった。

原因不明の心筋疾患だという。心臓が肥大して、いつ心不全で急死してもおかしくない状態になっている。心臓移植以外、これといった治療方法もない。

——でもね、発病十年目の生存率は三割ですから、希望はあるんです。とにかく生き延びている人はいるんです。

医師はそういってくれた。

しかし、逆にいえば、十年目の死亡率は七割。五年目で、すでに患者の半分が死んでいるという。

私はだめだ。この生存競争には勝てそうもない。だいたい小さい時から、競争はだめだったのだ。成績もぱっとしなかったし、かといって、運動神経が達者なわけでもなかった。目立たない、普通の子。病魔との闘いでも、華々しい活躍を果たせるはずはない。真先に脱落してしまうに決まっている。

私は前の運転席の夫を見た。日に焼けた首筋と隆々とした肩の筋肉。夫は、以前と何の変わりもなく生命力に満ち溢《あふ》れているというのに、私は死の世界に転落しつつある。

今回の退院は、夫のたっての希望で叶えられたという。医者は、もう少し様子が落ちついてから自宅療養に移ったほうがいいと勧めたが、夫はぜひ家族一緒に正月を迎えたいのだと押しきったと聞いた。

多分、夫は、これが夫婦で迎える最後の正月になるかもしれないと考えているのだ。いつ死ぬかもしれないのだから、当然だ。その心遣いは嬉しくもあり、辛《つら》くもあった。まるで、次の正月まで、おまえの命はもたないと宣告されているようだ。

「ほら、家やで、登見子」

夫が前を向いたままでいった。今度はバックミラーを覗《のぞ》こうともしなかったので、私はほっとした。

道の脇に、大きな門構えの家が見えてきた。二階建ての家が、その背後に聳《そび》えている。高田の家だった。

道を隔てた畑地に建てた車庫兼納屋に、舅《しゅうと》がバイクをしまっているところだった。どこかに出かけていて、ちょうど帰ってきたところらしい。私たちの車に気がつくと、納屋の前で手を振った。

硝子窓越しに手を振り返しながら、姑がいった。

「よかった、お父さんと一緒に帰りついて。遅うなると、また文句をいわれるところやった」

「ええやいか。今年最後の文句じゃ。聞き納めしたらよかったに」

夫がそういって笑った。

今年最後。その言葉が妙に胸にこたえた。私は窓の外に目を遣った。

褪《あ》せた茜《あかね》色の夕日の残照があたりに満ちていた。この光もまた、今年最後。

最後、最後。何もかも最後なのだ。

私が家で迎えられる最後の年の瀬。最後の年の正月。最後の日々……。

家の灰色の瓦《かわら》屋根が、背後の暗い山に溶けそうに見える。それが私の目に浮かぶ涙のせいか、忍び寄ってくる夕闇《ゆうやみ》のせいなのか、わからなかった。

その夜は鯨《くじら》を食べた。

今では貴重になった鯨の肉を舅がどこからか仕入れてきて、こんにゃくとにんにくの葉を入れて、煎《い》り煮《に》にした。

「年の瀬は大ものを食べると縁起がええ、ゆうきにのう」

舅は、自分で味つけをした鯨の煎り煮を皿に盛り、私の前に置いてくれた。

「ほら、登見子さん。栄養になるで」

「おいしそうやね」

努めて嬉しそうな声を出しながらも、今の私に、どんな縁起のよさが必要というのだろう、と思った。

縁起のよさを必要としているのは、舅たちなのだ。今にも死にそうな病人を抱えて、縁起直しに鯨肉を食べなくてはいけないのは、私以外の人間だ。

私は、掘《ほ》り炬燵《ごたつ》を囲む家族を眺めた。

夫は、うまいうまい、といいながら、鯨肉を食べている。酒を呑《の》んで顔をほころばせる舅。二人の顔は、どことなく似ている。同じ畑で働いているせいだろうか。夫は、浅黒く日に焼けている。高い鼻梁《びりよう》に、大きな瞳。張った頬骨《ほおぼね》。農家の跡取りというよりは、冒険家のように見える。舅は、そんな夫の顔を縮ませたようだ。躰つきも格段に小さい。

その隣では、姑が夫と息子のために、卓上で煮立っている鍋《なべ》の野菜や魚を取り分けている。以前なら、それは私の役目だった。自分の食事もそこそこに、夫と舅の晩酌の相手をした。

しかし、もう私の出番はない。掘り炬燵の隅の座椅子《ざいす》にもたれかけて、自分の食べ物の世話をするのが精一杯だ。

私は、鯨肉を箸《はし》でつまんで少し食べた。もそもした肉が喉《のど》を下っていく。苦痛と悲しみを呑みこんでいる気がした。

「今年は韮《にら》がようできたき、よかったねや、保」

舅が酒を手酌しながらいった。

「そうそう、来年はモロヘイヤを作ってみんか、お父《とう》」

夫が舅のほうに膝《ひざ》を乗り出した。

「なんや、モロヘイヤち」

「新しい野菜の名じゃ。健康にええんで、都会では人気があるがやと。農協の知《とも》ちゃんがいいよったで」

舅は顔をしかめて、ぴちゃりと舌打ちした。

「あんな小娘のいうこと、信用できるかや」

「あれでも、ちゃんと農大を出ちゅうがぞ。これからは若い者のいうことを聞いたがええで」

私は姑に、知ちゃんとは誰か、と聞いた。姑は、白菜をくちゃくちゃと噛《か》みながら答えた。

「ほら、北川米屋の娘さんやよ。この春、大学を出てから、農協の農業指導員になったがよ」

朧気《おぼろげ》ながら、色白のセーラー服の娘の顔を思い出した。あの子が、もうそんな年齢になったのか。夫が知ちゃんと呼ぶからには、けっこう仲が良いのだろう。二人は畑で、どんなことを話しているのだろう。想像もつかないのがもどかしい。一緒に畑仕事に出ていた頃《ころ》なら、私は夫の隣で、その「知ちゃん」との会話を聞いていたはずなのに、もうそれができない。

茶の間の古ぼけた柱時計は七時半を過ぎて、テレビでは紅白歌合戦がはじまっていた。華やいだ雰囲気が画面から伝わってくる。夫の生活も、今の私には、あのテレビの中の出来事と同じくらい遠ざかってしまっている。

ストーブが燃え鍋が煮立つ暖かな茶の間で、私の座っている場所だけが暗く沈んでいる。

「登見子さん、どうじゃ。久々の家はええじゃろうが」

舅が突然、顔をこちらに向けて聞いた。

とっさに私は何と返事していいかわからずに、曖昧《あいまい》な笑みを浮かべた。

「ええに決まっちゅうやいか。誰が病院が好きなもんか」

少し怒ったような夫の声に、私の心はわずかに明るくなった。

「ほんと。保さんが先生とかけ合ってくれてよかった」

夫は照れ笑いした。

「困ったでぇ、あの先生。この病気は、安静にしちょっても、寝よっても油断はできん。いつ何が起こるかわからんき、もうちょっと患者さんの様子を見てからがええ、らあゆうがやき。けんど、病院におるより、家におるほうが気持ちが落ち着くに決まっちゅうきねや」

「それでもお医者さんのゆうことも、もっともじゃ。まっこと、用心してくださいよ。登見子さん。無理、せんようにね」

姑の口調には、苛立《いらだ》ちが混じっていた。姑は、私の帰宅を喜んではいないのだ。それは、そうだろう。厄介な病人を抱えこむのだから。

男たちは、気の毒だ、といっていればすむが、その荷は私の身の周りの世話をする姑の肩にかかってくる。これから背負うことになる姑の重荷を理解できるから、よけいに辛い。

「ほんとに、すみません」

私は小さな声で頭を下げた。

「謝ることらあ、あるもんか。登見子は早《はよ》うようなることだけを考えたらええ」

夫はむっつりといった。まるで、芝居の脚本を棒読みしているような響きが混じっていた。信じてないのだ。私が回復することを。

私は、夫の顔を盗み見た。保はビールの入ったコップを勢いよく空けている。自分で自分の嘘《うそ》に嫌気がさしているのだ。なのに、こんな無益な慰めをいうのは、私には覚《さと》られないと高を括《くく》っているからだ。

どうして、そんなことができると思うのだろう。私たちは夫婦なのに。それも、ただの夫婦ではない。同じ村に生まれた者同士だ。子供の頃から知っていた。私より三歳年上の高田の長男。小学校時代は走り高跳びで郡大会で優勝して、朝礼の時、校長先生から褒《ほ》められた。中学校の時は自転車で隣町まで通学していた。黒い学生服がよく似合っていた。

高校生になると躰つきは逞《たくま》しくなり、バイクに乗るようになった。私も中学校に上がり、隣町に行くようになると、高校生の彼の姿を時折、路上で見かけた。友達とたこ焼きを頬ばっていることもあれば、女の子と並んで歩いていることもあった。

保の姿は、他の村の同世代の人たちと同じく、いつも目の隅に入っていた。私たちは同じ狭い世界で生きてきたのだ。それだけ、共通するものがあると思っている。なのに、どうして保は、私に隠し事ができると思ったのだろう。それが夫の感じている私との距離を示している気がして、寂しい。

私は食卓のお茶を啜《すす》った。

テレビでは、若い歌手が全身をくねらせて歌い踊っていた。炬燵の上では、鍋が煮立ち、部屋の隅では、石油ストーブが赤々とした炎を燃え立たせている。温かく、活気のある部屋で、夫と舅は二月の村長選挙のことを話していた。村のことを一番、考えてくれるのは誰かという話題に夢中になっている。夫が考えているのは、未来のことだ。だけど、その村の未来には、私は存在しない。そのことがわかって話しているのだろうか。それとも、それを忘れているのだろうか。どちらにしても、夫の中で、私の存在は小さくなりつつある。

「ああ、暑うなった」

夫が綿入れ半纏《はんてん》を脱いだ。その下から、胸に黒猫のアップリケの入ったトレーナーが現れた。

風呂《ふろ》上がりに着替えていたらしい。それにしても見覚えのない服だった。

「保さん、そんな可愛《かわい》らしいトレーナー、いつ買うたがで」

保がきょとんとした顔で胸の猫をひっぱって、「これか」と聞いた。私が頷《うなず》くと、横から姑が口を出した。

「ああ、それ、私が高橋さんくの店で買うちゃったがよ。あそこ、『ベル』とかいう新しい名前にして改装してから、なかなかしゃれたものを置くようになったきねぇ」

「真弓ちゃんの店?」

私は驚いて聞き返した。

「ああ、あそこの家の真弓さん、あんたと同い歳《どし》やとねぇ。登見ちゃんの旦那《だんな》さんのためやったら、ゆうて、張りきって選んでくれたわ」

私の顔が青ざめているのがわかる。夫を見ると、気まずい表情をしていた。自分の着ているトレーナーを真弓が選んだということを知っていたのだろうか。

問い質《ただ》してみたい気持ちと、聞くのが怖い気持ちが心で渦巻く。

「真弓さんがこっちにもんてきて、あのお店をやるようになってから、けっこう繁盛するようになったんもわかるねぇ。センスはええし、きさくやし。話に乗せられて、ついついいっぱい買物してしもうたわ」

何も知らない姑は苦笑いした。

真弓が村に戻ってきて、隣町で両親が営んでいた店を受け継いだという話は、去年の暮れに聞いていた。それを耳にした時、私は、真弓の店には絶対に行かない、と心に決めた。いくら昔のこととはいえ、夫とつきあっていた女の店で買物なんかするものか、と思った。

私が家にいたなら、私が元気だったなら、真弓の店の服を夫が着ることは、決してなかっただろう。十か月、家を不在にしていた間に、いろんなものが変わっていく。私が築いていた防壁が崩れていく。

嫌な気分が湧《わ》いてきた。さっき食べたものを吐きたくなった。私はうつむいて、脇のタオルを口にあてた。

姑が驚いて、腰を浮かせた。

「ありゃ、登見子さん、どうしたがで」

「なんでもないです……」

私は呟いて、ぐったりと座椅子の背もたれによりかかった。胸を押しつけられたような息苦しさを覚えていた。

「疲れたがじゃ。早う横になったがええ」

夫がいった。私は、瞳だけ動かして、夫を見つめた。心配そうな顔で、眉《まゆ》をひそめている。しかし、その大きな手は、トレーナーの胸を握りしめたままだ。まるで大事なものでもあるかのように、猫のアップリケの部分を指でつかんでいる。

心臓がとくとくと速く打ちはじめた。私は夫から顔を背けて呻《うめ》いた。

「すみません……横にならせてください」

仰向《あおむ》けになった顔にぺたりと暗闇が貼《は》りついている。死んで棺桶《かんおけ》に入ったら、きっとこんな感じなのだろう。釘《くぎ》を打ちつけられて、真っ暗になった狭い箱の中で、私は今のように暗闇に閉ざされて横たわっているのだ。

病院にいる時は、夜になってもこんな想像はしなかった。静寂の奥にひそむエアコンディショヨンの音、見回りの看護婦の足音、同室の人々の寝返りの音。それらの音が、深夜であっても、私は一人ではない、と思わせてくれた。

だが、この家で私は一人ぼっちだ。家の中は、ことりとも音はしない。もう皆、寝静まっている。夫と舅は酒を呑んで、紅白歌合戦が終わると同時に早々に寝室に入ってしまった。

寝る前、夫がこの部屋に入ってきた。そして私に、起きちゅうか、と聞いた。ひょっとしたら、何か話したかったのかもしれない。しかし、そこに姑が顔を出して夫を部屋の外に引っ張っていった。

登見子さん、せっかく寝ゆうがやき、起こしたらいかんやろう。姑が叱責《しっせき》口調でいう。俺、今晩は隣に蒲団を敷いて一緒に寝ちゃったらどうかと思うて。夫の声が聞こえた。

そうして欲しい、と私は思った。肉体関係は持てなくても、せめて添い寝でもして欲しかった。

だが、姑がいった。いかん、いかん。登見子さんは、安静にしとかにゃいかんがやき、おまんはいつもの部屋で寝たがええ。登見子さんのことやったら、私が隣の部屋で、気ぃつけちゅうき心配せんでええ。ゆっくり寝ぇや。

夫はあっさり引き下がった。

その一部始終を蒲団の中で私はしっかりと聞いていた。

姑が恨めしかった。私と夫の仲を裂こうとしていると思った。いや、それ以上に、姑の一言で引き下がる夫の態度も悲しかった。いったい何のために、病院から私を連れだしてくれたのだ。残された日々を私と一緒に過ごしたいからではなかったのか。

……本当は、死ぬ前の妻に自分はできるだけのことをした、といいたいだけだったのかもしれない。しょせん私は見合いで結婚した女だ。最初に恋愛感情があったわけではない――真弓とは違うのだ。

私は蒲団に横たわって、暗闇を睨《にら》みつけた。睨んでいると、そこに未来が見える気がした。この家の未来。私が死んでから、はじまるであろう夫の未来が。

私が死んだら、夫は真弓に接近しはじめるだろう。彼女が私の後釜《あとがま》として、この家に入ることもありうる。真弓は、私と違って明るい性格だし、美人だ。そうなったら、義父母に気にいられるだろう。もちろん保も、真弓と一緒になったら楽しいだろう。ひょっとしたら、私には誘いかけもしない釣りにも、真弓なら連れて行くかもしれない。車で山や海に行って、ぺちゃくちゃお喋《しゃべ》りしながら釣り糸を垂らす。きっと二人はお似合いの夫婦になるだろう……。

突然、胸が押しあげられるような圧迫感を覚えた。

「うっ、うううっ」

喉の奥から嗚咽《おえつ》が漏れた。心臓の鼓動が速くなっている。

危険な兆候だ。落ち着け、落ち着くのだ。私は連打する心臓に叫ぶ。

がたっ、と小さな音がした。隣室との境の襖《ふすま》が開いて、姑が顔を出した。背後から枕許《まくらもと》のスタンドの明かりに照らされて、寝乱れた白髪がぼうぼうに立っていた。

「登見子さんっ」

呻き声をあげている私に気がついて、姑は慌てて這《は》い寄ってきた。

「しっかりしや、登見子さん」

姑は私の肩を揺すった。私は、荒い息を吐きながら姑を見上げた。隣室から漏れてくる光の中に、驚きうろたえている姑の顔が浮かびあがる。

大丈夫だ。そういおうと思うのに、口が動かない。唇の端から、唾液がたらりと流れ落ちた。

姑の顔が驚愕《きょうがく》に引きつった。鶏に似た顎《あご》がますます尖《とが》っていた。

「登見子さん、死んだらいかんでっ」

姑はすがるような口調でいった。

ぼぉん。

茶の間の柱時計が鳴った。

姑はびくっと、背筋を震わせた。

ぼぉん、ぼぉん。

柱時計は鳴り続ける。姑は、私の枕許にある時計に飛びついた。隣の部屋の薄明かりに文字盤を透かして見て、はっとしてそれを落とした。

「十二時じゃ……」

姑の呟きが聞こえた。

ぼぉん、ぼぉん、ぼぉん。時計の音が続いている。

不意に姑が傍らのそば殻枕をつかむと、私の口と鼻を塞《ふさ》いだ。私は驚いて払いのけようとした。しかし、姑はぐいぐいと押しつけてくる。心臓がますます速く打ちはじめた。

ぼぉん、ぼぉん、ぼぉん、ぼぉん。柱時計が鳴り続ける。

私は姑に殺されるのだ。

遠ざかりそうな意識の中で、そう思った。

姑は、私の世話をしたくないのだ。そこまで嫌われていたのだ。

私はもがくのをやめた。このまま死ねるなら、死んでもいい。もう、何もかもどうでもいい。

ぼぉおん。

重い空気を揺るがして、時計が鳴った。

そして、静寂が戻ってきた。十二時を打ち終わったのだ。正月になったのだな、とぼんやりと考えた。

ふっと顔を押していた枕の圧力が消えた。口と鼻から体内へ、空気がどっと流れこんできた。

心臓の動きが穏やかになる。

助かったのだ、と頭の隅で思ったのが最後だった。私の意識はそのまま薄れていった。

障子に白い朝日があたっている。滲《にじ》むような光は、冷えきった部屋を明るく浮きたたせている。

私は蒲団に横たわったまま、その清らかな光を見つめていた。

私は生きているのだろうか。

目覚めて、真先に思ったのは、それだった。蒲団の中から腕を出してみた。細い手首を握ると、どくんどくんと脈打っていた。

やはり生きているのだ。

姑に殺されたのではなかったのだ。それとも、あれは夢だったのだろうか。

夢だった気もする。私の病気が紡《つむ》ぎだした悪い夢。もしかしたら、私はずっと悪夢を見続けているのかもしれない。軽い気持ちで保健所の健康診断を受けた後、不整脈の診断を下されたあの時からはじまった悪夢だ。総合病院で、精密検査を受けてください、といわれても、ぴんとこなかった。まさかそれがこの難病の宣告に繋《つな》がるとは、思いもよらなかった。

台所のほうから、食器の鳴る音が響いてくる。姑が正月を迎える準備をしているのだろう。他の物音は聞こえないから、舅と保は近所の神社に初詣《はつもうで》に行ったのかもしれない。

正月の朝は一番に氏神様に初詣に行く。それが高田家の習慣だった。去年の正月は私も姑と二人、初詣をしてから、雑煮《ぞうに》の支度にとりかかった。姑が昆布と雑魚《じゃこ》で出汁《だし》を採る間、私は田芋とこんにゃくを茹《ゆ》で、豆腐と水菜を切って、雑煮の具の用意をした。それは私の実家の雑煮とは違っていたが、嫁いで五年目ともなると、その作り方にも味にも慣れてきたところだった。

雑煮が出来ると、それを小さな椀に盛り、御節《おせち》料理も小皿に取り分け、神様にも仏様にもお供えした。両手を合わせて、今年も宜しくお願いします、とお祈りした。だのに何が悪かったのだろう。こんな病気になってしまった。

私は蒲団の中でため息をついた。息が白くなって、冷たい空気に溶けていった。

「登見子さん」

襖が開いて、姑が顔を出した。髪をきれいに撫《な》でつけて、着物姿に白い割烹着《かっぽうぎ》。痩《や》せた躰を糊《のり》のきいた割烹着が裃《かみしも》のように包んでいた。

昨夜見た、だらしない寝巻き姿の姑の姿とは重ならない。

やはりあれは夢だったのではないか、と思った。姑が私を殺そうとするわけはない。

私は首を捩《ね》じって、姑に微笑みかけた。

「おはようございます」

ひどいがらがら声が出てきて、我ながら驚いた。

姑は敷居の上から、優しく聞いた。

「朝の用意ができたけど、どうするかね。しんどいようやったら、お部屋で食べてもろうてもかまわんけど」

「いえ、起きます」

私は片肘《かたひじ》を突いて、起きあがった。姑は、急いで部屋に入ると、肩に綿入れ半纏をかけてくれた。私は礼をいって袖《そで》を通すと、廊下に出た。

「何か手助けが必要やったら、遠慮せんでゆうてや」

姑の声に頷いて、私は洗面所に向かった。客間の前の廊下をまっすぐにいくと、扉が一枚ある。その扉を押して一歩入ると、突然、家の感じが変わる。薄茶色の土壁は、洋風の白い壁になり、黒光りしていた廊下は、明るいフローリングになる。家のその一角は、私が保と結婚した時に改築してもらった二人の領域だった。寝室と納戸、それに義父母と共同の洗面所と風呂場があるだけだが、そこに足を踏み入れただけでほっとする。

洗面所で顔を洗うと、私は寝室に入っていった。八畳の洋間には大きなダブルベッドが置かれている。保が起きぬけに放りだしたらしく、羽根蒲団がベッドから半分ずり落ちていた。

私は寝室の中央に立って、あたりを眺め回した。部屋はきれいに片付けられていた。壁際に、保の趣味の釣りの雑誌が重ねられている。安楽椅子の上には、保のセーターが掛かっている。壁に貼られた魚の種類を説明したポスター。ベッド脇のテーブルには、保の住所録とピンクの電話機。

部屋からは、私の気配は消えていた。

もともと保の趣味の優先された部屋だった。それでも、私の服や持ち物が置かれていると、この部屋の住人は保だけではないとわかったものだった。しかし、服やバッグがしまわれ、唯《ゆい》

一《いっ》、私の存在を主張していた化粧台すら覆いをかけられた今の状態では、もうここが自分の部屋という実感が湧かない。

私は化粧台の前に座ると、覆いを取って、三面鏡を開いた。頬のこけた女の顔が映っていた。頬がふっくらしていた頃は、少し上向いた鼻やぱっちりとした二重瞼《ふたえまぶた》のおかげで、可愛らしいね、と褒められたこともあった。しかし、痩せてしまうと、この顔はめっきり老《ふ》けて見えた。二十九歳というよりは、三十歳代後半のようだ。

私は化粧台の引き出しを開けて、化粧品を取りだした。ファウンデーションを塗って、白粉《おしろい》をつける。顔の血色をよく見せるために、頬紅をつけた。五本ある口紅の中から、一番、鮮やかな赤を選んだ。それを唇に塗ると、少し若返った気がした。

アイシャドーを探していると、引き出しの奥の香水の瓶に気がついた。新婚旅行先のワイキキで買った香水だった。

私は引き出しからつまみあげて、瓶の蓋《ふた》を開けた。

甘ったるい香りが漂ってきた。

この香水を買ったのは、大きなショッピングセンターの中の免税店だった。義父母や実家の両親、近所の人たちへの土産物を買いに、店から店を物色していた。足が棒のようになり、両手の荷物が抱えきれないほどになり、もう帰ろうとした時、保がいったのだ。

登見子《とみこ》のためにも、なんか買うちゃらにゃねや。なんがええぞ。

私はとても嬉しくなって、あれこれ悩んだ。結局、選んだのは、この香水だった。この甘い香りを身につけて、夫と抱き合う姿を想像したのだった。

しかし、新婚旅行から戻ると、そんな暇はなかった。農作業が忙しかったし、夜になると疲れ果てて寝てしまった。それにいつ夫が私を抱きたくなるのか、ちっともわからなかった。毎晩、香水をつけて寝るのも変だから、結局、この瓶は引き出しの奥にしまわれたままになっていたのだ。

私は香水を少し首筋に振りかけると、琥珀《こはく》色の液体の満たされた瓶を化粧台に置いた。これを使いきる前に、私は死ぬのだ。残った香水は験《げん》が悪いといって、棄《す》てられるだろう。まだたっぷりと残ったまま、棄てられる運命にある香水。琥珀色の液体が、これから辿《たど》るはずだった私の人生と重なって見えた。

「登見子さん」

背後で姑の声がして、私は、びくっとした。鏡の中に、部屋に入ってくる姑が映っていた。振り向くと、姑が両手にビニールの包みを持って近づいてきた。

「はい、これ」

姑は、化粧台のスツールに座った私の膝にその包みを置いた。なんですか、と尋ねながら、私は包みから中のものを取りだした。

真新しい洋服だった。ピンクの花柄のワンピースに白いカーディガン。私に似合いそうなふわりとしたデザインだ。

「どうしたんです、これ」

驚いて聞くと、姑は照れたように答えた。

「登見子さんの退院祝いに、と思うて。気にいってもろうたら、ええけど」

「気にいらんわけないです。こんな、きれいな服……」と、膝の上で服を広げていた私の目が、ちぎれた値札に吸いつけられた。値段のついていた札の上に、店の名前が記されていた。

『ブティック・ベル』

「真弓ちゃんの店で、買うたがですね」

私は呟いた。姑は屈託なく頷いた。

「そうながよ。ゆうべ、保が着いちょったトレーナーを買うた時に一緒にね」

そして、もともとは私のために服を買いに行ったのだと、慌てたようにつけ加えた。

「それは、ありがとうございます」

感謝の言葉が口の中でざらついた。

「ほいたら、早う着替えて、客間に来とうぜや。皆、待ちゆうきにね」

姑がせかせかと寝室から出ていくと、私は膝の上の服を見下ろした。

きっと姑は、真弓に、この服の見立てを頼んだのだ。姑が自分の趣味で選んでいたなら、こんな感じのいい服を買うはずはない。真弓は、姑から私が入院していることを聞いたことだろう。姑は、私の命が短いことも洩《も》らしたかもしれない。真弓は幼い時から、誰とでも気楽に喋る子だった。同級生や先生はもちろん、どんな人ともすぐ打ち解けることができた。今もそれは変わってないはずだ。もし、どこかで保と出会っても、明るく話しかけるだろう。昔のことはなかったかのように、冗談をいって笑い転げるだろう。

真弓の笑い声が耳の奥で響いた。私は、膝の上の服をわしづかみにした。真弓の見立てた服なんか、引き裂いて棄ててしまいたかった。


服をつかむ指先が白くなった。こめかみの血管がどくんどくんと打つのがわかった。私は慌てて力を抜いた。

そして新しい服を床に下ろすと、ゆっくりとパジャマを脱ぎはじめた。


「七十歳になりました」

床の間を背にして座った舅がそういって、正月棚に上げていた雑魚と柿《かき》と餅《もち》を食べて、冷酒の杯を干した。

「三十三歳になりました」

次に保が縁起物を食べて、酒を呑んだ。

年取りの儀式をしている夫を眺めながら、私は、保がまだ今年で三十三歳であることに今さらながらに気がついた。まだまだ若いのだ。その逞《たくま》しい躰も、若々しい顔つきも、男としての魅力に溢れている。

姑が「六十二歳になりました」といってから、私の順番になった。

「三十歳になりました」

今度の誕生日で三十歳。この年齢をまっとうできないかもしれない、という想《おも》いが頭を掠《かす》め、私は慌てて冷酒を呑み干した。

「あけまして、おめでとうございます」

「今年も宜しゅう、お願いします」

義父母がそういい、私や保は口の中でもぞもぞと挨拶した。

「さあ、早《はよ》う食べりょうや」

姑が雑煮を配り、御節料理の重箱を並べだした。

「その服、なかなか似合うじゃいか」

夫が、私を見ていった。私は、引きつった笑みを浮かべた。

「おおきに。お義母《かあ》さんが、用意しちょいてくれたが」

「退院祝いです」

姑の言葉に、保は、しまった、という顔をして、頭を掻《か》いた。

「いや、そうか。俺もなんかせにゃなぁ。登見子、退院祝い、なんがええ」

保の問いに、服のことで引っかかっていた私の心も弾《はず》んだ。

「そうやねぇ……どっかに、おいしいところに連れて行ってもらえたら……」

いつも考えていたことをいった。結婚してから、デートらしいものをしたことがなかった。

保は頬に笑窪《えくぼ》を作って笑った。

「ええとも。あの、長兵衛やったっけ、磯料理のうまいところ。正月中に、皆でそこに行ってみろうか」

舅が膝を叩《たた》いた。

「そら、ええぞ。行こう、行こう」

私の心が萎《しぼ》んでいった。夫の頭には、私と二人きりでどこかへ行くという考えは浮かばないらしい。

考えてみれば、結婚してからずっとそうだった。どこか行くとしたら、いつも義父母がついてくる。夫にとって私は個人ではなく、家に付随した女に過ぎないのではないだろうか。

「ほいたら、いつにしょうかね」

舅が燗《かん》をした徳利を持って、保の杯に注いだ。

「確か、青年団の新年会が三日にあるき、四日か五日か」

「五日にゃ、わしはちょっと病院に行く用があるきに四日がええな」

私の都合はさて置いて、舅と夫は具体的な予定を立てはじめた。

私は雑煮の椀を取りあげた。白くべとりとした餅が薄墨色の汁の中に浮かんでいる。隣で、くちゃくちゃという音がした。顔を向けると、姑が餅を噛んでいた。鶏のような目で雑煮の椀を見つめながら、大きく口を開け閉めして、粘つく餅を食べている。

姑の横顔を眺めていると、再び、昨夜のことを思い出した。枕を持って、襲いかかってきた姑の影が頭に浮かんだ。窒息寸前の苦しみが蘇《よみがえ》った。

あれが、本当に夢だったといえるのだろうか。やはり、姑が私を殺そうとしたことは、現実ではなかっただろうか。でも、だとしたら、なぜだろう。それほど姑は私が憎いのだろうか……。

その時、姑の瞳が持ちあがり、上目遣いに私を見た。私たちの視線がぶつかった。一瞬、探り合うようにお互いの目を覗きこんだ。私が何を考えていたのか、姑にはわかっているのだ。直観的に、私はそう確信した。

「登見子さん、正月女ゆう言葉、知っちゅうかね」

姑は私にしか聞こえない声で囁《ささや》いた。私は首を横に振った。

「正月の元旦に女の人が死んだら、その村の女を七人引いていくゆうがよ」

私は驚いて姑の顔を見上げた。姑は無表情のまま私の顔を見返した。

舅と保は長兵衛に行くついでに、どこかに遠出する計画に夢中になっている。二人とも私と姑との会話に注意を払ってはいない。

姑はゆっくりと続けた。

「もし、どこぞの家で正月に女の死人が出たら、村の者から白い眼で見られるがよ」

昨日、苦しむ私を介抱していた姑は、真夜中を告げる時計が鳴りはじめたとたん、私を枕で押し殺そうとした。そして十二の鐘が鳴り終わり、正月になったら、姑は枕から手を放した。その理由が、今わかった。私が死にそうに見えたからだ。あのままでは、正月に入ってから死ぬことになると思ったのだ。だから去年のうちに私を殺そうとした。村の者に恨まれるよりはましだと思ったのだ。いつ突然死してもおかしくない私だ。窒息させても、誰も不審には思わないという計算もあったのだろう。

私は雑煮の椀を膳《ぜん》に置いた。そのまま持っていると、手が震えてこぼしそうだった。

姑は鎌《かま》の刃のように唇を曲げて微笑んだ。

「ほんやき、登見子さん。くれぐれも躰には、気ぃつけてやね」

その目は私に、正月に死んで迷惑をかけてくれるな、と語っていた。

私は、ごくりと唾《つば》を呑みこんだ。じわじわと全身に怒りが湧いてきた。姑は、私のことなぞどうでもいいのだ。関心のあるのは、高田家の体裁《めんつ》だけなのだ。

「お義母さん……あんまりじゃ……」

思わず、いい返しかけた時だった。

「あけまして、おめでとうございます」

玄関で、聞き覚えのある声があがった。

私は、はっとして腰を浮かせた。

「お父さんじゃ」

続いて「ごめんください」という、母の声が聞こえた。

「ありゃ、守屋さんかえ」

舅が私の実家の姓を口に出して、驚いたように姑を見た。姑は「そうらしい」と呟いて箸を置いた。私はすでに立ちあがっていた。

両親の声は、姑の言葉に打ちのめされていた私に差し延べられた救いの手に思えた。医者から急な動作が禁じられているにもかかわらず、小走りで廊下を抜けて、玄関に出ていった。

玄関の三和土《たたき》に、父と母、それに弟が立っていた。父は着物に羽織、母は洋服にオーバー。弟は、いかにも新調したらしい革のジャンパーを着ている。私の顔を見ると、母が嬉しそうにいった。

「ああ、登見子。あけまして、おめでとさん」

「元気そうで何よりや」

父が、ほっとしたようにいう。

「嫌やね、一昨日《おととい》、会うたばっかりやない」

私は笑って答えながら、涙が出そうになった。両親の気遣いがとても嬉しかった。

「すみませんねぇ。新年早々、来てくださったんですか」

姑が満面に笑みをたたえて出てきた。後ろから舅も保も現れて、ひとしきり正月の挨拶が交わされた。姑が皆に家に上がって、一緒に御節料理を食べないか、と勧めたが、父は大工仕事で節くれ立った大きな手を振っていった。

「いやいや。これから兄の家に行くところながですき。わしらはここでおいとまします」

「ちょっと、娘の顔を見ちょこうと思うて、寄っただけながです」

母も口添えした。

例年、実家の家族は、祖父母の居る父の兄の家に集まっての正月を迎える。そのために、暮れの三十日に両親と弟が病院に見舞いに来てくれた時にも、私と保の年賀の挨拶は二日にすると話していた。なのに、わざわざ元旦にやってきた。

私のことが心配だったのだ。今日、死ぬかもしれないと思ったのだ。嬉しさの中に、哀《かな》しさが混じりこんできた。皆が、私があの世に行く前に心の準備をしているように思えた。

「ほいたら、わしらはそろそろ……」と父が目顔で母に合図した。

「あ、そこまでお見送りします」

姑が慌てていうと、舅と保を促した。私たちも一緒に玄関から外に出た。太陽が輝いているとはいえ、表の空気はひんやりとしていた。軒下に吊《つ》るされた干し大根も塀の前の柿の木も、地面までもが寒さに強張《こわば》っている。門をくぐると、霜のうっすらと降りた田圃の中にアスファルトの道路が延びていた。高田家の車庫兼納屋の前の小さな空き地に、両親の車が止まっている。

父が車の鍵《かぎ》を開けるのを待ちながら、母がそっと聞いた。

「高田の皆さんは、ようしてくれるかね」

私は、雷に打たれたように母の顔を見た。小さな目が心配そうに細められていた。一瞬、すべてをぶちまけたくなった。昨夜、顔に枕を押しあてられたこと。正月女のことで、姑に釘を刺されたこと。

しかし、口を半ば開きかけて気がついた。いって何になるだろう。姑が私を殺そうとしたと、誰が信じてくれるだろう。昨夜のことは私の妄想だったのだ、といわれるのがおちだ。さっきの正月女の話も、ただの世間話だといわれれば、お終《しま》いだ。

それに、もしこの話を信じたなら、きっと両親は私を実家に引き取るといいだすだろう。そうなったら困る。私は保の傍にいたいのだ。もし明日、死ぬ運命にあるならなおさらに。最後の瞬間まで、夫と一緒にいたいのだ。

「心配せんといて」

私は母に答えていた。母はそれでも案じるように私の背中を抱きしめて囁いた。

「何かあったら、すぐにうちにゆうてや」

そして、私の背を放そうとして、道の向こうを見ていった。

「あれ……真弓ちゃんやないかえ」

私はぎくりとして振り向いた。

確かに真弓だった。つい先の四つ辻のところを足早にこちらに歩いてくる。高校卒業して以来だから、もう十年以上、見てないことになる。だが、真弓はちっとも変わってなかった。すらりとした長身に栗鼠《りす》に似た小さな顔。真っ赤なコートに、同じ色のブーツで決めている。

真弓も私たちに気がついた。ざっと皆の顔を見て、真先に目についた者の名を呼んだ。

「保《たも》っちゃん」

その声は大風と化して私をなぎ倒した。

保っちゃん、という呼び方に、二人の親密さが表れていた。きっと、真弓と保がつきあっていた頃の呼び方だろう。

真弓は、保の名を呼んでから、私に気がついたらしかった。

「あら、登見ちゃん」

彼女は小走りに近づいてくると、私の全身をしげしげと見た。

「やっぱり、その服、よう似合うわ」

真弓は、ねぇ、お母さん、といって、姑に顔を向けた。姑は、あんたに選んでもろうてよかった、と応じた。まるで真弓こそ高田家の嫁のような会話だった。

私はそっと保の顔を窺《うかが》った。保は、そわそわと視線を宙にさまよわせている。真弓のことが気になるのだ。

「お年始かえ、真弓ちゃん」

母が真弓に聞いた。学校の父母会の関係で、母は真弓の母親と親しかった。

「ええ、お正月やき歩いて氏神様に初詣に行ったがやけど……」

と、真弓は顔を曇らせて、背後の四つ辻を振り返った。

「どうかしたが」

姑が聞いた。真弓は口ごもって、私のほうを見た。

「登見ちゃん、大谷和也君、覚えちゅうやろう」

私は頷いた。大谷和也も、私たちの小学校の同級生だった。成績のいい、おとなしい子だったが、中学校からは進学率のいい私立学校に入って、村の同年齢の子供たちとは疎遠になっていた。

「大谷の次男坊やったら、確か、暮れの早うから村にもんてきちょったが」

舅が顎を撫ぜながらいった。姑が声をひそめた。

「なんやらノイローゼになったと聞いたけど。大阪の会社に勤めよったところ、おかしゅうなって仕事を辞めてこっちにもんてきたと」

それそれ、と真弓は意味ありげに周囲を眺めて、顔をしかめた。

「その和也君と、私、氏神様の境内《けいだい》でばったり会《お》うてね。ちょっと挨拶したら、何を思うたか、後を尾《つ》けてくるがやき」

ぼんやりと会話を聞いていた弟が、四つ辻のほうを指さして「あっ」と声を洩らした。皆、そちらのほうを振り向いた。

四つ辻のところに、大谷和也が立っていた。遠目にも、昔の色白の少年の面影が残っていた。しかし以前は、いかにも優等生らしくきちんと分けられていた髪は今はだらしなく乱れている。灰色のセーターによれよれのズボンを穿《は》いた姿は浮浪者のようだ。

彼は、芯《しん》のしっかりしない様子で辻の中央に立ち、じっと真弓を見つめていた。

「嫌や」と気味の悪そうに呟いて、真弓は保に両手を合わせて、拝むようにした。

「悪いけど、保っちゃん。私を家まで送ってくれん？」

「あ、ああ」

保は口ごもった。横から、母がいった。

「真弓ちゃんの家までやったら、うちの車に乗せて行っちゃるで」

一瞬、真弓の表情が静止した。が、すぐに嬉しそうな声を出した。

「ああ、すみません。助かります」

父が、ほいたら行くか、といって、車のドアを開けた。助手席に母が乗り、弟と真弓が後ろの座席に乗りこんだ。

「朝早うから、どうもお邪魔しました」

母が窓ごしに高田の義父母と保に頭を下げた。エンジンがかかり、車は四つ辻とは反対の方向に走り出した。車の後部の窓から真弓が手を振っている。私たちに挨拶しているようだが、女の直観というものだろうか、私にはわかった。真弓は保に手を振っていた。彼女は再び、保に興味を抱きはじめているのだ。

車が遠ざかっていくと、保は怒ったようにいった。

「おお寒い。入るぞ」

舅も姑も保に続いて門に入っていく。

「登見子さんも、中に入ろう。風邪ひいたら、おおごとやき」

姑の声が聞こえた。私は生返事をして、そのまま道端に立っていた。

先ほどの真弓と保の雰囲気が私を動揺させていた。二人の間には、何もないのはわかっていた。ただ、私が死んだら、何かがはじまるだろう。きっかけさえあれば、また心に火がつくだろう。そして、真弓はどんなことでも恋愛のきっかけにしてしまえる女だ。

私は奥歯を嚙み締めた。

私の死後の動きがすでにはじまっている。だが、私には黙って見ていることしかできない。

やりきれなさを覚えながら首を巡らせた時、四つ辻に立つ和也に気がついた。辻の真ん中で、きょろきょろしている。不意に真弓の姿が消えたので、困っているように見えた。その姿を見ていると、今の私自身の姿と重なって見えた。

自分を取り巻く状況になすすべもなく、途方に暮れている私自身と。

人の運命とは不思議なものだ。大谷和也は、輝かしい将来を約束されていた。性格もおとなしく、優しかった。身を持ち崩す要素は何ひとつなく、順調にいい大学にはいり、一流企業に入社したはずだった。一方、私ときたら地味で成績もぱっとしない普通の子だった。高校卒業後、機械工場に働きに出て、見合いをして結婚した。農家の主婦となった後は、子供を生んで育てる人生が待っていた。私たちは、まるっきり違う人生を歩んでいたはずだった。なのに今、同じように行き場なく、途方に暮れている。

ふと、和也と言葉を交わしたくなって、私は四つ辻のほうに歩きだした。

彼は、私が誰かわからないふうにこちらを見ている。実際、わからないのだろう。

「和也君」

私は彼の前に立って、声をかけた。

和也は、しばらくじいっと私を見つめていた。そして、急ににこりとした。

「ああ、真弓ちゃん」

「私、真弓ちゃんやない。守屋登見子。覚えてないかえ」

しかし和也は聞いているふうではない。

「よかった。会いたいと思いよったがや、真弓ちゃん」といった。

いったい、どうしたら、私と真弓を間違うことができるかわからない。この服のせいだろうか。真弓の選んだ服は、どこか彼女を思わせる雰囲気があるのかもしれない。

和也は一歩、私に近づいた。

「なんで俺が嫌ながや。あんなに俺が好きや、いいよったやないか」

彼のどこか焦点を失った目に苦しそうな色が浮かんでいた。和也の手が伸ばされて、そっと私の手首をつかんだ。しばらく風呂に入ってないのだろう。むっと汗と垢《あか》の臭《にお》いがした。

「俺、おまんが、一流大学に入って、一流の会社に勤めてくれ、ゆうき、頑張ったがやないか」

私は、あっと思った。そういえば高校時代、和也と真弓がつきあっているという噂《うわさ》が流れていた。

きっと、神経衰弱になった和也は、過去も現在も一緒くたになっているのだ。だから、神社の境内で真弓を見て、昔のことを思い出したのではないか。だが、真弓は過去を振り返るような女ではない。和也とのことも、数ある真弓の恋のひとつに過ぎなかったのだろう。その証拠に、さっきの真弓は、そんなことなぞけろりと忘れているようだった。

「なあ、真弓ちゃん。俺のこと、嫌いやないやろう。好きやろう」

和也が、おどおどと聞いた。

私は真弓ではない。そういおうとした。しかし彼の必死な顔つきを見て、声が消えた。何が彼を神経衰弱に追いこんだかわからない。だけど、そんな病気の中で思い出す過去まで苦痛に満ちているなんて可哀《かわい》そうだ。

私はゆっくりと頷いた。

「そうよ、和也君。あんたが好きや」

和也の顔に、幸せそうな微笑みが浮かんだ。私は、和也の手を握った。

「真弓はあんたのこと、好きやき……しっかりしてや」

和也にどう伝わったかわからない。彼は、こくんと頷くと、私の手から自分の手をするりと放した。そしてまた、ふらふらともと来た道を引き返しだした。稲の切り株しか残ってない田圃の中の道を、灰色の背中が遠ざかっていく。

私はそれをじっと見つめていた。あの言葉ひとつで、彼が迷いこんだ世界から出てこられるとは思わなかった。それでも少しでも迷った心に光を灯《とも》すことができたのだったらいいのに、と思った。

やがて和也の姿は、田圃の向こうの集落の中に消えた。

家に戻ろうとして躰の向きを変えた時、四つ辻の角にある辻の神の石塚に気がついた。子供の背丈ほどもあるずんぐりした岩には注連縄《しめなわ》が張られ、餅と蜜柑《みかん》が供えられていた。

その前で手を合わせようとして、私は苦笑した。いったい何を祈ればいいのだろう。祈りとは、未来のためにあるものだ。未来のない人間の祈ることは、極楽往生くらいしかない。だが、私はまだ往生したくないのだ。こんなに、この世に未練を残したままで、どうして往生なぞできるだろう。

私は、辻の神に背を向けて、家へと歩きだした。

障子の向こうが灰色を帯びてきていた。私は蒲団に横たわったまま、外の光が弱まっていくのを見つめている。

茶の間のほうからは、テレビの音が漏れてくる。先程まで、届いた年賀状を読みあげては笑う声があがっていたが、保は舅と一緒に郵便局に出かけて、家には姑しか残っていない。

午後になると、どっと疲れが出てきて、私は再び床についていた。

この疲労感の原因はわかっていた。真弓だ。実家の家族も帰り、御節料理を食べはじめても、年賀状を読んでいても、今朝会った真弓のことがずっと頭から離れない。

真弓の噂は前から耳にはしていた。短大を出てから、県外の会社に就職したが、何かの事情で村に戻ってきた。どうせ恋愛沙汰《ざた》が絡《から》んでいるに決まっている。さんざん男を泣かせてきた真弓だもの。だから、若かった保もふらふらと惹《ひ》かれてしまったのだ。

私は苦々しく思った。

真弓と保が、十一年も前につきあっていたことは、姑ですら知らない秘密だった。しかし、私たち、真弓の同級生たちの間ではよく知られていた。真弓が喋りまくっていたのだ。

どんなに保がかっこいいか、優しいか。デートの時、何を御馳走してくれて、いつキスをしたか……。

当時、私たちは高校三年生で、バスで同じ高校に通っていた。通学の行き帰り、真弓はすでに社会人になった保との関係を鼻高々に語っていた。ひょっとしたら、彼こそ真弓が自分から惚《ほ》れた最初の男だったかもしれない。それまでの彼女の相手は皆、いい寄られて、なんとなくつきあっていただけだった。

それだけに、真弓は自慢したかったのだろう。私たちも、真弓の恋人が社会人というだけで、何か特別な関係のように思えて、彼女の話を争って聞いたものだった。目を輝かせて話を聞きながら、私たちは真弓と同化していた。真弓となって、保との恋を味わっていた。私たち同級生の女の子の中では、真弓が保とどこまで進んだか筒抜けだった。だからこそ、その終わりも知っている。

真弓が他の男の子に手を出したのだった。彼女にしてみれば、何のことはない、気軽なつきあいだったのだろう。しかし保は怒って、別れた。

ひょっとして、その時の相手が大谷和也だったかもしれない。とにかく、しばらく真弓は恋に破れたとわめき散らしていた。そして、まもなく春になり、高校を卒業してそれぞれの進路に分かれていったのだ。

私はすぐに就職した。学生時代と変わりなく、真面目《まじめ》に生きていた。それが姑の目に留まったのだ。若い娘にありがちな醜聞のひとつもないところが気にいったらしかった。人を介して、保との結婚話が持ちこまれた。

その時、私は真弓から聞いた保との恋物語を思い出した。あの時の興奮を思い出した。私はすぐに承諾した。私は、真弓と一緒に、保に恋をしていたのだから、願ってもないことだった。保が私との結婚に踏みきったのは、親に勧められたからだと思う。だけど、私のことは嫌いではなかったはずだ。容姿はそこそこ、面白味はないけれど、誠実なところが気にいった。一度、酔っぱらって、そんなことをいっていたことがある。

それを耳にした時、やはり、保は真弓との思い出にまだ傷ついているのだな、と思った。彼女のことがわだかまっているのだ。

辛《つら》かった。真弓の存在は、五年間の結婚生活の間中、私の心に刺さった棘《とげ》のようなものだった。

それでも心の慰めは、私たちが結婚していることだった。とにかく、保は私を妻として受け入れてくれたのだ。最初はそれで充分だ。そして、長く連れ添えば、もっと深く愛し合うようになれるだろう。私はそう自分の心にいい聞かせた。

ところがどうだ。私は、明日をも知れぬ命となってしまった。

嫌だ。死にたくない。真弓に保を残して、死にたくない。

私は、蒲団の縁にしがみついた。まるで、この世とあの世の境がその蒲団の縁であるかのように指で握りしめた。肩が震えて、涙がこみ上げてきた。

私が死んだら、きっと保は真弓に近づくだろう。真弓もまんざらでもなさそうだったから、誘いに乗るにちがいない。そして、私の後釜に座って幸せに暮らすのだ。もう、真弓は十七の小娘ではない。すぐにばれる浮気なんかしないだろう。舅や姑にも気にいられて、保と幸せに暮らすだろう。

神様は不公平だ。真弓には何でも与えた。美貌《びぼう》も可愛らしい性格も。だけど、神様が私に与えてくれたのは、保との見合い話という、ほんのちょっぴりの運だけだった。そして残された生きる時間まで、容赦なく取りあげてしまう。

私は蒲団の中に頭を突っこんで、両膝を抱えた。背中を丸めて、嗚咽をこらえた。歯を喰《く》い縛って、しゃくり上げまいとした。

不公平だ、不公平だ。いっそのこと、真弓も一緒にあの世に連れていってやりたい。

心の中でそう叫んだ時、私の脳裏にひとつの言葉が閃《ひらめ》いた。

正月女。

私は膝を抱えていた力を抜いた。そろりと蒲団の縁から頭を出した。

正月中に女が死んだら、村の七人の女を引いていく。あの世の果てまで引いていく。

私は、天井を見つめた。

今日中に私が死んだら、真弓も一緒に連れていける。どうせ、長くはない命だ。ひと思いに、この元旦に死んでやって、この世に残しておきたくない女たちを皆、連れていってやるのは、どうだろうか。

胸がどきどきした。はじめて希望が見えてきた気がした。暗い希望ではあるが、ようやく、物事を正面きって考える勇気が湧いてきた。

そうとも、連れていってやる。私の後釜に座りそうな女を七人。最初の一人は、もちろん真弓だ。それから、農協の農業指導員の北川知子。保は、彼女のことを「知ちゃん」と親しそうにいっていた。あの娘を夫の周囲に残しておくと危険だ。

他に誰がいるだろう。

私は視線を部屋の中に巡らせた。障子の向こうは、仄《ほの》かに茜色に染まっている。夕暮れ時になっていた。今日が終わってしまう。早く決めなくては。

私は天井の波のような木目模様を見つめた。そういえば、夫がよく行く釣り具屋の店員がいた。釣り具の入荷問い合わせの電話で、いつも楽しそうに喋っている。やはりこの村の出身だから、話が合うのだといっていた。確か、中村さんとかいった。それから、保の同級生のちいちゃんとかいう女の人。同窓会のたびに、保が懐かしそうに話している。私は、その人が彼の初恋の相手ではないかと睨んでいた。

竹本の美千代さんも危険な女だ。数年前、離婚した人で、時々、町の飲み屋で顔を合わすといっていた。

これで五人。後二人か……。

私は、保が気を惹かれそうな村の女たちの顔を思い浮かべた。恋愛のはじまりそうな、どんな萌芽《ほうが》も摘み取っておくのだ。

彼が時々行く理髪屋の娘を思い出した。まだ二十歳くらいだが、可愛い顔をしている。保が好きになりそうだ。

残る一人は、誰にしよう。

あれこれ考えたが、保の周辺で恋愛の対象となりそうな女はもう頭に浮かばなかった。

私はうっすらと微笑んだ。

これで、彼の周りから、若い女性はいなくなる。保は、ずっと一人暮らしをするのだ。農業をしていると、独身の女と知り合う機会は少ない。村から出ることもそう多くないから、再婚することは難しいだろう……見合いでもしない限りは。

私は、蒲団を平手で叩いた。

だめだ。姑がいる。高田の家を何より大切にしている姑だ、私が死んだら、黙っているはずはない。一周忌もすまないうちから、再婚をいいだすにちがいない。

今度は、子供をすぐ生みそうな、健康な人がいいねえ。

そんなことをいっている姑の顔が目に浮かぶ。

七人目に連れて行く女は、姑だ。

私は、躊躇《ちゅうちょ》なくそう決めた。

姑も死んでしまえば、保に再婚を勧める者はいなくなる。保は、舅と二人で生きていくのだ。

いや、そうしたら、男所帯は不便だから、と、やはり後妻《めと》を娶りたいと思いはじめるにちがいない。親戚《しんせき》の者も、絶対、そういいだすだろう。

ああ、だめだ。七人の女を連れて行っても、何の解決にもなりはしない。

私は再び、蒲団の中にもぐりこんだ。喉の奥から呻き声がこぼれた。

何をしても無駄なのだ。私が死んだら、結局は、夫は後妻を見つけるだろう。この世から、女という女を抹殺しない限り、解決方法はありはしない。

熱い涙がこみ上げてきた。もう私はそれをこらえようとはしなかった。泣き声が漏れないように、頭から蒲団にもぐりこんだまま、私は涙を流し続けた。


息苦しさを覚えて、私は蒲団をめくって顔を出した。部屋は真っ暗だった。風に吹かれて、硝子戸に木の枝があたっているのか、障子の外でかたかたという音がしている。

もう夜になったらしい。目の縁がかさかさしている。泣いているうちに、いつか寝てしまったのだ。

家の中はひっそりしている。皆、寝ているようだった。深夜にちがいない。きっと、眠っている私を見て、姑は夕食のために起こすのを遠慮したのだろう。

私は蒲団から両腕を出した。半日ばかり寝続けたせいだろうか。躰が軽くなった気がした。

ぼぉん、ぼぉん。

茶の間の柱時計が二度、鳴った。

夜中の二時。元旦はもう過ぎたのだ。

私は薄笑いを浮かべた。

今となっては、何と莫迦《ばか》なことを考えたことか、と思う。元旦に死んで、七人の女をあの世に連れて行こうと思うとは。大海の水を杓子《しゃくし》ですくっているようなものだ。わずか七人の女を夫の前から消したとて、何にもなりはしない。

女は、どこにでもいる。出会いはどこにでもある。

夫をあの世に連れていかない限り、私の心は休まらない。

保を殺すのだ。

私にできることは、それだけだ。

自分でも驚くほど、冷静にその結論に達していた。私はそっと上体を起こした。冷たい夜気が躰を包む。今の私の心には、温かな蒲団よりも、この冷たい空気がよく似合う。

襖の向こうに耳を澄ますと、舅のものらしい微《かす》かな鼾《いびき》が聞こえてきた。大丈夫。よく眠っている。

私は立ちあがり、廊下に出た。

納屋に、農薬があることは知っていた。服用すると命取りになるほどの殺虫剤もある。今夜のうちに、あれを盗んでおこう。そして頃合を見計らって、夫に飲ませるのだ。

玄関の鍵を開けて、夜の中に滑りでた。冴《さ》え冴《ざ》えとした星空が広がっている。私の心もまた、あの夜空のように澄んでいた。夫と一緒に死ぬのだ、と決心してから、私の心の底で渦巻いていた諸々《もろもろ》の想いは、見事に消えてしまった。どうして早く、このことに気がつかなかったのかと思う。これしか解決方法はなかったのに……。

門を出ると、道の向こうの蒼《あお》い闇に車庫兼納屋の黒い影が浮きあがっていた。

道路を横ぎって行こうとした時、向こうの四つ辻にぼうっと明かりが灯っているのが見えた。

いる。今時、珍しい提灯《ちょうちん》のようだ。提灯の周囲に人が集まっているらしく、路上に落ちた影が蠢《うごめ》いている。

こんな深夜に、何をしているのだろう。

私は四つ辻のほうに歩いて行った。

辻の神の石塚の前に、十二、三名の女が輪になってしゃがみこんでいた。皆、帽子や毛糸のマフラーを頭から被《かぶ》り、綿入れ半纏や厚手の上着に身を包み、寒さを防いでいる。もこもこした影は、小さな石像が集まっているようにも見えた。

近づいていくにつれて、声が聞こえてきた。

「女でござらん、男でござる。女でござらん、男でござる……」

念仏のように、同じ言葉を呟いている。

見ると、輪の中には、一升瓶の酒と、御節料理の食べ物が寿司折りに入れて置かれていた。女たちは、茶碗に注いだ冷や酒を呑みながら、先の言葉を唱和していた。

女たちは皆、見覚えのある顔だった。この辻の近隣の者たちだ。スカーフで首をぐるぐる巻きにした姑の姿もあった。

「女でござらん、男でござる。女でござらん、男でござる。女でござらん、男でござる」

何かの弾みで、ふっと言葉が途切れた。耳あてのついた帽子を被った女がいった。

「こんなんで、本当に止められるがかえ」

誰もがぴたりと口を閉ざした。居心地の悪そうな沈黙がその場を支配した。

「やるしかないじゃろう。正月女が出たがやき」

輪の中から、不貞腐《ふてくさ》れた声が響き、私はぎくりとした。

正月女が出た。

誰か、この村の女が死んだのだろうか。

「正月女の祟《たた》りは辻祭りでおさまる。死んだのは、女やのうて男じゃ、ということにしたらええ。昔から、そういわれちょる」

聞き覚えのある声だと思ったら、大晦日に辻の神を拝んでいた岡田の婆だった。

「けんど、それが元旦やったら、何《なん》したち祟りは止《と》めようがない、ゆうがやなかったかね」

姑が恨めしそうにいった。

いったい誰が死んだのだろう。胸がざわざわと騒ぎはじめた。不吉な予感がした。

姑の言葉に、輪になった女たちの中から不安気なざわめきが起きた。

――村の女、七人、引いていかれたら、たまらんきねぇ――なんでまた、元旦なんぞに死んでくれたがやろ――それゆうたら、気の毒やで。本人やち、死にとうて死んだがやないがやき
――そうじゃ。まだ三十やったがや。誰が死にたかったものか。

そんな言葉の断片が聞こえる。

死んだのは、三十歳の女だ。村の女で三十歳の女といえば……。

背中にぴたりと刃を突きつけられた気がした。

その時、姑が大きく嘆息した。

「ほんまにかわいそうにのう。真弓さんも」

真弓？

私は、耳を疑った。

「まったくねぇ。真弓さんを殴り殺した大谷の次男坊は神経衰弱やったがやとねぇ。そら、たまらんわ。恨みも何もないに殺されてからに」

「あれ、恨みがないにしちゃ、夕方、石で殴り殺される前に、道の真ん中で二人で言い合いをしよった、ゆうで」

「ああ、うちもその噂聞いたわ。真弓さんは、あんたのことらぁ大嫌いや、と、大谷さんくの息子さんに怒鳴りよったらしいで」

女たちの話し声を聞きながら、私の躰が震えだした。

昼間、私が和也にあんなことをいったからだ。和也は、てっきり真弓がまだ自分のことを好きだと思いこんだのだ。しかし真弓に拒絶されてかっとして、殴り殺した。

真弓の死んだのは、私のせいだ。

――そうや。あんたのせいや。

耳許の声にぎょっとして振り向いた。

そこに真弓が立っていた。

頭から黒々とした血が流れている。額は陥没して、くるくるした大きな瞳も、今では片方の白い眼球が半分飛び出していた。

気絶しないのが不思議だった。悲鳴をあげようとしたが、喉が動かない。

真弓は、私に指を突きつけた。

——私はあんたを許しゃあせん。あの世に真先に連れて行っちゃる。七人引きの一人目はあんたじゃ。

足が地面に沈みこんでいくような感覚を覚えた。

そんなのは嫌だ。真弓が死んだのなら、私は最後の瞬間まで生きていたい。どんなに短い命でも、保の傍で生きていたい。保も、真弓の死を知ったなら、私のことをもっと本気で好きになってくれるかもしれない。その希望があるのなら、一日でも長く、保と一緒に暮らしたい。真弓の道連れにされて死ぬのは、まっぴらだ。

「女でござらん、男でござる。女でござらん、男でござる……」

再び、闇の中から女たちの呪《まじな》いの声が湧きあがった。そうだ、辻祭りだ。正月女の祟りを免れるには、辻祭りしかないのだ。

私は四つ辻に向かって走りだした。

「女でござらん、男でござる。女でござらん、男でござる。女でござらん、男でござる。女でござらん、男でござる……」

女たちの唱和が響き続ける。私はアスファルトの地面の上を飛ぶように走る。激しい運動をしたら心臓に悪いはずなのに、息切れひとつせずに駆け続ける。耳許で、冷たい冬の風がびゅうびゅうと鳴る。私は暗い夜道をひた走る。

ああ、だけど、どうしてだろう。

四つ辻は、すぐそこに見えるのに、ちっとも辿り着けない。それどころか、遠ざかっていくようだ。滲むような提灯の光が弱々しくなっていく。女たちの丸まった背中が、影に包まれていく。

「助けてーっ、助けてーっ」

叫ぶ私の背後から、真弓の声が聞こえてきた。

――無駄やち、登見ちゃん。もう七人引きははじまっちゅうがやきねぇ。

百物語

北村　薫

1

「わたし、寝たくないの」

駄々っ子のように嫌々をしながら、美都子《みつこ》がいう。これは、文字通り《眠りたくない》という意味である。あるいは恐れているのかもしれない、――横になってしまったら、おかしなことをされるのではないかと。

安西《あんざい》も男だから、若い娘と朝まで過ごすことになって、甘い気分にならないわけではない。しかし、条件が悪すぎる。美都子は、ついさっきまで周期的な吐き気に襲われていた。足元がふらついていた。安西も、そんな娘に襲いかかれるほどの人でなしではない。ましてや、先輩から《おい、お前、送ってやれや》と命令されたのである。その手前もある。

順当なら、今頃はとっくに布団《ふとん》に入って高いびきだ。それが雷のおかげで面倒なことになった。

帰り道が途中まで一緒なのと、いわゆる人畜無害な人柄ゆえに、酔い潰《つぶ》れた一年生を預けられた安西なのだ。しかし地下鉄のアナウンスは、落雷のため、ある路線が不通で復旧の見込みがたっていないと繰り返した。美都子のアパートに向かう線だった。

美都子は、調子の定まらない声で笑い、次いで、胸を押さえ、切れ切れに、

「先輩の、とこで、休ませて、ください」

当たり前ならタクシーを使うところだが、まだ学生の安西には、そういう気がまわらなかった。金がないわけでもない。安西はいわゆる《お坊ちゃま》なのだ。それだけに小回りのきかないところもある。ただ、いたって真面目《まじめ》に、後輩を助けようと思った。そして、交通至便の自分のワンルームマンションに美都子を連れ込んだのである。

安西はいった。

「頼むから、静かにしててくれよ」

美都子は黙ったまま、部屋に入り、床に膝《ひざ》を抱いて座ったかと思うと、そのまま眠りそうになった。

頭が一回揺れた。それだけで、すぐに引き起こすように首を上げ、ぐるりを見渡し、

「どうしたんですか、あたし?」

不思議なことに、酔いは一気に醒《さ》めたようだ。その声は裏返って、普段の美都子のものではなかった。あからさまな恐怖が、そこにあった。

安西は半分感情を害し、半分奇妙な興奮を覚えた。美都子は夏らしくノースリーブのミニワンピース、色は黒である。白のレースのオーバーブラウスを、お洒落《しゃれ》にはおっている。浜辺に寄せる波の泡立ちのようなレース模様が、その波の下のきっぱりした黒と、柔らかな女の肌の色を引き立たせていた。

心理学のサークルの中でも、安西達のところは女性が特に少ない。顔立ちの整っている美都子は、お姫様のような扱いを受けていた。しかし、酒の席には殆《ほとん》ど顔を見せなかった。それが、どういう風の吹き回しか、新しい洋服を買って参加した今回は、最後まで付き合ってしまったのだ。

2

コーヒーをいれてやる。美都子は始発の時間を聞いた。気分は大分よくなったらしい。

「わたし、それまで起きていたいんです」

大きな目で、にらむようにして繰り返す。

「一番で帰るの？」

「はい」

「かえって目立つよ」

「それはいいんです」

「うちの人が電話かけてくるのか」

「それは……分かりませんけど」

「アリバイ、ちゃんと考えてから受けた方がいいよ」

美都子は黙って頷《うなず》く。

とにかく、始発で帰る、朝まで寝ないと決めている。安西は、おもりをする気になり、《そうか。それじゃあ……》と、当てもなくいいかけ、そこで、何かで読んだ言葉がひらめいた。

「――百物語でもやるか」

「え?」

「聞いたことない? 百本、蠟燭《ろうそく》つけといてね、お化けの話、するんだよ。一つ話すたびに、一本消す。最後の話が終わって真っ暗になった時、本物のお化けが出て来るんだって」

「……」

「女の子って、恐《こわ》い話が好きだろう」

「真っ暗に……」美都子は、つぶやいた。それから、我に返ったように、「でも百本の蠟燭なんてあるんですか」

「そりゃあないさ。第一、百だとしたら、二人で話して五十ずつ。大変過ぎる。もっと簡単にやろう」

安西はもう寝るのをあきらめている。いかに退屈しないで朝まで過ごすかが問題なのだ。美都子はいぶかしげに、

「どうするんです」

「この部屋もトイレも風呂《ふろ》も、とにかく明かりのあるところは全部点《つ》けるのさ。そして、片方が一つ恐い話をしたら、一つ明かりを消す。そういうわけさ」

美都子は、なるほどと頷く。そして、青白い顔で注文をつけた。

「カーテンを……」

「そうか。閉め切らないと、最後に暗くならないからね」

完全主義者だなと、いささか面倒に思いつつ、安西は立ち上がってカーテンに手をのばした。街路灯の光が見えた。それがするりと視界から隠れた。密閉された空間に二人は入った。

安西は机の上のスタンドから懐中電灯にいたるまで、総《すべ》ての明かりを点けた。部屋は明るい箱になった。

「さて、いい出したのは僕の方だから、こっちから始めよう」

安西は、本で読んだ化け猫の話をして、風呂場を暗くした。

演技なのか、それとも酒のせいか、美都子は眉《まゆ》を寄せると、子供の時に聞いたらしい山姥《やまんば》の昔話をした。そして、ゆらりと立ち上がり、部屋の明かりを消した。

3

次第に闇《やみ》は深さを増していく。

美都子は、思いのほか巧みな語り手だった。

「……でも、雨戸を開けてみたら、誰もいなかったそうです」

いくつめかの物語を終えた後、視線をさまよわせている。安西がいった。

「もう、そこしかないだろう」

懐中電灯を別にすれば、開いたトイレのドアからこぼれてくる光だけが、残ったようだった。

しかし、美都子はいった。

「ビデオ……」

見ると確かに、そこに時刻表示の文字が浮かんでいる。

「そいつも、切るの」

安西は、相手の細かさに辟易《へきえき》しながら、仕方なく立ち上がってコンセントを抜いた。自分のいい出したことだから文句もいえない。

友達に聞いた高速道路の怪談をして、仕返しのように冷蔵庫のコードを抜いた。そこにも通電表示の小さな灯がともっていたのだ。しかし、美都子はにこりともしなかった。学校の机の因縁話をすると、立ち上がってトイレの明かりを消した。ぐんと、頭から押し付けられるように暗くなった。

安西は、美都子の足元に懐中電灯の黄色い光を向けながら、

「もう、こいつだけだね」

美都子は、ぼんやりとしてよく見えない顔を横に振り、

「……電話があります」

それは嫌な気がした。

だが、どうして、それが嫌なのか安西にも、よく分からない。

「なるほど」

格段に闇が深くなったせいで、小さな光も目立つ。確かに美都子のいう通り、電話機のところに、苺《いちご》シロップのような色の光が見えた。

安西は、ほとんど意地になって、早口に小話めいた怪談をして、電話機のコンセントを抜いた。そして、懐中電灯を振り、

「さあ。これでこいつだけだぞ」

美都子は、ふうっと首をめぐらし、そうですね、と満足そうにいい、座った。安西は、その手に最後の光を渡した。

4

いろいろと話が出ましたけれど、本当に恐いのは、わけの分からないもの。見えるものよりは見えないもの。そうですよね。とすれば、自分て恐くありません？

額や顎《あご》、うなじや頭の上なんて、自分では絶対に見えませんよね。それって、凄《すご》く、恐くありませんか。一番近いのに、決して見ることができない。

それどころじゃない。眠ると自分が消えますね。何をしているのかどころか、どうなってい

るのかも分からない。仮にですよ、寝ている間は魚になっていたって、自分には分からない。角が生えて牛になっていたって。いえ、もっとわけの分からない、何かになっていたって。

そうでしょう？

そういう娘の話です。小さいうちは何でもなかった。別に変なことは感じなかった。でもある時から、一人で寝るようにいわれたのです。

泊まりがけの修学旅行も行かせてはもらえなかった。合宿のある部活動はいけないといわれました。とにかく、よそに泊まるのは駄目だといわれたのです。ええ、父親にです。

納得できないでしょう？　初めはしつけがきびしいだけだと思っていましたから、反発しました。

高校の時に、文化祭の準備で遅くなった。そうしたら、父親が学校まで来ました。屈辱ですよね。友達にあわす顔がない。自分の部屋に閉じこもったきり、出て来ない日が続いた。そうしたら、父親が頬をスプーンですくったように瘦《や》せた顔になって、総てを話すといいました。

その家には、特別ないい伝えがあるというのです。夜に熟睡すると、体があるものに変ずるというのです。

娘は呆《あき》れ返って、そんな馬鹿《ばか》な話のために、今までわたしの外泊を禁じていたのかと、なじりました。大体、《何》になるのだ、と聞きました。ところが父親は、《あるもの》としか分からない。自分も《それ》が動く音を壁越しに聞いただけだというのです。

それが、もし、わたしのことなら――と、娘はいいました。わたしのことなら、子供の頃、母の実家にいったことがあるではないかと。

父親は答えました。それは、この家の娘が一人前になってから起こることなのだ。男にはそういうことはない。父の代、祖父の代と男ばかりが続いたから問題はなかったのだ、と。そして、さらに恐ろしいことをいいました。父自身、そんないい伝えなど馬鹿げたものだと思っていたそうです。しかし娘が、子供でなくなったと知った時に、背筋に氷の針を通されたような感じがしたそうです。これはいけない、と思った。母に部屋を別にしろといったそうです。子供の自立心を養うということだけで説得すればよかったのに、気がせいて、いい伝えの話をしたそうです。母は一笑にふし、そして、――その夜から、正気を失ったそうです。

だからなのだ、と父は苦渋に満ちた顔でいいます。信じられる話ではありません。それでは深夜、自分はメデューサになるというのか。いえ、蛇の髪は忌《い》まわしいとはいえ、その姿が知れています。知られぬ恐怖の底無しに比べれば、それも甘いものに思えます。娘はことの真偽を知れるものなら、何を捨ててもいいとまで思いました。

そう、今はビデオがあります。娘は自分の部屋にカメラを仕掛け、明るいままで寝てみました。しかし駄目です。驚いたことに浅い眠りに入ったところで、娘は立ち上がりカメラのスイッチを切ってしまうのです。何度やってもそうでした。自己保存の本能というのは強いものです。そういう行動が無意識に出るということに、娘は震えました。父の言葉を信じる気になりました。

先祖の女達はどうして来たのか。夫に寝姿を見せぬようにして来たのでしょう。戦前はその地方の名のある家だったといいますから、そういういい伝えを知っても来る婿《むこ》があったのでしょう。

しかし、娘は今の世の人間です。これからの人生をどう過ごせばよいのでしょう。普段は何でもない、ただの女です。しかし内には、得体の知れぬ怪物を隠しているのです。それを思うと、娘は毎夜の眠りが恐くてならないのです。

5

語り終えて、美都子は懐中電灯の灯を消した。

面白い話だなと、安西は思った。この物語の、何が何の譬《たと》えなのか、心理学的には、ごく簡単に解けそうな気がする。

誰の目も届かぬ漆黒の闇にくるまれて、美都子は、ほっと息をついたようだった。話しかけようとしたが、奇妙に口が動かずにいる内に、すうすうという寝息が聞こえ出した。体が、その一息ごとに強《こわ》ばるのを、安西は感じた。美都子のいる辺りの闇が濃くなるような気がした。

安西は動こうとしたが動けぬ自分を感じた。馬鹿なと笑おうとしたが、頬がひきつっただけだった。

美都子のいたところで、――何かが動いた。

夜明けまで、まだ間がありそうだった。

文月の使者

皆川博子

1

「指は、あげましたよ」

背後に声がたゆたった。

空耳。いや、なに、聞き違え……。

くずれ落ちた女橋のたもと、桟橋《さんばし》への石段を下りようとしたときだった。川面までほんの三、四段。すりへった石段は海綿のように、一足ごとにじわりと水を吐き出す。振り返ろうとして足がすべり、あやうく身をたてなおす、その間に、声の主は、消えていた。怪しげな術を使ったわけでもあるまい。路地のかげに曲がって行ったのだろう。

明石縮《あかしちぢみ》か薄く透けたすがすがしい夏ごろも。パラソルが、くるりとまわったような気がする。いや、パラソルなんぞさしてはいなかった。襟足を涼やかにみせた櫛巻《くしまき》。身にまとったのも、白地に藍《あい》の菖蒲《しょうぶ》を染めた浴衣《ゆかた》。素足に下駄。その鼻緒が男物のような黒で……ぬかるんだ道を、足の指も踵《かかと》も真っ白なまま。

なにしろ、振り向いたときは姿がなかったのだから、声から想像をたくましくするほかはない。ちょっと嗄《しゃが》れぎみの、それでいてなまめかしい……。

声の主ばかりではない、だれひとり、人の姿は見えない。

昨夜の雷をまじえた豪雨が、中洲《なかす》の住人をきれいさっぱり洗い流してしまったとでもいうのか。

男橋、女橋、二つながらに壊れ落ちていた。男橋は、落雷にあったらしい。折れ砕けた橋桁《はしげた》は焼け焦げて黒かった。後追い心中でもしたか、女橋は腐れた橋桁が折れ曲がり、橋板はななめに歪《ゆが》んで、片端は水に没している。

はじめて女橋をわたり中洲を訪れたのは、三年前。すでに、欄干《らんかん》が朽ち、板に穴があいた、危うい橋ではあった。そのときも、豪雨に襲われた。二つの橋が落ちたら、孤立無援の中洲は、舟になってただよいだすんじゃないか。そう言ったのは、弓村だったっけが。

昨日、女橋をわたって中洲にきたときは、まさか、これが落ちるとは思わなかった。

渡船場の桟橋には、小舟がもやってある。

濁った水が、桟橋を洗う。その板も腐って黴《かび》とも青苔《あおごけ》ともつかぬ錆《さび》色まだら。水かさがました川面には芥《あくた》もくたが漂い、杭にひっかかって、鳰《にお》の浮巣のようだ。

船頭は客が集まるまでどこかで休んでいるのか、姿が見えない。もやった舟は、半ばまで淦《あか》がたまって、気色悪い。これで人が乗ったら、沈みそうな。

地面が吸い込んだ昨夜の雨は、温気《うんき》となってたちのぼり、おそろしく蒸す。頭上から照りつける陽の光さえ、熱い霧の束となって降り注ぐ。目の前のものが揺らいで見える。

指はさしあげましたよ。空耳でなければ、聞き違えだ、と、もう一度自分に言い聞かせながら、ふところ手を袂《たもと》にのばし、さぐった。つぶれかかった莨《たばこ》の紙箱。あけてみるとシガレットのかわりに断ち切った指なんぞ入っていて……。ばかばかしいと苦笑しながら、紙箱をとりだす。一服、と思ったのだ。空っぽだ。くしゃくしゃになった銀紙ばかり。握りつぶして、水に投げ捨てた。

ふと、目についた。杭にひっかかった芥にまじり、女枕《まくら》がひとつ、たゆたゆと、川浪にゆれている。

船底型の箱に小枕をくくりつけた、その箱がなまめかしい朱漆《うるし》塗りで、もっとも、よほど時代がかって、まだらに剝《は》げていた。小枕はたっぷりと水を吸い込んだようす。枕紙は、手紙の書き損じでももちいたものか、墨の文字が水ににじむ。

目をこらす。

黒髪……と、まず読めたが、次の文字が読みとれぬ。

髪……。そう読めた。

以前の彼なら、髪の一文字にぞっとしただろうが、もはや、おびえることは何もありはしない。

それでも、〈髪〉へのこだわりが消えたわけではなく、好奇心から手をのばした。水はぬるりと、糊《のり》を溶いたようだ。片手ですくいあげる。藁屑《わらくず》やらなにやら、枕といっしょに手にすがった。足元の板が腐っていた。たよりなく折れ、はずみで前によろけ、それでも枕をはなそうとしなかったから、からだごと落ち込むところを、「危ない」と、うしろから、ささえる手。背後に人が近寄っているのに気がつかなかった。

抱き起こされながら、片手はしっかり枕の木箱をつかんでいた。

「とんだ落とし物をなさったね」

中年の女だ。指は……と言ったあでやかなのとはくらぶべくもない、がさつな声であった。いぼじりに巻いた髷《まげ》に突き刺したのが、珊瑚《さんご》の簪《かんざし》でもあろうことか、ぶっきらぼうな黒いヘアピン。よろけ縞《じま》に黒い繻子《しゅす》の襟が暑苦しい。ちびた下駄をつっかけた素足の指は泥に汚れていた。竹で編んだ手提げ籠《かご》につっこんだ古新聞の包みから、黒いものがのぞいている。みゃうと啼《な》いた。

「気をつけて」と、立ち去ろうとする。

「あ、もし。渡しは、出ますかね」廃船じゃないかと疑わしい、ぼろ舟に目をむけて問うた。

「出るだろうね」と、頼りない。

「舟のことなら、船頭さんにお聞きなね」

「その船頭が、影も形も」

「どうでも、川を渡りたいのかい」

「そういうわけでもないけれど……こっちに知り合いがいて。ゆうべの雨で、足止めされてしまって」

「中洲には、こんなようすのいい書生さんはいやあしないねえ」と、目で彼の肌を舐《な》め、

「敵娼《あいかた》と喧嘩《けんか》でもしたのかい」

「え、なぜ」

「ぐっしょりと。それ、雫《しずく》が垂《た》ってるじゃないか。枕を水にぶん投げは、おだやかじゃない」

「拾ったんですよ。川に落ちていた」

「物好きな」笑ったが、それ以上詮索するふうはなく、「やらずの雨だったね」からかって、去った。籠から黒い猫の頭がのび、みゃう、と小馬鹿にした。路地を曲がり、女が消えると、ふたたび、死に絶えたように人気《ひとけ》が失せる。

文字を記した枕紙は濡れそぼち、ふれただけで破れそうだ。

とけた黒髪　水面《みなも》を走る
達者に書き流した草書の文字は、かろうじてそう読めた。

さらに数行つづいているが、小枕に紐《ひも》で縛られ皺《しわ》になっているため、読みづらい。乾かしてからでなくては、いじることもできない。

片手でそっと抱くと、思いのほか持ち重りがする。誰《だれ》が使ったともわからぬ枕、しかも、川に捨ててあったものだ。

渡しは当分出そうもない。石段をのぼり、家並みのなかにたばこ屋の看板を探した。

ぬかるみに、ずぶと足がめりこむ。黒い板塀《いたべい》。戸を閉ざした倉庫。何を商うのか、店屋らしいものがあるが、ガラス戸の内にしおたれた、カーテンというのもおこがましい黄ばんだ布幕をひき、休業中か。塀に貼られたチラシは、映画か芝居か。色あせ、縁が破れ、その下からさらに古いチラシの端がのぞく。赤と青と白。ねじり飴《あめ》のような床屋の円筒は、下から上へ、螺《ら》旋《せん》を描きつつ無限運動をつづけるはずが、これも、動いてはいなかった。

路地をのぞくと、廂間《ひあわい》に、たばこと塩の看板が、ようやく目についた。どぶ板の腐れ目からあふれた汚水がつくる水たまりをよけながら歩く。

たばこ屋の表のガラス戸は開いていた。ちり紙やら束子《たわし》やら割り箸《ばし》やら、雑貨を台にならべ、看板どおり、左手のガラスケースに莨の箱が幾つか確かにある。一段高い畳敷きに帳場格子をおき、その陰に座したのは、洗いざらして布目の弱ったのに糊だけは強くきかせた浴衣一枚、痩身《そうしん》にまとった老人で、彼が足を踏み入れると、襟元に風をおくっていた団扇《うちわ》の手をとめ、眼鏡のへりを少し上げた。五分刈りの白髪、肉の薄いのど首。眼に、老齢ににあわぬ力がある。

「ゴールデンバット、ありますか」

帳場格子からは、ガラスケースに手がとどかない。老人は立ち上がった。長身であった。短い裾《すそ》からのぞく空脛《からすね》は肉がおち、たよりなげだが、存外すたすたとケースの方に行き、バットの紙箱をケースからだし、無言で彼の前においた。

「燐寸《マッチ》も」とたのんで、紙箱の口を破ろうとしたが、片手ではうまくいかない。雫を気にしながら、枕を上がり框《かまち》においた。

陽が射し込まず薄暗いのに、店のなかは、外より蒸し暑い。

「何匁《もんめ》?」愛想のない声だ。

「え?」

「何匁?」と、同じことを訊《き》く。塩か砂糖を求めているると勘違いしたのか。耳がいささか遠いとみえる。

「燐寸を」と、声を高めた。

老人の手が、ガラスケースの上の笊《ざる》にのびた。がさと鷲摑《わしづか》みにしたのが、爪楊枝みたいなのに赤い燐《りん》を塗ったむきだしのマッチ棒で、

「何匁?」と、言葉は変わらない。

ちり紙の束のかげに、台秤《だいばかり》があった。小さい籠がのっている。

籠のなかに、ざらりとマッチ棒を落とす。

「計り売りなのかい。箱入りはないの?」

彼はゴールデンバットの箱のはしを破った。

「ご無心だよ」

燐寸の一本ぐらい、ただでもらってもよかろうと、台秤の上の籠からつまみあげた。しかし、燐寸箱の横腹に塗った発火剤がなくては、火がつかない。

老人は、奥に去った。のぞくと、開け放した襖《ふすま》のむこうは小座敷らしく、その右手がどうやら台所だ。

床の間にかざられたのは、鎧櫃《よろいびつ》のようにみえる。上のほうに朱色がちらりとした。長押《なげし》にかけた槍《やり》の柄の色だ。

老人はすぐにもどってきた。後ろ手に襖をしめたので、奥のようすは視野から消えた。老人

は、大きい徳用燐寸の箱を持っていた。台所なんどで使うやつだ。それを彼のほうに押しやり、帳場格子の陰から莨盆を出し、框において煙管《きせる》の火皿に刻みを詰めた。

話し相手が欲しいのかもしれないと、彼は思った。ここに神輿《みこし》を据えて一服していけというふうに、老人が目で上がり框を示したのだ。しかし、哀れみを乞うようすはなく、傲然とかまえている。古武士の風格がある。

老人の目が、濡れた枕紙の文字に引き寄せられた。

眼鏡をなおし、文字に目を据え、「とけた黒髪……を喰《く》らう」と、つぶやいた。

何を喰らうと言ったのか、聞きそびれた。

「水面を走る」と、彼は訂正しながら、老人が読んだとおり、何か喰らう、と書いてあるようにも見えた。

とけた黒髪……。ほどけてなびく黒髪を思い描いていたが、もしやして、溶けた黒髪だろうか。

枕紙の墨の文字が、無数の黒髪に見え、もつれ流れ、紙からあふれでて、彼のほうにすりよってくる。束の間、そんな錯覚にとらわれた。

「川に落ちていて」と、彼は、言わなくてもよい弁解を口にしていた。なぜ拾ったかという説明にはなっていない。

まったく、なぜ、こんなものを苦労して拾ってしまったのか。あらためて見れば、薄汚い代物だ。だれが使ったともしれぬ枕。髪の油と女の体脂が、しみこんでいよう。

ない。

——その、〈髪〉の一文字のせいだ。拾う気になったのは……。

朱塗りの蒔絵《まきえ》は、素人の持物とは思えぬ。

中洲にも女郎屋はあった。夜毎にかわるあだ枕、色でかためた女は病気持ちだったかもしれない。

——まさか、珠江の使った枕じゃあるまい……。

打ち消しながら、もしかしたら……と、気にかかる。

珠江なんぞという名前は、忘れたつもりだったのに……。

みゃう、と猫の声がした。つづいて、かりかりと爪で搔《か》く音がして、襖がそろりと、一寸ほどあいた。黒い前肢がすきまからのび、つづいて、襖をこじあけて、猫の全身がしぼりだされるように現れた。

さっき、中年の女が抱いていた猫だろうか。あの女は、この家のものだったのだろうか。

細いすきまを、人の影がすいと横切った……ように、思えた。白い浴衣の、若い……。

とまどう彼に、身をすり寄せ、みゃう、と、なれなれしい。はずみに枕を土間に落とした。

拾い上げていると、襖ががたぴし大きく開いて、よろけ縞の裾からのぞいた素足が敷居をまたいだ。

「おや、書生さん、また会ったね」

「ここのおかみさんでしたか」

さっき、ちらりと横切ったのは、この女じゃあなかった。

指は、と言った声音にふさわしい、楚々《そそ》とした若い……。

中年の女は、老人よりは話し好きとみえ、彼の隣に坐《すわ》り込んで、

「嫁だよ」

老人の息子の女房というわけか。嫁といっても、もう長いことこの家に根をおろしているのだろう。ご亭主は、外で働いているのか。彼の疑問を見抜いたように、

「亭主は、川向こうに女をつくっちまって帰ってこない。爺《じい》様をわたしにおしつけて」言わずもがなの内幕をさらりと口にし、

「渡しは出なかったのかい」

「わからないんですが」

「よほど大事な枕かい。後生大事に」

「そういうわけじゃあないけれど……」

「冷たいのをあげようか。書生さん」

「それは、どうもありがたい。蒸しますね」

奥にひっこんだ女は、冷えた麦茶のコップを三つ、盆にのせて運んできた。

葛桜《くずざくら》……。

つい、思いが言葉になった。

「葛桜がご所望かい」

「いえ、そんな」

あつかましいと誤解されそうで、つけくわえた。

「以前、はじめて、中洲にきたときでした。知人を見舞いに病院に行く途中、にわか雨に降り込められ、見知らぬ家の軒下に雨宿りしました。通り雨だから、じきに止みましょう、家に入ってお待ちなさいと言われ、あつかましくあがりこんだんですが、そこでふるまわれたのが、麦茶と葛桜で。つい、思い出したもので」

「あいにくだったねえ、甘いのは切らしちまって」

「いえいえ」

「そこの罐《かん》に、飴玉があったろうが」老人が口をはさむのを、

「あれは、年寄りの痰《たん》切り飴ですよ。書生さんには、むかないよ」と、さえぎり、

「中洲で病院といったら、あれ一つしかないけれど」

「ええ、その、おっしゃるあれです」

「汚い病院だよ」

「達者なものまで病気になっちまいそうな」

相槌《あいづち》は、地元の人に礼を失していると気づき、うろたえて、

「弓村っていうのが、私が見舞いに行った病人の名前なんですが」と、問わず語りに口にした。

彼の郷里は金沢だが、東京の大学に合格したので、上京し根津《ねづ》片町《かたまち》に下宿した。両親ともすでに亡いので、学資のでどころがない。昼間は印刷工場で働き、苦学して夜間部にかよっていた。

隣の部屋を借りていたのが、弓村だった。友人のない男だと、すぐにわかった。頭がよく能力があると自負し、他人が馬鹿に見えてしかたがない、というやつだ。狷介《けんかい》傲慢な態度をとるから、いっそう疎まれる。端然と孤高をたもっていればいいものを、根は淋《さび》しがりで、人にちやほやされたくてたまらないのだ。

話と言えば、すぐに自慢話になる。夜店で安物をさらに値切り倒して買ったことも、交番の巡査と喧嘩したことも、なにからなにまで自慢の種になる。さからいもせず聞き流していると、親友あつかいされてしまった。

甘ったれるように、微熱がでるの、頭が重いのと言うようになった。これは聞き流すわけにもいかず、医者にみてもらうようにすすめた。診断は、前に一度罹患した肺尖炎《はいせんえん》の再発で、入院の羽目になった。中洲の病院は、医者に紹介された。きみが医者にみせろなんぞと言うから、と、弓村はまるで、彼が病気に仕立てた張本人みたいに恨みがましく言い、身のまわりのものを行李《こうり》に詰め、下宿を出ていった。

見舞いにはくるな、という弓村の言葉を真に受けて、ほうっておいたら、下宿においてきた書物をとどけてくれと、葉書がきた。とどけてくれは口実で、実のところ、きて欲しくてたまらないのに、やせ我慢していたのだ。

生まれてはじめて、中洲を訪れた。もっとも、上京してからというもの、下宿と仕事先と大学を三角に往来するほかは、たまに上野をぶらつく程度の彼には、東京市内のどこを訪れようと、生まれてはじめてということになるのだったが。

そんなことを、ぽつりぽつり話すと、

「病人は、もう、よくなったのかい」女は聞いた。

「いいえ」

「三年越し、入院したままかい」

「ええ」

「そりゃあ、いけないねえ。で、また、見舞いにきたのかい」

「ええ、まあ……」

「くるときは、まだ、橋は落ちていなかったのかい」

「昨日、あの土砂降りの前にきましたから」

「それで、降り込められて、今日の朝帰りか。橋は落ちるわ、渡しは出ないわ、難儀だね」

「いえ、べつにかまやしないんですが……」

「若いのに、煮え切らないんだねえ。もうちっと、こう、きびきびと、威勢よく喋《しゃべ》りなね」

「はあ……」と、また、語尾は煮え切らないで、頭に手をやる。

「それがいけない」と、女は容赦ない。「頭をかくのは、品がない。安っぽく見える。せっかく、風采《ふう》のいい書生さんなんだから、鷹揚《おうよう》にかまえておいでな」

「ずっと、こちらにお住まいなんですか」

彼の問いに、老人はうなずいた。

「子供のころは本所《ほんじょ》で育ったんだよね、お舅《と》っつあん」と、年を食った嫁が言う。「これでも士族なんだよ。このお舅っつあんのお父っつあんというのが、本所割下水《わりげすい》に住んでいた御家人さね。御一新でおちぶれて、浮かぶ瀬もなくて、中洲の雑貨屋。わたしが嫁にきたときは、もう、戒名になっていたけれどね」

「おかみさんは、中洲のお生まれですか」

「こんなみみっちい浮草みたようなところで生まれるものか。深川っ子さ。親ァぼてふりの魚屋だったから、士族様とはお家柄がちがうのさ。ずいぶん、姑《しゅうとめ》さまには、いびられたものだった。墓石の下だよ、おっ姑《か》さんも」

「お子は?」興味はないが、話の接ぎ穂に聞いた。

「これだけさ」と、猫の頭を撫《な》でる。

「中洲のことは、よくご存じですか」

「そりゃあ、こんな狭いところだもの。どこの女房がだれと間男したか、女郎のだれそれのいろはどんなやつか、どこの野良猫が何匹仔《こ》を産んだかまで、耳にも入る。目にもつかあな」

「この枕の主はわかりませんか」

「いくらわたしが地獄耳でも」と、女は苦笑した。「古枕の持主までは」

「それじゃあ、もとは月琴を弾いて門付《かどづ》けをしていたという、散切《ざんぎ》り頭の女は、ご存じないでしょうか。その家には、たいそうきれいな……女」と言いかけて、あれは、男だった、と、言葉に迷った。「女姿で色を売る、この大正のご時世に、江戸の色子まがいの……そりゃあきれいな……」

はて、というふうに、老人とその嫁なる女は顔を見合わせる。たがいの表情をさぐりあうようにも、彼には感じられた。

「三年前、ぼくが雨宿りをした家の女主人です、散切りは」

2

「しもたやの軒下で、はげしい通り雨を避けていると、櫺子《れんじ》格子のあいだから、『家にあがって、雨宿りしておいきなさい』と、誘われました。あまりにあつかましいと、ためらったけれど、強いての誘いに、言葉に甘えたんです」

「散切り頭がいたのかい」

「法界坊みたいな。それと、若い娘……。いえ、ほんとに、最初は娘だと思ったんです。ちょっと蓮《はす》っ葉《ば》な。名前を珠江といいました。女としか思えないじゃありませんか」

『ゆっくりしておいでなさいよ』そう言って、珠江と彼をおいて、女は外出した。

「まるで、うまくおやり、というふうでした」

若い女とふたりきりになり、息苦しくて、まだ女のからだを知らなかった彼が、身の置き場に困っていると、

「珠江がふっと笑って、『わたしは、男さ』と、言い捨てたんです。『こんななりで、稼いでい

るよ』そう、言いました。『でも、おまえをとって食おうとは思わないから、安心おしな。書生さん』」

部屋の隅に、月琴があった。叔母さんは、門付けをしていたことがあると、珠江は教えた。

「『あの叔母さんは、男にこころが動くと、髪がすらすらとのびて、相手の首に巻きつく癖があるの。それで、髪を切ったのだよ』そう、珠江は言ったんです。そうして、『叔母さんは病院の賄《まかな》い婦をしているよ』って……」

「お友達が入院しているという、その病院だね」

「ええ」

珠江の髪は黒々と長かった。雨もあがったので、彼は辞したのだが、その背後で、ざくりと刃物で髪を断ち切る音を聞いた。

「六人の大部屋を弓村がひとりじめしました。患者が少なくて」

頼まれた本をわたした。

「そのとき、弓村が嫌な顔をして、『また、聞こえる』と言いました。『窓の下を、舟が通る。あの、ぎい、ぎいという櫓《ろ》の音が、耳ざわりでならないんだ』でも、ぼくには、何も聞こえなかったので、そう言うと、『だから、嫌なんだ』弓村は言いました」

窓の下は、細い路地で、川などありはしない。

「『櫓の音が聞こえなくなるまで、ぼくは退院できないんだって』弓村は、肺尖炎で入院したのだけれど、神経もすこしおかしくなっていたんですね」

「気の毒にね」と、女は相槌をうった。

「そのとき、ぼくは、肩から胸に、長い髪がまつわりついているのに気がつきました」

髪は長くて、引けば引くほどいくらでものびた。

『なにをしているんだい』

『髪の毛が……』

『そんなもの』

「ないよ、と、弓村は言ったんです。そうして、嬉《うれ》しそうに笑いました。でも、ぼくには、わかっていた。珠江の髪が追ってきたんだ。珠江が叔母さんと呼ぶ女にたしかめれば、どっちがまちがっているか、わかる。散切り頭の賄い婦が、この病院にはいるだろう、と弓村に言うと、『そんなのは、いやしない』という答なんです。そのとき、ぎい、と軋《きし》む音を、ぼくは、はっきり聴きました。鳥肌がたちました。だって、窓の下に川なんぞないことは、この目で見たばっかりなんですから。ぼくがぞくっとしたのを見て、弓村は、また大笑いしました。『あれは、廊下を、賄いさんが、夕飯の膳《ぜん》をのせた台車を押してくる音だよ』」

「で、賄い婦の散切り女に会ったのかい」

話をうながすのは女のほうで、老人は無言。時折、煙管を灰吹《はいふき》にたたきつける音がするばかりだ。

「ええ。弓村の膳をとりに廊下に出たら、台車を押していたのが、散切りの叔母さんでした。もっとも、頭には手拭いを、姉さん被《かぶ》りにしていたけれど」

「それで?」と、女がまた先をうながす。

「それっきり、ぼくも入院の羽目になって……」

「いけないねえ」と眉《まゆ》をひそめ、「どこが悪かったの」

「散切りの賄い婦なんて、病院にいないそうで」

「いない?」

「弓村が、櫓の音が聞こえなくなるまで退院できないのといっしょで、ぼくも、散切りの賄い婦が見えなくなるまで、入院」

「そりゃ、難儀だったねえ」

「退屈で困りました。ふたりでベッドをならべて、討ち死にです。雨漏りや黴、しみが、壁につくる模様を、弓村は指でなぞって」

女に囲まれているから、いいだろうと、弓村は言ったのだった。

これは、お京の顔、これは、春べえ。そっちはお民、と、女の名をあげ、無為の時をつぶした。

『みんな、女郎屋の馴染みだ。もちろん、冗談だぜ。まさか、壁に女の顔が浮かぶなんてばかなことを、本気で思っているわけじゃない』と弓村は野暮な念を押した。『先生に言っちゃだめだぜ。妄想がなんとか、って、退院がのびる。医者にはこっちの冗談が通じないんだから』

弓村が名をあげる女はおびただしかったが、ひとりとして、中洲に見舞いにくるものはおらず、絵葉書一枚、こなかった。

『人に会うのは、おっくうでならないんだ』そう、弓村は言った。『だれにも、見舞いにはくるな、便りもよこすなと、入院する前に言ったんだ』

「見栄っ張りの強がりだね」

と、女が合いの手を入れる。

「そうなんですよ」

壁のしみの一つが、珠江の顔に、彼には見えた。

「もちろん、そんな気がしたというだけです」

ゆきずりの相手だった。手もふれず、くちびるをあわせたわけでもない。好きな男ができると、髪がのびてからみつくから散切りにしたという叔母さんの話にしたところで、からかわれただけのことだと思う分別もあった。

長い髪の毛が、捨てても捨てても肩にからみついてとれないのは事実だし、散切り頭を姉さん被りの手拭いでかくした賄い婦が、三度三度の食事を台車で運んでくるのも、明らかなのに、弓村は、髪の毛なんざ、ない、賄い婦は散切りじゃない、と言い張り、病院の医者も、弓村の言うとおりだ、ありもしないものが見えるあいだは、退院させられないと言うのだった。

「見えていても、見えなくなりましたと言えば、すぐに病院を出られたんだろうに」

「でも見えたんですから」

「真っ正直なんだねえ」

女はおとがいをちょっと襟に埋め、

「医者が嘘《うそ》をついたんじゃないのかい。いつまでも入院させておくために」

「ぼくも、そう疑いました」

「病院の払いだって、たいていじゃあないだろうに」

「なにしろ、苦学生ですから、自前では医者の払いどころではないんですが、神経の病気だと、治療代が払えない患者には、政府だか国だか知らないけれど、御上から病院のほうに、ひとりにつき幾らだか、くれるんですって。患者の数があまり少ないと、病院を閉めなくちゃならないから、病院も、歓迎するんですよ。だから、ひょっとして……って、疑いもしたんですが、ほんとに病気だったのかもしれないし……。ほかの病気だったら、下宿で寝ているほかはないんですけど、ただで療養できたんだから、まあ、不幸中の幸いってやつかな」

「また、煮え切らない。自分が病気かどうかぐらい、自分でわかっていただろうに」

「まあ、どっちでもよくなっちまって。それが、病気なのかなあ」

『叔母さん』と、彼は、台車を運んできた賄い婦に声をかけてもみたのだった。姉さん被りの女は、くちびるのはしをにっとあげて笑った。

『珠江さんの髪が、まつわりついて困っているんですよ』

『わたしと血のつながった甥《おい》だもの。惚《ほ》れた相手には、髪がさわぐのだよ。珠江にもわたしにも、どうしようもないやね』

姉さん被りで散切り頭をかくした叔母さんは、そうささやいた。

『わたしのように髪を切ればいいのだけれど、若いからねえ、坊主になれは、かわいそうだよ』

『逢《あ》いにもこないで』

『逢いたいかい』

彼は、答に詰まった。珠江が逢いにきても、弓村も医者も、見えないと言ったらどうしよう。

退院できない要素が、また増えるばかりだ。

『惚れてはいないんだろう』

『珠江さんにですか。別に……』

「おまえさん、そう答えたのかい。別に、って」

中年の女は、膝《ひざ》にのった猫ののどをかるく撫《な》でながら、咎《とが》めるような声音だ。

「ええ。きれいだなとは思ったものの、格別、惚れちゃあ」

「酷《むご》いことを、平気で言ったものだねえ」

「酷いですか?」

彼はきょとんとして問い返す。

「化け物に惚れ返さなくても、酷いことはあるまい」

老人が、口をはさんだ。

「化け物……ですか?」

ああ、と、老人の返事はそっけない。

「やっぱり、そうですか。あのふたり、化け物か」

「中洲には、いろんなのが住みついているから」と、女が、「住人のことなら隅々まで承知のわたしだって、化け物の消息までは、手がとどかないやね」

「実は、ぼくも、そうじゃないかと思ったんだ。そうしたら、なんだか、情けなくって……」

「なにも、萎《しお》れることァないだろうに」

「惚れられるなら、生身の女がいい」

「生身の男と女は、なまぐさくっていけないよ」

そう言いながら、女は、流し目をくれた。視線の先は、彼ではなく、老人にむかっている。

端然と背筋をのばした老人の表情は動かないが、彼は、少しこっけいな気がして、笑いをこらえた。

「退院できたのだから」と、老人はさりげなく話題をそらせた。

「まずは、めでたい」

猫が、彼に眸《め》をむけた。黒く大きい瞳孔《どうこう》を、金色の虹彩が細くふちどっていた。

「いつ、退院しなさったね」

「かれこれ、一年も前になりますか……」

「もう、髪の毛も、散切りの叔母さんとやらも、見えることはない？」

「ええ……」

彼の視野に、枕紙の文字が、流れだす。

とけた黒髪……

3

昨日の夕方……。

『またくるよ』と、病室を出ようとしたとき、眩《まばゆ》い光が走り、ぐゎらぐゎらッと続いたのだった。『行くのかい』弓村の指が彼の手にからまった。『出られやしないぜ。ひどい降りだ』

『ぼくは、平気だけれど』

『ああ、そうだろうよ』

ベッドに横になったまま、弓村は彼の手をもてあそび、『濡れたって、どうってこたあないよな、きみは』

彼がうなずくと、

『さみしいな』弓村は言った。『そっちだってさ、さみしいだろう』

『慣れた』

『いいなあ。慣れるものなのかい。ぼくも、慣れるだろうか』

『なれたら、慣れる』

駄洒落《だじゃれ》を言ったつもりではなかったが、弓村は大仰に吹き出し、『なりたかあ、ないが』と言った声音に、淋しさと恐れがにじんだ。

『ならなくたって、すむさ』彼はなぐさめた。『だれでもがなる、ってものじゃあないらしいんだ』

そうして、『あいかわらず、ひどい部屋だな』と、話をそらせたのだった。

『女の数がふえた』と、弓村は壁のしみをなぞった。

彼は、弓村のベッドのはしに腰をおろした。

『いっそ、きみが羨《うらや》ましいくらいなもんだぜ』弓村は言った。『どうやったら、できるんだろう』

『むずかしいことはないよ』

『でも、きみのおかげで、あれ以来、たいそう、うるさくなった。紐みたいなものは、いっさい、使わせてくれないんだ。便所だって、戸をとっぱらっちまった。やりようがないや』

『やるつもりなら、寝巻を裂いたって、紐の代わりになるよ』

『そう、あっさり言わないでくれ。やはり、勇気がいるんだ』

『勇気なんて、そんなたいそうなものはいらないさ。なにもかも、めんどくさくなったから、やっただけのことで』

『それで、いま、どうだい。楽な気分か』

『あまり、変わらないなあ。あいかわらず、なにもかも、めんどくさくて、だけど、これ以上変われないから、前より悪いかな』

『生きてるときより、悪いのか。それじゃ、わざわざ死ぬこともないな』

『生きているときは、嫌になったら死ねるけれど、死んでしまったら、いくら嫌でも、また死ぬってわけにはいかないしね』

病室の電燈は、八時になると消される。

『雨、止んだね』

『でも、いてくれるだろう。せめて、朝まで』

『ああ、いいよ。どうせ、暇なんだ』

『珠江とかいうのに、追い詰められた、ってことか』

『なにが』

『きみが、首をくくった理由』

『そうでもない』

『うっとうしかっただろう』

『まあ、少しは』

『とうとう、女を知らないままだったな、きみは。それが、ちっと、気の毒ではある』

『知らないほうが、楽なんじゃないかな。みれんていうやつがない』

『でもさ』と、弓村はこだわったのだった。

「そうかい。女のからだも知らないで、おまえ、首をくくったのかい」猫ののどをくすぐりながら、女は言った。「それは、ちっと気が早かったね。遊んでいたら、気が変わったかも」

「弓村は、女遊びはしたけれど、気鬱《きうつ》の病気になったんですから、どっちにしたって、同じようなものです」

「でも、あちらさんは、首をくくりはしない。ちがうじゃないか」

女の強い声音におされて、「でも……」と、たじろぐ。

「味を知ってごらんなね。死ぬんじゃなかったと、悔やむから」

「もう、いまさら、遅いです。知らなくてもいいです」

「遠慮するんじゃないよ。帯をお解きよ。なんだねえ、死人のくせに、生意気に、一人前に博多なんかしめて。学費も払えなくって、苦学していたっていうんだろ。それが、死んだら、薩摩上布に博多帯。きざだよ。お舅《と》っつあん、いいだろ、女の味を教えてやっても」

「みだりがわしい」老人は一喝《いっかつ》したが、女はいっこう気にとめない。

「あの、死人ですから。ぼくは」彼はあとじさる。

「こっちがいいって言ってるんだから」

女の手が彼の帯の結び目にかかる。

「真っ昼間から……」

「死人に、夜も昼もあるものか」

「でも、そちらには、あるでしょ」

「かまやしないよ。お舅っつあんも、真っ昼間だってその気になればおかまいなしなんだから。ねえ、お舅っつあん」

老人は苦い顔で煙管に刻みをつめる。

「そういう意気地なしだから、化け物につけこまれたりしたんだよ」

「聞き捨てならないねえ」

と、奥の襖が開いて、若い女がすらりと立った。惜しい。黒髪が散切りだ。

「珠江……」彼は、つぶやく。三年ぶりだ。

「さっきからおとなしく聞いていりゃあ、ふた言目には、お化けお化けと言いやがって。化け物のどこが悪いよ」

「おまえが、珠江というお化けか」と、年増の嫁が、「いけずうずうしい。中洲にのさばり、ことわりもなく、ひとの家にあがりこんで。いつ入り込んだ」

「中洲は、てめえらの住処《すみか》とかぎったものじゃあねえや。こっちのほうが、昔っから住んでらあ」珠江が言い返す。「この若いのは、わたしが初手から目をつけた相手。こう、おめえは、この人の名も知るめえが。時男さんというのだよ」彼に頬《ほお》をすりよせ「待っていたよ、時さん。髪のたよりをいくらおくっても、おまえはわからないのだもの。じれったいったら、なかったよ。あげくの果てに、冥土だもの。いくらわたしの髪だって、冥府の底へはとどきやしない」

「お化けと死人は相性が悪いか」猫を抱いて、女があざ笑った。

珠江は枕を手に取り、台の小抽斗《ひきだし》を開けた。

中から、黒い水があふれた。

「髪が騒いでならないから、断ち切って枕の抽斗におさめたよ。その上、わたしの小指まであげたというのに、時さん、おまえの薄情なことといったら」

溶けた髪のなかに、ひっそりと白い指が一本。

「化け物の心中だてか。指を切っても血もでめえに」

「そういうてめえは、どうなのさ。ためしてやろうか」

懐から、簪をだした。脚の先が鋭い。

「おやめ、珠江」

「死人は口をださないでおくれ」

「情人《いろ》に、ひどい口をきくんだね。時さんに相手にされないのも、むりはない」

「たった今、わたしに教えられて知った名を、なれなれしく呼ぶんじゃないよ。あつかましい。時さん、帯を解く気があるなら、わたしが相手をしようから、こっちへおいでな」

「てめえ、男の相手をするには、よけいなものが、腿《もも》のあいだにあるじゃあないか」

「床あしらいなら、てめえのような大年増のすべたより、よっぽどましだってさ。よう、時さん」

彼にしなだれながら、片手は、にぎった簪の脚を女に向けている。

「ちきしょう」と、女は、襖を蹴飛ばさんばかりに奥に行き、もどったときは、片手に出刃包丁だ。

「やめてください、おかみさん」

彼はおろおろする。

「こっちの惚れたは三年越し。てめえが時さんを知ったのは、たった今じゃあねえか」

「三年ふられつづけた化け物が、しゃしゃりでることァねえやな。すっこみな」

「時さん、おまえ、わたしの髪や叔母さんが見えるのは病気のせいだと思って、目をそむけていたのだろう。心底きらいなわけじゃあないだろう。もう、おまえも、人じゃあなくなったのだから、強情をはらなくたっていいじゃないか」

「てめえ、消えやがれ」女がかざす出刃包丁を、珠江はかるくよけた。

「消えるときは、幽霊の時さんといっしょさ。てめえは、この世から離れられめえ。ざまみやがれ」

「そんなら、わたしも幽霊になってやる」と、出刃を自分ののどにかざした。そのとたん、老人が、すばやい身のこなしで、女の手から刃物をもぎとり、次いで、珠江の手の簪も、奪い取った。

「甚助じじい、嫉《や》くんじゃないよ」女がわめく。

「ばかもの」

「こっちの意地ってものもあろうじゃないか。お舅っつあん。化け物に中洲の客を荒らされて、だまってひっこむのかい」

「あの、ぼくは、客なんてたいそうなものじゃないです。たかが、幽霊ですから」と、彼はおずおず。

「いかん。そう己を卑下してはいかん」老人はたしなめた。

「若いの、おまえさんは、どっちに惚れているのだ」

「べつに、どちらも……」

「惚れてはいないか」

よし、とうなずき、老人は座敷につかつかと入り、床の間の鎧櫃の蓋《ふた》を開け、なかの鎧をとりだした。櫃のかたわらに据え、手をのばして長押の槍をとり、鞘《さや》をはらった。柄の朱塗りが、一瞬あざやかに薄闇《うすやみ》を裂いた。

時男も珠江も女も、老人に目をそそぎ、動くのを忘れた。

もどってくるなり、老人は槍の穂先を珠江に向け、「行け」と座敷のほうへ追いやる。

「ざまあねえや」と嬉しがるひねた嫁に、

「おまえもだ」気迫のこもった槍が迫る。

穂先に狙われ後じさりするふたりに、

「入れ」と、櫃を指した。

いやと言えば串刺しのかまえだ。しかたなく、櫃の縁をまたぎ越え、ふたりながら、中にうずくまる。

老人は蓋をとざし、その上にどっかと腰をすえ、「せいせいしたの」と、彼に、かすかな笑いを見せた。

「女どもは、かしましい」

「ひとりは、女じゃないんですが」

「似たようなものだ」

「いつまで、閉じ込めておくんですか」

「中洲は、ほどなく、埋め立てられるという」

「そんな噂《うわさ》はききました」

「こちらも、老い先みじかい。残りのときぐらいは静かにすごしたい。台所に酒がある。ご雑作だが、茶碗といっしょにもってきてくれまいか」武士の裔《すえ》だけあって、言葉づかいは礼にかなっている。

一升瓶と茶碗を二つ、運んでくると、

「ほう、飲むか」

「お相伴します」

みゃう、と猫がすりよる。

「まだ、うるさいのが残っていた」老人は苦笑した。

「埋め立ての時まで、飲みつづけるとするか」

「あの、ぼくは一度もどらなくては」

「冥土へか。あんな陰気なところに、帰りいそぐこともあるまいに」

「役目がありまして。中洲には、また、近々、弓村を迎えにきます」

「そういう役をつとめているのか」

「ええ、だれでもなれるってわけではないんですけれど、ぼくは、たまたま。あなたが旅立たれるときも、お迎えにきます」

「よろしく、頼む。まずは、一献」

「お酌は、こちらから」

一升瓶をかたむけ、老人の手にした茶碗に酒をそそぎ、

「いくらか、退屈しのぎになりました」

櫃のなかは静かだ。珠江と女、ふられたもの同士、気があったのかもしれない。

「退屈したら、いつでも、きなさい。この蓋をあければ、乱痴気騒ぎが、またはじまる」

そうですね、と彼は微笑した。騒いで静まって、また騒いで静まって、同じことの繰り返しだ。時はよどんで、何も変わりはしない。

千日手

松浦寿輝

「あーあ、駄目だなあ、おじさん。それじゃ頭に歩を打たれて只取りじゃん」と隆司君は嬉しそうに叫び、ずり落ちかけていた黒縁の眼鏡の眉間のところに左手の人指し指を当ててくいと上げる。「〝香は下段に打て〟って言うんだぜ。知らないの？」。この「おじさん、知らないの？」というのが隆司君の口癖で、小憎らしいやつと思わないでもないけれど、どこか育ちの良さを漂わせたこの少年の得意そうな笑顔には冷たい優越感のようなものがかけらもないので、つい釣りこまれて榎田の顔もほころんでしまう。

「ほら、ここに歩でしょ。取る一手でしょ。もう一つ歩でしょ。そしたら只取りじゃん。すみませんねえ、じゃあ有難くいただきやす」

「持ってけ持ってけ、そんなもん」と榎田は虚勢を張るが、これは誰から見ても負け惜しみにしか聞こえまい。「そんなけちな香なんか、最初からくれてやるつもりだったんだから」

「強がったって駄目だよん。もうこれで金銀香に桂が二枚だもん。フッフッフッ、もう先は見えてしまったね、明智君」

そんなことでまた榎田は負けてしまう。だがいつもいつも情けなく負けてばかりなのはともかくとして、この生意気盛りの小学生を相手に将棋盤を挟んで過ごすひとときが榎田の生活の数少ない愉しみの一つであることに変わりはなかった。「＊＊将棋倶楽部」は靖国通りから細い路地をいくつか折れ曲がったわかりにくいところにあり、廃屋ともつかぬ二階建ての古い木造アパートの二階の摩り切れた畳の部屋に禿げちょろの座卓を並べて細々と営業している。真夜中過ぎまで開いている将棋クラブというのはあまり普通ではないような気もするが、そもそも駒の動かしかたを知っているという程度のことで将棋が趣味というわけでもなく、これまでその手の施設とはいっさい縁がなくてきた榎田には、普通はどうなのかといっても判断のしようがない。

あれはもう何年前になるのか、終電がなくなってしまった時刻に仕事が終った榎田は、急に温《ぬる》くなった初夏の夜の風に誘われたのか何となくそのまま家に帰る気になれなくて、四谷三丁目の交差点からふらふらと歩き出し、深夜の街をさまよっているうちに、小さな古い家が立てこんだ窪地の一角で街路灯に照らされたこの「＊＊将棋倶楽部　＊＊荘二階」の小さな看板がふと目に留まったのだった。将棋のクラブなどに足を踏み入れた試しのない榎田がなぜそんなところに寄る気になったのか、不思議と言えばまことに不思議なことではあるけれど、心も軀もざわざわと波立ちやすい季節のことでもあり、何か自分でも抑えようのない人恋しさが募っていたのかもしれぬ。

間違いなく戦前に建ったものだろう今にも崩れそうなその「＊＊荘」の玄関は開けっ放しで人の気配がなくただ薄暗い明かりが灯っているばかりだ。そのまま勝手に上がって来いということなのか。半信半疑のまま土間に靴を脱いだ榎田は、上がり框《がまち》のすぐ正面に見えている階段に足を掛け、ぎしぎしと音を立てながら昇ってゆき、昇りきったところから右に伸びているやはり薄暗い板張りの廊下を恐る恐る進んでいった。住んでいる人もあまりいないのか両側に並ぶドアの奥はどこまで行っても奇妙に静まりかえっている。そのいちばん端のドアに「＊＊将棋倶楽部」の表札はたしかに出ていた。ほとほとと戸を叩いても返事がないので思いきって開けてみると、分厚い老眼鏡をかけてテレビを見ていた七十恰好の親父が目を上げて胡散《うさん》臭そうな一瞥《いちべつ》をじろりと送ってよこす。あの、どうなんだろう、将棋を指させてくれるのかなとおずおずと訊いてみる。ええ、まあ、いいですけどね……と面倒臭そうに言うその親父以外にはしかし、将棋盤を脇に寄せてマンガ雑誌に読み耽っている小さな男の子しか見当たらない。リュウちゃん、お相手してあげてと親父に言われて、はーいと素直に応じて榎田と一局指してくれたその少年が隆司君で、榎田はその最初のときから軽く負かされてしまったものだった。

指し終えたのはもう午前二時近くになっていたはずで、君、明日は学校だろう、いいのかい、こんなに遅くまで起きていてと言うと、いいんだもん、宿題だってやっちゃったしというのが隆司君の返事で、勝負がつくや否や読みかけのマンガ雑誌にまた鼻を突っこんでしまう。榎田はお茶を一杯貰い、ささやかな席料を払ってまたぎしぎしと階段を降りてゆき、妙な経験をしたなあと狐につままれたような思いで外に出た。深夜の街はしんと静まりかえり、ただ満月に近い月が冴えざえとした光をあたりに漲らせているばかりだった。

それ以来、榎田は「＊＊将棋倶楽部」にときどき顔を出すようになった。それまでは仕事が終った後どこかでちょっと遊んでいきたい気分になっても、酒を呑む場所の雰囲気が好きではない榎田にはどこにも行く当てがなくて途方に暮れたものだが、この晩以来、真夜中過ぎまで開いている「＊＊将棋倶楽部」が恰好の寄り道になった。そもそも陸上自衛隊市ヶ谷駐屯地の南側と言ったらいいのか、新宿御苑の東側と言ったらいいのか、大京町、左門町、住吉町、舟町、荒木町といった古風な町名が残っている新宿区のこの辺りの一角は、空襲を免れて焼け残ったとおぼしいごたごたした路地裏だの、ゆるやかな起伏だの、小さな鳥居を立てた神社だのがあちこちにあり、昔から榎田が好んで散歩の足を伸ばす界隈だった。たしかこの辺りは明治の頃は貧民窟のようなものもけっこう点在していたのではなかったか。そんなことを言うと今この界隈に住み着いている人々は腹を立てるかもしれないが、要するに気のおけない「細民」たちの街なのであり、その日その日の気苦労をその日その日のささやかな愉しみでやり過ごしてゆく智恵を身に着けた「細民」が住んでそれなりの歳月が経った街というものは決まって、ある何とも言えぬ懐かしい匂いと味わいを帯びてくる。真っ直ぐ家に帰る気になれなくて、しかもバーや呑み屋の類には寄りたくない、若者が集まるようながちゃがちゃした場所にも行きたくないということになると、結局は自分の好きな街をぶらつくといったこと以外に時間の潰しようがなく、そんな時に榎田の足はよくこの界隈に向かったものだった。そしてあの初夏の晩以来、そうしたとりとめのないぶらぶら歩きの行程にとりあえず結び目のようなものが出来たわけだ。

それにしてもあの廃屋のような木造アパートの二階に立ち寄るのがいつでも決まって深夜と

いうことになってしまったのはいったいなぜなのか。「＊＊将棋倶楽部」は榎田にとって夜の場所だった。実際、いつだったか午後の早い時刻にふと空いた時間が出来て、靖国通りを折れていったのだがどこをどう間違えたものか「＊＊将棋倶楽部」にはどうしても辿り着けなかったのである。ところがそれが深夜の散歩だとあたかも足が覚えているといった具合に、これ以上自然なこともないかのように、意図したわけでもないのに路地から路地へとするすると道を辿ってふと気がつくといつの間にか「＊＊荘」の前に出てしまっているのは奇妙だった。しかし奇妙と言えば、そんなふうにして榎田が通りすがりにふと立ち寄るといった趣で階段をぎしぎし上がってゆき「＊＊将棋倶楽部」に顔を出すと、どんな夜更けであろうが必ずと言っていいほどどこのこまっしゃくれた眼鏡の小学生が居合わせて、所在なげにしているのもいかにも奇妙なことではあった。

リュウジというのは竜次と書くのか龍二なのか、訊いてみたことがないのでわからないが隆司君だと榎田は勝手に決めていた。「倶楽部」に行くたびに手合わせをした人々の中には、——榎田のヘボ将棋ではいずれにしても大概は負けてばかりだったが——受験勉強の息抜きに来ているといった風情の若者がいたり小粋な浴衣掛けの老人がいたり榎田自身と似たような雰囲気を漂わせた中年男がいたり、種々様々で、しかし今となってみると誰も彼も影が薄い印象でもう顔も声も覚えておらず、冗談口を叩けるほど親しくなったのは結局、最初のうちこそ人見知りしていたようだがすぐに榎田になついておじさん、おじさんと呼びかけながらよく喋るようになった隆司君だけだった。そもそも「＊＊将棋倶楽部」はいつ行ってもだいたいにおいて閑散としていて、榎田が迷いこんだいつだかの最初の晩のように、テレビに見入っている無愛想な爺さんの店主以外には隆司君しかいないということも珍しくなく、その店主にしてもちょっと頼むよなどと曖昧に呟いてぷいっとどこかへ出かけてしまったりする。そんなとき二人きりで取り残された榎田と隆司君は、薄い座布団の上に胡座をかき将棋盤を挟んで向かい合いながら、勝負もそっちのけでへらず口を叩き合って時間を潰す。

「〝玉の早逃げ八手の得〟って言うんだぜ。おじさん、知らないの？」だの、「〝桂の高飛び歩のえじき〟って言うんだぜ、知らないの？」などという隆司君の突っ込みを適当にあしらいながら、生き生きと動く少年の表情に見とれているのが思いがけない愉しみになり、柄にもなく何か父性愛のような感情が湧いてきたりしたのだろうかと訝って榎田は苦笑した。榎田には子供がなくまた自分の子供を欲しいなどという気持になったこともなかったが、こんな子供なら一緒に連れて山にでも行き、テントの張りかただの鱒《ます》の釣りかただのを教えてやったりするのもさぞかし楽しかろうなどと思わぬでもない。老いというものとはまだほど遠い年齢の榎田だが、彼自身の人生が徐々に生気を失いつつあることと裏腹の気持の動きなのだろうか。しかしそれにしても、小学生が真夜中過ぎまで将棋のクラブに屯《たむろ》しているのを許しておく親というのもいささか非常識ではないかと榎田は思い、「君はこのアパートに住んでるのかい」と尋ねてみたこともあったが、「うん、前はね」などという曖昧な受け答えでどうも要領を得ない。

初めてこの「＊＊将棋倶楽部」を見つけた晩と同じような生暖かい初夏の宵のこと、例によって親父は出ていってしまい、榎田は隆司君と二人きりで将棋を指していた。隆司君は珍しく黙りがちで、指し手も鋭さを欠き、どうやら榎田の方が押し気味と言ってもいいような形勢になっている。

「あのね、夢でね、泳いでいるんだよ」。持ち駒の歩を人差し指と中指の先でつまんでかっちゃん、かっちゃんと卓の上に打ち鳴らしながら隆司君が言う。

「ふーん」

「海でもプールでもなくて、川なのかな。どんどん押し流されていくみたいなの」

「へえ。おい、この銀取っちゃうぞ」

「そこ、角が効いてるんだよ。でね、水がね、何だかねっとりしていて、水飴みたいな、葛餅みたいな、すごく変な感じなの」

「で、目が覚めたらおねしょしてたんだろう」

「厭だなあ、おじさん、真面目に聞いてよ。そいで、どんどんどんどん流されてってさ、だんだん早くなってきて、あっヤベーって思っているうちに、滝になってるところにきちゃったの。そのまま、どどどーって落ちちゃってさ」

「ふーん」と榎田は曖昧に受けるが、隆司君の表情にいつもの明るさがなく沈鬱な翳りが漂っているのが気にならないでもない。

「すっごい高いところからどどどーって……。でもね、その落ちる途中で、今度は急にゆっくりになってくるんだよね。真っ逆様に墜落していくのに、どんどんスローモーションになってって、それから水も、いよいよ水飴みたいにねばねば、ねとねとしてきてさ。目にも耳にも、鼻にも咽喉にも、びたびたに……。息がすっごい苦しくなってきて。そいで、とうとう軀が止まっちゃうの、滝になって落ちてく途中のところで。そのとき僕、このまま、ずうーっと、ずうーっと、ここで固まったまんまだってことがわかっちゃった。空中で、真っ逆様のまんまで。……永遠ってそういうことなんだよね」

「永遠……?」。思いがけない言葉が出てきたのに榎田は不意を打たれた。

「永遠って、いつまで経っても終らないってことでしょう。何百年も、何千年も、何万年も、何億年も、宙吊りになって、こんなに息が苦しいまんまで……。何て怖いことなんだろう。僕、ぞおっとして背中に鳥肌が立っちゃった。でも、怖いとか厭だとか苦しいとか、そんな僕の気持だってほんの一瞬のことでしょう。鳥肌が立つとか、助けてーってわめくとか、そんなのも一瞬のことでしょう。そんなの何にもならないんだよ。何しろ永遠っていうのは何億年も続いて、それからその何億年の何億倍も続いて、それでもまだ終りがないんだから」。今まで知っていた隆司君とはまるで別人のようだった。

「永遠ねえ……」。何と言ったらよいものか榎田は当惑したが、「でもいいじゃないか、目が覚めたらおしまいなんだからそんなこと。永遠なんて、ないんだよ。ただ人間が想像して、あるような気がするだけなんだよ。夢から覚めればこうやって将棋指したり、マンガとかテレビとか学校とか、楽しいことばっかりだろ」

「夢なんだけどね。でも、もし夢が本当で、本当が夢だったら……」

「何でさ。夢は夢、本当は本当だろ。ここにこうやってリュウちゃんがいて、僕と将棋指してるわけだろ。それから、どうやら君の飛車の逃げ場がなくなりかけてるわけだろ」と笑いかけてみるのだが、眼鏡のレンズの奥で瞳をうるませている少年の顔は蒼いままで、顔も軀も一回り小さくなり不意に幼くなったように見える。そう言えば、今まで考えてみたこともなかったが何年か前に初めて会ったとき以来、どうしたわけかこの子はちっとも大きくならないようなのだ。

「本当……。本当はね……」。隆司君はそこで言葉を切って、少しの間ためらった。その先を聞きたくないという気持が不意に榎田の中で動いたがそのときにはもう少年の血の気のない唇が動いていて、小さな、だがきっぱりした声が彼の耳に届いていた。「本当は僕はいないんだよ」

何を馬鹿な、といったことを言いかけて言葉を探しながら榎田は隆司君の哀しそうな目を見つめていたが、少し間を置いてから少年が「おじさんもでしょう」と言ったときそれこそ背筋にぞおっと鳥肌が立ったのは今度は榎田の番だった。するとそれをきっかけに隆司君の顔の全体が徐々にその哀しそうな目と同じ色になってゆき、榎田がうろたえているうちに、さらに少年の軀の輪郭そのものが不意にすうっと薄く透き通ってその背後のアパートの壁が透けて見えるようだった。それに続いてその壁や柱や屋根もまた薄く薄く滲んでいって、こんもりした緑に覆われた廃墟の街の光景が四方八方から迫ってくるようなのだ。そう言えば榎田はこの廃屋のような建物の玄関や廊下で誰かとすれ違ったためしがないし、「＊＊将棋倶楽部」以外の部屋に人が住んでいる気配を感じたこともない。こうして野ざらしになって、俺はこの子と永遠に将棋を指しつづけるのか。いや、この子はいなくて、俺一人でか。いや、本当は俺もいなくて、街も何もなくて、「永遠」だけが実在して……。何億年も続いて、それからその何億年の何億倍も続いて、それでもまだその千日手には終りがなくて……。鳥肌が立つ。髪の毛がそそけ立つ。だがそういう自分の軀の体感それ自体が幻にすぎないのだとしたら。どうやら今夜も満月らしく冴えざえとした白い光が、その光だけがあたりを皓々と満たしている。

家——魔象《ましょう》

霜島ケイ

夢を見ました。

私はある家に行こうとしていた。けれども辿り着いてみると、確かにその家があったはずの場所には何もない。火事で焼けてしまったのだと、誰かが言いました。でも大丈夫、その家はこの公園の向こう側にあるから……。

その誰かが指さす先を見れば、なるほど目の前は柵に囲まれ、鬱蒼と樹木の茂る公園です。迷わないように私は柵に沿って歩いて行きます。

その途中、一人の少女に出会いました。

奇妙な少女。白い服を着て、まだ幼いような。でも幾つくらいだろう。路上に仰向けに寝たまま、私を見てへらへらと笑っています。

ああそうか、と夢の中の私は納得します。――知っている。この娘は白痴だ。私はこの娘を連れていかなければならない。

ぐにゃぐにゃと力の入りきらない少女を抱えるようにして、目的の場所に着くと、出迎えた別の誰かが声だけで言いました。

「ああ、よかった。その娘は大切な娘なのだ」

いつの間にか私は遠くから何かの儀式を見ています。少女はすらりと背の高い若い女になっていました。ふうわりと長く白い衣をまとって、傍らには若い男性が立っている。その男性も白い服を着て、黒い帯をしめ、頭には黒い冠をつけています。昔の韓国か中国の装束のようだ、と私は思いました。なんとなく、そう思っただけです。

祭りだろうか。結婚式だろうか。あの娘はもう白痴ではない。

気がつくと、私は廟の中にいました。屋根の丸い、壁が細かく美しく彩色された建物を中から眺めているふうでした。以前に写真か何かで見た中国の霊廟とは、こんな感じだったかもしれない。内部には人が大勢いて、飲んだり食べたりしていました。蠟燭の炎が煌々と燃やされていて、また、誰かが私に言います。

「あなたの年の数だけ、蠟燭に火をつけてください」

二十年分は太い蠟燭。十年分はそれよりもやや小振りの蠟燭。端数の蠟燭が見つからなかったので、私は二十年分と十年分と、一本づつ取って火を灯しました。

廟の奥の壁は入り口と同じようにアーチ型にくりぬかれてあって、人が入れないように木の柵が格子にはめてあります。その向こうは何だろう。

黒い空間。何かがいます。若い女、でも生きてはいない。

とても恐ろしいものがいるのだと、まるで格子の向こうの闇から冷たい風が吹き付けてくるようで、それがわかりました。

鎮めなければならない。そのためにこうして蠟燭を捧げるのだ。

眠ってしまったのか、私は粗末な木のベッドのようなものの上で目が覚めます。同じ廟の中にいるのだけど、入り口から白い光が薄く射し込んでいるばかりで、蠟燭の光もなく人々がざわめいていた宴の名残もなく、私は一人でそこに寝かされていました。

そこに確かに人がいたとわかるのは、地面に積もった埃だか土だかに踏み荒らした大勢の足跡が、ぬかるみが乾いた跡のように残っていたからです。

奥の空間はやはり真っ暗で、柵の向こう側からは冷え冷えとするような気配が流れ出してきます。怖くなって廟を出ました。

いつの間にか私は、大きな家のよく磨かれた木の廊下を歩いています。屋敷と言ったほうがいいでしょう。廟はその屋敷の敷地の中にあったのです。ところが、その廊下を幾度曲がっても、家の中からは出られない。

行けども行けども壁のない長い廊下、片側には朱色に塗った太い木の柱が連なっていて、何十畳もありそうな空っぽの部屋が幾つも幾つも、合わせ鏡の中の風景のように延々と続いています。家の中には私の他には誰一人いませんでした。

広々と仕切りもなく開け放たれた廊下には陽の光なども射し込んでいるのに、中の部屋は覗くとひどく薄暗い。

遠く緑の山並みが廊下から見えるのに、どうしてもそこから外には出られないのです。

その長い廊下を、私は走って、走って――。

おもしろい夢を見た、と私は翌日会ったSという友人に報告しました。彼女は私には見えないものを、当たり前に見ている人でした。異形も異界も彼女にとっては多分ただの現実で、といってだからどうというふうもなく、殊更何かが他人と違っているふうでもない。私は、霊感だのなんだのという言葉を持ち出して吹聴して回る類の人間は苦手だったけれども、彼女はそんなこともなく、ごく普通の友人として気安くつきあうことが出来ました。

いつだったか彼女と行った旅先の宿の部屋で、どうにも誰かに見られているような気がしてならないことがあって、でも目をやってもそこはガラスでも障子でもない、ただの壁です。その壁を眺めて首を捻っていると、部屋の隅で本を読んでいた彼女が、

「うん。そこにいるね」

それから、畳に座ったまま飛び上がった人は初めて見た、と私に言って笑いました。

会うと好奇心から私がいろいろ聞くものだから、彼女は自分が見たものの話などもしてくれます。それがいつも少し羨ましい。いや、羨ましいというのは当たらない。私がけして共有することの出来ないところに彼女がいるから、ぼんやり寂しくなる。

なんとなく不思議な夢の内容だったので、聞けばさぞおもしろがるだろうと思ったのですが、Sは笑いませんでした。

しばらく考え込むようにしてから、言いました。

——今住んでいる家から、出たほうがいい。

その頃私は、東京のH市に住んでいました。マンションの一室を借りていましたが、友人たちが「三角屋敷」と名付けた通り、道路の分岐点に建てられたそのマンションは縦長の二等辺三角形の形をしていました。メタリックな銀色のタイルで外装を統一した洒落た建物で、そもそも二股に分かれた道の間の敷地にあるのだし、それが格別変わった形のものだとは私は思いませんでした。

一階にはエントランスと駐車場があるので、入るのは一世帯。二階三階はそれぞれ二世帯ずつ、二等辺三角形を横に切って、頂点の三角形の部分と底辺の台形の部分に部屋が分かれていたことになります。

築数年経っているけれども、これまでこのマンションには誰も住んでいなかったので新品同様なのだと、案内をしてくれた不動産屋の担当者は言っていました。建ってからそれまで五つの部屋がすべて空いていたのは、大家さんが最初売るつもりであったものが、買い手がつかずに賃貸にかえたためだという理由でした。

私が借りたのは三階の台形のほうの部屋です。頑丈そうな鉄製のドアを開けると、広い玄関があって、白いカウンターテーブルつきのキッチンとリビングルームがまず目に入りました。陽光が射し込んで明るいのは南側と西側に窓がある上に、キッチンの上に天窓がついていたからです。

最上階にあるために天井は十分すぎるほど高く、フローリングの部屋も広い。四畳半と十二畳の洋室、八畳の和室、リビングルームはキッチンと続きで二十畳ほどもあったでしょうか。エアコンは各部屋に完備されてあって、張出し窓のついた大きなバスルームも申し分ありませんでした。

それほどの物件でありながら、高い家賃ではなかった。会社勤めをしていた頃からの狭い部屋で、持ち物に埋もれるようにして暮らしていた私は、その場で契約書にサインをしました。

その部屋で暮らし始めてから、不思議だなと思ったことは幾つかありました。

まず、たったひとつの押し入れが天井近くの高さにあったために、観音開きの戸の取っ手に手も届かなかったことです。物をしまうのにも、梯子がなければどうにもなりませんでした。なぜそんなところにつくったのだろう、他に場所がなかったといえばそれまでで、地下にトランクルームがあるので無理にその押し入れを使う必要はないけれども、ならばつくる必要もなかったと思う。

天窓はワイヤーが弱くて切れるおそれがあるので、開けないようにと言われました。

キッチンの流しもひどく使いにくい。備え付けの棚がちょうど額の高さにせりだしていて、洗い物の時などにはよく頭をぶつけます。

一番使い物にならなかったのはインターホンでした。カメラがついていて来訪者の姿を映し出すはずのものが、とんでもない方向を向いているのでモニターにはいつも壁しか映らない。

設置する時に、どうしてそれくらいのこともわからなかったのだろう。

住むということがどんなことか、知らない人間が設計したとしか思えませんでした。

もっと困ったこともありました。建物の中が暗いのです。

エントランスにはかろうじて照明があるものの、早い時刻に消されてしまいます。二階や三階には照明器具はあっても電球が入っていませんでした。不便なので照明をつけてくれと頼んでも、外国から取り寄せているので時間がかかるのだという大家さんの答です。結局灯りはつきませんでした。

本当に困ったのは地下のトランクルーム、最初のうちは電気がついていたのですが、そのうち電球がきれたらしく、真っ暗になってしまいました。もともと暗い場所が嫌いなたちなので、夜など用事があって地下に降りて、暗闇の中でエレベーターのドアが開くのが怖くてたまりませんでした。妙なのはそのトランクルームから地上に出る階段があるのですが、いつの間にか鉄条網がその階段の手すりから手すりに張り巡らされていたことです。階段は使うなということだったのでしょうが、でもなぜわざわざ危険な鉄条網だったのかがわからない。紐か、せいぜい針金で十分じゃないかと、私は思いました。いやそれよりも、それでは何のためにその階段をつくったのでしょう。

ただ、住んでいて何かが決定的に不便ということでもなかったし、気にしなければ今言ったことはそのままますませられることではありました。

そのマンションにいて私が実際に体験した奇妙なこと、というのはひとつだけです。

夜中に上から足音が聞こえたこと。

前にも言ったように、部屋は最上階、つまり屋上からその足音は聞こえてきたことになります。ぱたぱたと軽い音でした。午前二時くらいのことだったと思います。

私は十二畳の洋室を仕事場にしていました。細長い部屋で、窓はベランダに面して二つありましたが、どちらも北向きです。大切な本が陽に焼けないのが、具合がよかったのです。

さてどういうことだろう、と仕事で原稿を書いていたその時、私は考えました。新聞の配達人がばたばたと階段を駆け上がる音は明け方に何度か聞いたことがあります。でもそれには時間が少し早すぎる。といって住人の誰かがそこにいるにしては、尋常ではない時間帯だ。第一屋上は、立入禁止になっています。

しばらくすると足音はやみました。

まあ、たかが足音だと思いました。書いている小説のネタどころか、百物語か何かで話す怪談としてもたいした話にはなりそうにないので、あまり気にしていませんでした。

そのマンションを出たほうがいいと言われて、私は少々困惑しました。私たちは喫茶店にいて、それまでのとりとめないおしゃべりの続きのように、Sはコーヒーを飲みながら平坦な口調で繰り返しました。

出たほうがいい。そうじゃないと最悪の場合。

——死ぬよ。

死ぬという言葉を自分にあてはめると、これほど実感のない言葉はない。私はますます首を捻りました。夢占いというものではないだろう。私の見た夢と、あのマンションと、どんなつながりがあるのだろう。

その一方で、そういえばSは一度うちを訪ねて来たきり、何度誘っても言を左右にして二度とは訪れて来なかったことを思い出しました。

Sと一緒にいると、時々彼女がどうしても足を踏み入れたがらない場所があります。嫌な臭いがする、時にはもっとはっきりと嫌なものがいる、とSはそんな時に言います。

それで、ちょっと笑って私はたずねました。

「あの家に何かいると思う?」

違う、とSは首を振りました。あの家そのものが嫌なのだと言いました。

最初に行った時にとても嫌な感じがしたと聞いて、私は少し驚きました。彼女はその時には何も言っていませんでしたから。

「住んでいる人に悪いし、気にし始めるともっとまずいことになる」

というのがSの答でした。これといったことが起こっている様子もないし、私が自分で引っ越す気になるまで黙っていよう、と思ったそうです。

「でも、その夢はまずいと思う」

夢の中で私が家から出られなかったことが。

　Sはどうにもあのマンションが気になって、実は知り合いの霊能師に調べてもらったのだと言いました。地図を見せて、ここにこれこれこういう建物があるのだが、何が見えるかと聞いたそうです。

　その人はまず、私の部屋に置いてある物のことや、私が眼鏡をかけていることを彼女に告げました。確かに私は、仕事中は眼鏡をかけています。部屋の調度品のことはSも来た時に自分で見ていましたから、その人の言う通りであることを知っていました。

　それからその人は、言ったそうです。

「その場所に三角形の建物などないよ」

　そんなはずはない、とSは食い下がったそうです。地図のこの道の分かれ目に、三角形のマンションが建っているはずだ。

　丸い建物ならある、としばらくしてその人は告げました。いや違う。上から見ると丸く見えるけれども、それは。

　──蛇が
　蛇が建物に巻き付いている、とその人は言ったらしい。だから三角形に見えなかった。

　──それと、建物の地下に変なものが埋められてある。

　それが何であるかは、その人は言わなかった。見たくない、とSに言ったそうです。

「つまり?」

私はSの言葉を何度か反芻しながら、先を促しました。

つまり、誰かがわざとやったことだとSは答えました。おそらく、あのマンションを設計した人間が。

たちの悪いオカルティストだろう。同じ設計者が都内に同じような建物を他にも建てていることまで、彼女は知っていました。

「でも、なんのために？」

「目的はないと思う」

Sは言いました。ただ、その人物はおもしろがったのだ。とても頭がいい。設計者としての技量もある。そしてすべて計算しつくした上で、あのマンションをつくった。

あとは見ていればいい。

――そこに住む人間が、どうなるかを。

私は笑いました。内心で腹も立てていました。もちろんSに対してではありません。

恐怖がおこった時に、私は笑い出したくなります。あるいは急に怒り出すこともあります。

恐怖というものは、それを認めてしまえばもう出口はない。笑いや怒りに転嫁してしまえば、まだどこかに逃げることが出来るような気がする。

私はその時、戦慄していました。

いわくつきの場所というのは、確かにあるでしょう。何かの念が宿ってしまった家、その場所にとり憑いてしまったもの、そういった怪談話は誰もがどこかで耳にする類のものです。それはそれで恐ろしい。何も知らずにそのような場所に住んでしまうとしたら、運の悪いことだと思います。

けれどもこれは違う。

Sの言うことがその通りならば、あのマンションは人間の悪意をそのまま象ったものということです。目的すらもない好奇心、ただそれだけで、人の心の中の悪意をひきずりだしてその人物は形にしてみせた。そんなことが平気で出来る人間がいること、見たことも名前も知らないその設計者の心理に、私は恐怖したのです。

けれども、マンションを出ろと言われると、私はまだ迷いました。これから別の家を探して移るとなると手間もお金もかかりますし、仕事もちょうど忙しい時期にかかっていました。何より、私自身が体験した悪いことというのがまだひとつもなかったために、実感というものがどうしてもわかなかったのです。

そう、悪いことは何もない。仕事も順調でしたし、身体の具合がどこかおかしくなるというようなこともありませんでした。

そう言うと、Sは考え込んだようでした。

「三の数字に気をつけて」

言われて、私は少し驚きました。

三角形の建物の三階にある私の部屋。すでに二年そこに住んで、次の更新で三年目に入りります。符合はまだあって、その時間近にしていた誕生日で、私は三十三歳になろうとしていました。

それから数日経って、また夢を見ました。

私はどこかの家の中にいます。壁も天井も床も白く塗ってある部屋の中で、若い女が私を見て笑っていました。喰われろ、とそういった意味の言葉を言ったと思います。

女がそう言ったとたんに、壁と天井を埋め尽くすようにうじゃうじゃと白い蚕がわきだしてきて、私に襲いかかりました。指の太さほどもある蚕が天井から落ちてきて食いついてくるのです。

皮を喰われて血が出ていたのを覚えています。無数の虫を払って払って、逃げ出したところで、目がさめました。

蚕というのはサンと読むのだった。起きてしばらく夢のことをぼんやりと考えていた私は、ふと思いました。

三、だ。いや、そこまでいくと考え過ぎでしょう。なんでもかんでもひとつに結びつけてしまうのはよくない。こじつけなら、何だって出来る。

いっそのこと笑い話にでもしてしまいたくて、私はその日たまたま電話をくれたTという知人に、住んでいるマンションのことと夢の内容を報告しました。ホラー小説を書いているT氏は最初のうちおもしろそうに私の話を聞いていましたが、急に黙り込んでから、申し訳ないが電話を切ってもいいかとたずねるのです。

「どうかしたんですか」

「変な音が聞こえるんだ。悪いけど、これ以上は話を聞くのはまずいと思う」

切羽詰まったような声に私も慌てて受話器を置いて、しばらく呆然と電話を眺めていました。

音、というなら同じような電話はSからももらいました。

部屋の中に羽虫が飛んでいるような音がする、と彼女は言いました。最初は本物の虫だと思って気にしていなかったけれども、ヘッドホンをつけて音楽を聞いていてもやはり聞こえる。どういうことだろう、と私は思いました。

実際に住んでいる私の耳には妙な音など聞こえたことがありません。まるでこの家のことは他人にはしゃべるなと言われているようで、ぞっとしました。

だけど、普通に考えれば私が電話でしゃべったことなどわかるわけはない。盗聴でもしていないかぎり、どうやってそれがわかるのだろう。

電話の内容が筒抜けになっていることまで疑えば、自分がひどい被害妄想に陥っているような気がして嫌でした。

では盗聴などではないとしたら。

誰かがすぐそばで、息をひそめて私の行動を逐一観察しているような、そんな薄気味悪さを感じてしまったのです。

翌日、T氏からまた電話がありました。

「昨日の夜、夢を見たよ」

家の夢だとT氏は言いました。

「僕はあなたの住んでいるマンションを見たことがないから、同じ家ではきっとないと思うけどね。やはり、相当怖いね」

ああもう、笑い話にはならない。

本当は何もかも偶然なのかもしれない、とも思いました。私が住んでいるのはただの普通のマンションで、何も聞かなければ怖いなどとは思わずに、この先も平気で住み続けていったのかもしれない。

いっそ何かが起こればいいのに。何も起こらないというのが、曖昧で嫌でした。目に見えるものよりも怖いのは目に見えないもの、形のないもの、正体の掴めないもの。実際に存在するのかしないのかわからないもの。

こんな馬鹿なことはないと否定しておいて、その同じ心の中で、もしかしたらそうなのかもしれないと認めてしまう、人はその繰り返しで自分自身を恐怖に追い込んでいくものだと思います。

私は部屋を出て、マンションを外から眺めてみました。

銀色の洒落た外装の建物は、遠目からもよく目立ちます。両脇が道路であるためよけい、広々とした敷地にそれはぽつんと孤立して建っているような印象を与えます。

蛇が巻き付いているとしたら、かなり大きな蛇でしょう、胴体などは両脇の道にはみだしてしまっているに違いない。

昼間、よく晴れた空の下でとぐろを巻いている大蛇の姿を想像すると、怖いというよりもなんとなく滑稽でした。

気にしないのが一番かもしれない、と思いました。気にしだすときりがない。

仮にこのマンションが普通の建物ではないとしても、負けると決まったわけでもない。住んでいる人間が笑って楽しく暮らしていれば、効果のほどもなかったということになるのではないでしょうか。

そこに住む以上は、どうすれば快適に暮らせるかを考えるほうがいい。

この先、何か悪いことが起こったとしても、それを家のせいにして逃避すること、たとえば風邪をひとつひいてもこの家に住んでいるせいだと言い出すことのほうが、よほど問題なのだと、私は思うことにしました。


しばらくの間は、妙な夢も見ず、これといったこともなく過ぎてゆきました。仕事の忙しさに紛らわせて、家のことを出来るだけ考えないようにもしているうちに、私は三十三歳の誕生日を迎えました。

その日、私宛にケーキが届けられました。

誰からというのがわかりません。差出人の名前も私自身になっていたからです。

そんな馬鹿なと思いました。私はもちろん、注文した覚えはない。誰かのイタズラだろうか。

身内、友人、心当たりの知人、すべてに電話をしてみましたが、皆、知らないと言います。本気で知らないとわかる口ぶりでした。

確かに、これまで彼らがケーキなど送ってきたことはない。特にこの数年の友人は同業者が多いので、私の本名はほとんどの人が知らないはずでした。

いいえ、何にせよ送ったなら送ったで、連絡をいれるかメッセージくらいはよこしてくるでしょう。

でもケーキに添えられたメッセージはなく、誰からの連絡もない。

混乱しました。なぜ、差出人が私の名前になっているのか。

誰がこれを送ってきたのか。

笑うべきなのか、怒るべきなのか、それとも素直に恐怖すべきなのか。考えすぎだ、謎が解ければ気抜けするほど些細なことなのだと何度も自分に言い聞かせながら、私はケーキの箱を手にしたまま、しばらく呆然としていました。

――最後の夢を見たのは、その数日後でした。


ああ来るな、と夢の中で思いました。

何かが足下で立ち上がって、のしかかってくると、もう身動きが出来なくなりました。

金縛りがすべて霊障だなどとは、私は信じません。ほとんどはきっと筋肉が妙な具合に収縮して、身体が重いような息苦しいような感じになり、その時夢うつつであったりすると何かが乗っているように錯覚するのでしょう。急に足がつるようなものだ、少なくとも私の場合はそうなのだと思っています。

でも時折、もしかしたら錯覚ではないこともあるかもしれない。

ただ、あれも多分、夢です。

不思議と怖くはありませんでした。私は必死で身体を動かそうとし、暴れて上に乗ってきた何かをはね除けました。ベッドは仕事部屋にあったので、立ち上がってそばの机の上に置いてあったお守りを取りに走ります。そのお守りは、Sがせめて持っているようにと言って私にくれたものでした。

寝る前に閉めてあったはずの窓が開いていて、吹き込む風でカーテンがばたばたとはためいています。

ようやく机のところまで行って、お守りに手を伸ばそうとすると、そこで夢はまた振り出しに戻り、映画のフィルムが最初から再現されるように、寸分違わず同じ場面から始まりました。何かがのしかかってくる。払いのけて、机まで走る。窓が開いていて、カーテンがはためいている。お守りを摑もうとする、ところでまた最初から。

四回、それを繰り返したところで目がさめました。

朝になっていました。窓はもちろん閉まっていて、お守りは夢の中の通りに机の上に載ったまま。前の夜、寝る時に確認した部屋の風景と、何も変わってはいません。

変わっていないことがまた、腹立たしい。

――いい加減にしろ。

その時初めて、本気で、私は腹をたてたのです。恐怖心のはけ口としてではなく。怒りは、顔を知らない誰かに、形の見えない何かに、そしてこの家に対して。人を何だと思っている。いい加減にしろ。もうコケ脅しは十分だ。

――あんたの遊びにつきあうほど、私は暇じゃない。

そのマンションを出ることを決めました。

それから後のことは、小説ならば蛇足でしょう。事実だから仕方がない。不動産屋に更新はないと連絡をいれ、数日のうちに家を探して手続きをし、引っ越しの手配をすませました。

とりあえず、家を移る日までもう夢も見なかったし、これといって何かが起こるわけでもありませんでした。

翌日の引っ越しのために荷物をまとめている時でした。それでふと、私は思ったのです。

このマンションに住み続けて、最悪の事態が起こるとしたら、それは事故だろうか病気だろうか。事故であった場合、悲惨なのはどんな状況だろう。

一番嫌なのは、首が落ちることだと思いました。どうしてその時、そんな考えになったのかは今でもわかりません。自分の死にざまなんて、それまで考えたこともない。でも、とにかく、首がなくなるような死に方だけはしたくないなと、ぼんやり何気なく、私は思いました。
そんなことは、考えなければよかった。

大切にしていた博多人形は、愛らしい少女が立ち姿で笛を吹いているものでした。何年も前に一目で気に入って、九州から送ってもらったものです。厳重に包装して、万が一にも壊れないよう、荷物とは別に抱いて運びました。
新しい家に着き、どこにもぶつけなかったことに胸をなで下ろしながら、ケースに入れるために包みを解いて。

そのとたん、人形の首がとれて、ころりと落ちた。

静かな黄昏《たそがれ》の国

篠田節子

「葉月卓也《はづきたくや》、さやかさんご夫妻ですね」

玄関先に立って男は確認した。

さやかは夫と自分の年金支給用IDカードを男に見せる。

「確かに」

男はうなずき、さやかが手渡した現金三百万円をかばんにしまいこんだ。

「では、どうぞ」

さやかの手を取り車に乗せたあと、男はこのところめっきり足腰の弱った夫の卓也を支え、座席に座らせる。

「現地までは少し時間がかかりますから、どうぞおくつろぎください」

ステーションワゴンのドアが閉められた。

さやかは夫の静脈の浮き出た手を握り締め、窓の外を眺めた。

ひび割れたコンクリートの塊が夕陽を背に一層黒く沈んで、遠ざかっていく。ついさっきまでさやかたち夫婦の住みかだった都営住宅だ。

ここ二十年以上、何のメンテナンスも行われていないので、ベージュ色だった外壁は真っ黒に変わり、水道をひねれば錆《さ》び臭い水が出てくる。給排水パイプが詰まっているので漏水事故はしじゅう起きる。もちろん内装も、ペンキがはげて灰色のコンクリートが剝《む》き出しになっている。

それでも四十年近くも住み慣れた我が家を離れることに、さやかは一抹の感傷を覚えた。

ここに入居した当時、数年に一回は行われていた改修工事は、都の財政事情が悪化してからいっさいいなくなった。金がないのは都だけではない。市も区も県も、国も、そして民間にも、どこにもない。

経済大国と呼ばれた頃の五、六十年前の面影など、もうこの国のどこにも残っていない。現在の日本は、繁栄を謳歌《おうか》するアジアの国々に囲まれ、貿易赤字と財政赤字と、膨大な数の老人を抱え、さまざまな化学物質に汚染されてもはや草木も生えなくなった老小国なのである。

「まもなく窓にスクリーンを下ろしますから、外をご覧になるなら今のうちにどうぞ」と男は運転しながら言った。

さやかは小さく窓を開けてみた。夕暮れどきだというのに、コンクリートに焼かれた熱風が吹き込んできて、火傷《やけど》しそうになった。

「早く、閉めんか。非常識な」と夫が、怒鳴った。

確かに夏場に窓を開け、冷房されていない空気を室内に入れるなどというのは、正気のさたではない。

窓の向こうの見渡す限りのコンクリートの山とアスファルトの川の間に、濃い緑の森が沈んでいる。

車は増え続け、前世紀の終わりには高速道路の他に、圏央道、央環道と、つぎつぎにバイパスが造られ、駐車場のない商店は廃業に追い込まれていった。そして西暦二〇一〇年を過ぎたころ、都心の七〇パーセントが道路と駐車場になった。もちろん都市計画は綿密に行われたから、コンクリートの合間の各所に、サツキやマテバシイのような、虫がつきにくく排気ガスに強い木々が幾何学的厳格さでデザインされ、植栽された。

しかしそれもこの十年ほどの間に、みんな枯れてしまった。

あれはいつになく長い梅雨だった。分厚い雲に覆われた空から降る雨は、肌に触れるとひりひりして、目に入ると飛び上がるほど痛かった。さやかは一度洗濯物を出しっぱなしにして濡《ぬ》らしてしまったことがあるが、慌てて取り込んだときは繊維がぼろぼろになっていた。

「洗濯物を外に干すとは、非常識もはなはだしい」とお気にいりのシャツを穴だらけにされた夫は怒った。夫の言うとおり、ベランダや庭に洗濯物や布団を干すなどというのは、良識ある市民のすることではなかった。そうしたものは目に触れないように乾燥機で乾かし、ベランダはプランタや鉢で外から美しく見えるように飾ることが奨励されている。

しかしいつの間にかどこの家からも、生の草花のプランタは消えた。外に出したらたちまち枯れてしまうからだ。今ではかわりに熱にも酸性雨にも強い合成樹脂の花が、さまざまな色合いで咲き誇っている。

とにかくあの年の長雨で、首都圏を中心にした本州の大半から森が消えた。急激な産業化による排ガスで、日本にレモンスカッシュの雨を降らせた隣国はあまりに強大で、クレームをつけることはできなかった。防止措置を講じるための援助をできるほどの力も金も、この老いたろばのような国にはすでになかった。

しかし森の消滅は、需要低迷に悩む国内外の企業に、巨大な市場と利潤を提供した。海外からの援助を受け、首都圏はひところ、あらゆる人工緑やバイオ植物の巨大な実験場と化した。しかしコストの問題もあり、十年経ってみれば、安価な合成樹脂製の緑が町の各所に配されている。

さやかの住む都営住宅の五階からも、公園のそうした人工緑が見えた。春は淡い緑だった葉は、六月一日付で一斉に濃緑色に変わる。そして十月十日に黄と朱の半々になり、十一月二十五日には枝だけになる。しかし旧臨海副都心あたりの並木は、もう少し金がかけてあり、センサーの機能が向上しているため、本物によく似た繊細な変化が楽しめるという。

しかしいずれにせよ、あと数時間でそうした首都の景色ともお別れだ。

この夏、さやかたち夫婦は金婚式を迎え、これを機に終《つい》の住みかを決めた。

東京に未練はない。彼らには息子が一人、娘が二人いたが、三人とも他界した。

まず次女が十二歳のとき小児性高血圧と糖尿病と痛風を併発し、次に長男が三十五歳のとき大腸癌で、長女は一番長生きしたが四年前、抗生物質耐性大腸菌にやられて死んだ。めずらしいことではない。今の年寄りが少々長生きしすぎているだけだ。

「どうぞお弁当を」と男が言った。後部座席のテーブルに箱が載っている。ここ数十年、馴染《なじ》んだディナーセットだ。蓋《ふた》を開けるとレースペーパーに包まれたビスケット状のものと、球形の煎餅《せんべい》のようなもの、それに袋入りのソースがついている。ミネラルウォーターが添えられているので、湿った食感が好みなら、それでその煎餅やビスケットのようなものをふやかせばよい。

このディナーセットは老人用なので、歯ざわりが軽く食味もあっさりしている。澱粉質《でんぷんしつ》に各種のビタミンや蛋白質《たんぱくしつ》、ミネラルが配合されているこの種のセットには、幼児期、成長期、成年期、壮年期、老年期とそれぞれの年代にあったタイプがある。さらに朝食用、昼食用もあり、年齢に合わせて、指定されたものを食べていれば栄養バランスは完璧《かんぺき》で、美と健康をいつまでも維持できるという。

しかし生まれたときからこの健康食を食べて育った子供たちが、なぜ自分たちより早く逝《い》ってしまったのか、さやかにはわからない。長女の頑固な皮膚病がもしやこの食事に原因があるのでは、とさやかも疑ったことはあった。しかし医者もメーカーも役所も、そんなことは否定したし、第一、それ以外の食品を食べさせたくても高くて手が出なかった。

外国産の生鮮食品は、強い元《げん》やウォンやリンギットが買い占め、日本にまでは回ってこないのだからしかたない。

「向こうでは、本物の野菜を食べられます」

二週間前の休日の午後、焼け付くような暑さの中をやってきた営業マンは、そう言った。

「終の住みかは、本物の森の中にいたしませんか？　ここを出て、リゾートピア・ムツに行けば、本物の木の家に住めるのです。庭がありますから家庭菜園もできます。お一人たったの三百万円で、終身、面倒を見させていただきます」

「本当に三百万円でいいのか？　なぜそんなに安いのだ」と夫は尋ねた。

男は説明した。そこでは人の生理に逆らう不自然な治療は一切しないし、そこに行くと人は三年以上は生きないから、それほど高くしなくても採算は取れるという。

「なぜ三年以上、生きないんですか？」

「だから、不自然な治療をしないからです。人間の体は、生殖を終えたら自然に壊れ、生理的機能を平和に止めるようにできているんですよ」

一般の老人施設に放りこまれたら最後、ビニールハウスのようなところで管理されながら、人生の長い黄昏《たそがれ》を過ごして非人間的な末路を迎えることになる。

しかし終身介護施設、リゾートピア・ムツでは、ごく自然な形で人間の寿命を全うすることができるようになっていると言う。

さやかにも夫にも、うすうす予想がついた。そこは日本では非合法とされている安楽死施設だろう。もちろん薬を注射して殺してしまうといった積極的安楽死ではなく、普通の施設で行っていることをしないという消極的意味においてである。

そろって七十を過ぎてしまったさやかたち夫婦には、余命三年でも十分長い。

このまま都営住宅にいれば、最終的には自分たち夫婦は公的介護施設に入所させられる。できるかぎり自宅で過ごさせるというのが今の政府の方針だから、施設に入るのは、まったく動けなくなってからだ。それも動けなくなった方を一人ずつ。

入所したら、その先が長い。危険防止装置、寝返り装置、排便処理装置、給餌《きゅうじ》装置、呼吸装置までついたセンサーだらけのフル装備ベッドに括《くく》り付けられ、逃げることも首を吊《つ》ることもかなわず、完全に心臓が止まるまでの間、何年でも生き続けなければならない。核燃料サイクルが軌道に乗り、電力だけは国内で自給できるので、この類《たぐい》の機械は異常に発達した。

もちろんそんな将来を怖れこそすれ、期待する者はだれもいない。営業マンの説明するリゾートピア・ムツという名の終の住みかは、さやかたちにとっては願ってもないものだった。夫婦を躊躇《ちゅうちょ》させたのは、この営業マンが詐欺師だったらどうしよう、という不安だけだった。この男の言葉がすべて嘘で、途中で自分たちを捨てて、金だけ持って逃げたらどうしたらいいのだろう。

営業マンは、その施設のある場所も教えられないと告げたのだ。何しろ破格の料金で人間らしい晩年を送らせ、最後は安楽死させるという非合法施設なのだから、ばれたら殺人罪だろう。

しかし三百万、というのは、私営の終身介護施設の二十分の一の値段だ。それが三年以上は生きられないということを意味するだけならいい。苦痛に満ちた不必要な介護をしないということなら、むしろ歓迎する。

夫婦は一晩話し合い、営業マンの言葉に賭《か》けてみることにした。

今はもう地球規模で見ても希少価値となった自然環境の下で、自然の食品を食べて生きられる、というのだ、それもたったの三百万で。

実際のところ、本物の野菜を食べさせたり、本物の木の家に住まわせる、などというのは誇大宣伝だろう。おそらく書き割りかスクリーンの森の中に建つ、ドラマのセットのような木造風家屋で、食感や味を野菜に似せた合成繊維食品を食べさせられるだけだ。それでも公的介護施設で、センサーベッドに括り付けられる最期よりはいい。

書き割りの森の中で、合成化学繊維の野菜を食べさせられたにしても、そのつもりになって楽しめるように自分自身をコントロールするすべを、さやかたちは身につけていた。

一時間も走り、あたりが薄暗くなってきた頃、男は「それでは高速道路に入りますので、スクリーンを下ろさせていただきます」と言った。

窓の外は、瞬間的に、星々の輝く、宇宙の光景に変わった。

「あら」とさやかは、そのスクリーンの光景を見て声を上げた。

「お気に召しませんでしたか、それでは」と男が言ったのと同時に、窓の外に青空が広がった。羊の形をした雲がゆっくり流れていく。

「そうではなくて……」

夫が黙って、約款をさやかの前に出した。そこには行き先がわからないように、高速道路に乗ったら、車の窓をふさぐ旨が記載されていた。

「ああ、そう」とさやかは、目を閉じてシートに身をもたせかける。少し気分が悪い。

あんなところでも数十年住んだ家だったのだ、と都営住宅のベランダから眺める景色を思い出すと、淋《さび》しさと心細さが胸に込み上げてきた。動悸《どうき》を鎮めるようにそっと左胸に手を置く。萎《しな》びた手、たるんだ腹、老年期に入れば体には、必然的に外形的変化は起きる。しかし胸だけはその変化と無縁だ。皮膚は萎びてもそこだけはふくよかに、見事な円錐形《えんすいけい》に張り出していた。シリコンのパックが詰め込まれているからだ。

さやかの若い頃は、これが当然の処置だった。近眼の者は眼鏡やコンタクトで矯正し、歯が抜ければ差し歯をする。髪がなければ繊維を植える。問題があれば直すのが当然で、それは見栄《みえ》でも自己満足でもなく、見るものを不快な気分にさせないためのエチケットだった。そんな美意識は、日本が穀物輸入さえ危ぶまれるほどの貧乏国に転落する前夜まで、人々の心の中に生きていたような気がする。

車は夜の高速道路を疾走する。ときおり車体がひどく揺れ、頭を天井にぶつけそうになる。一時は、通る車もない地方にまではりめぐらされた高速道路だが、現在使えるのはその四割足らずだ。路面の陥没は日常茶飯事で、橋脚が倒れた箇所もある。公団も修理費を捻出《ねんしゅつ》できないのだ。

どのくらい走っただろうか。さやかは少しの間うとうとした。

次に目覚めたとき、空気が変わっていた。かぐわしく、懐かしい香りがする。何十年か経つが、忘れてはいない。まぎれもない森の香り、緑の吐息だ。いったいどういう香料なのだろう、ときょろきょろとあたりを見回すと、窓のスクリーンは上がっていた。濃い闇の中を車はゆっくり走っている。

「お客様、どうですか。外の風を入れているんですよ」と運転しながら男は言った。

「この香り、本物なんですか」とさやかは尋ねた。

「見てくださいよ、外を」と運転手はルームミラーの中で笑う。そのとき気づいた。運転席と後部座席の間が、透明な樹脂の衝立《ついたて》のようなもので隔てられている。

後ろから襲われるとでも思っているのかしら？　さやかは首を傾げた。

まもなく前方に巨大な壁のような物が現れた。フェンスだ。それもビルの三階分くらいの高さがあるだろう。フェンスに沿って車は進む。まもなくフェンスに囲まれた内部への入り口が見えた。しかし門ではない。破れ目だ。いったい何があったのか、白いコンクリート製のフェンスには、車が一台やっと通れるくらいの裂け目ができている。

そこから車はゆっくりと内部に入っていった。

森があった。あの香りはここから漂ってきたものだったのだ。木々の枝が天井や窓にぶつかる。狭く曲がりくねった道を、車は徐行していく。

窓の外の闇に、蛍のような光が点々と灯《とも》っている。幻のような青白い光だ。何だろうと凝視するが、わからない。二十分も走った頃、車は大きく揺れて止まった。

「お疲れさま。お客様の家は、ここです」と男は言った。声は座席の上についたスピーカーから流れてくる。運転席とは透明なスクリーンがあって声が聞こえないからだろうが、いったいどういう理由で、隔てられているのか見当がつかない。首をひねっている間にドアが開いた。

「お家《うち》の鍵《かぎ》は開いていますす、さ、どうぞ」

スピーカーから声がした。

さやかが先に外に出て、それから夫に手を貸して座席から降ろす。男は運転席に座ったまま手伝ってはくれない。夫が降りると同時に、車のドアが閉まった。

「それではどうかお元気で」

車外スピーカーから声が聞こえたと思ったら、彼らを乗せてきた車は、枝々にぶつかりながら素早くUターンして走り出した。

「あ、待って……」

さやかが言いかけたときには、赤いテールランプがカーブの向こうに消えるところだった。後悔と不安が襲ってきた。

夫が黙ってさやかの腕を摑《つか》み、ドアの開いた家の玄関の階段を上り始める。木の階段は五段。上ったところはテラスになっていて、木製の椅子とテーブルが置いてある。ログハウスだ。懐かしい光景だった。

ここに来るまで抱き続けていた漠然とした不安は、目がくらみそうな幸福感に変わった。

アウトドアレジャーなどというものが流行《はや》っていた幼い頃、家族で泊まったコテージとよく似た建物だった。その場所が、北海道の知床《しれとこ》近辺だったのか、能登《のと》半島の突端だったのか、記憶に定かではない。しかし漂っていた木の香りだけは、六十数年が経過した今も、はっきり思い出すことができる。日本の美しく豊かな時代が、終焉《しゅうえん》を迎えようとしているときだった。あの時代の建物に、自分が住むことができるというのが信じられなかった。

室内には白熱球が灯っている。

さやかはフローリングの床の上に立ち、壁に触れた。

「本物だわ……」

夫が不思議そうな表情で、室内を見回す。

「どうしたのだろう、この木は。外の森は何なんだろう。日本にこんな森が残っているはずはないじゃないか」

富士の原生林は、スバルラインと網の目のようにはりめぐらされた一般道路によってじわじわしばまれて消滅し、釧路《くしろ》湿原は工業団地を造るために今世紀の初めには埋め立てられた。白神《しらかみ》山地は大規模なレジャーランド開発によって、虫食い状に表皮を剝《は》がれ、今は遊園地やパチンコ屋やバーチャルゲームセンターを四車線道路で結ぶ世界最大の歓楽街になっている。

「すべてが精密なレプリカなのか」と、夫は床の上の木のテーブルと椅子を見た。

バスルームのドアを開けると、清潔なステンレスのバスタブに、透明な湯がはってある。湯加減はコンピュータ制御になっていて、トイレも各種のセンサーが入っていて、体が多少不自由になっても十分に暮らしていける造りだ。隣の部屋はベッドルームになっている。セミダブルベッドが二つあり、サイドテーブルの上にテレビを兼ねたコンピュータ端末が置いてあり、彼らが部屋に入って数秒後に自動的に電源が入った。

「ようこそ、森の国に」

女性の声によるアナウンスが聞こえてきた。

「それではここでの生活についてご説明をいたします」

食事は、中央にある食堂で取れるがこの端末で申し込めばケータリングサービスも受けられる、敷地内の農園で穫《と》れた野菜で自炊が可能、体調が悪いときはこの端末で連絡すれば、リゾートピア内の医療施設で療養できる、いくつかの必要な情報が文字と音声の両方で提供される。さらにリゾートピア・ムツ内のコミュニティやサークル紹介、森の動植物などについての解説が続く。

「ねえ……もしかして」とさやかは夫の腕を取って、ぺたりと端末の前の床に座った。

自分の手をこすり合わせ、目を開けたり閉じたりしてみる。

自覚しないまま、仮想現実の世界に入っているのかもしれない。あるいはここに来るまでの車中で幻覚剤を服用させられたか。

夫はうなずき、さやかの顔をじっとみつめた。

「何か、夢でも見ているのかもな……」

さやかはドアを開けてテラスに出る。森の香りを含んだ夜風が心地良い。

漆黒の闇の中に、車中で見た蛍のような灯がいくつもぼうっと灯っている。しかし蛍のように飛ばない。蛍より大きく、地上三十センチくらいのところに浮かんでいる。さやかは階段を下り、近づいていく。「気をつけろ」と夫が声をかける。

近づくにつれ、その形がはっきりした。小さなあやめに似た花びら。しゃがの花だ。しゃがの、あの菫《すみれ》を含んだ清冽《せいれつ》な白色が、そのまま発光し、あたりの草を淡い緑に照らしだしている。

息を呑《の》んでさやかは、その光景をみつめていた。まるで草むらにいくつもの小さなランプを吊《つ》り下げたようだ。空を見上げると生い茂った木々の間から、星が瞬いているのが見え、地上にはしゃがが発光して咲き乱れている。

振り返ると夫がいた。まるで結婚当初のように、優しい手つきでさやかの肩を抱き、彼は言った。

「夢でもいいじゃないか、なあ。仮想現実だっていいじゃないか。我々だけだよ、こんな夢を見られるのは。こんな仮想が成立するのは、現実の森を記憶に留《とど》めた我々の世代だけなのだから」

「ええ」とさやかは、夫の手を握り締め、発光する花の方を何度も振り返りながら、室内に戻っていった。


朝の光が射し込んできた。次第に頭がはっきりしてくる。視界は明るい。体を起こすと夫も目覚めたらしく、「何時だ?」と尋ねた。

「五時半」

「歳を取ると、やはり早いな」

ガラス窓の向こうは森。朝靄《あさもや》が金色に巻いて、淡いブルーと白の縞《しま》もようのシーツの上で朝の光が躍っている。

夢や仮想現実というには、あまりにも鮮やかで明るい光景だ。

持ってきたスーツケースから、新しいシャツを取り出して身につける。端末で食堂の位置を確認し、そちらに向かう。

小川に沿って造られた木道《もくどう》の脇は湿地になっていて、ヒオウギアヤメが咲き乱れ、盛りを過ぎて育ち過ぎた水芭蕉《みずばしょう》が、異様に大きな苞《ほう》を広げていた。

湿地の周りはぶなやダケカンバの茂る明るい森だ。朝露に濡《ぬ》れた木いちごの枝をかき分けながら進むうちに、まもなく木道は切れ緩い坂道に変わる。こちらは人の手が入っているようには見えないが、明るく開けた混合林だ。

「あれ」と夫は赤松の根元を指さした。

さやかはそちらの方向を見て、ぎょっとした。茶色のバスケットボールほどのものが転がっている。

「まさか」と顔を見合わせた。きのこだ。サイズさえ小さくすれば、それは遠い昔、さやかがまだ十代の頃、スーパーマーケットの店頭で見かけた、パック入りのマッシュルームそっくりのものだった。巨大ではあったが、食欲をそそる色と形ではある。

夢ならありうる、と二人は先を急ぐ。足元の道を緑色のものが横切る。一瞬、さやかは、デパートのペットショップの六桁《けた》の値札を思いおこした。長男が幼い頃、ねだられたことのある動物、モリアオガエルだ。もちろん養殖所で大切に育てられた緑の宝石のような高価な動物を子供に買い与えてやることはできなかった。それが今、無造作に足元にいる。しかしその歩き方はどこかおかしい。体が傾き、二、三歩行っては、息切れしたように止まる。近づくとその原因がわかった。

蛙の前脚と後脚の間から、一本、胴体ほどある巨大な脚が突き出しているのだ。五本脚の蛙。

さやかは悲鳴を上げて、立ちすくんだ。夫がかばうように、背中を押した。「何が起きても不思議はない。夢の中なら」とつぶやきながら。

食堂は、コンクリートでできた円筒形の広々とした建物だった。中に入ると、さやかたちと同年輩の老夫婦が十人ほどと、車椅子の女性が一人いた。テーブルが窓際に配置され、中央の台にいくつも大皿が載っており、そこから各自、自分の皿に取り分けるビュッフェ方式になっている。

大皿の中にあるのは、まぎれもない野菜だ。みずみずしいトマトやきゅうりのサラダ。脇には本物の魚肉のゆでたものがある。

信じがたい思いで、さやかはそれをしばらくの間眺めていたが、我に返り、周りの人々とあいさつするのも忘れ、つかれたように自分の皿にそれらを山盛りにした。

テーブルに持ってきて、銀のフォークで口に運ぶ。みずみずしい繊維質が歯の間で弾《はじ》け、青臭い香気と野菜独特の旨味《うまみ》が舌の上に広がる。

「間違いないわ、これ合成繊維野菜なんかじゃない」とさやかは、まだ十二本残っている自分の歯で、それを噛《か》み締めた。

「そうらしいな」と五本しか残っていない夫は、もぐもぐと顎《あご》を動かしている。

魚肉は、どれも皮や骨を取りのぞいた真っ白な切り身になっていたが、川魚のような苔《こけ》の香りがした。

「三年どころか」とさやかは銀のフォークを置いた。「これでは十年以上生きてしまいそう。子供たちを連れてこられたら、どんなによかったか……」

もしかすると仮想現実、と思いながらも、涙がこぼれた。

「あの、よろしかったら、こちらでご一緒にいかが？」

そのとき隣のテーブルにいた老女が声をかけてきた。二組の夫婦と車椅子の若い女性の五人がそちらにいた。

さやかたちは、食後のコーヒーを持って、そちらに移った。

「皆さん、お知り合いで？」

夫が尋ねる。

「ええ。こちらに来てから、つい一週間前に会ったばかりですのよ」

老女は答え、テーブルのメンバーの紹介をした。

老女は平林《ひらばやし》さんと言って、つい一週間前に、ここに着いたばかりだという。夫妻で来ていて、二人とも七十五、六歳くらいに見える。揃って真っ白な髪をして、高砂の翁《おきな》と媼《おうな》を思わせる上品な老人たちだ。もう一組の夫婦は、浅田《あさだ》夫妻といって昨年の暮れに、ここに来たという。平林夫妻よりも若く、六十を少し出たくらいだろう。

夫人の方は胡麻塩《ごましお》の髪を短く切り、ふるぼけたズボンをはいた、身形《みなり》にかまわない感じの女性だ。しかし不潔とか無気力といった印象はない。自分の肉体や身形への興味を失ってごく自然に枯れていったような感じは、むしろ真っ白な骨にも通じる独特の清々《すがすが》しさがある。夫の浅田氏の方が、木綿のしゃれたセーターを着て、隣の車椅子の女性や平林夫人に細かく気を配り、みんなを笑わせているのとは対照的だ。

車椅子の女性は、東子《とうこ》という名前で、自己免疫疾患により先が長くないことを医者に告げられたために、ここにやってきたという。やはり公立病院の終末医療に怖れをなしたそうだ。

「ここにはいつから？」とさやかが尋ねると、「今年のお正月から」といくぶん舌足らずな口調で東子は答えた。

「おかげんはいかがですか？」

社交辞令のつもりの問いだった。東子は屈託のない微笑を浮かべた。入念に化粧をしたかさついた蒼白《そうはく》の顔に、ちりめんのような皺《しわ》が寄る。

「ここに来てからは順調に衰弱してるから、けっこういいみたい」

「それはようございました」

浅田夫人と平林夫人が、羨《うらや》ましそうに顔を見合わせた。順調に衰弱し、ぽっくり死ぬというのは、いつの世でも人々の夢だ。

それにしてもと、さやかは夫の方を見た。さやかの知っている仮想現実というのは、苦しみのない世界のことだ。悲しみや苦しみの存在しない世界、森はあっても気味の悪い蛇や、肌を刺す虫がいない快適なだけの緑や、人が潜って鰭《ひれ》を持っているかのごとく自由に泳ぎ回れる海中、あるいは分厚い霧の中を自由に飛行できる木星の表面、それがさやかたちが体験できる商業化された仮想現実世界だったはずだ。

しかしここにいるのは病人で、しかも若い女性。こういう場合、美しく設計されているはずなのに、彼女は美しいとはいえない。そして隣人たちも、人が計算して作り出したキャラクターにしては、表情も話し方も複雑すぎる。

すると自分は本物の現実の中にいるのか。それならあの森は何だろう。

夫も同じことを考えたのかもしれない。落ち着かない様子で視線を人々の間に行き来させている。

「ここはいいですよ。新しい人ばかりですから」

浅田夫人が言った。

「前に住んでいたところは古い町でしたから、しきたりだの、なんだのとご近所がうるさくて。未《いま》だに電子メールでなくて、回覧板を回すんですよ。一日でも置いておくと、叱られるんです。主人は昔から住んでいた人だからいいけれど、私なんか嫁いで四十年経ってもお嫁さんと呼ばれてました。ここみたいに古くても一年くらいっていうのが、一番いいですよね」

「古くても一年? 三年でなくて?」

さやかは尋ねた。

「ええ。そのくらいで、みなさん出られて新しい方がお見えになるわ。私たちもそろそろかと思いますけど」

「ま、そんなことはともかくとして」

さえぎるように浅田氏が、言った。

「どうですか、お近付きの証《しるし》に、パーティーでもしませんか、うちで。ちょうどきのこが出盛りですから、森にきのこ狩りに行きましょう。我が家の家庭菜園のトマトも、たくさん実ってますよ」

「まあ」と平林夫人が、にっこり笑った。

パーティーの日取りを決めて、それぞれ席を立つ。東子だけは他のメンバーと違う方向に行った。

「私、家を出て悟りの家に入ったんです」と言う。

「悟りの家?」

「端末で解説を見たら、ここでは病院とは呼ばんようですな。治療はしないので。住民が順調に衰弱して、自然にあちらに行けるようお手伝いしてくれるということでして」

それまで黙っていた平林氏が小さな声で説明した。

「看護師さんなど、いるんですか?」

さやかは尋ねた。東子は首を横に振った。

「ここの食堂と同じで、だれもいないんです。ただセンサーがはりめぐらされていて、何も不自由はないから、平気。ベッド脇の端末を視線だけで操作できるからお医者さんへの相談ごとなんかは、それで十分だし。最後は宇宙服のようなものを着た人が来て、ガスを吸わせてくれるそうです。二秒で気を失って、二十秒で死ねるそうなので、とても安心」

手を振って東子を見送った後、さやかたちは他の二組の夫婦とともに、地下に通じる階段を下りた。そこは無人のマーケットになっていた。円筒形の建物の中央にある広い階段を下ってきたとき、さやかはふと、前に一度ここを訪れたような気がした。本当に来たことがあるのか、既視体験なのかわからない。

しかし地下の光景は、記憶にまったくない。広々としたフロアに、パンや野菜、パック詰めの魚肉などを載せたワゴンがある。魚肉はカフェテリアにあったのと同様、皮を剝《は》いだフィレになっていて、魚の種類がわからない。野菜は丸ごとの本物だ。さやかの胸は興奮で高鳴る。夢であるなら、覚める前に抱えられるだけ抱えて、家に帰りたい。あの時代、あのまだ空が空であり、大地が大地であった時代の匂いをかぎとり、それから満腹するまで食べたい。食欲というものもまた、数十年ぶりに戻ってきた。無人のマーケットにレジはない。金はいらないらしい。

数種類の野菜を持って家に戻ったさやかは、さっそくログハウスの片隅に造られたキッチンの電磁調理器で、おぼろげな記憶をたどりながら調理をした。さやかが生まれた頃、喫茶店のコーヒー一杯分で抱えきれないほどの葱《ねぎ》が買えたという。しかしさやかが結婚した頃には、玉葱一個が大卒の初任給の一ヵ月分になっていた。だからずっと箱入りのクッキーや煎餅《せんべい》のような食感のバランス栄養食品を食べてきた。調理といっても、それらを温めたり、ソースをブレンドする程度のものだったから、いざ素材から火を通そうとすると、勝手がわからない。食卓に並んだ料理は、煮え切らず固かったり、崩れていたりした。それでも夫婦とも物も言わずに食べた。

夏とはいえ夜になると、空気が冷えてくる。センサーが働いて自動的に床暖房が入った。この家の素朴な外見に似合わぬ行き届いた造りに驚かされながら、快適な暖かさの中でさやかたちは寝付いた。

翌日は木立の間を散歩して、木漏れ日の下で昼寝して過ごした。やることといったらせいぜい、備え付けの洗濯機にシーツや着替えを放りこんでボタンを押すことくらいだ。あとは乾燥が終わって出てくるだけ、というのは、ここに来る前と何も変わらない。特別欲しいものがあれば、端末にメールを入れておけばいいし、時間を持て余せば、この端末がそのままビデオにもテレビにもなる。これもまたあの都営住宅にいた頃と変わらない。しかし数日が経っても、退屈することはなかった。本物の森と土と夜風、虫の声や咲き誇る花々は、さやかにとってはとてつもなく懐かしく、好奇心をそそるものだった。めったに外に出ることのなかった気難しい夫は、ここに来てから快活になり、さやかの支えがなければ立ったり座ったりがおぼつかなかったのが、いつの間にか足腰がしっかりしてきた。今では釣り竿《ざお》を持って森の中の小川に行くのが日課になっている。ただし釣果は期待できない。釣れないのではない。釣っても捨ててしまう、と夫は言った。

もったいないと、さやかは非難した。すると翌日の夕方、夫は釣れた魚を持ってきて見せた。大きな鱗《うろこ》の、鯛《たい》ほどの魚だった。小川にこんな大きな魚がいるとは意外だったが、その形は観賞に堪えるものでも、食欲のわくものでもなかった。深海魚のように目が飛び出し、妙な恰好《かっこう》に変形した鰭が胴体の中途から飛び出している。

「なに、これは?」とさやかは後退《あとずさ》った。

「今日会った釣り人の話によると、姿に目をつぶって食べてしまえば、白身でくせがなくて、うまいそうだ。深海魚と似たようなものだろう」

もしやと、さやかはあの食堂やマーケットにあった、皮をむいた切り身魚を思い出した。

「どうするんだ?」と夫が尋ねた。

「いやよ。そんなものに触るの」

さやかは首を振って視線を逸《そ》らした。

夫は、それを埋めると言って、すっかり陽の落ちた林に戻っていった。

しばらくして移植ごてを片手に戻ってきた夫は、「つがいの鹿がいた」と興奮気味に言った。魚を埋めていると、それがやぶの中から首だけ出して、こちらを見ていたらしい。

「仲がいいのか、ぴたっと寄り添って、それが月明かりの下で、実に微笑ましいというか、神秘的な姿だった」

それから、「もしかすると夢かもしれないな、鹿だけじゃなくて、ここのすべてが」と付け加えた。

この前の朝食時の約束どおり、浅田家のホームパーティーに招かれていったのは、それから一週間後の午前中のことだった。

浅田家はさやかたちのログハウスから五分あまり歩いたダケカンバの林の中に建っている。さやかたちが着いたときには、平林夫妻と東子は先に来ていた。

東子は、鮮やかな水色のワンピースに白い帽子という古典的なファッションで車椅子に乗っていた。入念な化粧をし、口紅は濃いピンク色だ。そろそろ「あの日」が近いのだろうか、とさやかは少しばかり痛ましい気持ちでその姿をながめる。しかし小学校を卒業する前に、成人病に全身をむしばまれて死んでいった次女に比べると、こんなふうに美しく着飾れる歳まで生きたことは幸せであるようにも思える。たぶん一つくらい恋もしただろう。

浅田の夫が、その車椅子を押し、裏にある家庭菜園に行く。東子はぐったりと頭を背もたれにつけ、半ば眠っているように、うっすら目を開けて微笑んでいた。

菜園では豆の花が咲き、ズッキーニとミニトマト、さやいんげんが実っていた。緑の実に交じって咲いているズッキーニの花は、鮮やかな黄色だ。

「そういえば」と思い出して、さやかは言った。

「この花は、夜、光らない？」

「そうそう、暗いところで花が光りますわね、この森は」と平林夫人も言う。

「これは夜はしぼんじゃうから光ってないけど」と浅田夫人は答え、「でもお豆の種類によっては、光るみたいね」と付け加えた。

「どうしてかしら？」とさやかはだれに尋ねるともなくつぶやいた。

「なんだか不思議な森ですわね」と平林夫人は、皺《しわ》の寄った唇をすぼめた。

「それじゃ君たちは、きのこ狩りに行っておいで」と浅田氏が、籠《かご》とナイフを妻に手渡した。

「畑は?」とさやかが尋ねると、「私たちが残ってやっておく」と浅田氏は答えた。

「いいのよ、いずれにしても彼女は、あまり動けないから」

浅田夫人が、東子を一瞥《いちべつ》する。

「それじゃ私たちは」とさやかが木道の方に行きかけると、さやかの夫は、「それでは、私は畑の方を手伝わせていただきましょう」と気を回して言った。

「いや、けっこう」

きっぱりと浅田氏が断った。

「お客さんは、楽しんできてください。妻はきのこ博士でしてね、彼女についていけば、まず毒きのこに当たることはないですよ」

「ええ、ええ。土いじりは主人にまかせておけばよろしいの」と浅田夫人は、さやかの夫の背中を押す。

木道を五分ほど歩いたとき、ふと思い出して「マーケットの野菜はどこで作っているのかしら?」とさやかは尋ねた。

「あなた、端末のインフォメーション、見なかった?」と平林夫人が尋ねた。

「いえ」

「農場があるのよ。この森の一角に」

「きのこ狩りの前に、ご覧になる?」と浅田夫人が尋ねた。ええ、と返事をするとくるりと体の向きを変えて、元来た道を引き返し始めた。

浅田家の裏手まで戻ってきたときだ。浅田氏の姿が見えた。模様入りのシャツの裾《すそ》が、緩い風にはためいている後ろ姿。それが車椅子の前に屈《かが》み込んでいた。

浅田夫人が視線を逸らせた。

「あ、東子さん、容体が悪くなったのでは……」といいかけ、さやかは言葉を呑《の》み込んだ。平林夫妻はそちらをちらりと見て、ぎょっとした顔をしたが、すぐに素知らぬ風を装い、何か別の話を始めた。

浅田の夫は、東子の手を握り、今にも抱き締め、陽光に白粉《おしろい》をきらめかせている異様に白い顔に唇を寄せそうにしていた。

さやかの夫が「じろじろ見るのはよさんか、失礼な」と小声でさやかをたしなめ、手首を摑《つか》んでその場からひきはがす。

平林夫妻だけが、朗らかな調子で、ここの森の美しさやここに住める幸福について話し続けていた。

「ホルモン療法、やってらっしゃる?」

唐突に、浅田夫人が尋ねた。

「もちろん。放っておいたら、体中の骨が折れてしまいますもの」と平林夫人が答える。

前世紀の終わりから先進国では閉経期の女性のホルモン療法が一般的になっていた。更年期障害やいくつかの老人病の予防のための医学的処置というのが建前だが、実際にはいつまでも若さを保つための美容上の目的で行うのが普通だ。さやかも二十年前から始めた。しかし浅田夫人は見たところ何もしていない。くすんだ肌や艶《つや》のない髪、独特の枯れた印象は、歳をとっても何の処置もしなかったナチュラリストたちの特徴だ。

「東子さんって、十二、三のときからホルモンやってたのよ」

吐き捨てるように浅田夫人は言い、「あなた、彼女がいくつに見える?」とさやかに尋ねた。

病気によるやつれと、それを隠すための濃い化粧のせいで、年齢はわからない。しかし雰囲気からして、二十そこそこだろうか。

「三十八なのよ」

浅田夫人は言った。少し意外だが、ホルモン療法をやっていればありうるだろう。むしろ浅田夫人の口調から、八十とか九十とか告げられそうな気がしていたので、さほど驚かなかった。

「私たちがここに来た頃は、十四歳の姿をしていたの。ホルモンのおかげで」

「なんで十四?」

「その手の仕事をやっていたから。ほらそのくらいの歳の女の子が、一番珍重される職種があるじゃないの。ホルモン飲んでいれば、いつまでも一線で活躍できるでしょう。あの世界じゃ普通のことらしいわ」

ふう、と平林夫人がため息をついた。真面目一方というよりは経済的理由から、そうした職業の女性に縁のなかった夫は、戸惑ったように目をぱちぱちさせている。

「三十八まで生きたなんて奇跡ね。あれをやったらたいてい二十歳前後で全身を癌でやられて死んじゃうのに。まあ、そんなわけでここに来たとたん、主人はその病気のフェアリーに魂を持っていかれてしまったのよ」と浅田夫人は皮肉っぽい笑みを浮かべた。

「いえ、ご主人様は、気配りをなさる方ですから、病人に優しくしてあげているだけですわ」

平林夫人が言う。男二人は、さきほどからこの会話には加わるまいとするように、沈黙している。

「もっとも主人ももうじきあの世行きだから、好きなようにさせてあげようと思って」と浅田夫人は肩をすくめた。

他人の家庭のことなので、さやかは詮索《せんさく》しないことにした。

緩い坂を下りると、いきなり森が開けた。高さ一メートルほど盛り土をした場所に、広大な温室のようなものが建っている。

「これが農園？」

浅田家の菜園を大きくしたようなものを想像していたさやかは、驚いて立ちつくした。

透明な樹脂の壁を通して、緑色の苗が規則正しく植えられ、パイプのはりめぐらされた内部ではたくさんのロボットが働いているのが見える。ただし人型のロボットではない。そうしたものは二十世紀の夢だ。現実のロボットは、精巧なセンサーがついたマニピュレーターにすぎず、それが野菜の管理と収穫と選別を行っているのだ。

日本中の生鮮野菜が消える直前、国際競争を勝ち抜く最後の手段として、ひところ、ハイテク無人農産物工場というのが流行《はや》った。その過去の遺物である野菜工場が、未《いま》だにここに残り、作動していることに、さやかは驚いた。

しかしそのロボットの形をさやかはどこかで見たことがある。蟹《かに》の脚のような操作手の力強い動きも見覚えがある。遠い昔の記憶だ。

近づこうとすると浅田夫人が止めた。

「お気をつけて。ここは住民の立ち入り禁止地区なのよ。いつか中を覗いたらこの野菜のずっと向こうにコンクリートの建物が見えたのよ。あれは何だったのかしら。インフォメーションにもなかったし」

「さあ」と一同は首をひねる。それから再び森に向かって歩き出す。

まもなく川沿いの木道に出た。川筋に沿って淡い霧がかかり、それが木漏れ日に七色に光りながら、ゆっくりと流れていく様は夢幻的だ。さやかは足を止めてしばらく見入った。

「朝は、よく霧がかかるんですよ、川の水が温かいので。温泉がわりにするにはちょっとぬるいけど、熱帯魚なら飼えるくらい。冬でもほとんど水温は下がらないし」

浅田夫人が説明した。

「では、あの魚は熱帯魚ですか？」と夫が言った。

「私の記憶では……」とそれまで黙っていた平林の夫が初めて口を開いた。

「あれは、南米原産の魚で、昔、日本の温泉地で客引きのために、食用養殖したものですね」

「あんな気味悪い魚を養殖したのですか？」

さやかは尋ねた。

「奇形でしょう」

平林氏はこともなげに答えた。

「どれもこれも、奇形になるんですか？　私が釣り上げた魚のうち、普通のかっこうのものは一つもありませんでしたが」

さやかの夫が言った。

平林氏は、さあ、と首をひねる。

「いずれにしてもこれは温泉の川ってことかしら」と平林夫人が言った。

「ええ、でも入ったりしない方がいいみたい。ここの魚みたいに背骨が曲がったり、頭が半分欠けたりしたら困りますもの」

忠告か趣味の悪い冗談か区別のつかない抑揚のない口調で浅田夫人は言い、肩をすくめた。

木道の終点からさやかたちは、下草の生い茂る明るい森に入った。

さっそく浅田夫人がきのこをみつけ、ナイフで切り取った。直径五センチほどのしめじのようなものが一抱えもあるような株になって生えている。

「それは？」とさやかが尋ねた。

「ひらたけ。ちょっと大きいけど、味は同じ。おいしいわよ」と立ち上がり、さやかに手渡した。さやかは両手で抱える。ずしりと重い。かぐわしい香りが立ち上る。
二、三メートル先の木に鮮やかなオレンジ色をした普通のサイズのきのこがある。

さやかが触れると、「あ、だめ。それ毒きのこ」と浅田夫人が注意した。

「命取りだから、私がいいと言ったの以外は、採ってはだめよ」

一同は、神妙な顔でうなずいた。だいたい野菜ならともかく森のきのこなどというものは、実物を見たことがないのだから、毒かそうでないかということなどわからない。

それでも食べられるきのこはあちらこちらにある。本で読んだことのある松茸《まつたけ》も普通のサイズのものがある一方、テーブルほどに巨大化したものもある。味は変わらないということなので、持てるサイズのものだけ採る。わずか二十分ほどで籠《かご》はいっぱいになった。さやかが屈んで、ひらたけを採ろうとしたときだった。

頭上で生きものの息遣いが聞こえた。ふと顔を上げると鹿がいる。雄と雌がぴたりと寄り添っている。夫が月明かりの下で見た二頭だろう。

「まあ」と笑いかけた瞬間、笑顔が凍り付いた。

仲がいいのも、寄り添っているのも、当然のことだった。鹿の胴体は一つだ。

一つの胴体、二つの頭、そして後ろ脚の付け根から、何本にも枝分かれした小さな脚が出て、一本一本に蹄《ひづめ》らしきものまでついている。

仮想現実の作り出すメルヘンにしては、不気味すぎる。夢にしては生々しい。まさに現実だとしたら、恐怖でしかない。

さやかはかたわらに生えている、巨大なきのこの上にぺたりと尻《しり》をついて、悲鳴も上げられず口を開いてそれを見ていた。

「どうなさいました」と平林氏が現れた。そして鹿を一目見て、「これは……」と言ったきり、口をつぐんだ。雌雄同体で枝分かれした足をぶら下げた鹿は、ゆっくりと立ち去っていく。他の人々もやってきて、さやかは震えながら今見たもののことを話した。

浅田夫人は、首を振った。

「この森じゃ変なことはいろいろあるわ。でも、私たちこれから子供を産むわけではないですからね」と微笑して、平林夫人の方をちらりと見た。

「ええ、あの世に行くまでのことですもの」と平林夫人も苦笑をもらした。

平林氏は、落ち着いた仕草で屈《かが》みこみ、鹿の足跡を指でなぞっている。

「なんだか変な森です。しかし今の日本に森が残っていること自体に、感謝しなければ」と言いながら手をはたき、ゆっくり立ち上がった。

一行が浅田家に戻ったとき、東子は気分がすぐれないということで、病院に戻っていた。庭にコンロを持ち出し、三組の老夫婦は調理にかかる。家庭菜園で穫《と》れたトマトは、浅田氏が切って塩をふりかけ、籠から溢れるほど集めたきのこは、洗って土や木の葉を落とした後、手で裂いてフライパンで炒《いた》める。

木製テーブルに浅田夫人が白いテーブルクロスをかけ、会食は始まった。

浅田氏が紅茶を入れ、マリネにした白身魚をサービスする。

さやかは、目の前の皿に置かれた、ディルを添えた真っ白な切り身に視線をじっとむけていた。これが目の飛び出した、奇妙な鰭《ひれ》のついた、奇形魚かと思うと食欲は萎《な》えた。

しかし他のメンバーを見ると、そうした魚を釣り上げた自分の夫までが楽しげに白い身を口に運んでいる。

「魚はお嫌いですかな、奥さん」

浅田氏が尋ねる。

「いえ……」

「ああ、姿が悪い、なるほど」と相手はうなずいた。

「とはいえ」と、平林の夫が、ちょっと口元をナプキンで拭《ぬぐ》って続けた。「我々がここに来る前に食べていた、あのビスケットの作られる現場をご覧になったことはありますかな」

「いえ」

「私は、たまたま海外視察に行ったおり、インドにある日本向け食品加工場を見学したのですが、まず基材となる澱粉《でんぷん》は、木材を薬品処理して繊維質を分解して取り出したもので、蛋白質《たんぱくしつ》については、インド国民の食べ残した鳥の血液や骨、内臓部分からやはり薬品処理して抽出してありまして、まあ、そのあたりは円がこれだけ弱くてはしかたありませんが、ビタミンについては、合成したものですし、それに比べれば、腐っても鯛《たい》ではありませんが、背骨が曲がっていようが、目玉が飛び出していようが、一応、魚肉といえるものが食べられるのは、今の時代では幸福と言わねばなりますまい」

確かに、と一同がうなずいたそのとき、真っ白なテーブルクロスに突然赤いしみが広がった。

「失礼」

浅田の夫がくるりとメンバーに背を向けた。ナプキンで顔を押さえかろやかな足取りで、立ち去っていく。しかし血の跡が、彼を追うように真っすぐについていく。

「たいへん」と一同が腰を浮かせた。浅田の妻だけが落ち着き払った様子で、紅茶を入れていた。

「しかたありませんわ、ここに来てもう半年になるんですもの」

「そんな」とさやかは浅田の夫の跡を追う。

さやかが行くと、バスルームの椅子に座り、ナプキンで顔を押さえたままの浅田氏は、恐縮して言った。

「どうぞ、ご心配なく。ただの鼻血ですから。美しいご婦人を見たもので、つい。私もまだ若いですな」

言い終わる前に、彼は咳《せ》き込んだ。ナプキンが真っ赤に染まり、胸元から床まで血まみれになった。

「いや、本当に、あなたにとっても、貴重な時間です。もうほとんど残されてはいない人生最良のときです。こんなところで不愉快な病人など見て時間を無駄にしてはいけない」

確かに人生の時はもうほとんど残されてはいない……。ここに来たら三年もたない、と言われた。

「早くいらっしゃいよ。彼のことはいいから」と浅田夫人がやってきて、さやかをひきずるようにして、庭に連れ出す。

「でも普通の鼻血にしては、ひどすぎるから……」

「いいのよ」

そのとき浅田夫人の風にひるがえったスカートの下から、膝《ひざ》が見えた。浅田夫人はあまり歩くのは得意ではなさそうに見えたが、それは歳のせいだとさやかは思っていた。しかし違った。右膝の関節部分に、森で見たきのこそっくりのものが貼りついている。

巨大な肉腫《にくしゅ》だった。吐き気を覚えて、思わず口元を覆う。

「どうなさったの？」

不思議そうに浅田夫人が顔を覗《のぞ》き込んだ。それからさやかの視線の先に気づいたらしく、笑いながらスカートの裾《すそ》でそれを隠した。

「半年も経ったんですもの、あなた。でも、素敵な時間でしたわよ。私たちが来たのは、冬の盛り。あたりは真っ白で、森はしいんとしてときおり真っ白な鳥や、栗鼠《りす》がやってくるの。凍るほど寒いのに、家の中は床暖房でどこもぽかぽかしてて、ふんだんにお湯が出るから毎日温泉気分で雪見をしてたのよ。家庭菜園は作れないけど、農場ではトマトやなすが実って、毎日新鮮なサラダを食べて、木道や森の小道は、雪が溶かしてあるの。何しろ、川の水はぽかぽかあったかいんですもの、それをパイプで流せば除雪なんて簡単。雪の中を双頭の鹿が散歩するのを見たわ。神秘だと思った。人生の黄昏《たそがれ》をここで迎えるのは最高だと思った。黄昏が来れば、まもなく夜。しかたないことよ」

半年……。さやかは気分の悪さを覚え、浅田夫人に向かい一礼し、夫をそこの家に置いたまま、逃げるように家に帰った。

淡いフロアランプの下で座っていると、心地良い眠気がさしてきた。夫はまだ浅田家から戻って来ない。平林氏と意気投合して飲み始めてしまったのかもしれない。

宵闇が迫り、ガラス越しに、白く発光しているふうろ草の花が見える。床暖房がほどよく腰を温め、幸福な気分になってきた。確かに浅田氏は大量の鼻出血をし、夫人の膝には大きな肉腫があった。しかしそれも一瞬の悪夢のように思える。森の景色は美しく、空気はかぐわしく、家の中は暖かい。ほんの少し空腹感があった。パーティーではほとんど何も口にしていなかったことを思い出した。

時計を見ると、十二時を回っている。レストランはもう閉まっている時間だが、地下のマーケットならやっているかもしれないと思い外に出た。

深夜の木道は、まるでクリスマスツリーのように、いくつもの豆電球で飾られ、眩《まぶ》しいくらいだ。気温が下がっているので傍らの小川からは湯気があがっていた。深夜の一人歩きなどは、ここに来る前は怖くてできなかった。何しろ国内産業の空洞化が進み、なおかつ円が極限まで値下がりしたのだから、町には失業者と捨てられた子供たちが溢《あふ》れていた。強盗や殺人事件こそ、頻繁にはないものの、汚物を服につけられそちらに気を取られているうちに財布をすられたり、子供のひったくりにやられたりということは、日常茶飯事だった。

しかしここでは、そうした心配はない。そもそも生活するのに金がいらないし、あっても使い道がない。

レストランの建物がやがて見えてきた。円筒形の建物と内部の広々とした螺旋《らせん》階段。なつかしくやるせない思いが再び胸に押し寄せてくる。やはり自分はここに来たことがあるようだ。

建物は施錠されていた。しかしレストランの内部は明かりがついている。人がいる。宇宙服のようなものを着た人々が立ち働いている。消毒でもしているのだろうかと、さやかは窓ガラス越しに人々の手元を見た。ジュースクーラーに中身を入れている者、大皿のサラダを運んでいる者、銀の食器を中央のテーブルに重ねている者。

配膳《はいぜん》をしている。確かに食物を扱うのだから、衛生面には万全の注意を払うにしても、宇宙服のようなその衣服は、いささか大げさだ。

鍵《かぎ》がかかっていては、地下のマーケットに行くこともできない。内部の不思議な光景に首を傾げながら、さやかはそそくさとその場を引き揚げた。

二週間後、浅田氏が死んだ。死の四日前に入院し、最後はガスを吸ってやすらかに逝《い》ったという。原因は骨髄性白血病。よくある古典的な病気だ。

葬儀はごく簡単に行われた。彼はこの森に葬ってほしいと言い残したそうで、ここの一角にある、住民のための共同墓地に眠ることになった。

さやかは夫と二人でレストランのある建物の最上階に行った。この円筒形の建物の二階が

「悟りの家」という病院兼ホスピスになっていることは知っていたが、三階が斎場とは、さやかもそれまで知らなかった。しかし食うというもっとも現世的営みを終え、人が天に昇っていくと考えれば、実に合理的な設計だと感嘆させられる。

宗教儀礼はしてほしくないという故人の希望により僧侶《そうりょ》や神父は来ない。葬儀場内には古典のポップスが流れ、親交のあった住民たちが祭壇に花を捧《ささ》げる。この斎場で葬儀を行うときには、外部の人間は参列できないという規定があるそうで、親戚《しんせき》の者はいない。

献花が終わった後、浅田夫人があいさつをした。祭壇の前に歩いていく夫人の歩き方は、ぎこちない。右膝の肉腫はさらに肥大し、今は臑《すね》の中央まで冒されている。

葬式の一連のプログラムは、祭壇脇に葬儀屋とおぼしき慇懃《いんぎん》な感じの男のホログラムが立ち、彼によって進行されていく。この点は一般社会の葬式と同じだ。

告別式が終わり、祭壇の棺《ひつぎ》はエレベーターに乗せられた。地下二階で降ろされた棺は車で墓に向かう。参列者は徒歩で墓地に行き、そこで最後の別れをすることになっている。

そのとき浅田夫人が顔をしかめ、自分の膝に触れた。

棺はすでにエレベーターに乗っており、夫人が付き添うのを待っている。

ホログラムの男が言った。

「令夫人様、どうぞ」

しかし浅田夫人は、うずくまったまま膝をさすっている。

「令夫人様、どうぞ」

男が同じ口調で繰り返す。

「令夫人様、どうぞ」「令夫人様、どうぞ」「令夫人様、どうぞ」

さやかはとっさに自分がエレベーターに乗り、夫に向かって叫んだ。

「あなた、奥さんを病院に連れていってあげて」

エレベーターのドアは閉まった。

ドアが開くと目の前に車が待っていた。ここに来るおりに乗せられた車に比べると、少し大きめだ。上の方からマニピュレーターが下りてきて、棺を抱え、車に運び込む。あの農場で働いていた産業用ロボットと同型のものだ。確かにこれと同様のものをさやかはどこかで見た。

「どうぞ」と車のスピーカーから声が聞こえ、後部座席のドアが開く。乗り込むと透明樹脂板で仕切られた運転席にドライバーが乗っていた。ルームミラーで目が合うと、葬式にふさわしい重たい慇懃さで、彼は無言のまま一礼した。

車は駐車場を出て、そのまま暗い道を走り始めた。

「あの、お墓までトンネルを掘ってあるんですか?」

さやかが尋ねると、運転手は「はい」と答えた。

二分と走らぬうちに車は、別の建物の地下に入っていった。棺は再びマニピュレーターで運びだされ、地下から墓に納められる。そしてさやかはエレベーターで地上に出る。

しかしそちらの建物に入る直前、スピードを緩めた車の窓からさやかは奇妙なものを見た。

トンネルはあの斎場のある建物と墓を結ぶ通路ではないようだ。ヘッドライトの先には、どこまでも続いているような深い闇があった。そして建物に入るためにゆっくり車が向きを変えたとき、車が走ってきた道と九十度に交わる形で、もう一本地下道があるのが見えた。そちらの方はかなり急な角度で、深部に向かって下っており、しかも五、六メートル先は鉄格子のフェンスで仕切られていた。そのフェンスにプレートがかけられていたのだ。汚れ、腐食した鉄のプレートの表面には、それでもうっすらと見覚えのあるマークが描かれているのがわかった。

さやかは息を呑《の》んだ。いくつもの疑問、いくつもの不安を覚えさせた謎が、そのマークによって氷解し、一連の事柄が意味をなした。その瞬間、漠然とした不安は現実的な危険として認知された。

ヘッドライトに一瞬、照らしだされたそのマークは、小さな円に三枚の扇型の羽のついた図形だ。

自分が仮想現実の世界に放りこまれたという可能性は、なくなった。しかしもしも夢なら、こうしたつじつまの合い方もあるかもしれない。

エレベーターのドアが開いた。

白大理石の狭いロビーを出た。ドアの向こうは陽光の弾《はじ》ける高台の草地だ。そこから起伏に富んだ森の様子が見渡せた。

間違いない。さやかがかつて見た地形だった。森が広がるその向こうに海。ただしかつて来たときにはなかったものがある。広大な森を囲んでいるフェンスだ。森の一角に農場の透明樹脂の建物が見える。光る屋根にさえぎられてよく見えないが、農場の建物の中に、もう一つ、何か建物らしきものが隠されている。

その中にあるものに思い当たりさやかは慄然《りつぜん》としつつも、自分自身の中でつじつまが合って、ほっとした。

色とりどりの花の咲く中に、墓石のようなものや十字架、卒塔婆《そとば》などが、ぽつりぽつりと立っている。その一角に人々が集まっていた。夫の姿もある。

「浅田夫人は病院に置いてきた。鎮痛剤が効いてきたら来るかもしれない」

夫がささやいた。人々は墓に一本ずつ花を添えて祈りを捧げている。

さやかはうなずき、花を一本取って浅田氏の墓に添えようとして手を止めた。その隣に真新しい白木の十字架が立っている。東子の墓だった。

「死んだの？　彼女」

「そうらしいな。ここに葬られるのはダンナだけで、奥さんの方は実家のそばのロッカー墓を買ったんで問題はないだろう。私たちの墓も、そろそろ決めなければならないな」

「私、ここはいやよ」とさやかはかぶりを振った。

「なぜ？」

夫は意外そうな顔をした。

「私は病気の若い女に色目をつかったりしなかったぞ」

「そうじゃなくて、ゴミ捨て場に、ゴミと一緒に埋められるなんていや」

「捨て場？」

「そう、核のゴミ捨て場なのよ、ここ」

さやかは足元の小枝を拾い、草の上に小さな円と三枚の扇型の羽を描いた。

夫はきょとんとして、小枝の先を見ている。

「さっき棺を乗せた車でここまで来る途中、立入禁止のフェンスのある場所があって、この看板がかかってた。道路が急な角度で下に向かっていたわ。手つかずの自然が残っているわけよ。平成の終わりに原生林が残っている場所が一ヵ所だけ日本にあったけど……」

「皇居の中にな」と夫は続けた。「ただし酸性雨で枯れた」

「でも皇居の原生林と違って、ここの存在はだれも知らなかったわ。日本では滅びたはずの原生林がまだここに残っていたなんて。だれも知らないから守られたんでしょうけど。中間保管施設跡よ。ここは」

「中間保管施設……まさか」

夫は驚いたように周りを見回した。

前世紀の終わり頃、本州の北の果ての地に、原子力発電所から出た廃棄物が送られ貯蔵された。ガラス固化された、黒く半透明の艶《つや》やかな物体は、ステンレス容器に閉じこめられ、五十年間、そこの施設のピットで完璧《かんぺき》な管理体制のもとで保存されるはずだった。

五十年という時は、一人の人間が一つの役職についている期間を基準として考えれば「永遠」に匹敵するほどに長く、一万年という放射性元素の命を基準に考えれば、ほんの新生児の時期にすぎない。とにかくその五十年が過ぎる前に、日本は変わった。高度産業社会、情報化社会などという看板を背負ったまま、自給できるのは核燃料サイクルによって支えられる電力のみ、というアジアの最貧国に転落した。

そこで外貨を獲得するために、キャニスター一本あたり、日本円にして五百万円という値段で、他の国の廃棄物を引き取り、国内に保管することになった。もっとも核のゴミを引き取ることによって得た外貨で、辛うじて穀物を買い、日本の一億三千万の人々が餓死から免れたという事実も忘れてはなるまい。

こうして五十年の約束の「一時預り」のゴミは、予想外に増え、その半分の二十五年後には貯蔵用ピットがほぼ満杯になってしまった。そこで最初に入れられたものは取り出され、永久処分地に運ばれることになったのだ。しかし永久処分地として予定されたある場所は、地震によって地盤とともにピットまでも完全に破壊されており、また別の場所は貴重な外貨を得るために外国に基地として貸し出されてしまっていた。

貯蔵施設から溢《あふ》れた高レベル廃棄物は、トレーラーに載せられ、日本全国を一年の間彷徨《さまよ》い、ついに安住の地をみつけることができず、本州の北にある古巣に戻ってきたのである。そして当初の貯蔵施設から少し離れたところに、新たに「中間保管施設」というものが建設され、とりあえずあと五十年保管されることになったのである。

この北の地の「中間保管施設」をさやかが見学したのは、小学生の頃だったと思う。そこの地下には、ステンレスキャニスターに包まれたガラス固化体が、ゆっくりと熱を放出しながら眠っていた。

平成の頃なら半導体工場、昭和の頃なら自動車工場と、子供たちの社会科見学のコースはその時代を象徴する花形産業の現場が選ばれる。確かに当時、貧しい老小国に転落しつつあった日本は、唯一核燃料再処理の技術、発電技術についてては、世界でもトップレベルだったのである。それを奇形と見て気味悪がるか、国としての唯一の生き残りの道と見るかは、立場によって異なっていたかもしれないが、小学生であるさやかにとってはそんなことはわからなかった。

「ほら、きれいでしょう」とあのとき施設PR館で、コンパニオンのお姉さんは、説明してくれた。ケースの中には、半透明の壺《つぼ》が飾られていた。西アジアで発掘された紀元前のガラスだそうだ。

「二千年以上経ってもこんなふうに光っているんです。ガラスっていうのは、すごく安定した物質だというのがわかったでしょう。この放射線や熱に強いガラスの性質を利用して、私たちはウランを再処理して出た廃液を閉じこめたんですよ。それをさらに丈夫なステンレスのキャニスターに入れて……」

あまりおもしろくないな、それより一階にあったゲーム機で遊びたいな、と思いながら、さやかはPR館の外に広がる森の景色を見ていた。そのPR館が、中央に広い螺旋《らせん》階段のある、食堂、病院、マーケット、斎場のある複合施設だった。

そして農場の中にあったあの建物こそ、廃棄物を保管するために急遽《きゅうきょ》造られた、深いピットのいくつもうがたれた「中間保管施設」の本体だった。

ステンレス容器に包まれた廃棄物が、クレーンに吊《つ》るされ、ピットに呑み込まれていく様を、あのときさやかは、見学者用のバルコニーからガラス越しに見た。放射線測定器が各所に取り付けられていたが、どれもゼロを指している、と先生が説明した。

ピットの周りで細かな作業をしていたのはロボットだ。もちろん人型のロボットが歩き回るはずはない。蟹《かに》の脚のような恰好《かっこう》のマニピュレーターが、現在、農場や斎場で使われているのと同じロボットが、ピットの蓋《ふた》を開けたり、クレーンを誘導したりしていた。

分厚いコンクリートで囲まれた貯蔵施設の周りは、ほこりっぽい平原で、見渡す限り苗木が植えられていた。

この施設の所長は、優しそうな人で、さやかたちを案内しながら説明した。

「この地方はたいへんに自然に恵まれたところです。僕は、ここに自然の森を残したいと考えた。だから工事のために木を切ったところには、ちゃんと苗木を植えた。もちろん工事費にそうした予算は含まれていなかったから、そのための金を本社から出してもらうために、とても苦労したんだ」

もちろん子供にとって、森だの自然だのというのはさほど魅力がない。しかし何の気なしに聞いていたあの未来の森が、ここことは、思ってもみなかった。

花々が闇の中で光り、温かな川が流れ、その川に南米産の奇形魚が泳ぎ、双頭の鹿が枝分かれした足を尻《しり》からぶら下げて遊ぶ森……。

「魔の森だわ」

夫に自分の知り得たすべてのことを話し、さやかは柔らかな草の上に崩れるように座り込んだ。

「森には常に魔が棲《す》み着いていますよ」

不意に頭上から声がした。平林の夫だった。いつの間にか、夫妻がそばにいた。

「遠い昔から、鎮守様の森の木を切れば祟《たた》りがあったし、ケルトの森にも、ゲルマンの森にも、魔が棲んでいた。森とはそういうところです。森は怖いところであるべきです。森に癒《いや》されるだの、自然に優しくだのというのは、前世紀の人々の感傷です」

「しかしそれなら、ここはもう核ゴミの中間保管施設として使われておらず、我々が終身保養施設として使っているということかね？」

夫は尋ねた。

「そうみたい」

さやかは小さな声で言った。

平林氏が、皺《しわ》深い手をさやかに差し伸べて立たせた。

「こちらへ」と墓石や十字架の間を歩いていく。

真新しい墓の並ぶ中、つりがね草やおだまきの群落に埋もれて、あちらこちら欠けた石柱のようなものが立っている。

「さきほどみつけたんですが」と平林氏は指先で石柱の表面を撫《な》でた。樹脂塗料で書かれた細かな文字が現れた。

名前だ。石柱の三面にびっしりと名前が入っている。そしてその下に年号と月日。

「慰霊碑ですか……」

屈《かが》み込んで文字を追っていた夫が、平林氏の顔を見上げた。

「名前の下にあるのは、命日でしょう」

今から四十二年前から三十八年前の約四年間にわたって、その命日が書き連ねてある。

「何ですか、これは？　我々の前にここに住んでいた人々のものですか」

夫は尋ねた。平林氏は首を振った。

「いや、ここがリゾートピア・ムツなどという終身保養施設になって利用されたのは、ここ二、三年のことでしょう。覚えていますか？　三十五年前に、核廃棄物の日本海溝への投棄が突然開始されたのを」

「ええ」と夫はうなずいた。「危険だというので、一部に反対意見があったが、強行された」

「そう。その百年も前に、深海プレートは極めて不安定だという理由から否定されている。しかしその方法が、危険性を胎《はら》んだまま突然採用されて、それまで実施されていた地下深くに埋設するという方法にとって代わられた」

「つまり埋設する方が、もっと切羽詰まった危険性があると結論づけられたから、ですか。実際に何か具体的に事故が起きていた。するとこの慰霊碑に書いてある名前は……」

「そのときの現場の職員でしょうな。作業員もいただろうし、事務職員も技術屋も含まれていただろう。何かの事故が起きて、それを収拾するために招集された保守点検要員も含まれる。そうした人々が次々に倒れていった」

「そんな事故があったなんて、記憶にないわ」とさやかは言った。

「報道されなかったのでしょう。テレビやコンピュータ通信網に乗らなければ、事故自体がないことになる。現に、我々もこの森の存在を知らなかった」

平林氏は答えた。

「それにしたって、そんな大事故が起これば、ここの地方の人が、気がついたはずじゃありませんか」

平林夫人が首をひねる。平林氏が説明した。

「爆発も起きなければ、火柱が上がることもない。煙も匂いも何もない。ステンレスのキャニスターの溶接部分が、簡単に腐食割れを起こすなどという話は、百年以上前から指摘されていた。そこに地下水が浸透すれば、ガラス固化体からは容易に放射性物質が溶出する」

「お詳しいんですな」と夫が、感心したように言った。

「第一次産業が壊滅し、産業の空洞化があらゆる分野で進み、発電と核燃料再処理だけが唯一の日本の基幹産業になったときから、こうした可能性を指摘するのは、タブーとなったし、もちろん事故の報道もなくなった。しかし幸い、私は古典科学に興味があったもので多少の知識はあるのです。おそらく放射能が漏れ始めたとき、秘密裏にその原因究明と処理がなされ、ここで犠牲になった人々もまた秘密裏に葬られたのでしょう。この慰霊碑を造ったのは、最後の生存者かもしれません。おそらく、ここで起きたことを後世のだれかに伝えるために。そうでしょう？　もしも会社か企業の手で造られたものなら、こんな樹脂ペイントで素人臭い文字を書いて済ませるはずはない」

そこまで言って平林氏は、慰霊碑の側面を指差した。下方にぽつりと書いてある名前がある。その下に最後の年月日とともに、小さく書かれた一文があった。「本日を以《も》って、生存者0」

さやかは悲鳴を呑《の》み込んだ。

「ここの人々は仲間を看取《みと》り、これに名前を書いていったのでしょう。これは慰霊碑でありながら、この施設の人々の全滅の記録です。そして人々がいなくなったあと、ここは閉鎖された。一切立ち入り禁止ということで、人々が近付くことさえ許されない年月が長く続いたことだろう。ところがほとぼりが冷めた頃、この森を発見した人がいた。そこで彼らは、ここを人生終焉《しゅうえん》の地として先の無い人々に利用させることを思いついた。それがすばらしいアイデアだというのは、評価していい。ただし、確かなのは、ほとぼりが冷めた後も、放射能は一万年以上放出され続けるということでしょう」

さやかはあのとき、きれいな微笑で安全性を力説したコンパニオンの顔を思い出した。安定した性質をもつガラスに閉じこめられ、さらに堅牢《けんろう》なステンレスによって封印され、完璧《かんぺき》な監視体制のととのった地下ピットに埋められた廃棄物は、それからわずか二十年あまりでその絶対的危険性を露呈してしまった。

しかしその危険が、人が死に絶え、施設が封鎖された後に、この森を守ったのだ。この森を残してくれた所長はもうこの世にいないだろうが、漏れだした放射能の毒性が、目先の利益のために木を切り倒し、造成地にしていく人間の野心から森を守り、おそらく日本でもたった一つの原始の森がここに残された。

「私たち、どうすればいいのかしら」

さやかは言った。

「どうすればもなにも……」と平林夫妻は笑いながら顔を見合わせた。

「私たちは、大自然の中で短くても快適な余生を送り、楽な死を迎えるために、ここに来たんですもの。森の起源や素性について問う必要はないんじゃないかしら？」

平林夫人は穏やかな口調で言った。

しかし知ってしまった今、森の景観が昨日とはまったく違って見える。とはいえさやかたちは、この森から逃げたところで帰る場所はない。全財産は業者への支払いで消えてしまったし、都営住宅の賃借権もなくなった。何より、いまさらあの人工の緑の生い茂るコンクリートの町には戻りたくない。

さやかたちは墓の前で平林夫妻と別れ、家に戻った。

部屋に入ると、座っていることさえ辛《つら》いほどのだるさが襲ってきた。これもまた事実を知ってしまったための心理的な影響だろう。この森を包む毒の風が、急激に体に浸透し、全身をむしばんでくるような気がする。床に身を横たえると、暖房の暖かさが心地良い。ふと気づいた。

「この床暖房と、あの温水の川って、もしかすると……」

「有効利用だよ」と夫が隣に横たわったまま、ぼそりと答えた。

「高レベル廃棄物は、長期間にわたって発熱する。昔、それが海溝へ投棄される前は、その熱を利用して暖房や魚の養殖や農産物の栽培をするというばら色の計画があった」

「すると私たちの食べている野菜や魚も……」

床に身を横たえたまま、目を閉じてうなずいた夫の唇から一筋、血が流れ出した。

「あなた……」

さやかは身を起こした。くらりとめまいがした。

「あなた、血」

「あ、またか」とさほど驚いたふうもなく、夫は手の甲で唇を拭《ぬぐ》った。「歯を磨いたりすると二、三日前から、これだ」

「三年だなんて……嘘じゃない。まだ一ヵ月も経ってないわ。浅田さんのご主人は半年しかもたなかったし」

さやかは唇を嚙《か》み締めた。

夫は苦笑した。

「いいところに住めると、命が惜しくなるか?」

確かに子供が三人とも死んだときから、早くあの世に行きたいとだけ願って生きてきた。いまさら命を惜しむ理由はないし、東京の暮らしに比べ、これがいい生活であることは間違いない。

さやかはだるい体をひきずり、這《は》うようにして端末のところに行き、医療情報を呼び出した。

「あなたの年齢は?　体重は?　だるいですか?　歯茎や鼻からの出血がありますか?　吐き

気はありますか？　疲れやすいですか？　胃や背中の痛みはありますか？」

　いくつもの質問項目が並んだ。丁寧に答えていくと、薬のナンバーと分量が指定された。そんな薬はどこでもらえるのかと質問すると、寝室のキャビネットに備え付けられているという答えが出た。

　新住民が入る度にその常備薬は新しいものに取り替えられるので、安心して使っていいとある。ここの住民には、家とともにあらかじめ薬も用意されているのだ。

「今夜、急変したらどうするのよ」とつぶやくと、つぶやきに反応して、画面に緊急コードというのが出た。そのナンバーを入力すれば、すぐに救急隊がかけつけ、入院させるという。何度か見たあの宇宙服のようなものを着た人々がやってきて、病院に担ぎ込むらしい。

　あの宇宙服やドライバーと住民を隔てる透明樹脂の衝立がなにのためのものだったのか、今頃になって理解され、そうして厳重に放射能から身を守っている人々に、丸腰の自分が病院に運ばれたり、安楽死させられたりするのが、何か理不尽で腹立たしいものに感じられてきた。

　とにもかくにも、キャビネットから取り出した薬を温水で飲むと、だるさが急激に引いて快活な気分になった。夫の歯茎の出血もぴたりと止まった。


　森に秋がおとずれつつある。

　りんどうの花が咲き乱れ、枝々の隙間から見える空がいっそう透明度を増した頃、平林夫妻の姿が見えなくなった。入院してしまったとのことだ。

浅田夫人は、その前にさやかたち夫婦の前からいなくなった。

深夜、浅田夫人が家庭菜園で穫《と》れたというなすを持ってさやかの家に現われたのは、八月の終わりのことだった。

「ここを出ていくわ」と目をきらきらと輝かせて、彼女は宣言した。熱と痛みによって引き起こされた興奮状態のように見受けられた。きいてみると、やはり二日前から、病院に行っておらず、薬の服用もやめたということだ。

浅田夫人の染めていない髪は、一ヵ月ほどの間に、雪のような白さに変わり、どす黒く変色した肌と不気味な対照を見せていた。

「出ていってどうするの?」とさやかが尋ねると、浅田夫人はさやかの夫のいる前で、スカートをまくり上げた。

腫瘍《しゅよう》が広がり、まるで象の足のようになっている。腿《もも》の付け根に手を当てて、夫人は血の気のない唇を左右に引き上げ、毒々しい笑いを浮かべた。

「切るのよ」

「切る?」

「町に帰って病院に入って、足を切って、転移したところを次々に切って、生きられるだけ生きてやるの」

さやかは息を呑んだ。

「苦しいわよ」

「承知の上よ」と浅田夫人は言った。

「ご主人や東子さんへのあてつけのつもりならやめた方がいいわ。手も足も、内臓のほとんども切り取られ、お願いだから楽にして、と叫ぶこともできず、ただ涙を流し続けるだけになっても、脳に通じる血管にだけは強制的に血液が送り込まれて、意識を持ったまま生かされるのが、今の終末医療なのよ。そうしなければ医者が殺人罪で罰せられるんだから」

「主人や東子さん？　関係ないわ。嘘はたくさんなのよ。私たち、生まれたときから何かに騙《だま》されて生きてきたような気がするから。この先、死ぬときまで騙されるのはたくさん。美しい自然も、快適な住居もみんな嘘。でも苦痛だけは真実よ。薬を抜いてみてやっとわかったわ。痛みだけは真実だって。私の命は痛みを感じているときだけ、私の物になるのよ」

「やめて」

　さやかは短くさえぎった。

「ねえ、私たちの十代って、日本の最後の繁栄のときだったのよ。覚えているでしょう」

　浅田夫人の口調がいっそう熱を帯びた。

「私たちが育った時代は、コミュニティ全部がエアカーテンに仕切られて、冷暖房が完備されていたわ。人に優しい街づくりという二十世紀からのスローガンが生きていたから、町に一切の段差はないし、ちょっとした坂にも電動式スロープができていた。トイレに入れば、ドアの開閉から用を足したあと流すのまで、何もかもセンサーがやってくれて、町は一晩中明るくて、夜っていうのはスクリーンで作り出すものだった。結局、何もかも夢の中。そのあとから始まった日本の凋落《ちょうらく》さえ、スクリーン上の悪夢だと思って暮らしてきたのよ。そしてここでまた天国の夢を見て死んでいくんじゃ、私の一生って何だったの？

私は足を切る。もう一方の足も、内臓も、何もかも切除して、いったいどこまでが私の実体だったのか、見据えてやるつもり」

そこまで言うと、浅田夫人は呻《うめ》き声を上げて喉《のど》をかきむしった。

「ね、どうしたの？」

さやかは駆け寄った。

「大丈夫。何でもないわ。肉体が感じさせてくれてるのよ、今生きているんだって」

苦しげな息の下で、浅田夫人は言い、脂汗を流してうずくまった。さやかも夫も凍りついたようにその場につったっていた。

やがて苦痛が引いたのか、荒い呼吸をしながら浅田夫人は姿勢を立て直すと、さやかたちに向かい「ごきげんよう」と微笑して、夏の終わりを告げる金色の木漏れ日の中に去っていった。

おそらく彼女とは正反対に、平林夫妻は穏やかな夢の中で、最期のときを楽しんでいるのだろう。あるいは今頃、夫婦一緒に、あの宇宙服のようなものを着た人々にガスを吸わせてもらい、最後の息をしているかもしれない。

自分には、浅田夫人のようなたけだけしさはない、とさやかは思う。かといって平林夫妻のように従容《しょうよう》として死を受け入れる自信もない。

夫の出血は、ここ数日、回数が増えているが、薬を飲めばすぐに止まる。さやかのだるさも胃から来た背中の痛みも、薬で止まった。しかし夫の顔は真っ青で、ふと鏡を見ると自分も同じ肌の色をしているのに気づく。

「いやだ、森の緑が肌に映ってる」とさやかは苦笑する。

コンピュータには「最期のご用はございませんか。どうぞ病院の方にお越しください、穏やかな黄昏《たそがれ》の刻《とき》を保証します」というメッセージが出るようになった。

親しくしていた平林、浅田夫妻がいなくなり、森に秋の気配が濃厚に漂うようになった頃、また新しい住民が引っ越してきた。彼らは色付き始めた楓《かえで》に光がこぼれる様に歓声を上げ、木の下にシートを敷いて、お茶会などやっている。

ある朝、さやかが髪をとかすと、大量の髪が抜けた。そういえば夫の髪もずいぶん薄くなった。洗面所に備え付けのかつらがあったので、それをかぶり化粧をすると、まったく健康そのものの容貌《ようぼう》になった。

その夜、さやかは大量の吐血をして倒れ、驚いた夫が端末に救急コードを打ち込んだ。宇宙服のようなものを着た人間が二人、ドアを開けて入ってきたのは、それから数分後のことだ。マスクを口に当てられたとき、さやかは抵抗した。

安楽死のときがきた。何の心の準備もないまま死ぬのだ、と思ったとたん、腹が立った。せめて死ぬ自覚くらいほしいと、去っていった浅田夫人のことを思った。しかし怒りはあっという間におさまり、すさまじいばかりの快感が体を走った。つぎに来たのは、雲の中を浮いているような安らかな気分だ。ふわふわと木漏れ日の中をさやかは漂っていた。

しかし目覚めた。あれから何時間経ったのか、それとも何日経ったのかわからないが、パーティションに仕切られた清潔なベッドにいた。

「お目覚めですか？　あなたが希望するなら、家に帰れますが、帰りますか、帰りませんか？　ただしあなたの胃の内部の粘膜は剝《は》がれて薄くなっていますから、栄養分と水分の補給は血管から行ってください。処方は……」

端末から声が聞こえた。ベッドの脇に医師のホログラムが立っている。もちろん生身の人間ではないから宇宙服のようなものは着ていない。

片腕が固定されてチューブがつながっている。喉《のど》の渇きを覚えると、サイドテーブルに透明な水の入ったグラスのあるのが目に入った。手にとって唇に当てて気づいた。グラスに見えたのは、入力装置のようなものだった。柔らかな樹脂がぴたりと舌と喉に貼りついたかと思うと、冷たく美味な流体の感触が舌の上を走り、食道に伝い下りていく。そして本物の水分は、腕の血管から補給されている。さやかは笑ってグラスのようなものを唇から離した。大した玩具《おもちゃ》だ。これほどのものがあるなら、いっそ生まれたときから自然の寿命がつきるまで、これに囲まれていれば、最高の人生が送れるだろう。しばらくしてから夫がやってきて、自分がここで四日間過ごしたことを知った。

家に戻りたいか、ときかれて、さやかはうなずいた。夫の方はまだ薬でもっているらしい。ベッドから起き上がると、端末の画面には在宅療養についてインフォメーションが出た。

白衣の医師のホログラムが再び枕元に立ち、「最期のときには、どうぞお呼びください。二十四時間待機しております」と言うのを最後に、画面は元のグレーに戻った。

北の地の夏は短く、秋は日一日と森の様相を変えていく。吹き渡る風は冷たく、森全体が赤と黄と草紅葉の金茶に彩られていた。木の葉を揺らす風の音、三本足や耳のない栗鼠《りす》が餌をあさる音、林間を湯気を立てて流れる川の水音……。神秘の森は冬を迎える前の最後の賑《にぎ》わいを見せている。

さやかは立ち止まって目を閉じた。

「どうした？」と夫が尋ねた。

「静かね」

「ああ。騒々しい時代を生きすぎたな」と夫はうなずいた。

いろいろなことがあったのだ、とあらためてさやかは思った。日本の繁栄の最後の光輝のただ中で過ごした、十代の頃、一部のイデオロギッシュな人々はこのままでは五十年のうちに人類は滅びるなどと言っていた。

しかし彼らの予言したこと、危惧《きぐ》したことなど何も起こらなかった。何しろ人類滅亡の預言だの、警告だのというものは、それこそ一千年も前から出され続けていたのだ。

そして案の定、ホロコーストも、地球上の人口を十分の一にするウィルスも、北極の氷の融解とそれにともなう海面上昇も、何もなかった。

エイズの蔓延《まんえん》も地球規模の旱魃《かんばつ》も、突出した技術の発達によって切り抜け、人口は現在も着実に増え続け、産業社会の崩壊も文化の後退も起こらず、ますますしたたかに、ますます不健全に、奇形と化した人類は繁栄を続ける。

それでもやがて終焉《しゅうえん》を迎えるだろう。しかしそれは、多くの警告者、預言者たちの言葉とは違い、極めて人工的静けさと穏やかさに包まれた、幸福な最期になるだろうとさやかには思える。そして闇のもたらす永遠の平安が訪れる。

いったん家に戻ったさやかは、鎌を持ってもう一度、森に出た。

晩秋の夕日が、森を金色に染め上げて沈むところだった。さやかはダケカンバの木に絡みついている蔓《つる》をみつけ、鎌の刃を当てて切った。しなやかで丈夫な蔓で、ちょうど自分の頭が入りそうな輪を作り、その一方を斜面に生えた落葉松《からまつ》の枝に結びつけた。

落葉松の葉の間で、夕陽を浴びたがまずみの実が、燃えるような赤に輝いている。

華やかな黄昏だ。双頭の鹿が茂みから不思議そうな顔でこちらを見た。

多少病んでいるとはいえ、これが自然の森であることは間違いない。それが美しければ美しいほど、何か割り切れない気持ちが沸き上がる。

さやかは蔓の輪に丁寧に頭を通す。ぴったりだ。それから斜面に向かい軽く足を浮かせてみる。右足、それから左……。

浅田夫人の真似をする気はない。しかし人生最後の一瞬くらいは、自分でデザインしてみたかった。

抱きあい心中

夢枕　獏

1

釣りをやっていて、人間の屍体《したい》を見たという人間が、ぼくの周囲には何人かいる。

その何人かの中で、一番最初に屍体と出会ったのが、省二《しょうじ》という男だった。

「昨日さ、おれさ、すげえものを見ちゃったんだよ」

何年何月の何日というのは忘れてしまっているが、省二がそう言ったのが月曜であったことだけは確かである。

前日の日曜日に省二が海釣りにゆき、そこで件《くだん》のものを見てしまったからである。

ぼくは、神奈川県の小田原市生まれで、現在もそこに住んでいる。自宅から、十分も歩けば、すぐ海であり、子供の頃はよく海に出かけてはそこで遊んだものである。

省二は、ぼくよりもっと海に近い場所に住んでいて、玄関を出てから、足を波に濡《ぬ》らすまで、歩いて三分もかからない。

釣りが好きで、いつも自宅前の砂浜で釣りをやっていた。

中学校の同級生であった。

だから、その話を聴いたのも、中学の、朝のホームルームが始まる前の時間帯であった。

「屍体を見ちゃったんだよ」

と、省二は言った。

屍体を見た、という言葉の、危険でいかがわしい響きに、たちまち、何人もの人間が省二のまわりに集まってきた。

前日の日曜日に、省二は、キス釣りに出かけたのだという。

青イソメをエサにして、砂浜から投げ釣りで釣る。

一時間ほどで、三尾ほど二十センチ前後のキスを釣りあげた頃、むこうの方で、人だかりがしていることに気がついたのだという。

初めは多くなかったのだが、だんだんと波打ち際のその場所に人が集まり始めて、近くの人間は、みんな砂浜に竿《さお》を立てたまま、そちらの方に集まってしまった。

省二も気になって、ついに竿を置いて、そこまで歩いて様子を見に行った。

すると、そこに、

「女の屍体があったんだよ」

と、省二は声を低くした。

全裸であったという。

どうして全裸なのか、服を着ていないのか、そんなことは何もわからないし、どこの誰《だれ》であるかもわからない。

自殺なのか、事故なのか、すでに屍体だったものが海に捨てられたのか。

これが人の屍体か——

「腹が、こう、ぱんぱんにふくれあがっちゃっててさ」

あちこちに、魚や蟹《かに》に喰《く》い荒されたあとがあり、不気味なケロイドのような縞《しま》模様が、ふくれあがった腹といわず、胸といわず、身体《からだ》中に浮いている。髪は半分くらいが皮膚ごと抜け落ちていて、唇の肉は失くなっており、歯はむき出しになっている。

目玉はない。

初め、海の底に屍体は沈んでいたと思われる。あるいは、水中を、水と同じ重さで漂っていたのだろう。それが、時間が経《た》つにつれて、腹の中にガスが溜《たま》ってくる。腹がふくれてくる。それで、水面に屍体は浮かびあがり、漂っているうちに、波によって砂浜に打ちあげられた。

そういうことらしい。

「おれはさあ、何で死ぬにしても、ぜったいに水の中で溺《おぼ》れ死ぬのだけはやだとその時思ったよ」

と省二は言った。

水の中にあった屍体というものを、幸いにもぼくはまだ見る機会にめぐまれてはいないが、省二のその時の声の響きで、それがかなり眼を覆うようなものであろうことは、想像できたのである。

省二だけでなく、水死体を見た人間たちの全員が、

「水では死ぬもんじゃない」

と言っているところを見ると、きっとそれは確かなことなのだろう。

ある友人は、東京湾で、数珠《じゆず》を握った老婆の屍体を釣りあげている。

海釣りの仕掛けというのは、かなり丈夫なもので、空中に持ちあげることはできないにしても、人間の屍体をゆっくり水中で引き寄せてくるくらいはできるのである。

また、ある友人は、川で投網《とあみ》を打っていて、老人の屍体を引き上げたこともある。

シチュエーションはそれぞれ違うにしろ、

〝土左衛門にだけはなるな〟

それが、水死体を見た彼等の共通した意見であった。

ということで、ぼくのことなのだが、このぼくも、水死体については、かなり不気味な体験が、実は、一度だけあるのである。

2

その年——

今から十年近く前なのだが、中部地方のある川に、ぼくは釣りに出かけた。

残念ながら、川の名前は書けない。現在でも年に何度か竿を出しにゆく川であり、知り合いが何人もいる。この話を全て実名で書けば、彼等の何人かにとっては、迷惑なことになるであろうからだ。

これから書くことになる川の名前や町の名前、そして人名は、仮名ということでかんべんしていただきたい。

その川の名前を、仮に式貴舟《しきふね》川としておきたい。

鮎《あゆ》で有名な川であり、以前から一度、その川に行きたかったのである。上流部に、江田《えだ》川という、水の綺麗《きれい》なことで知られている川が流れ込んでおり、その合流部に、奈良島《ならしま》町という小さな町がある。

この町に宿をとって、三泊四日、式貴舟川と江田川で、ただひたすら鮎ばかりを釣ってやろうと、ぼくは考えていたのである。

仕事のやりくりをつけて、ようやく、その年の七月下旬に、時間がとれたのだ。

鮎の友釣りを始めて、三年目くらいであったろうか。

この釣りのおもしろさや、難しさが、そこそこは呑《の》み込めてきた時期であり、自分なりの仕掛けも工夫するようになってきた頃である。

新幹線を降り、在来線を乗り継いで、奈良島線に乗った時には、昼近くになっていたのではないか。

式貴舟川に沿って奈良島駅まで、およそ一時間ほどの行程である。

友釣りというのは、鮎の食欲に直接訴える釣りではない。性格、本能に訴える釣りである。

鮎という魚は、縄張《なわば》りを持っている。

海で育った鮎は、桜の頃に鮭《さけ》のように川に入って上流へ遡《さかのぼ》ってゆく。この時期に、食性が肉食から変化して、水中の石や岩に発生した珪藻《けいそう》の類《たぐい》——鮎釣り師たちが、水アカとか水ゴケとか呼んでいるものを食べるようになる。

この水アカのついた石の周囲に、鮎は自分の縄張りを作るのだ。この縄張りの中に入ってきた鮎に、縄張りを持っている鮎が、攻撃を仕掛ける。この攻撃というのが、頭から突っ込んでゆく体あたり方式なのである。

友釣りというのは、オトリ鮎を仕掛けの先に付けて、この縄張りの中へ送り込むことから始まる。すると、縄張りを持っている野鮎が、このオトリ鮎に向かって体あたりの攻撃を加えてくる。オトリ鮎の尾のあたりに、攻撃を仕掛けてきた野鮎が引っ掛かり易いように、〝掛《か》け鉤《ばり》〟と呼ばれる、錨《いかり》の形をした鉤が付いている。この鉤に野鮎が引っ掛かって、釣られてしまうのである。

つまり、鮎が釣れた時には、オトリの鮎と野鮎とが、仕掛けの先に一緒にくっついてあがってくることになるのである。

式貴舟川の鮎は大きいから、掛かった時の引きもかなりのものになるはずであり、電車に乗りながらそのことを想像するだけで、気持が上ずってくる。

車窓から、線路沿いに流れている式貴舟川が見えるものだから、ついつい気になって、視線は自然に川に向いてしまう。

川に立ち込んで竿を出している釣り人の姿も点々と見えるので、心はもう穏やかではない。

そうしているうちに、妙なことに気がついた。

向かい側に座っている男が、やはり、ぼくと同様に、式貴舟川が見える場所になると、窓から川を見るのである。しかし、奇妙なのは、男のその行為の中に、川を見たくないという意識が働いているらしいことだ。男は、できるだけ、川を見ないようにしているようにも、ぼくには思えた。

川を意識しないようにしている。川を見まいと思っている。しかし、つい、川へ眼がいってしまう——そのように見える。

年齢は、五十歳前後。

ぼくのように、これから式貴舟川に竿を出しにゆこうとしている人間なのだろうか。

しかし、それにしては、男の持ちものの中に、竿らしきものは見当らない。

互いに、川へ眼をやったり、自分の手元に視線を移したりしているうちに、自然に男と何度か眼が合うようになった。

そのうちに、

「釣りかい?」

そう声をかけてきたのは、男の方からだった。

「ええ」

と、ぼくは答えた。

男は、おどおどとした眼でぼくを見、一度視線をそらせて窓の外を見やってから、またその視線をぼくにもどしてきた。

「鮎だろう」

と男は言った。

「ええ」

と、ぼくはまたうなずいた。

釣り用のベストを着たぼくの姿を見るまでもなく、持ちものである鮎用の長い竿を畳《たた》んだものを見れば、知っている人間にはすぐに何釣りかわかる。

「式貴舟川で?」

「ええ」

ぼくはうなずいた。

「どこで竿を出すつもりなんだい?」

「江田川との合流点あたりでやろうと思ってます」

はじめて、ぼくが違う答え方をすると、男は、ほっとしたように笑みを作った。

「じゃ、奈良島町まで行くつもりなのかい」

「はい」

それをきっかけに、男とぼくとは、ぽつりぽつりと、鮎についての会話をするようになったのだった。

「鮎、好きかい?」

「ええ」

「鮎ってのは、ちょっと好きとか、ちょっとやってるとか、そういう中間がないんだよな」

と、男は言った。

「やっているか、やってないか、そのどちらかでね。やっている人間は、もう、とことんやってる釣りだね。やらない人間は、他の釣りはやっても、鮎だけは何もやらない」

「そうみたいですね」

「鮎ってのは、あれだね、麻薬みたいにさ、禁断症状があるね。しばらくやってないと、こう、身体に震えがくるほどやりたくてやりたくて、たまらなくなるね」

「あなたも、鮎をやるんですか」

「やるよ――というより、やってたよ。昔ね――」

「昔?」

「二十年も昔にね」

「今は、やらないんですか」

「やってないよ。やめたんだ」

「でも、さっきから、川が気になるみたいで、何度も窓から覗《のぞ》いてたでしょう?」

「そりゃあ、気になるさ。別に、嫌で鮎をやめたわけじゃないからね」

「昔は、かなりやってたんですか?」

「まあね」

「この式貴舟川にも通ったんですか」

「通ったっていうか、まあ、職漁師の真似《まね》ごとみたいなことをしてたんだよ」

「職漁師？」

「この川は、そういうことができるんだよ。毎年、二月からはアマゴをねらってさ、四月から六月の半ばまではサツキマスをやって、鮎が始まってからは、もう、ずっと鮎ばかりだったよ。ま、一日、どんなに少なくたって、三十はあげなきゃ、仕事にはなんないけどね。釣ったら、近所の旅館が、直接、買ってくれるのさ」

「そうなんですか」

「アマゴも鮎も釣れない秋から冬はさ、ユンボを少しいじれるからね、知り合いの人間に頼んで、あっちこっちの工事現場で、土を掘ってたよ」

「何故、鮎をやめてしまったんですか？」

「昔から、漁師で蔵を建てたやつはおらんからね」

「こちらの方なんですか」

「だから、昔の話さ。もう、ずっと帰ってなかったんだよ。この二十年、一度もさ——」

「どうして？」

「色々あってね」

男は、饒舌《じょうぜつ》になってきたのだが、そのわりには、話をしている間も、視線に落ちつきがなかった。

額には汗が浮き、呼吸も荒くなっている。

ぼくは、男の具合が、どこか悪いのかと考えたくらいだった。

「何度も、夢に見たよ……」

男はつぶやいた。

眼に溜った光が、なんだか、怖いような色あいを帯び始めていた。

「毎年、鮎が始まる時期になるとね、鮎を釣る夢を見るのさ。もう、釣りたくて、釣りたくて、たまらなくなってさ。この川のことを思い出してね」

「他の川では、やらなかったんですか」

「やらないよ。他の川じゃ、やったことなんてないよ。ガキの頃から、鮎はこの川だけさ――」

「今回はどうして、こちらに？」

「だから、我慢できなくなってさ、川を見に来たんだよ。でも、見たら、竿を出したくなってね」

「鮎をやっていくんですか」

「やらないよ。おれはね。川を見たら、もう気が済んだからね。もういいんだ。おれは、次の駅で降りるよ」

「降りてしまうんですか」

「ああ――」

男の額の汗の粒が大きくなって、それが、頬《ほお》や、顔へ垂れ、喉元まで筋をひいて流れ落ちている。

白い、くたびれたシャツの襟元《えりもと》から、その内側まで汗は這《は》い込んでいるのに、男はそれをぬぐおうともしなかった。

「ちょうどいい。あんたに会ったのも何かの縁だ。いいことを教えてやるよ」

男は、無理に笑みを作って、そう言った。

男の唇がひきつれたように歪《ゆが》んだ。

男は、それで笑ったつもりだったのだろう。

「江田川との合流点から下流に数えて、ふたつ目の淵《ふち》があるんだけどね、そこは、ハンザキ淵って、土地の人間は呼んでるんだ」

「ハンザキ？」

「大山椒魚《おおさんしょうお》のことだよ」

言われて、ぼくは思い出した。

この式貴舟川には、大山椒魚が棲《す》んでいて、それが、ハンザキと呼ばれていることを。

半分に裂いても死なないくらいに生命力が強いことから、ハンザキの名があるのである。

「奈良島町で鮎をやるんなら、ハンザキ淵で、竿を出してみるといい。流れが強くて、深いんだけどね、どんな大雨が降ろうと、あそこの淵だけは、埋まったことがないから、今だって残ってるはずだよ」

「――――」

「深さは七メートルから、八メートルはあるよ。その底にね、小さな小屋一軒分くらいの大岩が沈んでいてさ。そこに、でかい野鮎がつくんだよ。いきのいい野鮎を他で掛けておいて、そこへ、うまいこと沈めてやれば、あんたが信じられないような釣りが、そこでできるよ。五号のガン玉をふたつくらいかましてさ。竿先が水面につくくらい沈めてやるんだよ。目印なんていらないよ。竿先でアタリを見ればいい。いきなり、竿がひったくられるようなアタリが来てさ、竿先が、水中に潜り込むからね。それで、竿を伸《の》されたら、糸はすぐに切れちまうぜ」

「本当ですか」

「嘘《うそ》は言わないよ。毎年、そこで、三十は尺ものがあがってるんだ。七月から、尺ものがねらえるよ。小さくったって、二十五センチはある。普通の仕掛けじゃだめだよ。糸は、ナイロンで、最低一・五号は使うつもりでやらないとね」

「——」

「いったん、手前の流れを渡って、中州《なかす》に出てさ。中州から、さらにその向こうの流れまで、胸まで立ち込まなきゃ、十メートルの竿だって届かない。糸は、竿尻《さおじり》より、一メーター半は出しておく。対岸は崖《がけ》になってるから、その崖の岩にも大物がくっついてる。危ない場所だからね、土地の者しか竿を出さないし、そこまで降りていく径《みち》だって、なかなか、他の土地の者じゃわからない。道路からは見えない淵なんだよ」

もう、降りる駅が近づいてきているのか、男の、せっぱつまったような早口に、こちらも少し呼吸が荒くなってきた。

「いいものをやるよ」

男は、ズボンのポケットから、小さな紙包みを取り出した。

新聞紙を小さくたたんだものだ。

その中に、何か入っているらしい。

「何ですか?」

「おれが作った、特製の掛け鉤だよ。海で使うチヌ鉤に、ヤキを入れながら、ヤスリで研《と》いで先を細くしたやつだ。こいつでなきゃ、掛かっても、鉤が折れちまうんだよ、あそこの淵の鮎はね――」

男が、そこまで言った時、ちょうど、奈良島町の、ひとつ手前の駅に電車が着いていた。

ぼくの手に、その包みを押しつけるようにして、

「じゃあ、な」

そう言って、その男は、電車を降りていってしまったのである。

ホームに降りた男は、こちらを振り返ることもなく、眼の合うこともなかった。

電車の中で、包みを開くと、そこには、七・五号クラスの、黒い、鈍い不気味な金属光を放つ、男が言った通りの鉤が出てきた。

全部で、四本。

やけに凶々《まがまが》しい、角度と鋭さを持った鉤であった。

3

宿にいったん荷を置いてから、釣り仕度を整え、結局、迷ったあげくに、ぼくは男の言ったハンザキ淵に入ることにした。

〝タネ鮎あります　イワサキ〟

と入口に書かれているオトリ屋の親父《おやじ》に、

「ハンザキ淵はどう入ればいいんですか」

そう訊《き》くと、愛想のよかったその顔が、急に堅くなった。

「あんた、どこでその名前を知ったのかね」

逆に訊《たず》ねられてしまった。

昔、その名前で呼んでる淵はあったが、今は、その名は使わなくなったというのである。

主人の質問には答えず、ぼくは訊いた。

「淵がなくなってしまったのですか?」

「淵はあるよ。あの淵は、なくなることはないよ。どんなに大水が出たってね」

男の言った通りのことを、オトリ屋の親父は言った。

「入り方を教えて下さい」

教えたくない様子の親父にしつこく訊ねると、彼は渋々といった風に、その淵への入り方を教えてくれた。

「いいかい、あんた」

と、別れ際に親父は言った。

「あそこはね、土地の者も、最近はあまり入らないし、水の押し出しが強いからね。ウェーダーは、中に水の入らない、身体にぴったりしたやつを使って、もし流されたら、竿だろうが何だろうが、持っているものはすぐに放して、自分の生命《いのち》のことだけを心配することだよ」

現場に行ってみると、なるほど、凄《すご》い淵だった。

強い流れが、白泡となってその淵に落ち込んでいて、その水の勢いがそのまま淵でも流れを作っているのである。

水は、濃い緑色をしており、対岸の崖にぶつかった水流は、そこで、黒々と渦を巻いていた。

怖れをなして、すぐにそこへ入ることはせず、手前の流れで、二十センチクラスのやつを、一時間ほどかけて、五つほどあげた。

それから、ようやく意を決して手前の流れを渡り、砂と小石でできた中州へ立った。

中州のむこう側は、急な斜面となって、淵へ向かって落ち込んでいる。

流れそのものは、対岸へとぶつかっているため、中州あたりの流れは強くはないが、二メートルも前へ出ると、胸近い深さとなって、そこから先は、もう急流である。

しかも、足元が砂で軟らかいため、ずぶずぶと、斜面の深みに向かって足が潜ってゆく。

自分が立ちたい場所より、二十センチは手前に立つつもりでないと、足元から深みに向かって滑り込み、たちまち太い流れに押し出され、対岸の、岩にぶつかって水が渦を巻いているあたりまでさらわれていってしまう。

なかなかおそろしい淵であった。

道路からは見えないし、しかも、他に人はいない。

下流の方に、何人かの釣り師の姿は見えるが、川づたいには、とてもここまで上ってこられる流れではない。

男に言われた通りに、オモリをふたつ付けて、一番元気のいい鮎を、深みに送り込んだ。

濃い緑色の流れの底に、黒々とした大きな岩が沈んでいるのが見てとれる。

まるで、巨大な獣が、背だけ水底に見せて、その深い淵の中心にうずくまっているように見える。

そこで、太い刃物を横に倒したように、時おり、ぎらりぎらりと、妖《あや》しい光が躍る。鮎が、水アカを食《は》んで、身をひねらせるたびに、その横腹が光って見えるのである。

大きな鉈《なた》を、水中で躍らせているようであった。

喉がからからにかわくほど、刺激的な光景だった。

竿より長い、十二メートル分の糸のほとんどが、その淵に呑み込まれた。糸は、竿先から水面まで、一メートルも残ってはいない。

オモリを付けたとはいっても、糸が、そのまま真下に沈んでいるわけもなく、水流に押されて水中で弧を描いているであろうから、それを考えに入れても、やはり水深は八メートル近くはあるということなのだろうか。

鮎が、底まで届いたと思えた時、
つん、
と竿先が小さく動いた。

それだけだった。

五分たっても、十分たっても、それきり変化はない。

気になって、オトリを引きあげてみると、掛け鉤の糸が、みごとに切られて、掛け鉤が消えていた。

さっきの、小さな竿先の動きがアタリだったのだ。その勢いがあまりに強かったため、いっきに糸が切られてしまったのだ。

それからは、何度やっても、同じだった。

仕掛けを太くしたのだが、今度は、鉤が折られてしまうのである。

三本錨の鉤の二本が、あっさりと、いっぺんに折られてしまったこともあった。十本近くあった掛け鉤の全てが、そこで失くなってしまったのだ。

どうせ、午後の数時間しか竿を出す時間がないだろうと、残った仕掛けを宿に置いてきてしまったのである。

オトリの全ては、もう、すっかりよたってしまい、一番元気のいいのが、一番最初に使用した、野鮎ではないオトリ屋で買った養殖の鮎だけという始末である。

その時、ぼくの眼は、血走っていたに違いない。

なにしろ、生まれて初めての体験なのである。

掛かるそばから、糸が切られ、鉤が折られてしまうというのは、ただごとではない。

このハンザキ淵にいる鮎が、尋常の大きさではないことが、それだけでわかる。わかるのに、その鮎の大きさや動きが、まだ、手元まで届いてこないのだ。その手前の段階で、仕掛けのほうが、いかれてしまうからである。

だんだんと、夕暮がせまっていた。

ぼくの気持の方は、ハンザキ淵の大鮎のことで、もう、いっぱいになっていた。

ふいに、ぼくは、あの電車で会った男が、ぼくに手渡していった鉤のことを思い出していた。

あの鉤が、ベストのポケットのどこかにあったはずだ。

ぼくは、それを、手でさぐった。

あった。

胸ポケットから、新聞紙にくるんだあの鉤を取り出した。

妖しい光沢を放って、四本の鉤が、ぼくの手の中で光っていた。

四本のうちの三本を使って、ぼくは、三本錨の掛け鉤を作った。

その時持っていた、一番太い二号の糸を使い、ついでに天井糸も水中糸も、全てその二号の糸で作りなおした。

作っているうちに、日は暮れて、あたりがどんどん暗くなってゆく。

水面に、空の色が映って、もう、川の底はほとんど見えない。

一番元気そうなオトリ鮎に鼻カンを通し、ガン玉を三つつけて、ハンザキ淵の、一番の深みに、ぼくは強引に送り込んだ。送り込んだというよりは、オモリの力で無理やり沈めたといった方がいいだろう。

しかし、あれほど頻繁《ひんぱん》にあったアタリが、なかった。

オトリが弱りすぎているのか、それとも、鮎がオトリを追う時間帯が、もう終ってしまったのか。

気持ばかりが、はやっていた。

もう少し、もう少し先へ――

少しずつ、水中で、深みに向かって足でにじり寄ってゆく。水は、もう、ウェーダーの、ぎりぎりまで来ている。

と――

ずっ、
と、足が深みに向かって潜った。

二センチか三センチほどだ。

しかし、その数センチが、境目となった。

ぼくは、そこで、そのまま動けなくなってしまったのである。少しでも動けば、さらに深みに足が沈んで、身体が前に出て、水に流されてしまう。今だって、ぎりぎりのバランスで、そこに立っているのである。

身体が、ゆらゆら揺れている。

体重を掛けて、足を踏ん張りたいが、水中で体重が軽くなって、それ以上踏ん張れない。逆に、踏ん張れば、そのまま足首がさらに砂に潜って、流されてしまう。

水中の砂に、足を取られてしまい、どうにも身動きが取れなくなってしまっているのである。

恐怖に、背がこわばった。

ぼくは、死を思った。

流されれば、下の激流に運ばれて、身体はもみくちゃにされるだろう。

足元を見やる。

暗くなって、足元の水中さえ、すでにさだかには見えない。

空の色が、水面に映って、一メートル余りの水底さえ、よく見えなくなっている。水面がゆらゆらと動いているため、それだけでも水中を覗くのに、条件が悪くなっている。

どうしたらいいのか。

水中を見下ろしているぼくの眼に、その時、奇妙なものが映った。

何か、水中にいるのである。

影のようなもの。

動いており、しかも、それは、すぐぼくの足元の水中にいるのである。

何かの生き物。

ぼくは、最初、それは、おそろしく大きな、大山椒魚かと思った。

しかし、そうではない。

大山椒魚が、こんなに大きいわけはない。

これは、人間の大きさだ。

何かが、ハンザキ淵の底から、川底を這いながら、ぼくの足元まで近づいてきたのだ。

何か、川底で、ゆらゆら揺れている黒いもの。

これは、何だ？

髪の毛⁉

ふいに、ぼくの全身の毛が、恐怖のあまり、そそけ立っていた。

全裸の女が、水底で腹這いになり、両手でぼくの両足首をしっかり握って、ぼくを水中に引きずり込もうとしていたのである。

水中で、その女《ひと》が顔をあげた。

ゆらゆら揺れる髪の毛の間から、丸い、ふたつの表情のない目玉が、ぼくを見あげていた。

他のどこにも表情がないくせに、その女のその青い唇だけが、嬉《うれ》しそうににんまりと笑っていたのである。

その瞬間に、
がつん、

という強烈なアタリがあった。

竿先が、一メートルも水中に潜り込み、おそろしく強い力が、竿ごと、ぐいぐいとぼくを、太い流れの方へ引き込もうとしているのである。

ぼくがバランスを崩すには、それだけの力で充分であった。

たちまちぼくは、たっぷりとした量感の水の中に引き込まれ、水中で身体をもみくちゃにされていたのである。

声をあげようとした口から、大量の水が入り込んできた。

4

その時、ぼくの生命が助かったのは、幸運であった。

いや、幸運というよりは、素直に岩崎善治郎《いわさきぜんじろう》というオトリ屋の主《あるじ》に感謝をすべきだろう。

あんまりぼくのもどりが遅いものだから、彼が、様子を見に、ハンザキ淵までやってきてくれたのである。

彼が、河原に立ったのと、ぼくが流されるのとが、ほとんど同じであったのだ。

ぼくが流されるのを見て、彼は、下流に走った。

ぼくが沈んだ流れは、対岸の崖に沿って大きくこちら側に曲がっており、中州でふたつに別れた流れと合流して、下流へと吐き出される。

その吐き出されるあたりが、しばらく浅瀬になっており、彼は、下流のその場所に向かって走ったのだ。

そこで、流れてきたぼくの襟首を摑《つか》んで、さらなる浅瀬まで、引っ張っていってくれたのである。

ぼくは、浅瀬で膝《ひざ》を突き、咳《せ》き込みながら、肺と胃に入り込んだ水を、大量に吐き出した。

咳のため、呼吸ができずに、苦しくて死ぬかとさえ思った。

眼から、涙がこぼれた。

ぼくが、ようやく、礼を言える状態になったのは、河原に上って、十五分近くもたってからだった。

持っていた竿は、とっくにぼくの手をはなれてしまっており、どうなったかわからない。

竿よりも、ぼくの生命が助かったことを悦《よろこ》ぶべきだろう。

岩崎さんのオトリ小屋まで歩いてゆき、そこで濡れた服を全て脱いで、シャツと、ズボンと、下着を彼から借りた。

乾いた下着は、ぼくを生き返った気分にさせた。

「どうして、あの淵のことを知ってたのかね?」

と、ぼくは岩崎さんから、問われた。

電車で会った男のことを、ぼくは正直に彼に語った。

「鉤をもらったって?」

「ええ」

「その鉤を、まだ持ってるかい」

「たぶん」

ぼくは、脱いでいたベストを手に取って、胸ポケットから、濡れた新聞紙の包みを取り出した。

「これです」

岩崎さんは、濡れた新聞紙を器用にめくりあげ、中から、一本残った鉤を取り出した。それを右手の指先につまみあげて、

「こりゃあ、おめえ、源三鉤《げんぞうばり》じゃねえか」

驚いた声で言った。

「源三鉤?」

「そうだよ。昨年、八十七歳で死んじまったけどね。このあたりじゃ有名な鮎釣り師だった、川端《かわばた》源三ってえ人間が、あのハンザキ淵の鮎を専門にねらうために考え出した鉤だよ。おれは、川端源三の弟子にあたる人間だよ。この鉤のことを知ってる人間は、今は、そうはいないよ。いるとしたら——」

そこで、岩崎さんの声が止まり、彼は怖《こわ》い眼でぼくを見つめ、

「あんた、山本勘次《やまもとかんじ》に会ったな」

そう言った。

「山本勘次?」

「あんたが電車の中で会った、この鉤をくれた男の名前だよ。川端源三には、弟子がふたりいてね。それが、おれと、山本勘次さ——」

ぼくは、あの男が、もう、二十年もこの土地に帰ってないという話を思い出し、それを彼に訊ねた。

「何かあったのですか?」

訊くと、岩崎さんは、ふいに口をつぐみ、裸電球の下で、遠くを見つめた。

やがて、何か決心したように、ぼくを見つめ、

「これも何かの縁だろうよ。話をしてやるから、今夜はここに泊まっていきな。独り暮らしだから、気にすることたあない。昔は嬶《かかあ》がいたけど、もう、死んじまったからね。明日が、命日なんだが、この話をするのも、何かの供養にはなるだろうよ」

そう言った。

「宿の方には、おれから電話を入れといてやるよ。心配はいらない。岩崎の親父の小屋にやっかいになると言やあ、宿の方はそれでおさまりがつくからね」

岩崎さんは、台所から、まだ口を開けてない一升瓶を持ってきて、畳の上に胡座《あぐら》をかくと、コップふたつを、ぼくと自分の目の前に置いた。

「これから、鮎を焼いてやるよ。あんたが泊まるところの鮎よりは、おれの焼く鮎の方が、ず

っとうまいよ。その前に、まず、一杯つきあってくれ」

そう言って、岩崎さんは、ふたつのコップに酒を注《つ》いだ。

5

「あんた、抱きあい心中って、知ってるかい?」

岩崎さんがそう訊いてきたのは、一升瓶の半分くらいが空き、鮎の塩焼きが何尾か腹の中に入り、山菜やら鹿肉やらで、そこそこ腹がふくれてきてからだった。

「知りませんが――」

正直のところ、抱きあい心中という言葉を、ぼくはその時初めて耳にしたのである。

「男と女がさ、こうやって、向き合って、お互いの身体が離れないように、帯かなんかで縛りあってさ。懐《ふところ》や袂《たもと》に石を詰め込んで、一緒に水の中に飛び込んで心中する方法さ――」

岩崎さんは、言いながら、コップの酒を飲みほし、また、自分でコップに酒を注いだ。

「二十年前にね、おれは、その心中を見たのさ――」

「二十年前?」

「そうだよ。その時、おれは、鮎を釣りに出ていてね。ほら、あのハンザキ淵だよ。その頃、色々ややこしい事情がおれにはあったんだけどね。何しろ、いつも世話になっている旅館から、イキのいい、形のそろった鮎を、二十尾ほど頼まれてたんだよ。そういうのを、まとめてあげることができるとすると、あの淵しかなかったもんでね」

「それで――」

「朝から始めてさ、昼近い頃には、もう、十五もあげていたよ。こりゃあ、昼過ぎにはカタがつくだろうと思っていたら、根掛《ねが》かりをしちまってね。今みたいに、物が豊富な頃じゃないから、仕掛けも貴重だったし、源三鉤の残りも少なかったんで、水中眼鏡を付けて、石をふたつみっつ川原で拾ってパンツの中に入れて、淵に潜ったのさ。そうしたら、そこで、見たんだよ――」

「何をですか?」

「抱きあい心中をさ。正確には、そのかたわれの、女の屍体を見たんだよ。ちょうど、その女の首のあたりに鉤が引っかかっていてさ、どういうわけか、オトリの鮎を、その女が口に咥《くわ》えて噛《か》んでいるんだよ。水中でさ、女が眼を開いたまま、こう、ゆらゆら揺れる髪の毛の間から、おれを見ていたんだよ。もう、びっくりしたね」

「――――」

「男と女がさ、道ならねえ恋の果てに、水の中に飛び込んだまではよかった。しかし、苦しくて、水中でもがいているうちにさ、帯がほどけて、男の方が流されて、助かっちまった。女の方は、袂や懐に、こう、いっぱい石を詰め込んでたもんだから、そのまま御陀仏《おだぶつ》で、男の方は、おそろしくて、そのまんま行方をくらましちまったってえ、ところなんだよ」

岩崎さんは、怖い眼で、ぼくを睨《にら》んだ。

その眼が、ふいに哀しそうな色になって、

「その死んだ女ってえのが、おれの嬶でね。相手の助かった男ってえのが、あんたに鉤をくれた山本勘次だよ」

「――――」

「色々と、ややこしい事情ってのはそのことでね。勘次のやつ、おれの嬶と前からできていてさ、にっちもさっちもいかなくなって、心中におよんだらしいんだけどね。鉤掛《はりがか》りから、一匹だけばれてはずれちまったんじゃあ、しまらねえ話だったろうよ。前の晩から、嬶も勘次のやつも、行方をくらましてたんで、どっかへ駆け落ちでもしやがったのかと思ってたら、そうじゃなくて、抱きあい心中をしそこねたんだよ……」

「――――」

「たぶんね、あんたの足を引っ張ったってえのも、嬶だろうよ。水の中に入ってきた仕掛けの源三鉤を見てさ、てっきり勘次のやつがもどって来たと思って、足を引っ張ったんだろうよ。おれだったら、一緒に沈んでやってもよかったんだが、他人のあんたに、そんなまねはさせられないよ」

岩崎さんは、コップ酒をまた口に運び、

「勘次のやつ、昨年源三が死んだんで、今年はたまらなくなって、式貫舟川までやってきて、決心がつかないまんま、またどこかへ帰って行ったんだろうなあ」

「源三さんが死んだっていうと――」

「おれの嬶は、源三の娘でさ。もともと嬶は、勘次の方を好いてたらしいんだけどね。源三の方におれが気に入られていたんで、自然にくっついちまったんだが、一緒になってみて、嬶も、自分が好きなのがどっちだったか、はっきりわかったんだろうなあ……」

岩崎さんと、その晩ぼくは、夜が明けるまで飲み、翌日の昼に、まだ休みを残したまま、奈良島町を後にしたのだった。

6

岩崎さんから、連絡があったのは、帰った翌日であった。

家の電話が鳴り、受話器を取ると、

「勘次のやつが死んだよ」

そういう岩崎さんの声が響いてきた。

式貫舟川で、溺れ死んだらしい。

屍体が発見されたのは、ハンザキ淵の下流の中州で、そこに、山本勘次の屍体が流れついているのを、早朝、釣りに来た人間が見つけた。

なんと、三十センチを超える大鮎が掛かっている仕掛けの付いた竿を握っていたという。

大鮎は、まだ生きていて、屍体のそばで、元気に泳いでいたという。

「それでさ、勘次のやつが握っていた竿が、あんたがあの日流した竿だったのさ。あんたの名前が、握りのところに書いてあったんでね、すぐにわかったよ」

下流で、どういうわけか、流れてきた竿を山本勘次が拾い、それを手にして、ハンザキ淵に入ったのだろうと、岩崎さんは言った。

「みんなケリがついて、おれだけ、ケリもつかずに生き残っちまったみてえだなあ」

そう言って、岩崎さんは、電話を切った。

今でも、年に何度かは式貴舟川に出かけてゆき、岩崎さんの所に泊まって竿を出してくるのだが、ハンザキ淵だけは、あれ以来、一度も竿を出していない。

すみだ川

加門七海

照っていた月がふと、隠れた。

そうなればもう、人の住まない工場《こうば》の周囲は、寂しさを通り越して、ただ、暗い。遠くを車が行き過ぎた。音が遠ざかれば直ちに沈黙。

向こうから風が吹いてくる……。

どぶ臭い、それでいて甘ったるい、毒の籠《こ》もった風だった。修太《しゅうた》はそれをわざと嗅《か》ぎ、くふん、と籠もった咳《せき》を漏らした。

臭気がするのは、ここより少し行った先、隅田川が流れているからだ。春のうららの、と歌いはするが、修太が生まれたときはもう、川は桜の花弁の代わりに四六時中、茶色く淀《よど》んだ気泡を汀《みぎわ》に溜《た》めていた。

底の見えない汚水から、つぶつぶ湧《わ》いてくるメタンガス。彼はそれをつい最近まで、魚の吐息と信じていたのだ。

風が、止《や》んだ。

月はまだ。

踵《かかと》を潰《つぶ》したズックを引きずり、修太は途方に暮れた様子で、ブロック塀に凭《もた》れ掛かった。

(母ちゃん、怒ってるだろうな)

夕方、お使いに出されたっきり、彼は家に戻っていない。戻りたくても、落としてしまったお金を探さねば、戻れなかった。

――「卵を買っといで。明日の父ちゃんの誕生日に、厚焼き卵を焼いてやろうね」

甘くて黄色い厚焼き卵は、父の大好物だった。もちろん修太も大好きだ。なのに卵がなくっては。卵を買うお金がなくては……。

(きっと、父ちゃんに怒鳴られる)

どこで、落としたのだろう。鳥屋までの道筋は、もう何回も往復をした。狭い道の両側のどぶの中もちゃんと見た。

何色とも言い難い、どぶにはメンコが沈んでいた。そこに描かれた宇宙船の尾翼の色まで見えたのに、それでも、お金は見つからない。

修太は小さく息をつき、暮れて行くばかりの道を見つめた。

道行く人に拾われたのか。それとも、土に埋もれたか。

交番に行く勇気もなくて、それ以上に、その金がお巡りさんが相手にするほど、大きな額でないことも、彼は薄々知っていて。

修太はただ、野犬のように彷徨《うろつ》き回るしか手だてがなかった。

(それで、こんなとこまで来ちまった)

この辺りはもう、自分らの遊び場所の範囲の外だ。そして家から店までの道とも随分、離れている。

見渡すと、間遠な外灯が見知らぬ風情で点《とも》っていた。こちらにひとつ。向こうにふたつ。すぐに明かりが見えなくなるのは、道が曲がっているせいだ。

中のひとつがさっきから、不規則な息のように明滅している。

（お化け電気）

修太はそこから視線を剝《は》がし、

「ここにいたって、仕様がないや」

言い訳じみた口振りで、逃げるように足を踏み出した。

途端、ひっかけているだけだった白いズックが足から抜けた。

裸足《はだし》の蹠《あなうら》が地面に触る。彼は唇を嚙《か》み、そして、息を吞《の》んで視線を上げた。

をを う。ををおん。

地から湧《わ》き出《いだ》すような、低く暗い音が聞こえた。

修太は息を詰めたまま、暗がりにじっと視線を凝らした。何かが見えるわけではなかった。

音も消えた。だけれども、残響は耳に残ったままだ。

（鐘ケ淵《ふち》の鐘の音）

この辺りの川筋に、お寺の鐘が沈んでいるのは誰もが知っていることだ。そして水底《みなぞこ》に沈んだ鐘は、淀んだ淵に居《お》るままに、時折、音を響かせる。

鐘ヶ淵はだからこそ、鐘ヶ淵と言うらしい。音を聞いたという人に出会ったことはまだないけれど、修太が今、聞いたのは——確かに。

(どうして、鐘が鳴るんだろ)

耳をそばだてたまま、彼は思った。

——「淵に鐘が沈んだのは、水神様が欲しがったから」

昔、祖母が語った言葉だ。ならば、鐘を撞《つ》いているのは水神様か、それとも、河童《かっぱ》か。

どちらにしても、人ならぬ何かが鳴らす鐘の音《ね》だ。修太は俄《にわか》にゾッとして、靴を取ろうと屈《かが》み込む。

と。また、

ををう。ををおん。


記憶から漂い出たごとく、陰鬱《いんうつ》な音が辺りに染みた。

二度目のそれは鐘というより、獣の鳴き声のようである。

(うしおに)

水に棲《す》むという、巨大な牛の化け物の話が記憶に蘇《よみがえ》る。

(鐘を撞くのは、牛鬼だろうか)

心の中の暗闇《くらやみ》に、地獄絵に似た図が、ふわ、と浮かんだ。淀んだ水の淀んだ底で、角を持った化け物が木槌《きづち》で鐘を叩《たた》く絵だ。

撞かれる鐘と撞く手には、それぞれ水草が絡んでいる。牛鬼の顔は恐ろしい。よく見えないが、すごく、怖い。

お化け電気が、ジジッと笑った。

修太は飛び上がるように、細い道を逃げ出した。

暗い外灯がふたつとひとつ。道なりにそれらを越えて曲がると、いきなり、明かりひとつない分厚い壁に突き当たる。

真っ暗闇だ。

息すらできない、常軌を逸した暗闇が前に立ち塞《ふさ》がっていた。そうしてそこから、牛鬼の赤い眼が自分を見るような……。

修太はひっと悲鳴を上げて、慌てて、もと来た道を返した。

こちらは明かりが点っている。いや、ふたつあった外灯はいつの間にやら、かき消えて、ジリ、ジ、ジリ、と明滅をする、お化け電気だけが点いていた。

逆さまにした漏斗のごとく広がる光の外側は、やはり、真正の闇である。その中、浮かんだ地面の上に、靴が転がっているのが見えた。

(僕の靴)

べそをかきながら、反射的に修太は走り寄る。

けれども、足を速めた途端、靴はずんずん遠のいた。それで余計に必死に駆けて、漸《ようや》く靴を取り返せると、修太が確信した瞬間、

――微《かす》かな毒の臭《にお》いと共に、川の音が津波のごとく修太の耳朶《じだ》に被《かぶ》さった。

水の代わりに押し寄せたのは、おどろに乱れた藻をつけた、丸太より太い腕だった。そいつは、ずっぷり濡《ぬ》れた手をいきなり闇から突き出すと、

獲ったぞお。

お化け電気が、最後の音を立て、消えた。

＊

鐘ヶ淵が埋め立てられたのは、もう随分と前になります。きっと鐘も土の中。だから、その子が会ったのは淵のお化けとは違うのでしょう。だけど結局、その子は朝に見つかって、夕に死んだと聞いてます。魔はいるのかも知れません。

そういえば、淵から少し下ったところに梅若塚というのがあるのを、あなた、ご存じでしょうか。確か謡《うたい》にもありましたわね。

尋ぬる心の果《はて》やらん……。

人買いに攫《さら》われてしまった我が子を、探し求めた母の悲しみ。辿《たど》り着いた隅田の畔《ほとり》で、彼女は子の梅若丸《うめわかまる》が死んだと聞いて、狂うのでした。

隅田川には、そんな母子に縁《ゆかり》の寺やら塚やらが、あっちと向こうに建ってます。不憫《ふびん》なことに、母親に縁の寺は向こう岸。子のそれはこっち。死んでまで、会うことすらもできない様です。

ええ、そう。未練が残るでしょうよ。狂った母は、川の畔の鏡ヶ池に身を投じ、死んでしまったと言われています。

その池も既に埋め立てられて、跡形もなくなってますけどね。

もうひとつの話は夜の——やっぱり明かりひとつない、夜に起きた出来事なのです。

「もし」

呼び止める声が聞こえたが、源三《げんぞう》は振り向かなかった。

「もし」

声は消え入るようだ。

彼は黙って背を向けたまま、暗闇の中に立ち尽くした。わざわざ暗がりを選んだにしろ、この視界の無さは異様な気がする。

（罪の意識か）

彼は思った。

（きっと、そうに違いない）

源三は額から滴り落ちる汗の感触に、喉《のど》を鳴らした。

まだ、ほんの……ほんの子供であった。花の首でも折るように、片手で捻《ひね》り潰せた首だ。乳首を銜《くわ》える為の口から、最後に出たのは、消えていく蒸気かガスの音に似ていた。

きゅっ。

ガス管を閉めたみたいに。

（死んだものはしょうがねぇ）

嬶《かかあ》と喧嘩《けんか》なんぞしなけりゃ良かった。そして乳飲み子に、八つ当たりなどしなければ良かったのだ。けど、

（もう、しょうがねぇことなんだ）

源三は額の汗を拭《ぬぐ》った。

あいつがギャアギャア泣きやがるから。くそ暑い熱帯夜だったから。そして、あんガキが汗疹《あせも》だらけで、あまりに醜かったから。

蒸し風呂みたいなアパートに、彼は死体を置き去りにした。子供は置き去りにされたまま、茄子《なすび》みたいな顔色をして畳に転がっているだろう。

飛び回っていた銀蝿《ぎんばえ》の行方が妙に気になった。天花粉で塗りつぶされた汗疹の上を、あの蝿

は、きっと今、這《は》い回っている。

(ああ。子供は嫌いだ。気味悪《きびわり》い)

子供すべてが、ではない。自分の子供が嫌なのだ。

——あの男に似てやがる。

赤ん坊の泣き顔を見る度に、源三は思っていた。

十年近く、昔になるか。銭湯の人相書きを見て、彼は強盗殺人犯がいつも一緒に働いていた左官屋の若い衆《し》だと見抜いたのである。

源三はその働きで、一時は町の名士になった。警察からの表彰状は、今でも押入の中にある。

(だけど、あいつは最後まで、無罪だと言い張ったと聞いた。結局、あの野郎が豚箱から出てくることはなかったけれど、あいつの家族は追い立てられて……そうして、心中しちまった)

本当にあいつだったのか。人相書きは正確だったか。

(あいつが嫌いだったんだ)

にきび面《づら》の野郎のことが。

「もし」

消えたと思い込んでいた女の声をまた聞いて、源三は心底、ぎょっとした。

目の前は変わらず、闇である。

そろりと上を見上げると、どこの明かりを受けているのか。森の梢《こずえ》の先ばかり、銀《しろがね》色に輝いている。その下、深い淵底に身を置いたような自分であった。

ならば、背後に佇《たたず》む気配は、淀みに潜む鯉《こい》の化身か。

汗で濡れた背中の辺り、柔らかな気配が迫ってきていた。空《くう》に微かな香《こう》が漂う。

ここは寺であったのか。

アパートから逃げ、源三は闇雲に川沿いを駆けたのだった。

今戸の辺りから橋場にかけて、神社や寺がごちゃごちゃと並んでいるのは知っている。自ら闇を求める内に、その中のひとつに紛れ込むのは十分、あり得ることだろう。

(それじゃ、女は尼なのか)

この真夜中なら尼よりも、娼婦に袖《そで》を引かれるほうがまだ確率は高いだろう。

だが、なぜだろう。源三は、女を尼と考えた。

さらり。

思いを裏付けるよう、数珠を揉《も》みしだく音がする。

「もし」

声はたおやかにして、上品な女性のそれである。その声色を改めて聞き、彼は味わったこともない畏《おそ》れと恐れを心に抱いた。

「す、すいやせん。すぐ帰《けえ》ります」

源三は背後の気配に、やや上擦った声を聞かせた。女の姿は依然、見えない。ただ、返答をした途端、女の着物の肌触りやら、湿った手の感触が、むらむらと明らかになってきた。

闇が一層、濃くなった。

「我が子を見かけなかったかえ」

麗しい上臈《じょうろう》の物言いが、羽根のごとくに耳に触った。

子──子供。

聞いた途端に、首の感触が指に蘇る。源三は再びじっとりと、背中に物憂い汗を感じた。

「我が子を」

「知らねえ」

強く告げると、尼は一瞬、黙り込む。隙《すき》に踵《きびす》を返そうと肩を揺すってみたものの、四方は闇を立て回し、彼の行く手を阻むばかりだ。

「梅若丸と申します」

蜘蛛《くも》の糸に似た女の声が、その暗闇から漂って、四肢に絡んでくるようだった。源三はそれを振り払い、強《し》いて太い声音を出《いだ》した。

「梅若丸?」

「はい」

「巫山戯《ふざけ》るな。そりゃ、あっち河岸《がし》の塚にある名だ。この真夜中にとんだキ印」

尼であろうが何であろうが、酔狂にもほどがある。闇に捕らえられまいと、源三が言おうとした刹那《せつな》、

「我が子を存じ候か」

芝居掛かったとも言える様子で、女は源三の腕に縋《すが》った。

冷た過ぎる手だ。

「えい、放せ」

「梅若丸に」

——会わせて下され。

「手前《てめえ》で行きな」

——会わせて下され。

除《の》けても手応《てごた》えは一向になく、それでいながら手に足に、薄く伸ばした真綿のように、女の気配は絡みつく。

明かりを。

源三は身悶《みもだ》えた。

溶け出したコールタールのように、闇までが粘りついてくる。

苦しい。

息が詰まってきた。

——タスケテ。

殺してしまった子供は、まだ人の言葉を話せなかった。細首から漏れた空気は、何を訴え掛けていたのか。

タスケテ。殺サナイデ。オ父チャン。

「やめてくれ。俺が悪かった」

叫び、抗《あらが》い、よろめくと、傾《かし》いだ視界の少し先、一枚の布を渡したような白鬚橋《しらひげばし》が現れた。群雲に隠れていたらしい弦月の光に招かれて、墨水《ぼくすい》は景色を横に貫《ぬ》き、上に微塵《みじん》の銀波を散らす。

家路を辿り損ねたか、鷗《かもめ》が一羽、浮いていた。

羽根が油でやや、黒い。

そこまで、源三ははっきりと見た。

「都鳥」

女が言った。

「我が思い子《ご》はありやなしやと」

そうして、声は啜《すす》り泣く。

振り向くと源三の背後のみ、漆黒が滞っていた。渦巻き、落ち込む淵に似た、いやったらしいその狭間、形の掴《つか》めぬ闇色の僧衣と声が蟠《わだかま》る。

眼前の月に炙《あぶ》られて、額から汗が滴り落ちた。体半分はまだ、闇に。

「みやこどり」

声が迷いを帯びた。すわ、源三はそれを払って、影から月に——昏《くら》き淵より水面《みなも》に浮かび上がるよう、己の姿を光に曝《さら》した。
息が、つけた。

あ。あ。あ。あ。あ。

声が惑った。
鳥が羽ばたく。
その羽ばたきに憧《あこが》れるよう、尼の声音が細糸となる。
「我が思い子は」
女の声が、鳥に向かって滑っていく。
源三は闇から解き放たれて、転がるように橋を渡った。

ひよ。ひよ。ひよ。

鷗が飛んだ。

あ。あ。あ。あ。あ。

声が追い縋る。

我が子を殺した男の命を、逃したことが悔しいか。それともただひたすらに、我が子のことが悲しいか。

長く尾を引く尼の悲鳴は、しばし耳に絡みつき、それでも月光に照らされて、遂に橋を渡り切れずに――。

シャツが汗みずくになっていた。

源三は掌《てのひら》で額を拭い、深く溜め息をついた。

「ざけんなよ」

逃れられた嬉《うれ》しさが、彼の心を勢いづけた。

「ガキが何だってぇんだよ」

あんな汗疹だらけの塊。泣いてばかりのガキひとり。捻り潰してどこがいけない。どうせ俺と嬶の子供だ。ろくな人間に育ちはしない。

「殺《し》めといて、上等だったのさ」

女房が泣いても、放《ほう》っておけ。いや、それよりもいっそこのまま、家を棄《す》ててとんずらしようか。橋も渡ってしまったことだし……。

月が再び雲間に消えた。

背《せ》な越《ごし》、白く映えていた橋の影もたちまち消える。

文目《あやめ》もわかぬ帳《とばり》が下がれば、ここは何処《いずこ》か。地面も川も、過去も未来も区別はつかない。

(橋は渡ったはずだった)

彼はぼんやり、考えた。

子供も殺したはずだった。尼の嘆きなど、知りはしない。

戸惑う男の目の先にぽうっとひとつ、明かりが点った。

陽炎《かげろう》に似た薄光《はつこう》の中、蹲《うずくま》る影がほの見える。

濡れた白い水干《すいかん》の上、稚児輪《ちごわ》の髪が震えている。無論、源三の知識の中に姿を示す名はなかった。が、

(子供)

噎《むせ》び泣く声が聞こえた。そうして声は尼のそれより、源三をしかと捕まえた。

(ああ。いけねぇ)

思った途端、子供の顔がすぅっと上がった。

源三の魂もすぅっと、消えた。

＊

「醜い我が子を殺したのはね、源頼光《みなもとのらいこう》というお武家の方です。ええ、そう。鬼退治で有名な方。勇猛果敢なその方の子供は醜い牛鬼で、悪い盗賊だったのですって。これも因果というも

のでしょうか。父に殺されたその牛御前も、ここから少し下ったところの川の畔に祀《まつ》られてます。もっとも、その牛御前社《うしごぜんしゃ》も、今は名前を違《たが》えてますが」

車の音がうるさくて、声はしばしば聞き取れなかった。

土手に被さる高速道路が、夜の空を隠している。月はあるのか。東京はどこもかしこも明るくて、今では月のない夜を恐れることもなくなった。

「本当に」

女が言った。

私は女を窺《うかが》った。

いつから一緒に歩いていたのか。私の記憶は曖昧《あいまい》だ。道すがら、出会った女であろうか。

声が奇妙に懐かしい。

「ここいら辺りもすっかりと、風情が変わってしまいましたわ」

「淵も池もなく、寺の名前も変わったというなら確かにね。今じゃ、幽霊話のひとつも満足にできなくなってしまった」

「ええ、でも水は通じてますから」

「どこに」

「知っている癖に」

女は僅《わず》か、からかうように、

「淵のも、池のも同じです。地面より染み、川に入《い》る。だから人は用心のため、あんな堤防を建てたのですわ」

にっこり、白い歯を見せた——そんな風に思われた。

どんな顔をしているのだろう。見ているうちはいいのだけれど、視線を逸《そ》らすとたちまちに、女の顔は曖昧になる。

「見てくださいな」

疑念を余所《よそ》に、女が澄んだ声で誘った。

白い指先が光って見えた。私はそれに促され、コンクリートの堤防の底を流れる川を見つめた。

鷗が一羽浮いている。どこかに傷でもあるのだろう。そいつは不器用な動きを見せて、川岸に上がろうと迫ってきていた。

町の明かりか、月の火か。鳥は羽毛まで明らかだ。

その首から上が一瞬、白い頭巾を目深に被った尼の顔と見えた気がして、私は目を瞬《しばた》く。

鳥が足掻《あが》いた。

堤防は無情なまでに切り立っていて、鷗は土手に上がれない。袖を振るっているごとき両翼が力を無くしたならば、鳥はたちまち下流の方に芥《あくた》と一緒に流される。

「渡れませんのよ」

女が囁《ささや》く。

「剃刀《かみそり》堤防とは、よく言ったもの」

「今のは?」

女は答えずに、

「我が子を父に殺された牛御前の母親は、どんな気持ちだったでしょうか」

堤防から少し離れて、また、ゆっくりと歩き始めた。

鷗の姿はもう、見えない。女は何事もなかったように、私の隣を並んで歩く。

少しばかり、怖い気がした。だが、それよりも慕わしい。

「語り忘れましたけど、修太の母も父親も、それは気の毒なものでした。互いに罵《ののし》り、己を責めて、まだ頑是《がんぜ》無《な》い我が子の命が奪われたことを泣きました。そうして父は、我が子を殺した化け物のことを追い求め……いいえ、狂いはしませんでしたが、どんなに老いたその後も……死んだ子の年を数えるというのは……」

伸びたカセットテープにも似て、声は時折、歪《ゆが》んで消える。その度、私の心の中に、切ないような罪の意識と、悲しい思慕が明滅をした。

「君は誰だね」

空気すら頼りなく思えて、私は訊いた。

「あなたは?」

勢いを取り戻し、女が優しい声で問う。

私?

私は——わからない。

だけど、女の語る話が、私の心の奥底に響いてくるのは確かなことだ。

「切ないですわね」

「本当に」

ぼんやり、私は答えを返した。

「自分のことすら忘れたならば、もうすぐ、あなたのことなんか皆も忘れてしまいます」

「それも仕方がないだろう」

頷《うなず》くと、思わず涙が滲《にじ》んだ。女はそれをどう見たか。慰めるような口振りで、

「けれども母は忘れません。父も憶えていましょうよ。たとえ土に埋もれても、名を変えられてしまっても。我が子は……殊に、自らが殺してしまった愛しさは……」

今度の声は、風に千切れた。

私は女を顧みる。

女はただ、影となり、私に寄り添うばかりであった。

「ここ辺りはもう、鐘ヶ淵」

白鬚橋から上に行くほど、ネオンの明かりが少なくなって、辺りはしんと静まり返る。水の滞るこの辺り、闇もずっくり、たぐまるようだ。

「一体、いつの鐘ヶ淵」

恐る恐る、私は尋ねた。

「闇の中に入ってしまえば、地面も水も過去も未来も、境を失うのが定め」

「ならば、私は」

——我が思い子は。

女が謡《うた》ったような気がした。

——悪鬼《あつき》羅刹《らせつ》魑魅《ちみ》魍魎《もうりょう》天魔《てんま》破旬《はじゅん》の鬼神《きじん》なりとも。

続く言葉は、頼光の鬼殺しの文句ではなかったか。

「子を愛しむのは、母の常」

再び、女の声色が奇妙に捻れて消えていく。その声が、子を失った涙の声になると同時に、闇はしたしたと押し寄せる。

「さぁ。あれ、闇が」

真っ暗闇だ。

母の気配が闇に散る。

　をを
ををう。ををおん。

私も泣いた。

土に埋もれて。少しばかりの血を川底に滲ませて。父を愛して、母を愛して、ずうっと川を上って来たのだ。

泣きはらした眼は、赤かろう。

服も靴もなければ、寒い。
悲しくて見渡した前方に、お化け電気が点《つ》いている。ぽかり、白いズックが見えた。
愛されている子供の靴だ。その子の命が。
――欲しかった。
「この盗賊！　人殺し」
ズックを取ると、川の下《しも》から、容赦ない父の怒声が迫った。
確かに闇に包まれたなら、過去も未来も、地も水もない。
聞こえるのは鬨《とき》の声。狂った母の嘆く声。
遙《はる》か昔に語ったはずの、言葉にならない私の言葉。

タスケテ。殺サナイデ。オ父チャン。

剃刀堤防の鋒《きつさき》が、私の首をばさりと落とした。

獲ったぞお。

父が叫んだ。

鐘ヶ淵の鐘の音。

幼子の弔いのため、

ひとつ

布団部屋

宮部みゆき

深川永代寺《えいたいじ》門前東町にある酒屋の兼子屋《かねこ》は、代々の主人《あるじ》が短命であることで知られている。

初代がこの場所に店を興したのは宝永《ほうえい》六年（一七〇九年）のことだが、それから百と五年経つあいだに、主人は七代目まで数えるに至った。普通ならばせいぜい四、五代の代替わりで済んでいるところである。

とはいえ、過去六代の主人の死に様《よう》に、とりたてて不吉なところがあるわけではない。一人だけ例外はあるが、他の五人は、死に様としては安らかで、歳さえ足りていれば周囲も大往生と認めるような、穏やかな逝き方ばかりである。なにしろ、夜寝床に入ったまま目を覚まさず、朝になり、家人が起こしに行ってはじめて、亡くなっていると判るというのであるから。

理屈を言えば、兼子屋の男たちは、運悪く先祖代々心の臓が丈夫でないのかもしれない。実際、店の跡継ぎとならない次男三男は、まだまだ子供のうちに亡くなってしまうのだ。長男だけがなんとか育つ。そしてようよう十六、七歳になると父親が早死にし、あわてて長男が跡目をとり、早くに嫁をもらい、子をなし、その子がなんとか十六、七にまで育つと、今度は自分がころりとゆく——その繰り返しであった。

一方、娘は何人でも丈夫に育つ。嫁も代々頑丈なのが嫁いできて、子宝にも恵まれるしお産も軽い。

口さがない世間の人びとは、兼子屋では女どもが強すぎるので、男衆は気を呑《の》まれて早死にするのだと言い立てる。なるほどこれは判りやすい話だ。実のところ、跡継ぎの座におさまったばかりの歳若い主人に、婆《ばば》さまどころか大婆《おおばば》さままでが元気でいて、てんでにしっかり目を光らせているというくらいだから、あながち、ホラ話とばかりに笑い飛ばしてはいけないかもしれない。しかし、兼子屋にいるのは男を食い殺すという丙午《ひのえうま》の女ばかりだ、あの家には丙午の嫁しか入らず、丙午の娘しか生まれぬという噂は出鱈目《でたらめ》で、実は丙午生まれの女はひとりもおらぬ。

噂と言えば、別口もある。六代の主人のうち一人だけ死に様に例外があると言った。それは四代目の主人喜右衛門《きえもん》で、彼は三十三の歳の正月明けに麻疹《はしか》で死んだ。大人になってかかる麻疹は恐ろしい病気で、命取りになることも珍しくはない。

ところが当時、喜右衛門の死は神罰だという噂が飛んだのである。どの神様の罰かといえば、五代将軍綱吉《つなよし》公のそれだという。綱吉公は、宝永六年の正月明けに麻疹で死んでいる。宝永六年と言えば兼子屋が興った年でもある。つまり、自分の死んだ年に酒屋など始めた兼子屋に対し、御霊《みたま》が神様となられた綱吉公がお怒りになって、罰を当てたというのである。

なにしろこじつけも甚だしい作り話なので、さすがにいくらも広がりはしなかった。五代将軍綱吉公は、お天下様の威光を振り回してさんざん庶民を苦しめた、こっちが罰を当ててやりたいような将軍であった。それに、もしも本当に綱吉公の御霊が小うるさい神様になって、不届きな兼子屋に罰を当てたのだとしても、なにも四代目まで待つことはあるまい。初代、二代、三代は子供の頃に無事に麻疹を済ませてしまったものだから、四代目まで待つ必要があったのだという講釈を垂れる者もいたが、屁理屈《へりくつ》もそこまでいくと滑稽《こっけい》で、聞かされる者はみな腹を抱えて笑った。

それはともかく、早死にの評判が定着し、主人が死ぬたびに面白くもない噂がたつというのは、商家としては辛《つら》いことである。死にまつわる話は、商い物が酒であるだけに抹香臭くていけない。だから代々の兼子屋は、他の店よりも腰を低く、余所《よそ》では受けない無理な注文も受け、商人としてめいっぱいの働きと誠意を示すことで得意客の信用をつなぎとめてきた。

そうなると、勢い、奉公人に対しては厳しくなる。だから兼子屋には、主人が短命だという評判ほどには目立たないが、もうひとつ、奉公人への躾《しつけ》がきついという評判もあるのだった。きついがその分、給金をはずんでくれるということはない。ただ単にきついのである。

それでも兼子屋では、奉公人が逃げ出したり、不祥事を起こしたりということは、七代目までの歴史のなかで、かつて一度もあったためしがない。また、兼子屋の奉公人たちは実によく働き、不満も言わずもめ事も起こさない。これは門前町あたりの商人たちの不思議のたねであった。

奉公人の躾というのは、店の主人にとってはもっとも頭の痛いことであり、どうやっても完璧《かんぺき》にはできないというのが常識だ。十人の奉公人を雇い入れ、十年養ってやって、お店《たな》の役に立つ人材に育ちあがるのが一人か二人いれば上々だ——というぐらいの難しさがある。辞めてゆく者、奉公の辛さに出奔する者も多い。病気や怪我で働けなくなることも少なくはない。

　ひどいときには、金をくすねて持ち逃げしたり、ならず者に成り下がり、恩のあるお店を襲って財産を盗《と》ろうという輩《やから》だって現れる。御定法《ごじょうほう》で、奉公人が主人を傷つけたり、主人の家に火をかけようとした場合には、どんな理由や言い分があろうとも打首獄門ということに決まっているのは、裏返してみれば、そういう例が馬鹿にならない数だけあったからである。

　奉公人は大人ばかりでなく、丁稚《でっち》や子守女はまだ子供のころからお店に仕える。お店は彼らに、親代わりとなって躾をほどこさなくてはならず、これもまた難しい。仕事をさぼって遊んだり、隠れて盗み食いをしたり、居眠りをしたりする子供たちを叱ったり、説教をしたり、時には強い体罰を食らわしてでも一人前の奉公人に仕立て上げてゆくには、大変な時間と労力が要るのである。それでも、うまくいくことの方が少ない。

　その難事を、兼子屋は代々、いともやすやすとこなしてきた。兼子屋に奉公にあがると、それまで手に負えない暴れ者であった若者も、泣き虫でいくじなしの幼子《おさなご》も、ほんの十日ばかりで別人のようにしっかりしたお店者になってしまうのだ。病気や怪我にもめっぽう強くなる。

　これでは、近隣の商人たちが不思議がり、羨《うらや》ましがるのも無理はなかった。どんなこつがあるのかと尋ねても、兼子屋の主人もお内儀《かみ》も大番頭も、さあと首をかしげてほほえむばかりで、ますます謎が深くなってしまう。さて、どんな秘訣《ひけつ》があるものか——

　ところが、そんな兼子屋で、若い女中がひとり、突然おびただしい鼻血を出して頓死《とんし》するという事件が起こった。文化《ぶんか》十一年（一八一四年）十月の中ごろ、兼子屋の主人は七代目七兵衛《しちべえ》、三十五歳の時の出来事である。

頓死した女中は、名をおさとという。

猿江御材木蔵東の大島村の小作人の長女で、十一の歳に兼子屋に子守奉公にあがり、死んだときには内働きの女中で、歳は十六になっていた。つごう五年間、兼子屋で躾けられたということになる。気だての優しい働き者で、身体はやせぎすだったが、歳の割には落ち着いた顔つきをしており、立ち居振る舞いも大人びていて、ちょっと見には二十歳すぎの一人前の女のような印象を与える娘であった。

兼子屋は大店ではない。せいぜいが中の下ぐらいの構えの店だ。得意先のなかには料理屋や武家屋敷もあるが、もちろん店売も盛んに行なう。深川じゅうのどの店よりも遅くまで表戸を閉じないことを身上としているので、奉公人は、湯屋の終《しま》い湯に間に合わないこともしばしばあった。馴染《なじ》みの湯屋の方でも心得たもので、兼子屋の奉公人たちが大急ぎで駆け込んでくるまでは、表を閉めずにいてくれるのだった。

問題の夜、おさともそのようにして終い湯にあわてて駆け込んだ。急いで湯を使い、番台の親父に挨拶《あいさつ》をして外へ出るまでは、いつもと変わった様子もなく、きびきびとしていたという。ところが、湯屋を離れていくらもしないうちに、突然どっと鼻血を出し、手で顔を押さえたまま、まるで棒を倒すように道ばたに倒れてしまったのである。

そのとき彼女はひとりきりで、近くにいた木戸番に助けられ、彼に背負われて兼子屋に帰ったが、着いたときにはもう息がなかった。

ところが木戸番の話では、兼子屋まで運ばれてゆく道々、背中のおさとはちっとも苦しげではなく、小声でずっと、歌うような調子をつけて、こう囁《ささや》いていたという。

――鬼さんこちら、手の鳴るほうへ。

――鬼さんこちら、手の鳴るほうへ。

その声が耳について、木戸番の男はその後三日ほど寝ついてしまった。

兼子屋でもけっして何もしなかったわけではなく、岡っ引きも動けば町役人も乗り出したが、それでも結局、おさとがなぜ死んだのか、原因はとうとう判らなかった。夕食は皆と同じものを食べていたから、食中《しょくあ》たりでもなさそうだし、毒を盛られたということもありそうにない。身体に傷はなく、冷たくなった肌に妙な斑点《はんてん》が浮くようなこともなかった。死顔は安らかで、鼻血のあとさえきれいに拭《ぬぐ》ってやれば、眠っているかのような表情さえ浮かべているのだった。

兼子屋の奉公人たちは彼女の急死に仰天するだけで、病とか怪我とか、思い当たる筋はまったくないと、首を振ることしかできなかった。内働きの奉公人たちを束ねているのは女中頭のお光《みつ》という女で、これは歳も四十三になり、身体も頑丈なら気性も強く、ちょっとやそっとのことでは動じるようなたまではなかったが、そのお光でさえ、主人夫婦の問いかけに、おさとの様子がおかしかったようなことはないと、ただただ恐縮するばかりだった。

おさとは湯に行く直前まで元気だった、遅い夕飯もいつものようにきちんと食べた、身体の具合が悪いようには見えなかった――お光はそう繰り返し、わたしの目がとどかなかったのですと、主人夫婦に泣いてわびた。お光は女中の鑑《かがみ》のような女で、主人夫婦はことのほか彼女を頼りにしていたし、お光のようなよくできた女中頭がいることを、他のお店から羨《うら》ましがられていることもあったから、彼女を責めることなど思いもよらず、むしろ彼女を慰める側にまわった。

兼子屋では、結局、わずかな見舞いをつけて、おさとの亡骸《なきがら》を早々に親元へ帰すことにした。町役人への届けは、病死ということできれいにおさまった。門前町あたりの商家では、思いがけない兼子屋奉公人の怪死に、あれこれと風評を飛ばしてさざめいたが、町役人が納得してしまった以上、傍《はた》からどうすることもできない。せいぜい、いっそう強い好奇の瞳《め》で兼子屋の朝夕をながめることしかできず、しかし、日がな一日そんなことばかりしていられるほど裕福なお店は少ないから、自然と囁き声も下火になっていくのだった。

おさとの給金を前借りしていた親元では、奉公先で彼女が急死したからといって、兼子屋に対して強い言葉をぶつけられるはずもなかった。それどころか、おさとが抜けた分を埋めるために、末娘を奉公に出すから、使ってやってはくれないかと持ちかけた。あいだに入る口入《くちいれ》屋も、おさとが働き者であったことは承知していたし、足元が焦げるような親元の貧乏も判っているので、兼子屋の主人夫婦に、それは熱心にとりなした。

こうして、おさとの死から半月後に、彼女の末の妹のおゆうが兼子屋に奉公にあがることになった。やはり十一歳だった。親元では、彼女が死んだ姉と同じ歳になるまでの分の給金を前借りして、彼女には小さな風呂敷包みひとつを抱かせて家から送り出したのである。

兼子屋に入ったおゆうは、それまで姉が使っていたものをそっくりそのままあてがわれることになった。布団も夜着も、箱膳《はこぜん》も茶碗《ちゃわん》も箸《はし》も、前掛けまでもがおさとのお下がりであった。そして、生前のおさとが与えられていた女中部屋の一角で寝起きをした。

この部屋は三人部屋で、あとの二人は、生前のおさとのことをよく知っていたはずだった。歳もおさとの方に近い。だが彼女たちは、おさとの思い出話など一度もしなかった。おゆうがおさとの妹であることを知っているはずなのに、悔やみの一言も言わなかった。まるで、おさとのことなどきれいに忘れてしまっているみたいだった。

虐《いじ》められることもないが、かまわれることもない。よく見ると、二人の女中同士も、それほど親しくしているわけでもなさそうだ。何か、乾いたような風が吹いていた。

今の兼子屋には子守が要るような年頃の幼子がいないので、おゆうに割り当てられる仕事も、最初から年長の女中たちと同じ内容のものになった。水汲《みずく》み、掃除、布団干し、洗い物、お遣い——おゆうは一生懸命働いたが、それでも、十一歳の少女の手には余ることが、あとからあとから、ぼろぼろとこぼれた。

おゆうは、自分が、亡くなった姉には遠く及ばない役立たずであることを、小さい頭なりにしっかりと承知していた。だから、どうすれば早く仕事を覚えることができるだろうと、自分なりに工夫もした。それだけの知恵を持っていた。そしてその知恵を与えてくれたのは、ほかでもないおさとであった。

貧乏人の子沢山で、おゆうの家には六人の子供たちがいたが、女の子はおさととおゆうだけだった。親たちは暮らしに追われているから、おゆうはほとんどおさとに育てられたようなものだ。それだから、彼女が奉公に行ってしまった時には、後を追ってずいぶん泣いたし、彼女が藪入《やぶい》りで帰ってくると、嬉《うれ》しくて嬉しくて、夜も眠ってしまうのがもったいないくらいの気持ちだった。

そういうときは、ひとつの布団にもぐりこみ、ふたりして夜っぴて話をした。おゆうは、姉さんがいないあいだに家で起こった出来事を語り、おさとは妹に、奉公先であった面白いことや楽しいことを選んでは話してくれた。

そうだった。たいていの場合、おさとの話は楽しいことばかりだった。だが、ときどき、ちょっと真面目な顔をして、こんなことも言った。

——あんたもあたしくらいの歳になったら、きっとどこかへ奉公にあがることになるに決まってる。そのときには、骨身をおしまず一生懸命働くんだよ。結局は、よく働いた方が勝ちなんだからね。

そういう姉の言葉を、おゆうはしっかりと、幼い心に刻んでいたのである。

ときどき、寂しくなって涙が出てくることもある。家が恋しくなることもある。そんなときは夜着を頭からかぶって、じっとうずくまる。そうすると、まだ夜着に残っている生前のおさとの身体のぬくもりが、おゆうを包み込んでくれるような感じがする。実家《さと》でふたり、ひとつ布団で眠ったころのことが思い出され、姉の声さえも聞こえてくるような気がする。姉さんはいつでもあたしのそばにいて、あたしのことを守ってくれているんだと思う。やがて涙も乾くと、お姉ちゃんおやすみと呟《つぶや》いて、おゆうは眠る。

ひと月も経つと、おゆうはひととおりの仕事を覚えた。

ある朝、井戸端で洗い物をしていると、女中頭のお光がのしのしと近づいてきた。おゆうは何か叱られるのかと、首を縮めた。この大女の女中頭は、普段はほとんどおゆうと口をきいてくれない。兼子屋では、女中たちのあいだにもはっきりとした順列ができていて、お光がじかに声をかけ、指示をするのは、彼女のすぐ下の古参の女中ばかりである。その古参の女中がおゆうと同室の若い女中に仕事を割り振る。そして、若い女中たちが末端のおゆうを顎《あご》で使う。

ただ、叱られるときばかりは別だ。二段階飛び越えて、いきなりお光が乗り出してくる。

しかし、この朝は違っていた。手を休めて立ち上がり、おとなしくお小言をくらおうと頭をうなだれたおゆうに、お光は意外なことを言った。お内儀《かみ》さんが、あんたの働きを誉めているというのである。

主人夫婦には、奉公にあがった際、たった一度ご挨拶《あいさつ》をしただけで、日頃はおゆうなど顔を拝むこともない。だがそのお内儀さんがお光に、今度来たおさとの妹はなかなかよく働くねとおっしゃったのだという。

おゆうは嬉しくて、胸の奥が温かくなるような思いがした。自分だけでなく、そばにいて守ってくれている姉のたましいも一緒に誉められたと思った。頭を深くさげて、ありがとうございますと小声で言った。

お光がそばに立ちはだかっていて動かないので、おゆうは顔をあげ、おそるおそる彼女を仰いだ。お光は両目を糸のように細くして、じいっとおゆうを見据えていた。

お光は身体が大きいだけでなく、目鼻立ちも大ぶりである。美しくはないが、はっと人の目を惹《ひ》きつける顔をしている。女中たちを叱るときには、その大きな目玉をぎょろぎょろさせて、口をくわっと開いて怒鳴りつける。

それなのに今は、まるで別人のようだ。お面をかぶっているみたいにも見える。

おゆうは急に怖くなって、何か言おうか、それともまたうつむいてしまおうかと、おろおろと考えた。すると、そのうろたえた心を見抜いて割り込むかのように、お光がぴしゃりと言った。

「あんた、あたしが怖いんだろう」

おゆうは舌が喉《のど》の奥に引っ込んだみたいになってしまって、口がきけなかった。

たたみかけるように、お光はまた言った。

「今夜、あたしが呼んだら、夜着を持ってついておいで。奥の布団部屋で寝るからね」

それだけ言うと、くるりと踵《きびす》を返し、行ってしまった。お光の幅広い背中が見えなくなって初めて、おゆうはどっと汗をかいた。

——奥の布団部屋で寝るからね。

妙な命令だが、おゆうはさほど驚かなかった。その言葉の意味するところに、心あたりがあったからである。

おゆうが奉公にあがってから、十日ほどしてからだろうか。同室の女中ふたりが、おゆうひとりをはじいて、さかんに囁《ささや》き交わすようになったのだ。

——お光さんはまだ、この子を布団部屋に連れていかないね。

——おかしいね、妙に遅いじゃないの。

——あたしのときには、来て三日で連れていかれたよ。

——あたしは、その日のうちに。

——なんでおゆうは連れていかれないんだろうね。

日にちが経つにつれて、ふたりの女中の囁きの回数は増えてゆき、囁き交わすときの目の光り具合、口の歪《ゆが》み具合も増していった。

察するに、「奥の布団部屋に連れていかれる」というのは、女中にとっては恐ろしい罰か何かであるらしい。だからあのふたりは、自分たちは早いうちにそれを経験しているのに、おゆうが未《ま》だ経験していないことを不審に思っているのだろう。

しかし、だとするとそれはそれで不思議な話だった。おゆうはすでに、さんざっぱらお光に叱られている。ちょっと動作がのろのろしていたり、言われたことを一度で呑《の》み込めなかったりすると、お光は手加減なしに怒鳴りつけるし、時には手をあげる。「布団部屋に連れていく」というのが、新米の女中に対し、女中頭の権威を見せつけるための折檻《せっかん》であるのなら、ふたりの女中の言うとおり、おゆうだって、とっくの昔に連れていかれていなければおかしいところだった。

おゆうは、あれこれ考えたあげく、夜三人で川の字に横になっているときに、同部屋の女中たちに尋ねてみた。ふたりは枕の上に頭をのせたまま、はっと顔を見合わせた。このふたりにしては珍しい、生き生きとした表情が浮かんだ。

やがて用心しいしい、なんでそんなことをきくのかと問い返した。おゆうはぬかりなく、ふたりが話していることを聞きかじってしまったが、自分が未《いま》だに布団部屋に連れていかれないのは、兼子屋の女中としてちゃんと認められていないせいであって、だから早晩、ひまを出されて親元に追い返されるのではないかと思う、それが心配でたまらないのだというふうに返事をした。

ふたりの女中はちょっぴり気をよくしたようだった。そして、新しく来た奉公人を布団部屋へ連れていくというのは、このお店の習わしなのだと教えてくれた。

——なにも、女中にかぎった話じゃないんだよ。男の奉公人だって連れていかれるんだ。

奥の布団部屋というのは、おゆうもすでに知っていた。この家のちょうど北東の角にある、四畳半の薄暗い座敷である。窓も押入もなく、今はまったく使われていない空き部屋だが、昔は一時布団部屋として使っていたこともあるというので、そう呼んでいるのだ。

——鬼門にある座敷だから、ひとりで寝るのは薄気味悪いけど、お化けが出るわけじゃない。あたしなんか、自分の部屋で眠るよりもよく眠れたくらいだった。

ひとりの女中は、得意そうにそう言った。

――新しい奉公人に、度胸だめしをさせるというだけのことじゃないかね。

もうひとりも、うんうんとうなずいた。

――だから、その夜は、お光さんが布団部屋の廊下の唐紙の前に座って、なかで寝ている奉公人が逃げ出さないように番をしているんだよ。

おかしな習わしだが、まあそれだけのことだとふたりは言って、一緒に笑った。だがその笑いは、ほんのしばらくすると、断ち切られたようにぴたりと止んだ。驚いたおゆうがふたりの方を見やると、ふたりはそろって両目を見開いたまま、ぼうっと天井を見あげていた。まるで、操り手をなくした人形のようだった。

おゆうはもう何もきかず、教えてくれてありがとうとだけ言って、夜着をかぶった。

そしてその夜、えらくはっきりとした夢を見た。どこだかしかとわからない真っ暗なところを、おさとと手をつないで歩いている夢だった。おさとはつないだ手を優しくゆさぶりながら、繰り返し繰り返し同じことを囁いていた。

――あんたには、姉さんがついてるから大丈夫よ。

何が大丈夫なのかと問い返そうとしても、夢のなかでは声が出なかった。前も後ろも真っ暗闇で何も見えなかったけれど、ただ気配だけが感じられた。背後の暗がりのなかを、何か得体の知れないものが、おさととおゆうの後を尾《つ》けて、くっついてくるのだった。そのものの引きずるような足音と、激しい息づかいが、闇のなかに聞こえるような気もするのだった。

これは夢だと承知していながらも、おゆうは恐ろしさに身体が震え、姉の手を握る自分の手がじっとりと汗ばんでいるのを感じた。背後のものは、ひどくゆっくりと歩いているようでもあり、ときどき急に足を速め、距離を詰めてくるようでもあった。それがすぐそばまで近づいてくると、闇のなかに何かが匂った。それの息の匂いかもしれなかった。ひどく熱い息で、ぜいぜいと喉を鳴らすような音が聞こえることがあった。

——臭いね。

真っ直ぐ前を向いたまま、おさとが彼女らしくない冷たい口調で言った。

——あれはね、すごくお腹を空かしているんだよ。

おゆうは一瞬、姉が「あれ」と吐き捨てるように呼ぶものの正体を、振り返ってこの目で確かめたいと思った。だが振り向こうとした寸前に、「あれ」が唸《うな》るような声をあげるのが聞こえてきて、気持ちがくじけた。

背後のものの足が遅くなったのか、引きずるような足音が遠くなってゆく。おさとはそれでも足をゆるめず、ずんずん進んでいく。そのときふと、おゆうは、「あれ」はおそろしく飢えているだけでなく、おそろしく孤独なのだということを悟った。

翌朝、目を覚ますと、なんだかとても悲しい気持ちになっていた。日が高くなり、夢の細々としたことは忘れても、生姜《しょうが》や茗荷《みょうが》の葉を嚙《か》んだときみたいに、悲しみの切れっぱしの匂いだけが、かなり長いこと口のなかに残っていた。

一方では以前に見た夢のことを思い出し、もう一方では「布団部屋で寝る」ことはどんなことなのかと考えていたものだから、その日のおゆうは、あまりてきぱきした働き手ではなかった。半日のうちに三度も、お光に叱られるようなへまをしでかしてしまった。

だから、井戸端での言葉どおり、その夜もう真夜中近くなってからお光が迎えにやってきたときには、かえって少しばかりほっとしたような気持ちになった。あれこれ考え煩うよりも、早く済ませてしまった方が楽だ。おゆうはお光に命じられるまま、おとなしく夜着をたたんで、その上に枕をのっけ、それを両手に抱えて彼女の後に従い、奥の布団部屋までついていった。

廊下を歩いているあいだは、お光は一言も口をきかなかった。布団部屋の前につき、唐紙に手をかけると、おゆうの方を見ないまま、唐突に意外なことをきいた。

「おさとの四十九日は、たしかに過ぎたよね」

そう、昨日が四十九日だったのだ。人は死んだあと、四十九日まではたましいがこの世にとどまるが、それを過ぎたらあの世にいくのだと言われている。だから、姉の四十九日がいつくるか、おゆうはちゃんと数えていた。その日がすぎたら、姉さんの気配が消えてしまうかもしれないと、心配でたまらなかったからだ。

「はい、昨日でしたから」

おゆうが返事をすると、お光はうなずいて、唐紙をすいと開けた。

「なかにお入り」と促されて、おゆうは座敷に足を踏み入れた。かび臭い湿った空気が、おゆうを包み込んだ。息苦しくなるようだった。

「枕を置いて、横になって夜着をかぶりなさい。布団はないから、畳にじかに寝るんだよ」

お光は、自分は座敷のなかに踏み込まず、入口の唐紙の手前で蠟燭《ろうそく》をかざして、てきぱきと命令した。おゆうが言われたとおりに横たわると、そこに立ちはだかったまま言った。

「明日の朝、あたしが起こすまで、そこで寝ておいで。外に出ようとしちゃいけないよ。あたしは一晩、廊下で見張っているから、逃げようとしたらすぐに判るからね」

逃げたらお店《たな》においてもらえなくなるよと念を押し、お光は唐紙を閉めた。じっとりと濃い闇が、待ちかねたようにおゆうの上に落ちかかってきた。

最初のうちは、とても眠れないだろうと思っていた。目を閉じていても開けていても同じように真っ暗で、しんとして物音ひとつしない。同部屋の女中たちのいびきや歯ぎしりにすっかり慣れてしまっていたから、これではかえって目が冴《さ》えてしまって、おゆうは何度も夜着にくるまったまま寝返りをうった。そうして身体を動かすうちに、今夜はとりわけ、夜着にしみついたおさとの髪の匂いが強く感じられるような気がしてきた。

──姉さんがついているから大丈夫。

夢のなかで姉さんが言っていたのは、このことだったのだ。姉さんもあたしと同じ歳でここに奉公に来て、やはりこの度胸試しをさせられたのだ。さぞかし怖かったことだろう。心細かったことだろう。だけど、あんたにはあたしのたましいが一緒にいるから怖がらなくていいんだよと、夢のなかで慰めにきてくれたのだ。

そう思うと、安心して目を閉じることができた。いくらもたたないうちに、すやすやと寝息をたてて、おゆうは眠り込んでしまった。

そして、また夢を見た。

先《せん》の夢と同じ夢だった。おさとと手をつなぎ、前後もわからぬ暗闇のなかを歩いていた。姉の手はきつくおゆうの手を握りしめ、先の夢のときよりも、心持ち早足であるようだった。

背後から、何かが後を尾けてくる。その気配も、前の夢のときと同じように、いや、いっそう強く感じられる。耳を澄ますと、ずちゃり、ずちゃりと、そのものの足音が聞こえた。

――振り返ったらいけないよ。

隣でおさとがそう言った。姉の口元は微笑んでいたが、両の瞳《ひとみ》は何かと対決しているかのように強い輝きを放ち、少しばかり怒っているみたいに目尻《めじり》が吊りあがっていた。

ずちゃり、ずちゃり。足音が追ってくる。それの呼気か鼻息か、胸の悪くなるような臭い息がおゆうの首筋にかかった。その匂いに、おゆうは三年ほど前にじいさまが死んだときのことを思い出した。じいさまは腹のなかに水のたまる病で死んだ。寝ついてからも気持ちの優しいことに変わりはなく、看病する者にほとんど手間をかけない病人だったけれど、臨終の間際に吐く息だけが、めまいがするほどに臭かった。あとで父さんにきいたら、どんな心のきれいな人でも、死ぬ間際には、腸《はらわた》が腐ってしまうから、息が臭くなるのだと教えてくれた。

それでは、後ろから追いかけてくるこのものは、死にかけている人だろうか。だから足音もあんなに重たいのだろうか。

そのとき突然、おさとが歌い始めた。

大きな声だ。はずんだ声だ。姉は後ろから追ってくるものの正体を知っていて、それから逃れるために、それに追いつかれてたまるかと、自分を奮い立たせるために、そうして歌っているのだと思えた。だからおゆうも声をあわせた。

「鬼さんこちら、手の鳴るほうへ」

「鬼さんこちら、手の鳴るほうへ」

おさとはおゆうの手を引いて、どんどん歩いていく。ときどき励ますように優しくおゆうの顔を見おろす。おゆうもその姉の顔を見上げ、目と目で微笑み、ひたすら足を前に運ぶことだけを考えていた。

どのくらい歩いたかわからない。やがて、真っ暗闇の前方に、ほのかに白く輝くものが見えてきた。

――ああ、夜が明けた。

おさとが嬉《うれ》しそうに声をあげた。

――おゆう、走って。

おさとに手を引っ張られ、おゆうは走り出した。ふたりでどんどん駆けていくと、白い光がぐんぐん近づいてくる。それが広がって頭上にまで届くほどの強い光になると、おさとが歓声をあげた。

――さあ、これで逃げ切った！

ひと声叫ぶと、おさとはおゆうを連れて白い輝きの真ん中に飛び込んだ。おゆうの回りを、まばゆい光が取り囲んだ。

そこで目が覚めた。おゆうははっと身を起こした。座敷のなかはまだ真っ暗だった。しかし、おゆうのすぐうしろで、何かが身じろぐ気配がした。

おゆうは素早く振り返った。暗がりのなか、おゆうの枕元に、闇よりなお暗く黒いものがうずくまっていた。それが身体から発する悪意のようなものを、目で見るだけでなく手で触れているかのように鮮やかに、おゆうには感じとることができた。

それはうめくように声をあげた。

「四十九日はすぎたのに」と、さも悔やしげに吐き捨てると、ぱっと消えた。あとには闇しか残らなかった。

おゆうは夜着を身体に巻き付け、じっと身構えたまま座っていた。やがて、唐紙の外でお光の声がした。起きているかと呼びかけられて、おゆうははいと返事をした。

唐紙が開けられた。夜明けの光が廊下にさしかけていた。お光はそこに正座して、きっとばかりにおゆうをにらみつけていた。

その目は、まるで一晩中一睡もしなかったかのように、真っ赤に血走っていた。

その日の昼過ぎに、おゆうはまたお光に呼ばれた。蔵のなかを片づけるから、手伝えというのである。

女中たちはいぶかった。蔵の片づけは、お光が手配をして、古参の女中たちだけでするのがしきたりである。蔵には大事なものや金目のものがたくさんしまってあるのだから、それが当然だった。

しかし、誰もお光に逆らうことはできない。おゆうはどきどきしながらお光について蔵に入った。ふたりが入るとすぐに、お光は蔵の戸を閉め切ってしまった。壁の高いところに切られた明かり取りの窓から、金色の日差しが斜めにさしこみ、そのなかで細かな埃《ほこり》が舞っていた。蔵のなかで動いているものといったらそれだけだった。

「そこにお座り」

お光は床を指さして、自分も先に腰をおろした。その動作はいつになくのろのろと大儀そうだった。おゆうは、今朝方のお光の真っ赤な目を思い出し、やっぱりお光さんは昨夜《ゆうべ》ぜんぜん眠っていないんだと思った。

「おまえを呼んだのは、片づけをするためじゃない。話したいことがあったからよ」

ゆっくりとした口調で、お光はそう切り出した。こうして近くで見ると、頰の下や目のまわりなど、お光の肌は荒れてささくれだっており、顔色もすぐれない。ただ、目ばかりがしんと落ち着いて、おゆうを見据えている。

おゆうは床にきちんと正座をした。それでも、いつでも逃げ出すことができるように、足の指を動かしていた。

「怖がることはないよ」と、お光は薄くほほえんだ。兼子屋に来て初めて、おゆうはこの女中頭が微笑するのを見たのだった。

「昨夜は、よくぞあたしを負かしてくれたね」と、お光は言った。そして右手を持ち上げて、疲れたように首筋をさすった。

「あんたを追いかけていたのはこのあたしだ。あんたの身体からたましいをひっこ抜いてくれようと思っていたんだけれど、おさとのたましいに邪魔されて、とうとうできなんだ。四十九日がすぎたから、おさとのたましいももうあんたのそばにはいないだろうと思っていたのに、あれはまだ近くにとどまって、あんたを守っていたんだね」

――四十九日はすぎたのに。

布団部屋の暗闇のなかで、あの悪意あるものが吐き捨てた台詞《せりふ》を思い出して、おゆうはぞうっと首筋の毛が逆立った。

では、あれはお光だったというのか。

「そうとも、あれはあたしだ」と、お光はうなずいた。「というより、あたしであってあたしでないと言った方がいい。ねえ、よくお聞き。あたしはあんたに助けてもらいたくて話をするんだからね」

兼子屋は祟《たた》られているのだと、お光は語り始めた。

「このお店は、今の旦那《だんな》さまで七代目になりなさる。立派なお店だ。だけれど、遠い昔、初代の旦那さまがこのお店をつくるために、ある男を殺《あや》めて、その亡骸《なきがら》を隠した。たぶん、お金のためだろう。あたしも詳しいことは知らない」

殺された者の魂魄《こんぱく》は、恨みを呑《の》んでこの世に残り、彼の血の上に築きあげられた兼子屋に憑《とりつ》いた。兼子屋の主人が代々早死になのもそのせいだという。

「だけれど、この家に憑いて祟っているものは、そのうちに、旦那さまの命を縮めるだけではおさまらなくなった。それがこの世に形をもってとどまるためには、生きた人のたましいを食らわなくちゃならないんだ。ちょうどあたしたちが、ご飯を食べなければ生きていられないのと同じにね。だから、そのために、まず奉公人のひとりの身体に乗り移って、家のなかに入り込み、ほかの奉公人のたましいを抜き取るようになった」

代々にひとり、身体を乗っ取られる奉公人がいたのだという。それは番頭のときもあれば、女中頭のときもある。その乗っ取られたものが手配りをして、あの布団部屋に奉公人たちを連れ込み、たましいを奪うというしきたりをつくりあげてきた。

「そして、今はあたしだ。あたしの身体は、このお店とこの家に仇《あだ》をなそうと憑いている魔物に乗っ取られているんだよ」

お光がここへ奉公にあがったのは、十二歳のときだったという。悪いものに憑かれたのは二十歳のときで、そのとき彼女は兼子屋の歴史でもいちばん若い女中頭になったばかりであった。その出世を誇り、仲間の奉公人たちを見下してはばからない奢《おご》りの心が、つけこまれる隙をつくったのだと、苦いものを嚙《か》むような口つきになった。

「たましいを抜かれると、人は文句を言わなくなる」と、お光は言った。「怠け心もなくなるし、欲張りでもなくなる。遊びたいという子供の心もなくなる。家が恋しいこともなくなる。

ちょっと見には普通の人間のように見えるし、普通の人間のように振る舞うけど、中身は空っぽなんだ。木偶《でく》人形みたいなものさ。だからこそ、兼子屋の奉公人はみんな、よそのお店が目を見張るような働き者になることができるんだ。病気にもならず、怪我もしない。なにしろ、半分は生き物じゃなくなっているんだからね」

そしてお店は繁盛する。世間様は、兼子屋の奉公人に対する躾《しつけ》は大したものだと感心する。

だが、代々の主人《あるじ》は、その繁栄や評判を、心の底から楽しむことはできない。なぜなら彼は、自分が普通の人の半分ぐらいの歳で、命をもぎとられるようにしてこの世を去らねばならないと承知しているからだ。先代、先々代と早死にが続けば、次の主人も、三十路《みそじ》にかかるかかからないかの歳から、自分にはいつお迎えがくるかと案じるようになるのは当然のことだ。

主人の妻も子も、人生のある時期から、夫の、父の、突然の死を恐れながら日々を生きねばならなくなる。死神の鎌を後ろ首につきつけられての暮らしは、どれほど裕福でも、けっして楽しいものではない。本当に気の休まる時もない。

それこそが、兼子屋の被っている本当の祟りなのだった。

「あんたは明日でおひまを出される」

おゆうに向き直って、お光は言った。その目がわずかに潤んでいた。

「あたしが旦那さまとお内儀《かみ》さんにそう申し上げるから、あんたがいるとお店に良くないことが起こるって、言いつけ口をするからね。きっとおひまを出される。それでいいんだ。あんたはもうここにいてはいけない」

ただ、出ていく前に、やってほしいことがあると、お光は膝《ひざ》を乗り出した。

「台所の水瓶《みずがめ》のうしろに、お榊《さかき》を一束と塩をひと包み隠しておくから、今夜丑《うし》三つ時になったら、あんたこっそりあの布団部屋に行って、座敷のなかにそれを投げ込んできておくれ。いいかい、きっとだよ。それさえしてくれたら、もう何も怖いことはない」

いいね、頼んだよと言って、お光はぐいとおゆうの肩をつかんだ。その力の強さもさることながら、着物の上からでもはっきりと感じることのできるその手の冷たさに、おゆうは身震いした。

「はい、お約束します」と、震える声で答えた。するとお光はにっと笑い、おゆうの肩から手を離して立ち上がった。

「あんたにはおさとのたましいがついているから、怖がらなくても大丈夫だよ。あの娘には負けた。やっぱり、たいした度胸のあるしっかり者だった」と、少しやわらかい声音になって言った。

「あたし、昨夜あの布団部屋で、姉さんの夢を見てました」と、おゆうは言った。

「そうかい」

お光はうなずくと、ちょっと考え込むように首をかしげてから、ごめんよと呟《つぶや》いた。

「実はね、あたしに憑いてる悪いものも、あんたの姉さんのたましいだけは、どうしても抜くことができなかったんだ。ここへ奉公にきてもう五年も経っていたのに、何度布団部屋に寝かせても、どうしても駄目だったんだ。きっとおさとが、妹のあんたや、離れて暮らしている家族のことを、ずっと大切に思っていたからだろうね」

おゆうは姉のことを思って胸がつまった。

「姉さんは、あたしには母さんみたいなもんでした」と、思わず言った。

「そうかい。おさとは、離れていても、片時だってあんたのことを忘れなかったんだろう。だから、隙がなかったんだね」

お光は納得したように目を閉じた。そのまま、しばらくじっとしていた。

「だけどね、そのせいで、おさとはあんな死に方をすることになっちまったんだ。あれはね、取り殺されたんだよ。あたしはね、もう、そんなことはたくさんだと思うんだよ」

そう呟くと、思い決めたようにぱっと目を開き、お光は蔵の戸に手をかけ、強く押して開けた。彼女が外の日差しのなかに出ていくと、地面の上に影が落ちた。見るともなくそれに目をやって、おゆうは危うく、あっと叫びそうになった。

お光の影は、大柄な彼女の姿を映して黒々と大きく、頭に二本の角が生えていた。


その夜の丑三つ時、おゆうはお光に頼まれたとおりのことをした。暗闇のなかで、布団部屋に投げ込んだお榊の、強い緑の匂いが頼もしかった。

翌朝、浅い眠りから目を覚ますとすぐに、お光に呼ばれて主人夫婦のところに連れて行かれた。働きが足りないと、お暇を出されることになった。主人夫婦は当惑気味で、終始お光の顔をうかがうような表情を浮かべていた。

おゆうは素直に平伏し、身の回りのものを小さな風呂敷包みにまとめて、兼子屋を離れた。見送る者はひとりもいなかった。

大島村の手前まで来て、おゆうは初めて怖くなり、膝《ひざ》ががくがくと笑ってしまって、それ以上一歩も歩けなくなった。通りがかった村のおじさんがおゆうを見つけ、背中におぶって家まで連れ帰ってくれた。

それから十日ほどして、兼子屋が火事になったという噂が聞こえてきた。火元のはっきりしない火事で、主人が焼け死に、屋敷も店も跡形もなく焼け落ちたという。その数日前、女中頭のお光が出奔して姿を消していたので、町役人たちや岡っ引きは、彼女がこの不審火と関わりがあるのではないかと考え、行方を探しているという。

お光の出奔も、不可思議なことだった。彼女の身の回りのものは、すべて部屋のなかに残されていたし、彼女が兼子屋を出ていくところを、誰も目にしていなかったのだ。ただ、彼女が姿を消したのと同じ日に、彼女の部屋から、紅《あか》い着物を着た見慣れない二十歳くらいの女が現れて、そのまますると外へ出ていくのを、女中のひとりが見かけていた。彼女の話を聞いた大番頭が、その不思議な女の姿形や着物の柄が、若いときのお光によく似ていると言ったが、人がにわかに若返るわけもないので、話はそれきりになってしまった。

火事のあとしばらくして、兼子屋の建っていた地所を掘ってみたところ、北東の角のところから、人の骨が出てきた。とても古い骨で、すっかり変形し、ほとんど元の形をとどめていなかったという。そのせいで、頭に角が生えているような形になっていたという。

どこの誰の骨であるかということは、とうとう判らなかった。あるいは、人の骨ではないのかもしれなかった。

おゆうは別のお店に奉公が決まった。そこの女中頭も怖い人で、叱られると肝が縮んだ。だがこの女中頭の影は、いつだって人の影の形をしていたから、怖がることはないのだった。

兼子屋のことは、ほどなく忘れた。もう夢を見ることもない。ただ、おさとの匂いのしみこんだ夜着のことは思い出す。火事になってしまうのならば、あれだけは持ち出したかったと、懐かしいような気持ちになって、おゆうはしみじみと考える。

編者解説――ホラー・ジャパネスクの新時代（平成前期）

東　雅夫

本書は一九八九年一月八日から二〇一九年四月三十日まで――三十年余にわたる「平成」年間に、日本で発表された短篇および掌篇《しょうへん》怪奇小説の中から、記憶に残る名作佳品の数々を三分冊に精選収録するアンソロジーの第一巻である。

収録作品のセレクトにあたっては、左記の方針を立てて臨んだ。

・一作家一作品の採録を原則とする。
・作品そのもののクオリティを重視すると同時に、平成という時代の根幹に関わるような作品（たんに平成の風俗や社会を描いた作品ではなく）や、平成怪奇小説史において里程標的意義を有する作品を、優先的に収録する。
・編者は昭和五十七年（一九八二）から季刊誌『幻想文学』編集長として（～平成十五年）、平成十六年（二〇〇四）からは怪談専門誌『幽』編集長として（～平成三十年）、同時代日本の怪奇幻想文学シーンに関わる一方、平成二年（一九九〇）二月からは『ＳＦマガジン』で「ホラー小説時評」（～平成十三年／双葉社『ホラー小説時評　一九九〇～二〇〇一』として書籍化を、平成十四年（二〇〇二）一月からは『小説推理』で「幻想と怪奇時評」（～連載継続中）を、それぞれ毎月執筆するという巡り合わせとなった。つまり平成の全期間にわたり、専門誌編集長と時評担当者の視点から、現代怪奇小説シーンの動向をつぶさに定点観測する機会に恵まれたのである。本書の編纂にあたっては、そうした同時代人として抱いたリアルタイムな印象や評価に特に重きを置いている。

・いわゆる純文学やエンターテインメントといった既存のジャンル的枠組にとらわれず、能うかぎり幅広い観点から、作家と作品のセレクションをおこなう。

・作品の配列を発表順とすることで、時代的な変遷をおのずから体感できる構成とする。

なお、本書における「怪奇小説」の定義は、創元推理文庫の偉大なる定番アンソロジー〈怪奇小説傑作集〉全五巻（平井呈一・澁澤龍彦ほか訳）および同書の日本版を企図した〈日本怪奇小説傑作集〉全三巻（紀田順一郎・東雅夫共編）に準じるものとする。

ちなみに後者には、明治三十五年（一九〇二）発表の小泉八雲「茶碗の中」から、昭和五十八年（一九八三）発表の皆川博子「風」に至る明治・大正・昭和の名作に加えて、巻末に高橋克彦が平成五年（一九九三）に発表した「大好きな姉」を収録している。シームレスに本書のラインナップに直結する内容なので、本書と併読すれば、一世紀余にわたる近現代日本の怪奇小説の変遷を、ひとわたり展望することができるだろう。

さて、開幕篇となる本巻には、平成元年（一九八九）七月に発表された吉本ばなな「ある体験」から、平成十年（一九九八）十月発表の宮部みゆき「布団部屋」まで、平成前期にあたる十年間に世に出た小説作品の中から、選りすぐりの全十五篇を収載した。

まずはこの期間の時代背景を概観しておこう。

昭和から平成への転換期は、うたかたの夢に終わったバブル景気の狂奔とその無残な瓦解《がかい》によって幕を開け、平成三年（一九九一）前後から始まる、いわゆる「失われた十年」の大不況に日本社会が翻弄《ほんろう》された時代であった。

海外に目を転じれば、平成元年に「ベルリンの壁」崩壊と天安門事件が起き、平成二年に湾岸戦争、平成三年に旧ソ連邦の崩壊と、第二次世界大戦以来の東西冷戦体制の終焉《しゅうえん》を象徴するような歴史的大事件が、世界各地で相次いだ。

いわば内も外も、旧来の価値観や社会の構造が大きく揺らぎ、先ゆきを見透すことが困難な不安と動乱の時代であったといえよう。

それに追い打ちをかけるように日本社会を震撼《しんかん》させたのが、平成七年（一九九五）に連続して起きた、阪神淡路大震災（一月十七日）とオウム真理教による地下鉄サリン事件（三月二十日）という未曾有《みぞう》の天災／人災であった。

巨大なドミノ倒しさながら捻《ね》じ曲がり傾いた高速道路や、目には見えない猛毒の化合物が撒かれた地下鉄駅ホームの映像は、見慣れた日常の光景が、意表を突く「恐怖の大王」（ノストラダムスの大予言）の到来によって、いとも容易に崩れ去る瞬間を、報道番組のテレビ画面を通じて（平成十年公開の映画版『リング』で貞子《さだこ》が這い出すのに先んじて、さらにはノストラダムスが世界の終末を予言した一九九九年に先んじて）、当時の日本人に容赦なく突きつけたのである。

ここで文芸の世界に目を転じれば、平成元年からの十年間は、平成のみならず日本の怪奇小説史において、きわめて重要なターニング・ポイントと位置づけることができるように思われる。

昭和末期にあたる一九八〇年代の後半は、怪奇小説ならぬ「ホラー」というジャンル呼称が、日本の読書界に定着をみた時代であった。ゾンビや超常殺人鬼が跋扈《ばっこ》するスプラッター映画の世界的流行に先導されるようにして、その先駆的な紹介者でもあった菊地秀行と、よきライバルというべき夢枕獏の両作家を双璧《そうへき》とする伝奇バイオレンス小説が、文芸エンターテインメントの新ジャンルとして一大ブームを巻き起こした。

そしてホラーを象徴するキャラクターである西洋のモンスター——ドラキュラやフランケンシュタインの怪物やゾンビやクトゥルー神話の邪神たち（かれらの恐怖と魅惑を描いてミリオンセラー作家になったのが、同時代米国における「ホラーの帝王」スティーヴン・キングであった）、あるいは『山海経《せんがいきょう》』『西遊記』などに由来する東洋の妖怪変化が、超人的な主人公《ヒーロー》の敵役などに起用され、それまでとは較べものにならない数の読者に受容されることで、ホラー小説は日本の文芸の世界に、ようやく市民権を得たのである。

昭和六十一年（一九八六）には、日本初のホラー漫画専門誌『ハロウィン』（朝日ソノラマ）が誕生、翌年には『SFマガジン』の増刊として、その名も『ホラー・マガジン』が早川書房から刊行され、海外のモダンホラー紹介に特化した文庫シリーズ〈モダンホラー・セレクション〉が同社でスタートする。こうした一連の流れが、平成五年（一九九三）の角川ホラー文庫発刊と日本ホラー小説大賞創設（共に角川書店）に繋がってゆくのである。

興味深いのは昭和から平成に移行するこの時期、ホラーから日本的な怪談や怪奇小説へ……というその後の流れの萌芽が、すでにして認められることだ。

ひとつは荒俣宏と夢枕獏による「陰陽道《おんみょうどう》」リバイバル——荒俣の『帝都物語』（一九八五）と夢枕の『陰陽師』（一九八八）という、やがて人気大河シリーズに発展する両作品が、平成前夜に相次いで登場しているのは、なにより象徴的だろう。安倍晴明《あべのせいめい》に代表される陰陽師が、秘術を尽くして妖怪変化と闘う幻妖の物語は、漫画や映画とのジャンルミックスにより広範な読者を獲得、日本的な呪術世界《オカルト》への新たな関心を喚起させるに至った。『妖怪の民俗学』（一九八五）の宮田登、『悪霊論』（一九八九）『神隠し』（一九九一）の小松和彦、『江戸の悪霊祓い師《エクソシスト》』（一九九一）の高田衛、『学校の怪談　口承文芸の展開と諸相』（一九九三）の常光徹といった気鋭の学究たちの活躍が、こうした傾向を後押しした点も見逃すことはできない。

ちなみに『陰陽師』と時を同じくして、小池真理子の長篇ホラー『墓地を見おろす家』（一九八八）と、杉浦日向子の連作怪談漫画『百物語』（一九八八）という両傑作が登場、後述する「ホラー・ジャパネスク」興隆への重要な布石となってゆく。

もうひとつ見逃せないのは、稲《いな》ジュン（タレントで怪談語りの第一人者である稲川淳二による最初の怪談本『稲川淳二のここがコワインですよ』一九九〇）、新《しん》ミミ（木原浩勝と中山市朗による怪談実話集『新・耳・袋』一九九〇）、超《ちょう》コワ（安藤薫平、樋口明雄ほかによる怪談実話集『「超」怖い話』一九九一）という、これ以後長らく怪談実話シーンに巨大な影響を及ぼすことになるビッグ3が、まさに平成の幕開けと同時に相次いで出現している点だろう。こちらは平成後期における「実話系」怪談文芸の隆盛に向けた起点となった。


阪神淡路大震災とオウム真理教事件に列島が揺れた平成七年（一九九五）には、前年スタートの日本ホラー小説大賞から、初の大賞受賞作（初年度は大賞作品は選出されず佳作のみだった）となった瀬名秀明の大長篇SFホラー『パラサイト・イヴ』が鳴り物入りで刊行され、たちまちミリオンセラーを記録する。思うにこの頃から二十世紀の終わりにかけての五年間が、折からの「世紀末」ムードとも相まって、ホラーという言葉がマスコミなどでも喧伝《けんでん》され、良くも悪くも（猟奇犯罪事件にからめたホラー・バッシングの風潮など）世間の耳目《じもく》をあつめた絶頂期であったろう。

そうしたホラー高揚を体現していたのが、平成十年（一九九八）一月に公開された映画版『リング』（中田秀夫監督）の大ヒットである。鈴木光司による原作長篇は、早くも平成三年（一九九一）にハードカバーで刊行されているが、当時はさして反響を呼ぶことなく、一部のホラー・マニアの間で「途轍《とてつ》もなく怖い小説がある」と噂される、知る人ぞ知る作品であった。それが角川ホラー文庫の創刊ラインナップに加えられることで俄然《がぜん》脚光を浴び、初刊から六年余を経て映画化されたのだった。

古井戸の底から這い出し、歌舞伎のお岩様の提灯《ちょうちん》抜けよろしく、テレビ画面を抜け出して犠牲者に肉迫する（原作とは異なる独自の造形・演出）恐怖のヒロイン「貞子」は、近世の皿屋敷や四谷怪談における幽霊ヒロインたちの現代日本への再臨であった。

右と関連して、ここで触れておきたいのが「ホラー・ジャパネスク」の動向である。

そもそもこの用語は、平成に入って顕在化した国産ホラーの一潮流を指すため、平成六年（一九九四）に、私が雑誌特集（同年七月発行の『幻想文学』第四十一号）のタイトルとして創案した呼称だった。すなわち、日本固有の風土や民俗に根ざした神秘幻妖の世界に、現代の創作者の視点から好奇のまなざしをそそぎ、新たなる「伝奇と怪異」の文学を生み出そうとしていた一群の作家たちを指す。

たとえば『魔性の子』（一九九一）の小野不由美、『本所深川ふしぎ草紙』（一九九一）の宮部みゆき、『六番目の小夜子』（一九九二）の恩田陸、『人丸調伏令』（一九九二）の加門七海、『鬼族狩り』（一九九三）の霜島ケイ、『死国《しこく》』（一九九三）の坂東眞砂子、『神鳥（イビス）』（一九九三）の篠田節子、そして『姑獲鳥《うぶめ》の夏』（一九九四）の京極夏彦といった名前がすぐさま想起されるし、先述の小池真理子や『八雲が殺した』（一九八四）の赤江瀑、『愛と髑髏と』

（一九八五）の皆川博子らを、その先達に数えることも可能だろう。いずれ劣らぬ物語づくりの手練《てだ》れたちが、この平成前期に踵《きびす》を接してデビューし、競い合うように清新で充実した長篇ホラーを世に問う光景には、まさに輝かしい新時代の到来を実感したものだ。

今にして思えば、その延長線上にホラーならぬ「怪談」の二文字が点滅するのは理の当然であり、それは奇《く》しくも一九九〇年代の終わり、ノストラダムスが予言した恐怖の大王さながら岡山から降臨した岩井志麻子が、「ぼっけえ、きょうてえ」（一九九九）で第六回の日本ホラー小説大賞を受賞することで体現されるのだが、そこからの展開は第二巻の解説に譲ろう。

最後に、本巻に収録した作家と作品について、それぞれ若干を記す。

平成の幕開けを告げる記録的ベストセラーとなった『キッチン』（一九八八）と『TUGUMI』（一九八九）で鮮烈なデビューを飾った吉本ばななは、ミステリアスな異界の囁きに耳かたむけてやまない作家である。平成版イタコ小説ともいうべき**「ある体験」**は、そのエッセンスであり、ちらりとだけ描写される蕭条《しょうじょう》たる他界の光景には、一読忘れがたいものがあった。

本稿でもすでに触れたように、伝奇バイオレンスの旗手として華々しく登場した菊地秀行だが、ときおり発表される短篇作品には、リリカルなロマンティストの一面が顔を出す。バブル前後のリアル魔界都市・東京を舞台とする連作短篇集『東京鬼譚』（一九九二）の巻頭を飾る**「墓碑銘〈新宿〉」**も、この世ならぬモノへの切なる憧憬《どうけい》に、ひんやりと浸されている。

ちなみに右の両篇は、共に三角関係（前者は男1に女2、後者はその逆）が基調の話。

昭和の幻想文学の掉尾《とうび》を飾る文豪というべき赤江瀑と日影丈吉が、その晩年にそれぞれ、枯《こ》淡《たん》の妖気を放つ逸品を遺しているのは、まことに嘉《よみ》すべきことと申せよう。京極夏彦の出現に先駆けて、本格的なメタ「妖怪小説」を試みた「光堂」、作者にとって終《つい》の棲処《すみか》となった町田市郊外の散策小説が、いつしか奇妙奇天烈《きてれつ》な思索小説へと一変する「角の家」——どちらも「小説というものは何をどんな風に書いても好いものだ」という森鷗外の言葉を裏書きするかのような、融通無碍《ゆうずうむげ》の境地である。

自決間近の三島由紀夫が『小説とは何か』（一九七二）で激賞した芥川《あくたがわ》賞受賞作「無明長夜」（一九七〇）このかた、息の長い創作活動を続けてきた吉田知子には、一種の妖怪小説集である連作『蒼穹と伽藍』（一九七四）をはじめ、異彩を放つ幻想と怪奇の逸品も数多い。とりわけ「お供え」のいわく云いがたい薄気味の悪さは比類がない。「日常の現実感が妄想的な非現実感と地続きになっているこの作品のリアリティーは、ポストモダンを通り越した現代まで生きつづけている戦後日本人の潜在意識と通底している」（清水良典「荒野に杭を立て続ける」二〇〇二／『戦後短篇小説再発見10』解説）

ちなみに本篇と日影の「角の家」の視点が、ポジとネガのような関係にあるのも面白い。

小池真理子「命日」と坂東眞砂子「正月女」は共に、角川ホラー文庫の『かなわぬ想い　惨劇で祝う五つの記念日』（一九九四）に書き下ろし収録された作品である。「記念日」をテーマとする、五人の女性作家（他の三名は今邑彩、篠田節子、服部まゆみ）による競作集で、いずれ劣らぬ秀作揃いだったが、とりわけ「命日」の無慈悲で容赦ない怪異と「正月女」の身に迫る土俗の怪異には、初読の際に圧倒された。ホラー・ジャパネスク短篇の一頂点が、ここに。「百物語」とは、近世においては「怪談」の代名詞としても流通したシンボリックな言葉である。古今東西の小説から詩歌まで、文芸作品の裏も表も知り尽くした目利《めき》きたる北村薫が、あえてこの言葉を表題に冠したからには、尋常な展開に終わるはずはない……期待は裏切られることなく、読者は夜と朝、夢と現《うつつ》のあわいとおぼしき仄暗《ほのぐら》い場所に宙吊りにされる。

仄暗い場所といえば、皆川博子が不朽の名著『ゆめこ縮緬』の一篇「文月の使者」に描き出す中央区の中洲も、後の『幽』（一九九九）から『人外』（二〇一九）に至る妖しき系列の起点となった初期連作集『もののたはむれ』（一九九六）所収の「千日手」で、松浦寿輝が描き出す新宿区のすがれた界隈（そこは四谷怪談ゆかりの地でもある）も、虚実のあわいに見え隠れする、仄暗く秘密めいた場所にほかならない。

平成中期以降に顕在化する怪談実話とフィクションとの相互侵犯の瞠目《どうもく》すべき先駆的作例として、本巻には霜島ケイの「家――魔象」を採録した。後に「三角屋敷」の通称で、ネットの怪談ジャンキーたちを熱狂させた「実話」にもとづく作品である（三角屋敷の詳細に関しては、加門七海の怪著『怪談徒然草』（二〇〇二）を参照されたい）。

篠田節子「静かな黄昏の国」は、東日本大震災にともなう福島第一原子力発電所事故に、はるかに先駆けて書かれた。文庫版に収められた「あとがき（二〇一二年版補遺）」の中で作者は、東京電力の「生活と電化研究会」の委員となり、青森県六ケ所村にある核燃料サイクル施設見学会に参加した際、そこでの施設の様子や説明などに「胡散臭《うさんくさ》いもの」を感じたという。

以下、作者の言葉を引く。「そのときの危機感を元に書いたのが『静かな黄昏の国』だ。まさか福島原発のような劇的な形で事故が起きるとは思ってもみなかった。帰路に東通村の発電所予定地に寄り、周辺の原生林の美しい環境の中に身を置いたとき、ゆっくりと確実に、本州の外れから国土全体がむしばまれていくイメージが立ち上がり、身震いしたものだ」

大の釣り好きとして知られる夢枕獏の**「抱きあい心中」**は、作者が鮎釣りの名人から聞かされた実体験談にもとづく作品だという。「家――魔象」とも実は深い関わりのある加門七海の**「すみだ川」**は、作者が愛してやまない墨東《ぼくとう》の地の妖異を、重層的に描いた「ふるさと怪談」の先駆というべき佳品である。期せずして（編年式の作品配列であるにも拘らず！）水辺の怪異を描いた作品が連続する並びとなった。

第一巻の締めくくりは、宮部みゆきの**「布団部屋」**である。岡本綺堂の名作『青蛙堂鬼談』（一九二六）の塁を摩する、極上の時代怪奇小説集『あやし』（初出題は『あやし～怪～』／二〇〇〇）の中でも、哀感を湛《たた》えた妖しさ際立つ一篇。さりげない形で、英国の怪奇小説家L・P・ハートリイの名短篇「ポドロ島」の一節が召喚されるあたり、欧米怪奇小説に寄せる作者の敬愛の念が伝わってきて好もしい。思えば綺堂もまた、和洋の怪談や怪奇小説を自家薬籠《やくろう》中のものとした作家であった。本朝怪談文芸の佳き伝統を、平成の世に受け継ぐ名品である。

令和元年六月

臣賞、『インドクリスタル』で中央公論文芸賞、『鏡の背面』で吉川英治文学賞を受賞。

夢枕獏（ゆめまくら・ばく）1951年、神奈川県小田原市出身。東海大学文学部卒。77年、『奇想天外』誌に「カエルの死」「巨人伝」が掲載されデビュー。84年刊の『魔獣狩り』に始まる一連の伝奇バイオレンス小説でベストセラー作家となる。『上弦の月を喰べる獅子』で日本SF大賞、『神々の山嶺《いただき》』で柴田錬三郎賞、『大江戸釣客伝』で泉鏡花文学賞、舟橋聖一文学賞、吉川英治文学賞を受賞。18年、紫綬褒章受章。

加門七海（かもん・ななみ）東京都墨田区出身。多摩美術大学大学院修了。美術館学芸員を経て、92年に『人丸調伏令』でデビュー。長篇『203号室』『祝山』などのほか、94年刊の『大江戸魔方陣』『東京魔方陣』二部作に始まるオカルト・ルポルタージュや『うわさの神仏』ほかの紀行エッセイ、自身の実体験にもとづく怪談実話でも人気を博する。

宮部みゆき（みやべ・みゆき）1960年、東京都江東区出身。87年、「我らが隣人の犯罪」でオール讀物推理小説新人賞を受賞しデビュー。『龍は眠る』で日本推理作家協会賞、『本所深川ふしぎ草子』で吉川英治文学新人賞、『火車』で山本周五郎賞、『蒲生邸事件』で日本SF大賞、『理由』で直木賞、『模倣犯』で毎日出版文化賞特別賞、司馬遼太郎賞、芸術選奨文学科学大臣賞、『名もなき毒』で吉川英治賞を受賞。

ポン硬貨の謎』で本格ミステリ大賞（評論・研究部門）とバカミス大賞、『鷺と雪』で直木賞を受賞。

皆川博子（みながわ・ひろこ）1930年、旧朝鮮京城出身。東京女子大学外国語科中退。72年、『海と十字架』で児童文学作家としてデビュー。73年、「アルカディアの夏」で小説現代新人賞を受賞。『壁　旅芝居殺人事件』で日本推理作家協会賞、『恋紅』で直木賞、『薔薇忌』で柴田錬三郎賞、『死の泉』で吉川英治文学賞、『開かせていただき光栄です』で本格ミステリ大賞を受賞。

松浦寿輝（まつうら・ひさき）1954年、東京都出身。東京大学大学院仏語仏文学専攻修士課程修了。詩人、仏文学者。小説家としては、96年刊の『もののたはむれ』でデビュー。詩集『冬の本』で高見順賞、評論『エッフェル塔試論』で吉田秀和賞、『折口信夫論』で三島由紀夫賞、『花腐し』で芥川賞、『知の庭園　19世紀パリの空間装置』で芸術選奨文部大臣賞、『あやめ 鰈 ひかがみ』で木山捷平賞、『半島』で読売文学賞を受賞。

霜島ケイ（しもじま・けい）1963年、大阪府出身。東京女子大学短期大学部卒。90年、『出てこい！ユーレイ三兄弟』でデビュー。93年刊の『鬼族狩り』に始まる〈封殺鬼〉シリーズは、一千年の時を超えて生きる酒呑童子と雷電の鬼コンビの活躍を描いて絶大な人気を博する。ほかに〈カラクリ荘の異人たち〉シリーズや『のっぺら　あやかし同心捕物控』など。

篠田節子（しのだ・せつこ）1955年、東京都八王子市出身。東京学芸大学教育学部卒。市役所勤務を経て90年、『絹の変容』で小説すばる新人賞を受賞しデビュー。『ゴサインタン――神の座』で山本周五郎賞、『女たちのジハード』で直木賞、『仮想儀礼』で柴田錬三郎賞、『スターバト・マーテル』で芸術選奨文部科学大ネ・フランセや川端画学校に学ぶ。49年、「かむなぎうた」が探偵小説誌『宝石』の「百万円懸賞探偵小説コンクール」二席に入選、江戸川乱歩の推挽で『別冊宝石』に掲載されデビュー。「狐の鶏」で日本探偵作家クラブ賞（現・日本推理作家協会賞）、短篇集『泥汽車』で泉鏡花文学賞を受賞。1991年没。

吉田知子（よしだ・ともこ）1934年、静岡県浜松市出身。名古屋市立女子短期大学経済科卒。ラジオ局勤務、高校教諭を経て、66年、『新潮』に「寓話」を発表してデビュー。「無明長夜」で芥川賞、「満州は知らない」で女流文学賞、「お供え」で川端康成賞、『箱の夫』で泉鏡花文学賞、中日文化賞を受賞。

小池真理子（こいけ・まりこ）1952年、東京都出身。成蹊大学文学部卒。78年、『知的悪女のすすめ』でエッセイストとしてデビュー、85年の『第三水曜日の情事』で小説家に転身。「妻の女友達」で日本推理作家協会賞、『恋』で直木賞、『欲望』で島清恋愛文学賞、『虹の彼方』で柴田錬三郎賞、『無花果の森』で芸術選奨文部科学大臣賞、『沈黙のひと』で吉川英治文学賞を受賞。

坂東眞砂子（ばんどう・まさこ）1958年、高知県高岡郡出身。奈良女子大学家政学部住居学科を卒業後、イタリアに留学しインテリア・デザインを学ぶ。帰国後、フリーライター、児童文学作家を経て、93年刊の『死国』と『狗神』でホラー作家として脚光を浴びる。『桜雨』で島清恋愛文学賞、『山妣』で直木賞、『曼荼羅道』で柴田錬三郎賞を受賞。2014年没。

北村薫（きたむら・かおる）1949年、埼玉県北葛飾郡出身。早稲田大学第一文学部卒。高校で国語教諭を務めるかたわら、89年に覆面作家として『空飛ぶ馬』でデビュー。「日常の謎」ミステリの名手として活躍。『夜の蝉』で日本推理作家協会賞、『ニッ

（廣済堂文庫）／『女切り』ハルキ・ホラー文庫（2004）
「布団部屋」宮部みゆき 『七つの怖い扉』1998年10月（新潮社）／『あやし』角川文庫（2003）

著者紹介

吉本ばなな（よしもと・ばなな）1964年、東京都出身。日本大学藝術学部文芸学科卒。87年『キッチン』で海燕新人文学賞を受賞しデビュー。『ムーンライト・シャドウ』で泉鏡花文学賞、『キッチン』『うたかた／サンクチュアリ』で芸術選奨文部大臣新人賞、『TUGUMI』で山本周五郎賞、『アムリタ』で紫式部文学賞、『不倫と南米』でドゥマゴ文学賞（安野光雅・選）、イタリアで93年スカンノ賞、96年フェンディッシメ文学賞〈Under35〉、99年マスケラダルジェント賞、2011年カプリ賞を受賞。

菊地秀行（きくち・ひでゆき）1949年、千葉県銚子市出身。青山学院大学法学部卒。82年、『魔界都市〈新宿〉』でデビュー。〈吸血鬼ハンター"D"〉〈トレジャー・ハンター八頭大〉の各シリーズなどで、ヤング・アダルトの人気作家となる。85年の『魔界行』を皮切りにアダルト向け作品にも進出、夢枕獏と共に伝奇バイオレンス・ブームの立役者に。

赤江瀑（あかえ・ばく）1933年、山口県下関市出身。日本大学藝術学部演劇学科中退。在学中は詩の同人誌『詩世紀』に参加。放送作家を経て、70年に「ニジンスキーの手」で小説現代新人賞を受賞しデビュー。『オイディプスの刃』で角川小説賞、『海峡』と『八雲が殺した』で泉鏡花文学賞を受賞。2012年没。

日影丈吉（ひかげ・じょうきち）1908年、東京深川出身。アテ

初出／底本一覧

「ある体験」吉本ばなな　『海燕』1989年7月号（福武書店）／『白河夜船』新潮文庫（2002）
「墓碑銘〈新宿〉」菊地秀行　『小説推理』1989年11月号（双葉社）／『東京鬼譚』双葉文庫（1997）
「光堂」赤江瀑　『問題小説』1990年2月号（徳間書店）／『光堂』徳間文庫（1996）
「角の家」日影丈吉　『ミステリマガジン』1990年7月号（早川書房）／『鳩』早川書房（1992）
「お供え」吉田知子　『海燕』1991年7月号（福武書店）／『お供え』講談社文芸文庫（2015）
「命日」小池真理子　『かなわぬ想い：惨劇で祝う五つの記念日』1994年10月（角川ホラー文庫）／『命日』集英社文庫（2002）
「正月女」坂東眞砂子　『かなわぬ想い：惨劇で祝う五つの記念日』1994年10月（角川ホラー文庫）／『屍の聲』集英社文庫（1999）
「百物語」北村薫『小説新潮』1995年10月号（新潮社）／『1950年のバックトス』新潮文庫（2010）
「文月の使者」皆川博子　『小説すばる』1996年7月号（集英社）／『ゆめこ縮緬』集英社文庫（2001）
「千日手」松浦寿輝　『大航海　第12号』1996年10月（新書館）／『もののたはむれ』文春文庫（2005）
「家――魔象」霜島ケイ　『幻想文学　第48号』1996年10月（アトリエOCTA）
「静かな黄昏の国」篠田節子　『ミステリマガジン』1996年10月号（早川書房）／『静かな黄昏の国』集英社文庫（2012）
「抱きあい心中」夢枕獏　『小説新潮』1997年8月号（新潮社）／『ものいふ髑髏』集英社文庫（2004）
「すみだ川」加門七海　『異形コレクション　水妖』1998年7月

編者紹介　1958年神奈川県生まれ。早稲田大学卒。文芸評論家、アンソロジスト。『幻想文学』と『幽』の編集長を歴任。著書に『遠野物語と怪談の時代』（日本推理作家協会賞受賞）、『百物語の怪談史』、編纂書に『日本怪奇小説傑作集』（共編）、『文豪怪談傑作選』『猫のまぼろし、猫のまどわし』ほか多数。

検印
廃止

平成怪奇小説傑作集 1

2019年7月19日　初版
2019年10月25日　3版

編　者　東《ひがし》　雅《まさ》　夫《お》

発行所　（株）東京創元社
代表者　渋谷健太郎

162-0814／東京都新宿区新小川町1-5
電　話　03・3268・8231-営業部
　　　　03・3268・8204-編集部
ＵＲＬ　http://www.tsogen.co.jp
暁印刷・本間製本

乱丁・落丁本は、ご面倒ですが小社までご送付ください。送料小社負担にてお取替えいたします。

ISBN978-4-488-56406-3　C0193